BASTEI
LÜBBE

Weitere Titel der Autorin:

18 701 Mein rebellischer Verführer
18 725 Stürmisches Spiel der Herzen
18 733 Ein unwiderstehlicher Halunke

Über die Autorin:

Liz Carlyles große Leidenschaft gilt dem England des neunzehnten Jahrhunderts, den rauschenden Bällen und den festlich gewandeten Damen. Auf ihren zahlreichen Reisen nach England hat die Autorin ihr Korsett und ihre Tanzschuhe stets im Gepäck – auf eine Einladung zu einem Ball wartet sie allerdings immer noch. Dafür kennt sie mittlerweile so ziemlich jede dunkle Gasse und jedes zweifelhafte Wirtshaus in London. Liz Carlyle lebt mit ihrem Ehemann und mehreren Katzen in North Carolina, USA.

Liz Carlyle

DER SÜSSE PREIS DER SÜNDE

Roman

Aus dem amerikanischen Englisch von
Susanne Kregeloh

BASTEI LÜBBE

BASTEI LÜBBE TASCHENBUCH
Band 18 748

1. Auflage: November 2009

Vollständige Taschenbuchausgabe

Bastei Lübbe Taschenbücher in der Verlagsgruppe Lübbe

Deutsche Erstausgabe

Textredaktion: Britta Schiller, Eitorf
Titelillustration: © Franco Accornero via Agentur Schlück GmbH
Umschlaggestaltung: Rainer Schäfer
Satz: Urban SatzKonzept, Düsseldorf
Gesetzt aus der New Caledonian
Druck und Verarbeitung: GGP Media GmbH, Pößneck
Printed in Germany
ISBN 978-3-404-18748-5

Sie finden uns im Internet unter
www.luebbe.de
Bitte beachten Sie auch: www.lesejury.de

Der Preis dieses Bandes versteht sich einschließlich
der gesetzlichen Mehrwertsteuer.

Für meine Agentin Nancy Yost –
in tiefster Dankbarkeit

Prolog

Der Boxkampf

An einem schwülen Nachmittag im September ereilte Sir Alasdair MacLachlan um Haaresbreite das, was seine Großmutter Granny MacGregor ihm seit fast dreißig Jahren prophezeite: die Stunde, in der er seine wohlverdiente Strafe bekommen würde. Trotz der häufigen Wiederholung dieser Warnung hatte er sie nie ernst genommen.

Bis zum Alter von acht Jahren hatte Alasdair geglaubt, das Gerede des alten Mädchens von »der Stunde, die einst schlagen würde« wäre ein schottisches Gebet um noch mehr Glück und Reichtum, denn Granny war für ihren Geiz berüchtigt. Also hatte er diesen Spruch einfach vergessen, ebenso wie die anderen, die da lauteten: *Wer mit dem Teufel speist, braucht einen langen Löffel* oder – dies war ihr Lieblingsspruch – *Hochmut kommt vor dem Fall, und die Hoffärtigen –*

Nun, Sir Alasdair konnte sich weder erinnern, was mit den Hoffärtigen geschah, noch strengte er sich sonderlich an, darüber nachzudenken. Schon gar nicht an diesem so drückend heißen Nachmittag, an dem er mit seinen Gedanken ganz woanders war, weil er tief in Bliss, der Frau des Dorfschmieds, steckte, als der erste Gewehrschuss losknallte, und damit für Alasdair die Stunde der Abrechnung nahte.

»Oh verdammt!«, keuchte Bliss und schob Alasdair von sich herunter. »Mein Mann!«

In seine heruntergelassenen Hosen verstrickt, rutschte Sir Alasdair vom Strohballen herunter, wobei er nach seinen Hosenträgern fischte und eine Staubwolke aufwirbelte.

»Mach schon, Bliss! Ich weiß, dass du da drin bist!« Die wütende Stimme hallte durch den dämmrigen Stall. »Los, komm raus! Sofort! Und dieser verfluchte, hinterhältige Schotte auch!«

»Herrgott, nicht das schon wieder«, stöhnte Bliss resigniert. Sie hatte inzwischen ihre Unterhosen hochgezogen und war jetzt dabei, ihren Rock glatt zu streichen. »Meistens kann ich ihn ein bisschen beruhigen«, flüsterte sie. »Aber du kletterst besser über die Wand dort und machst, dass du wegkommst. *Mir* wird Will nichts tun, aber dich würde er umbringen.«

Alasdair, der sich hastig das Hemd in die Hose stopfte, grinste. »Wirst du um mich trauern, Liebste?«

Bliss zuckte mit den Schultern. Was wohl bedeutete, dass sie den Verlust verschmerzen würde. Alasdair fühlte sich dadurch keineswegs gekränkt, brüstete er sich selbst doch stolz damit, alles leichtzunehmen. Die Stallgasse entlang wurden knarrend die Türen der Boxen aufgerissen und mit unbarmherziger Wut wieder zugeworfen. »Komm raus, du verdammter Bastard!«, brüllte der Schmied. »Es gibt nur einen Weg raus aus dem Stall, und der führt an mir vorbei!«

Alasdair gab Bliss einen schmatzenden Kuss, dann erklomm er einen Mauerabsatz in der Stallwand. »Mach's gut, meine Liebe«, sagte er und zwinkerte ihr zu. »Das hier warst du wert.«

Bliss warf ihm einen anzüglichen Blick zu, dann zog sie die Tür der Stallbox auf. Mit einem gekonnten Beinschwung schwang sich Alasdair währenddessen das restliche Stück der Bretterwand hinauf und darüber hinweg und ließ sich in die benachbarte Box fallen.

»Will Handy, hast du den Verstand verloren!« Bliss stand jetzt in der Stallgasse und protestierte theatralisch. »Leg die Pistole weg, ehe du dich selbst damit umbringst! Darf eine Frau nicht mal ein Nickerchen machen! Ich hab mich den ganzen Tag lang abgeschuftet, hab wie ein Schankmädchen Wasser und Bier den Berg hoch- und runtergeschleppt.«

»Ich weiß, wem du deine Dienste angeboten hast, Weib.« Die Stimme des Jüngsten Tages war jetzt nur noch wenige Fuß entfernt. »Wo steckt er, he? Bei Gott, dieses Mal wird es einen Toten geben.«

Alasdair öffnete die Boxentür vorsichtig einen Spaltbreit und spähte auf die Stallgasse hinaus. *Grundgütiger Gott!* Alasdair war beileibe kein kleiner Mann, aber Bliss' Ehemann sah aus wie ein wütender Ackergaul – mit seinen großen gelben Zähnen und seiner gewaltigen Statur. Und er schwitzte auch so.

Von der schmutzigen Lederschürze an aufwärts nackt, liefen dem Schmied kleine Schweißbäche die raue braune Haut herunter. Wirres schwarzes Haar bedeckte seine breite Brust, die baumdicken Arme und den größten Teil des Rückens. In einer Hand hielt er eine gefährlich aussehende Handsichel, in der anderen eine rostige Duellpistole, deren Gegenstück in seinem Gürtel steckte.

Zwei Pistolen. Noch ein Schuss.

Verdammt! Alasdair hatte in St. Andrews mit einer vorzüglichen Note in Mathematik abgeschlossen. Seine Überlegenheit auf diesem Gebiet behagte ihm jetzt aber ganz und gar nicht. Himmel, in was für einen Schlamassel war er da dieses Mal nur hineingeraten! Aber er liebte das Leben viel zu sehr, um ihm ohne Gegenwehr zu entsagen.

Bliss hatte jetzt einen Zipfel ihrer Schürze angefeuchtet und rieb damit an einem Rußfleck auf dem Gesicht des Scheusals herum. »Schscht, Will«, besänftigte sie ihn. »Hier ist niemand außer mir, ja?«

Alasdair schob die Tür vorsichtig noch einige Zentimeter weiter auf, dann hielt er inne, bis Bliss ihren Ehemann am Arm nahm und ihn mit sich zur Tür zog. Alasdair wartete, bis sie um die Ecke verschwunden waren, bevor er auf Zehenspitzen aus der Box schlich. Und dabei prompt auf einen Rechen trat. Ein sechs Fuß langer Stiel aus harter englischer Eiche schoss aus dem Mist hoch und traf ihn genau zwischen den Augen. Alasdair fluchte, verlor das Gleichgewicht und fiel zu Boden.

»Da ist der Kerl!«, brüllte der Schmied. »Komm her, du Schweinehund!«

Alasdair war zwar benommen, aber nicht dumm. Der Schmied hatte die Hand seiner Frau abgeschüttelt und kam die Stallgasse entlang zurückgerannt. Alasdair stieß den Rechen mit dem Fuß zur Seite, täuschte einen Sprung nach links vor, preschte dann aber an seinem Feind vorbei. Der Schmied brüllte wie ein angestochener Stier und drehte sich um. Jedoch zu spät.

Alasdair rannte in das gleißende Sonnenlicht hinaus. In genau diesem Moment erhob sich aus der Menschenmenge auf der Wiese am Fuß des Hügels ein Aufschrei. Ein illegaler und hoch bewetteter Boxkampf hatte die Hälfte der Londoner Leichtfüße hierher in das kleine Dorf in Surrey gelockt, und der Anblick eines blutenden Aristokraten, der von einem mit einer Handsichel bewaffneten Schmied verfolgt wurde, veranlasste keinen von ihnen zu mehr als einem flüchtigen Blick.

Alasdair hörte hinter sich den Schmied den Hügel hinunterstürmen. Verzweifelt versuchte er, unter den Zuschauern seine Begleiter zu entdecken. Der Schmied schnaufte vor Anstrengung. Alasdair hatte nicht vor aufzugeben. Was ihm an Körpergröße fehlte, konnte er durch Schnelligkeit und Behändigkeit ausgleichen. Doch Will Handy hatte eine geladene Pistole, und ihn trieb ein durchaus zu rechtfertigender Anlass. Es konnte durchaus möglich sein, dass der liebe Gott dieses Mal nicht auf Alasdairs Seite wäre.

Alasdair erreichte den Fuß des Hügels und lief zwischen den geparkten Kutschen hindurch. Schnelles Laufen war nicht die

Stärke des Schmieds, und er blieb rasch zurück. Alasdair umrundete die halbe Wiese, lief von Kutsche zu Kutsche, wobei er unter der heißen Sonne verzweifelt Ausschau in dem Meer von Gesichtern hielt. Der Geruch von feuchtem Gras, verschüttetem Bier und frischem Mist vermischte sich in der Hitze zu einem sauer riechenden Dunst.

Die Anfeuerungsrufe und das Aufschreien der Menge waren jetzt deutlich zu hören, unterstrichen von den schnellen klatschenden Geräuschen, wenn Fleisch auf Fleisch traf. Einer der Boxer taumelte zurück, ein weiterer brüllender Jubelschrei brandete auf, und in diesem Augenblick sah Alasdair seinen Bruder, der sich seinen Weg durch die Menge bahnte. Quin, einen Bierkrug in der Hand, folgte ihm auf den Fersen.

Nahe einer großen, altmodischen Reisekutsche stieß er auf Merrick. »Was zum Teufel ist denn mit dir los?«, fragte der, als Alasdair ihn hinter die Kutsche zog.

»Und wer ist dieser Goliath, der dich verfolgt?«, fügte Quin hinzu. »Sieht aus, als hätte er dir einen Hieb genau zwischen die Augen verpasst.«

Alasdair lehnte sich gegen die Kutsche und rang nach Atem. »Gentlemen«, stieß er hervor, »man könnte sagen, es ist Zeit zu gehen. *Sofort.*«

»Gehen?«, fragte Quin ungläubig. »Ich habe zwanzig Pfund bei diesem Kampf gesetzt!«

Merricks Miene spannte sich an. »Warum? Was ist los?«

»Es geht schon wieder um einen Weiberrock!«, klagte Quin. »Hättest du nicht jemand anderem Hörner aufsetzen können? Jemandem, der nicht ganz so groß und kräftig ist?«

Alasdair stieß sich von der Kutsche ab, sein Blick suchte den Rand der Wiese ab. Merrick packte ihn hart am Arm. »Sag, dass du *das nicht getan hast!*«

Alasdair zuckte die Schultern. »Es war Bliss, das Mädchen,

das das Bier gebracht hat«, erwiderte er. »Sie sah so aus, als könnte sie es brauchen, sich ein wenig hinzulegen und auszuruhen. Es war ein Akt reiner Menschlichkeit, das versichere ich dir.«

»Mein Gott, Alasdair«, sagte sein Bruder. »Ich wüsste mit meiner Zeit was Besseres anzufangen als diese Eskapade mit …«

»Scheiße!«, rief Quin und schleuderte seinen Bierkrug zur Seite. »Er kommt!«

Wie eine Walze kam von der gegenüberliegenden Seite der Wiese der schwitzende, schnaufende Schmied auf sie zugedonnert, noch immer mit der Pistole und der Sichel herumfuchtelnd, die in der Sonne bösartig funkelten. »Wir sollten besser Fersengeld geben«, sagte Alasdair.

»Ich will verdammt sein, wenn ich davonrenne«, entgegnete Merrick kühl. »Außerdem haben wir die Kutsche beim King's Arms stehen lassen.«

»Eine seiner Pistolen ist noch geladen«, warnte Alasdair. »Vielleicht verdiene ich es ja, Merrick, aber willst du wirklich, dass dieser Dorftrottel einen der Umstehenden tötet?«

»Besser am Leben bleiben und das Kämpfen auf einen anderen Tag verschieben, Freunde«, sagte Quin.

»Zur Hölle damit«, fauchte Merrick.

Die drei wandten sich um und begannen, den Fußweg hinunterzurennen. Er führte um den Hügel herum und dann hinauf zur anderen Seite des Dorfes. Auf dem Weg waren viele Leute unterwegs und an ihm entlang hatten geschäftstüchtige Wirte Wagen und Zelte aufgestellt, um Fleischpasteten und Bier zu verkaufen. Auch fliegende Händler und Zigeuner hatten sich hier niedergelassen und boten alle Arten von handgefertigten Waren, Tinkturen und Amuletten an, während der Wind vom oberhalb gelegenen Dorf die lebhaften Klänge einer Fiedel herantrug.

Quin drängte weiter, bis die Menge sich lichtete. Alasdair und sein Bruder folgten ihm. In der nächsten scharfen Kurve war Quin gezwungen, mit einem Sprung zur Seite einem Mann auszuweichen, der ein kleines Fass auf seiner Schulter trug. Merrick tat es Quin sofort gleich. Alasdair blieb unglücklicherweise mit der Schulter am hervorgestreckten Ellbogen des Mannes hängen. Der Mann stolperte, fluchte und ließ das Fass fallen, das polternd den Weg hinunterrollte.

»Er zeigt eine beeindruckende Beinarbeit!«, bemerkte Merrick spöttisch.

Alasdair warf einen Blick zurück den Hügel hinunter und sah, dass der Schmied aufgeholt hatte. Nur drei Fuß vor ihm fiel das Fass auf den Weg und zerbarst in einer Fontäne aus Bier und Schaum. Der Mann, der es getragen hatte, fasste offensichtlich den Entschluss, mit dem Schmied an einem Strang zu ziehen, und wandte sich um, um sich der Jagd nach den drei Fliehenden anzuschließen.

Nach der nächsten Wegbiegung kam ein in leuchtendem Grün gestrichener Wagen in Sicht. Daneben stand ein großes Zelt aus mit Flecken übersätem und geflicktem Zeltstoff. Quin sprang vom Weg herunter und riss den Zelteingang auf. »Los«, befahl er. »Hier herein.«

Merrick tauchte in die Dunkelheit ein. Alasdair folgte. Für einen Moment war da bis auf das Keuchen ihrer Atemzüge nichts. Alasdairs Augen hatten sich noch nicht ganz an das Dämmerlicht gewöhnt, als ihn aus der Tiefe des Zeltes eine heisere Stimme ansprach.

»Gib mir eine Silbermünze, Engländer.«

Er spähte in die Dunkelheit und erkannte eine Zigeunerin, die hinter einem wackeligen, kleinen Tisch saß und ihm ihre schlanke Hand entgegengestreckt hielt. »Ich – ich bin kein Engländer«, erwiderte er spontan.

Sie musterte ihn von Kopf bis Fuß, als wäre er ein Stück Pferdefleisch auf dem Hauklotz. »Das stimmt nicht ganz«, sagte sie.

Alasdair war zu einem Viertel englischen Blutes, von der Seite seines Vaters her. Auf einmal war ihm unerklärlich unbehaglich zumute.

»Gib mir eine Silbermünze«, wiederholte die Frau und schnippte mit den schmalgliedrigen Fingern. »Oder ziehst du es vor, zu gehen? Dies hier ist keine Fluchtburg, sondern ein Ort zum Geschäftemachen.«

»Um Himmels willen, nun gib der Frau schon was«, befahl Merrick, der durch den Zelteingang nach draußen spähte. Alasdair konnte den Schmied mit jemandem beratschlagen hören – vermutlich mit dem Burschen, der das Fass getragen hatte –, welche Taktik sie jetzt anwenden sollten. Alasdair griff tief in seine Jackentasche, zog seine Börse heraus und drückte der Frau eine Münze in die ausgestreckte Hand.

»Drei«, sagte sie mit einem weiteren ungeduldigen Schnippen der Finger. »Eine für jeden von euch.«

Alasdair griff noch einmal tief in die Geldbörse.

»Setzen«, befahl sie, nachdem sie die Münzen geprüft hatte. »Alle drei hinsetzen. Diese dummen Männer werden nicht hierherkommen. Sie trauen sich nicht.«

Quin und Merrick wandten sich um und starrten die Frau an.

Sie zog eine Schulter hoch, wobei ihr das schimmernde schwarze Haar wie ein Schleier ins Gesicht fiel und es beschattete. »Was ist?«, fragte sie herausfordernd. »Ihr müsst wohl noch irgendwo anders hin?«

Quin, bei Weitem der Folgsamere der beiden, griff nach zwei dreibeinigen Schemeln und tat, was sie befohlen hatte. »Sei kein Spielverderber, Merrick«, sagte er. »Was sonst hätten wir im Moment zu tun?«

Merrick näherte sich dem Tisch und setzte sich, wobei er Alasdair mit seinen Blicken noch immer zu durchbohren schien.

»Deine Hand«, befahl sie.

Gehorsam streckte Alasdair die Hand aus. Die Frau ergriff sie, drehte die Handfläche nach oben und betrachtete sie eine Zeit lang. Als wollte sie ihren Blick klären, rieb sie mit dem Daumen über die Handlinien. Jenseits der Stille im Zelt schien die Welt mit all ihrem Lärm zu verstummen. Die Zigeunerin zog eine kleine Lampe näher zu sich heran und drehte den Docht höher. Gelbes Licht flutete das Zelt. Die Frau war, wie Alasdair plötzlich erkannte, atemberaubend schön.

»Hast du einen Namen, Engländer?«, murmelte sie, ohne den Blick zu heben.

»MacLachlan.«

»MacLachlan«, wiederholte sie. »Ich denke, du bist ein schlechter Mensch, MacLachlan.«

Alasdair richtete sich auf. »Das bin ich nicht«, widersprach er. »Ich bin ein anständiger Mensch, wirklich. Frag – nun, frag jeden. Ich habe keine Feinde.«

Sie schaute von seiner Hand auf und zog eine fein geschwungene, tintenschwarze Augenbraue hoch. »Und diese Männer da draußen?«, fragte sie. »Waren das deine Freunde?«

Alasdair spürte, wie sein Gesicht sich heiß rötete. »Ein Missverständnis«, sagte er. »Sozusagen.«

Sie zog die Stirn kraus. »Man kann auf mancherlei Weise schlecht sein, MacLachlan«, sagte sie mit tiefer, kehliger Stimme. »Und du hast eine Vielzahl von Sünden begangen.«

»Ah, bist du jetzt etwa eine Priesterin?« Es war Alasdairs Art von Flucht, sarkastisch zu werden. »Also gut, ich bekenne mich schuldig. Jetzt sag mir meine Zukunft voraus, meine Schöne, und die Sache hat sich.«

Doch die Frau ließ seine Hand los und zeigte auf die seines

Bruders. Merrick kniff die Augen zusammen. Die Zigeunerin zögerte. Mit seinem zernarbten Gesicht und dem kalten blauen Blick vermittelte Alasdairs Bruder einen alles andere als willkommen heißenden Eindruck. Letztlich jedoch gab er nach.

Sie ergriff Merricks Hand und strich mit dem Daumen über die Linien und Hügel der Innenfläche. »Noch ein MacLachlan«, murmelte sie. »Mit dem Glück des Teufels. Und mit den Augen des Teufels.«

Merrick lachte rau. »Ich bin doppelt verflucht, nicht wahr?«

Sie nickte bedächtig. »Ich sehe es hier –« Sie berührte eine Stelle unterhalb seines Zeigefingers. »Und hier.« Sie strich über die Handmitte, und trotz seiner äußerlichen Gefasstheit erschauderte Merrick. »Du besitzt einen kreativen Geist«, sagte sie schließlich. »Du bist ein Künstler.«

Merrick zögerte. »Auf gewisse Weise«, gab er zu.

»Und wie vielen Künstlern ist dir die Sünde des Stolzes eigen«, sprach sie weiter. »Du hast großen Erfolg erfahren, aber kein Glück. Ausgeprägter Stolz und ein verbittertes Herz haben dich hart gemacht.«

»Wird es so auch in meiner Zukunft sein?«, fragte Merrick zynisch.

Sie sah ihn offen an und nickte. »Mit ziemlicher Sicherheit«, sagte sie. »In deiner Vergangenheit war es ganz offensichtlich so.« Sie schob seine Hand zur Seite und zeigte dann auf Quins Hand.

»Ich habe mehr als ein paar Sünden begangen«, gestand dieser, während er ihr die Hand hinstreckte. »Ich bezweifle, dass sie alle auf meiner Hand Platz haben.«

Sie beugte sich darüber und räusperte sich. »Impulsiv«, sagte sie. »Du handelst spontan. Du redest erst, bevor du denkst.«

Quin lachte nervös. »Ich kann nicht behaupten, dass du dich irrst«, stimmte er zu.

»Du wirst dafür bezahlen«, warnte sie.

Quin schwieg für einen Moment. »Vielleicht habe ich das schon«, meinte er schließlich.

»Du wirst wieder dafür bezahlen«, sagte die Zigeunerin ruhig. »Auf die schlimmste Weise – wenn du das Unrecht nicht wiedergutmachen kannst, das du begangen hast.«

»Welches Unrecht meinst du?«, entgegnete er mit einem unfrohen Lachen. »Die Liste ist lang.«

Sie hob den Blick und sah ihn an. Du weißt es«, sagte sie. »Ja, du weißt es.«

Quin rutschte auf seinem Schemel unbehaglich hin und her. »Ich – ich bin nicht sicher.«

Die Zigeunerin zuckte mit den Schultern und strich mit dem Zeigefinger über den Ballen unter seinem Daumen. »Ich sehe, dass du vor Kurzem einen großen Verlust erlitten hast.«

»Mein Vater«, erklärte Quin. »Er – er ist gestorben.«

»Ah ja«, sagte sie. »Wie ist dein Name?«

»Quin«, antwortete er. »Quinten Hewitt – oder Wynwood, sollte ich wohl sagen. Lord Wynwood.«

Sie räusperte sich wieder. »So viele Namen, ihr Engländer«, murmelte sie und ließ die Hand los, als sei sie plötzlich zu erschöpft, sie zu halten. »Geht jetzt, ihr alle. Geht zu eurer Kutsche und verlasst diesen Ort. Ich kann nichts sagen, was euch davon abhalten wird, euer Leben zu vergeuden. Euer Schicksal ist besiegelt.«

Alasdair wandte den Blick zum Zelteingang.

»Geht«, sagte die Zigeunerin wieder. »Die Männer sind fort. Sie werden nicht zurückkommen. Es ist das Schicksal, das dich für die heutigen Sünden bestrafen wird, MacLachlan, nicht diese einfältigen Dummköpfe.«

Merrick sprang auf. Quin lachte unsicher. »Tut mir leid, Alasdair«, sagte er. »Zumindest Merrick und ich scheinen leichter davonzukommen.« Er lächelte die Frau an, deren exotische Schönheit eine so unübersehbare Wirkung auf Alasdair hatte.

»Leichter?«, wiederholte sie. Sie hob ihre Augen zu Quin und hielt seinen Blick. »Aber ich habe euch nicht eure Zukunft gesagt.«

Es war die Wahrheit, erkannte Alasdair. Sie hatte viel gesagt, aber wenig prophezeit.

Merrick hatte ihnen den Rücken zugekehrt und spähte wieder durch die Zelttür nach draußen.

»Nun, dann nur weiter«, drängte Quin die Frau. »Auf was müssen wir uns gefasst machen, Ma'am? Auf großen Reichtum? Exotische Reisen? Auf was?«

Sie zögerte kurz. »Dies ist kein dummes Spiel in irgendeinem Salon, Mylord«, erwiderte sie. »Wollen Sie es wirklich wissen?«

Quin zögerte. »Ich – ja, warum nicht?«

Der Blick der Zigeunerin war in die Ferne gerichtet. »Wie lautet das Sprichwort, das ihr Engländer benutzt, Lord Wynwood?«, murmelte sie. »Ach ja, ich erinnere mich. *Jemand hat noch ein Küken zu rupfen.*«

»Hühnchen«, korrigierte Quin. »Man spricht üblicherweise von einem Hühnchen.«

»Sind Sie ganz sicher?« Ihre Stimme klang plötzlich hart. »Wie dem auch sei, keiner von euch wird den Konsequenzen seiner Schandtaten entkommen. Keiner von euch kann damit fortfahren, zu nehmen, zu benutzen und auszunutzen, ohne den Preis dafür zu zahlen. Ihr werdet für eure Sünden bezahlen. Das Schicksal wird es so fügen.«

»Schandtaten?«, fragte Alasdair. »Sünden? Ma'am, das sind harte Worte.«

»Nenn sie, wie du willst«, sagte die Zigeunerin mit einem Schulterzucken, das ihre großen Ohrringe zum Klingen brachte. »Aber du wirst bezahlen, MacLachlan. Du wirst lernen. Und du wirst dabei leiden. Was kommen wird, wird so wirklich und so schmerzhaft sein wie die Wunde zwischen deinen Augen.«

Merrick fluchte leise, wandte sich aber nicht um. »Ich bin dieses Theater langsam leid«, stieß er hervor. »Lasst uns gehen.«

»Warte einen Moment, Merrick.« Quin sah die Frau aufmerksam an. »Ist das eine von diesen Zigeuner-Verwünschungen?«

Bei dieser Frage flammte etwas in den Augen der Frau auf. »Lord Wynwood, Sie sind ein solcher Narr«, sagte sie. »Sie haben zu viele Romane gelesen. Ihr drei habt euch selbst verflucht, meine Hilfe braucht ihr dabei nicht. Jetzt müsst ihr Wiedergutmachung leisten. Ihr müsst es in Ordnung bringen.«

Merrick schaute über die Schulter. »Was für ein ausgemachter Unsinn!«, fauchte er.

»Nichtsdestotrotz wird es so sein«, entgegnete sie ruhig.

Ein heftiger Windstoß fuhr plötzlich durch das Zelt und ließ Alasdair trotz der Sommerhitze frösteln. Er wandte sich um und sah, dass sein Bruder die Zeltplane vor dem Eingang zurückgeworfen hatte und den Weg hinunterging. Quin zuckte die Schultern und folgte Merrick.

Als jemand, der nie leicht zu erschrecken war – auch nicht, wenn er es hätte sein sollen –, lächelte Alasdair und setzte sich auf den mittleren Schemel. »Mein liebes Mädchen«, sagte er und beugte sich über den Tisch. »Jetzt, da diese Philister gegangen sind, muss ich dich das wirklich fragen – hat dir schon einmal jemand gesagt, dass deine Augen die Farbe von feinem Cognac haben? Dass deine Lippen wie erblühende Rosenknospen sind?«

»Ja, und meine Arschbacken sind wie zwei Kugeln aus Carrara-Marmor«, erwiderte sie trocken. »Glaub mir, MacLachlan. Ich habe das alles schon gehört.«

Alasdairs Lächeln schmolz dahin. »Ach, wie schade!«

Die Zigeunerin sah ihn amüsiert an und stand auf. »Fort mit dir«, sagte sie. »Verschwinde aus meinem Zelt, MacLachlan, und nimm deinen abgenutzten Charme mit. Er ist hier fehl am Platz und hat dir schon genug Ärger eingebracht.«

Alasdair warf den Kopf in den Nacken und lachte. »Heute ist wahrhaftig kein guter Tag«, räumte er ein.

Einen Moment lang schwieg die Zigeunerin. »O mein armer, armer MacLachlan«, flüsterte sie dann. »Ich fürchte, du hast nicht einmal die Hälfte begriffen.«

Die kalte Brise strich wieder über Alasdairs Nacken. Als er dieses Mal aufschaute, war seine schöne Wahrsagerin verschwunden.

Kapitel 1

In dem ein Sturm losbricht

Als er sein Haus in der Great Queen Street betrat, wehrte Alasdair die Fragen seines Butlers nach dem Abendessen mit einer Handbewegung ab, warf seinen Mantel und seine Krawatte auf einen Stuhl und sich selbst auf das abgenutzte Ledersofa in seinem Raucherzimmer. Dort glitt er sofort in die alkoholbedingte Benommenheit zurück, die ihm auch schon während der Kutschfahrt nach Hause so zupassgekommen war.

Eine beachtliche Menge Brandy hatte sich als nötig erwiesen, um die Gesellschaft seiner Reisebegleiter zu ertragen. Quin war wegen seiner in den Sand gesetzten Wette gereizt gewesen und hatte den ganzen Weg bis nach Wandsworth vor sich hin geflucht. Und was Merrick anging, so brauchte Alasdairs jüngerer Bruder keinen Vorwand, um mürrisch zu sein. Es war seine übliche Art, sich so zu geben. Zumindest hat die schöne Zigeunerin das sehr richtig beschrieben, dachte Alasdair, bevor ihn der Schlaf des Vergessens übermannte.

Eine Zeit lang döste er nur, weil er zu träge war, um aufzustehen und zu Bett zu gehen. Aber kurz vor Mitternacht wurde er von einem Höllenspektakel vor seinen Fenstern geweckt. Er blinzelte mit einem Auge und sah, dass die für die Jahreszeit ungewöhnliche Hitze einem heftigen Gewitter gewichen war. Behaglich und auf seinem Sofa im Trockenen gähnte Alasdair, kratzte sich, drehte sich auf die andere Seite und schlief wieder ein, sicher geborgen in dem Leben, wie er es kannte. Doch seine Mattigkeit wurde schon bald erneut gestört, als er von einem unbarmherzigen Klopfen an seiner Haustür aus einem Traum gerissen wurde.

Er gab sich alle Mühe, es zu ignorieren und sich an die Überreste seiner Fantasiebilder zu klammern – sie hatten etwas mit Bliss zu tun, mit der schönen Zigeunerin sowie einer Flasche guten Champagners. Aber das Klopfen erklang ein weiteres Mal, gerade als die Zigeunerin mit ihren Fingerspitzen verführerisch über seinen Rücken strich. Verdammt! Sicherlich würde sich doch Wellings darum kümmern? Aber der tat es nicht, und das Klopfen hörte nicht auf.

Eher aus Ärger denn aus einem Gefühl der Beunruhigung heraus, rappelte Alasdair sich vom Sofa auf, kratzte sich ein weiteres Mal und ging hinaus auf den Flur, von dem aus er die Treppe überschauen konnte. Unten im Foyer hatte Wellings endlich die Tür geöffnet. Alasdair schaute hinunter und sah, dass jemand – eine Dienerin, wie er vermutete – im Regen auf den Stufen stand und, seltsam genug, einen Korb mit feuchter Wäsche in den Händen trug.

Wellings hielt seine Nase noch einige Zentimeter höher als gewöhnlich, ein deutlicher Hinweis auf seine Abscheu. »Wie ich Ihnen bereits zwei Mal erklärt habe, Madam«, sagte er gerade, »empfängt Sir Alasdair keine jungen Frauen ohne Begleitung. Besonders nicht zu dieser Stunde. Bitte steigen Sie wieder in Ihre Droschke, ehe Sie mit einer Lungenentzündung tot auf der Treppe zusammenbrechen.«

Er machte eine Bewegung, als wollte er die Haustür schließen, doch die Frau stellte gnadenlos erst ihren Fuß in die Tür und schob dann ihr Bein hindurch. »Hören Sie auf, Unsinn zu reden und hören Sie zu, Mann!«, sagte die Frau mit einem schottischen Akzent, der so stark wie der Granny MacGregors war. »Sie werden Ihren Herrn hierherholen und das ein bisschen plötzlich, denn ich werde ein *Nein* als Antwort nicht akzeptieren, und wenn ich an diese Tür klopfen muss, bis Gott selbst und alle seine Engel diese Treppe herunterkommen.«

Alasdair wusste natürlich, dass er einen schlimmen Fehler machte. Aber von etwas angetrieben, das er nicht benennen konnte – vorübergehende Unzurechnungsfähigkeit, vielleicht –, begann er, langsam die Treppe hinunterzusteigen. Seine Besucherin, erkannte er, war keine Frau, sondern ein Mädchen. Und die Wäsche in ihrem Korb ... nun, war keine Wäsche. Mehr als das konnte er noch nicht sagen. Auf halbem Wege die Treppe hinunter räusperte er sich.

Sofort wandte Wellings sich um, und das Mädchen schaute hoch. Im gleichen Augenblick empfand Alasdair das Gefühl eines Schmerzes wie von einem Schlag in die Magengrube. Die Augen des Mädchens waren von dem klarsten und reinsten Grün, das er je gesehen hatte. Wie der peitschende Lauf eines alpinen Gebirgsflusses glitt der kalte, klare Blick über ihn hinweg, machte Alasdair atemlos, als wäre er von dem eisigen Wasser bespritzt worden.

»Sie wünschen mich zu sprechen, Miss?«, brachte er heraus.

Ihr Blick glitt wieder an ihm hinauf und richtete sich auf seine Augen. »Ja, wenn Ihr Name MacLachlan ist, dann wünsche ich das«, sagte sie. »Und Sie sehen genauso aus, wie ich Sie mir vorgestellt habe.«

Alasdair glaubte nicht, dass diese Bemerkung als Kompliment gemeint war. Er wünschte sich zutiefst, er wäre völlig nüchtern. Er hatte das höchst unbehagliche Gefühl, dass er vor dieser Person auf der Hut sein sollte, so erbarmungswürdig, blass und regendurchnässt sie auch sein mochte. Irgendwie schaffte sie es, unter dem Bündel hervor eine Hand auszustrecken. Alasdair ergriff sie und bemerkte dabei, dass sogar ihr Handschuh nass war.

»Miss Esmée Hamilton«, sagte sie förmlich.

Alasdair brachte ein freundliches Lächeln zustande. »Sehr erfreut, Miss Hamilton«, schwindelte er. »Kenne ich Sie?«

»Sie kennen mich *nicht*«, erwiderte sie. »Nichtsdestotrotz werde ich einen Augenblick Ihrer Zeit in Anspruch nehmen müssen.« Sie warf einen strengen Blick auf Wellings. »*Allein*, wenn es Ihnen nichts ausmacht.«

Alasdair schaute anzüglich auf sie herunter. »Sie kommen zu einer recht späten, unpassenden Stunde für einen Besuch, Miss Hamilton.«

»Mag sein, aber man gab mir zu verstehen, dass Sie immer lange aufbleiben.«

Alasdairs Unbehagen vertiefte sich, aber seine Neugier war stärker. Mit einer leichten Verbeugung und einem Winken der Hand wies er das Mädchen in den Salon, dann schickte er Wellings fort, Tee und trockene Handtücher zu bringen. Das Mädchen beugte sich über das Sofa, das dem Kamin am nächsten stand, und ordnete einen Moment lang etwas in ihrem Bündel.

Wer zum Teufel war sie? Eine Schottin, ganz sicher, denn sie machte keine Anstalten, ihren Akzent zu verbergen, wie so viele es taten. Sie war zierlich, fast kindlich in ihrer Erscheinung, abgesehen von den verwirrenden grünen Augen. Er schätzte sie nicht älter als siebzehn oder achtzehn, und trotz ihrer durchnässten, irgendwie uneleganten Kleidung sah sie aus, als sei sie von vornehmer Herkunft. Was bedeutete, dass es für sie beide umso angebrachter schien, dass sie sein Haus so schnell wie möglich wieder verließ.

Bei dieser Überlegung ging er zur Tür des Salons und öffnete sie. Sie schaute mit einem missbilligenden Stirnrunzeln auf.

»Ich fürchte, mein Butler könnte Ihre Anwesenheit missverstehen, Miss Hamilton«, sagte Alasdair. »Ich halte es für eine junge Dame Ihres zarten Alters für nicht ratsam, mit mir allein gelassen zu werden.«

Genau in diesem Augenblick bewegte sich das Bündel. Alasdair zuckte vor Schreck zusammen. »Großer Gott!«, rief er und ging hin, um es anzustarren.

Ein kleines Bein schaute unter den Decken hervor. Miss Hamilton schlug die oberste feuchte Decke zurück, und auf einmal begann Alasdairs Blick zu verschwimmen, aber nicht, bevor er noch eine winzige Hand bemerkt hatte, zwei schläfrige Augen mit langen Wimpern und einen wie eine Rosenknospe perfekt geformten Mund.

»Sie heißt Sorcha«, flüsterte Miss Hamilton. »Es sei denn, Sie wünschen, ihren Namen zu ändern.«

Alasdair zuckte zurück, als könnte das Ding explodieren. »Es sei denn, ich wünsche – wünsche – was zu tun?«

»Ihren Namen zu ändern«, wiederholte Miss Hamilton, wobei ihr kalter Blick über ihn glitt. »Sosehr es mich auch schmerzt, sie abzugeben. Ich kann nicht so für sie sorgen, wie sie es verdient.«

Alasdair stieß ein zynisches Lachen aus. »Oh nein«, sagte er, und sein Ton klang unnachgiebig. »So läuft der Hase nicht, Miss Hamilton. Ich habe nie das Bett mit Ihnen geteilt, ich würde mich ganz gewiss daran erinnern.«

Miss Hamilton richtete sich kerzengerade auf. »Mit mir das –? Bei meiner Treu, MacLachlan! Sind Sie übergeschnappt?«

»Ich bitte um Entschuldigung«, sagte er steif. »Vielleicht bin ich ein wenig verwirrt. Bitte sagen Sie mir, warum Sie hier sind. Und seien Sie gewarnt, Miss Hamilton, ich lasse mich von niemandem zum Narren halten.«

Ein Mundwinkel des Mädchens verzog sich leicht. »Nun, es freut mich, das zu hören, Sir«, erwiderte sie, wobei sie ihren Blick wieder über ihn gleiten ließ. »Ich hatte schon angefangen, das Gegenteil zu befürchten.«

Alasdair war nicht geneigt, eine Beleidigung von einem Mädchen zu tolerieren, das nichts so sehr ähnelte wie einem nassen Spatzen. Dann fiel ihm ein, wie er aussehen musste. Er hatte in seinen Kleidern geschlafen – in denselben Kleidern, die er am Morgen angezogen hatte, um sie beim Boxkampf zu tragen. Er hatte einen wilden Beischlaf auf einem Strohballen praktiziert, ein Verrückter hatte auf ihn geschossen und ihn verfolgt, und danach hatte er sich während der dreistündigen Heimfahrt mit der Kutsche bis zur Benommenheit betrunken. Er hatte sich seit zwanzig Stunden nicht rasiert, ihn zierte eine rot glänzende, gänseeigroße Beule zwischen den Augen und das Haar stand ihm zweifellos wirr vom Kopfe ab. Selbstbewusst strich er es sich mit der Hand glatt.

Die Fremde sah ihn in einer seltsamen Mischung aus Abscheu und Furcht an, und unerklärlicherweise wünschte er, er trüge seine Jacke und seine Krawatte. »Hören Sie, Miss Hamilton«, brachte er es schließlich fertig, zu sagen. »Ich habe wirklich kein Interesse daran, von Ihnen beleidigt zu werden, besonders wenn –«

»Schon gut, Sie haben recht, ich weiß!« Der Abscheu, wenn nicht die Furcht, verschwanden. »Ich bin müde und mürrisch, ja, aber zu meiner Verteidigung kann ich anführen, dass ich seit vierzehn Tagen unterwegs bin, und zwei weitere Tage habe ich versucht, Sie in dieser höllischen, schmutzigen Stadt zu finden.«

»Allein –?«

»Bis auf Sorcha, ja«, erwiderte sie. »Ich bitte Sie also um Entschuldigung.«

Alasdair zügelte seine Empörung. »Bitte nehmen Sie Platz und legen Sie Ihren nassen Mantel und die Handschuhe ab«, wies er sie an. Nachdem sie das getan hatte, legte er beides in Nähe der Tür auf einen Stuhl und begann, auf und ab zu gehen. »Verraten Sie es mir, Miss Hamilton. Wer ist die Mutter dieses Kindes, wenn Sie es nicht sind?«

Zumindest etwas Farbe trat in ihre Wangen. »Meine Mutter«, sagte sie ruhig. »Lady Achanalt.«

»Lady Acha-*wer?*«

»Lady Achanalt.« Das Mädchen runzelte die Stirn. »Sie – Sie erinnern sich nicht an den Namen?«

Zu seiner Bestürzung tat er das nicht, und er gab es unumwunden zu.

»Ach herrje!« Ihre Röte vertiefte sich. »Arme Mamma! Ich glaube, sie hat sich eingebildet, dass Sie die Erinnerung an sie mit ins Grab nehmen würden oder sonst welchen romantischen Unsinn.«

»Ins Grab?«, wiederholte er und kämpfte dabei ein Gefühl der Übelkeit nieder, das sich in seinem Magen auszubreiten begann. »Wo zum Teufel ist sie?«

»In das ihre gegangen, wie ich Ihnen leider sagen muss.« Ihre Hand griff zu der schlichten, aber teuer aussehenden Perlenkette um ihren Hals, und sie begann, nervös damit zu spielen. »Sie ist gestorben. Ganz unerwartet.«

»Mein tiefstes Mitgefühl, Miss Hamilton.«

Miss Hamilton erblasste. »Sparen Sie sich Ihr Mitgefühl für Ihre Tochter auf«, sagte sie. »Ihr voller Name lautet übrigens Lady Sorcha Guthrie. Sie ist in der Silvesternacht vor zwei Jahren gezeugt worden. Hilft das Ihrem Gedächtnis ein wenig auf die Sprünge?«

Alasdair fühlte sich ein wenig desorientiert. »Nun ... nein.«

»Aber Sie müssen sich doch daran erinnern«, drängte Miss Hamilton. »Es war auf einem Ball – einer Maskerade – in Lord Morwens Haus in Edinburgh. Eine feuchtfröhliche Abendgesellschaft, soweit ich weiß. Sie sind ihr dort begegnet. Oder sind Sie das etwa *nicht?*«

Sein verständnisloser Gesichtsausdruck schien sie zu erschüttern.

»Großer Gott, sie sagte, Sie hätten ihr gesagt, es wäre Liebe auf den ersten Blick gewesen!«, protestierte Miss Hamilton. Ihre Stimme klang jetzt beinahe verzweifelt. »Und dass Sie – nun, dass Sie Ihr ganzes Leben lang auf eine Frau wie sie gewartet hätten! Mutter hatte braunes Haar. Sie hatte eine eher üppige Figur und war recht groß. Und sehr schön. Grundgütiger Gott, erinnern Sie sich denn an *gar* nichts?«

Alasdair zerbrach sich den Kopf und fühlte sich noch kränker. Er war vor zwei Jahren in Edinburgh gewesen. Er hatte den ungewöhnlichen Schritt gemacht, über die Feiertage nach Hause zu fahren, weil sein Onkel Angus für einen kurzen Besuch aus dem Ausland heimgekommen war. Sie hatten Silvester gemeinsam verbracht. In Edinburgh. Und er *war* auf einem Ball gewesen. Einem sehr ausgelassenen, wenn seine Erinnerung ihn nicht trog. Angus hatte ihn dorthin mitgeschleppt und ihn danach mehr oder weniger nach Hause getragen. Alasdair erinnerte sich an kaum etwas, eigentlich nur an die fürchterlichen Kopfschmerzen, die ihn am nächsten Tag geplagt hatten.

»Ach herrje!« Ihre Stimme klang resigniert. »Mamma hatte schon immer eine Schwäche für ein hübsches Gesicht.«

Ein hübsches Gesicht? War es das, wofür sie ihn hielt? Und wer zum Teufel war diese Lady Achanalt? Alasdair versuchte krampfhaft, sich zu erinnern. Dieses Mal strich er sich mit beiden Händen durch das Haar. Die junge Frau saß noch immer auf dem Sofa neben dem schlafenden Kind und starrte ihn an. Ihr Blick wirkte nicht mehr so kalt und klar, sondern stattdessen erschöpft und ein wenig traurig.

»Sorcha bedeutet mir sehr viel, MacLachlan«, sagte sie ruhig. »Sie ist meine Schwester, und ich werde sie immer von ganzem Herzen lieben. Aber mein Stiefvater – Lord Achanalt – liebt sie nicht. Er wusste von Anfang an Bescheid.«

»Dass er nicht der Vater ist?«, fragte Alasdair. »Sind Sie ganz sicher?«

Der grüne Blick des Mädchens richtete sich auf den Teppich unter ihren durchweichten Schuhen. »Er war sicher«, wisperte sie. »Weil er und Mamma nicht – nicht ...«

»O Gott!«, sagte Alasdair. »Was genau?«

»Ich weiß es nicht!«, schrie sie, und ihr Gesicht färbte sich rot. »Ich weiß gar nichts darüber. Er wusste es. Das ist alles, was Mamma sagte. Und dann eines Tages kam alles heraus! Sie hat es ihm ins Gesicht gesagt. Und so wie sie es sagte, klang es nach einer großen Leidenschaft. Himmel, hat sie Ihnen denn nie geschrieben? Oder Sie ihr?«

Alasdair presste die Fingerspitzen an die Schläfen. »Lieber Gott.«

Sie sah ihn traurig an. »Für Gebete ist es jetzt wohl zu spät«, sagte sie. »Sehen Sie, MacLachlan, die letzten beiden Jahre waren für uns alle die Hölle. Ich habe getan, was ich konnte, die Wogen zu glätten, aber jetzt gibt es nichts mehr zu glätten. Mamma ist tot, und die Verantwortung fällt an Sie. Es tut mir leid.«

Für einen Augenblick senkte sich Schweigen über das Zimmer. Alasdair ging weiter vor dem Kamin hin und her, der Klang seiner Stiefelabsätze hallte hart vom Marmorboden wider. Ein Kind. Ein *illegitimes* Kind. O Gott! Es konnte nicht sein, dass so etwas ihm passierte. »Wie ist sie gestorben?«, krächzte er schließlich.

»Am Fieber«, erwiderte sie hohl. »An etwas ganz Gewöhnlichem. Sie wollte immer auf dramatische Weise sterben – *einen tragischen Tod*, pflegte sie es zu nennen – aber das Fieber griff in den Highlands um sich wie ein Waldbrand. Es war Gottes Wille, denke ich.«

Alasdair fragte sich, ob Gott nicht ein wenig Hilfe vonseiten des Ehemannes der Dame gehabt hatte. »Es tut mir unendlich leid um Ihren Verlust, Miss Hamilton«, sagte er schließlich. »Aber ich kann das Kind nicht nehmen. Ist es das, was Sie im Sinn hatten? Dass sie es hier besser haben würde? Glauben Sie mir, nichts könnte weiter von der Wahrheit entfernt sein als diese Vorstellung.«

Sie sah ihn seltsam an. »Was ich denke, spielt keine Rolle, Sir.«

Aber Alasdair war entschlossen, sich diese ungewollte Bürde nicht aufzuladen. »Ich bin überzeugt, dass Sie sich in Ihrem Kummer über Ihre Mutter von romantischen Ideen haben überwältigen lassen, Miss Hamilton«, entgegnete er. »Aber ich bin ein mit allen Wassern gewaschener, notorischer Spieler. Ein geübter Tunichtgut. Ein Weiberheld der schlimmsten Sorte. Die allerletzte Sorte von Mann, die verantwortlich sein sollte, ein Kind großzuziehen. Fahren Sie wieder nach Hause, Miss Hamilton. Es gab keine Leidenschaft, weder groß noch sonst wie, zwischen Ihrer Mutter und mir. Vor Gott und vor dem Gesetz ist Lord Achanalt Sorchas Vater. Ich bin aufrichtig überzeugt, dass er inzwischen krank vor Sorge sein muss.«

Bei diesen Worten lachte Miss Hamilton auf, doch es war ein scharfes, bitter klingendes Lachen. »Dann sind Sie der einzige romantische Narr in diesem Zimmer, MacLachlan«, entgegnete sie. »Vielleicht ein noch größerer als meine bedauernswerte Mutter. Achanalt schert sich keinen Deut um die Meinung des Gesetzes, und in den Highlands ist er eine Art Gott. Sorcha und ich haben kein Zuhause. Haben Sie mich nicht verstanden, Sir?«

Alasdair unterbrach seine Wanderung und wandte sich zu ihr. Er starrte sie an, wobei er die Hände auf dem Rücken verschränkte, um zu verhindern, dass er mit der Faust auf irgendetwas schlug. »Guter Gott«, flüsterte er. »Der Mann hat Sie hinausgeworfen?«

Miss Hamilton hob eine ihrer zarten Schultern. »Warum hätte er das nicht tun sollen?«, entgegnete sie. »Wir sind mit ihm nicht verwandt. Es gibt keine Blutsbande. Wir haben keine Geschwister, keine Großeltern. Achanalt schuldet uns nichts. Wenn Sie mir nicht glauben, dann schreiben Sie ihm und fragen Sie ihn. Er wird Ihnen das alles bereitwillig bestätigen.«

Alasdair ließ sich in einen Sessel fallen. »Jesus Christus, Ihre Mutter ist gestorben, und er ... er hat Sie einfach ...«

»Unsere Habseligkeiten wurden vor die Tür gestellt, noch bevor der Arzt ihren Tod festgestellt hatte«, sagte Miss Hamilton. »Glücklicherweise war dieser so freundlich, uns auf seinem Heimweg in seiner Kutsche mitzunehmen. Wir haben eine Zeit lang bei seiner Familie gewohnt, es war eine fürchterliche Belastung für die armen Leute.«

Alasdair war entsetzt. »Achanalt hat sein Kind also verstoßen?«

»Er hat nicht öffentlich erklärt, dass sie *nicht* seine Tochter ist, nein«, erwiderte Miss Hamilton scharf. »Dafür hat er zu viel Stolz. Aber seine Taten sprechen eine deutlichere Sprache als alle Worte, nicht wahr? Sorcha ist von Ihrer Gnade abhängig. Sie sind Ihre letzte Zuflucht.«

»Aber – aber was ist mit den Verwandten Ihres Vaters? Können die Sie nicht aufnehmen?«

Sie schüttelte den Kopf. »Mein Vater hatte keine Angehörigen und nur wenig Geld«, erklärte Miss Hamilton. »Auch so ein schöner Tunichtgut, fürchte ich. So wie auch Mutters zweiter Ehemann. Und ihr dritter. Mutter hatte eine Vorliebe für solche Männer.«

»Dieser Achanalt scheint kein Tunichtgut zu sein.«

»Nein, er ist bloß trügerisch schön. Eine schreckliche Fehleinschätzung ihrerseits.«

»Und Sie haben ... niemanden sonst?«

Das Mädchen stieß ein kleines, mitleiderregendes Lachen aus. »Mamma hatte eine ältere Schwester, aber sie ist vor über zwei Jahren nach Australien gegangen«, sagte sie. »Ich weiß nicht, ob sie vorhat, jemals wieder zurückzukommen oder ob sie überhaupt noch am Leben ist. Ich habe ihr geschrieben, aber … ich habe eigentlich keine Hoffnung.«

»Ich verstehe«, sagte Alasdair, der zutiefst befürchtete, dass er das wirklich tat.

Plötzlich beugte sich das Mädchen vor und küsste das schlafende Kind. »Ich muss jetzt wirklich gehen«, sagte sie, stand auf und blinzelte einige Male. »Es tut mir leid, aber ich muss.«

Alasdair fühlte sich, als hätte die Erde unter seinen Füßen gerade gebebt. »Gehen?«, fragte er. »Wohin?«

Die junge Frau blinzelte erneut die Tränen zurück. »Ich werde heute Morgen mit der ersten Postkutsche abreisen.« Sie kramte in ihrer Tasche und zog eine kleine braune Flasche heraus. »Sorcha zahnt gerade«, sagte sie hastig. »Es ist der hintere obere Backenzahn. Wenn sie weint und Sie sie nicht beruhigen können, reiben Sie einfach ein bisschen hiervon auf das wunde Zahnfleisch.«

Alasdairs Augen weiteten sich. »*Zahnfleisch –?*«

Miss Hamilton lächelte ihn leicht an. »Es ist eine Tinktur«, sagte sie. »Stecken Sie einfach Ihren kleinen Finger in ihren Mund und tasten Sie, bis Sie eine harte Stelle finden. Es wird der Zahn sein, der versucht, durchzustoßen. Vertrauen Sie mir – wenn ich das schaffe, können Sie das auch. Und morgen dann, nun, Sie können doch sicher ein Kindermädchen engagieren, oder nicht? Sie werden jemanden einstellen, nicht wahr? Ein wirklich erfahrenes Kindermädchen, denken Sie daran. Sorcha ist ein braves, ruhiges Kind. Sie wird Ihnen überhaupt keine Mühe machen, das schwöre ich.«

Alasdair starrte auf die braune Flasche, die sie ihm in die

Hand gedrückt hatte. »Oh nein, Miss Hamilton«, sagte er beunruhigt und sprang auf. »Nein, nein, nein! Ich werde das nicht tun. Ich will diese kleine braune Flasche nicht. Ich stecke meinen Finger nicht nirgendwohin. Ich werde nicht das *Zahnfleisch* abtasten.«

»Oh, ich kann mir vorstellen, dass Sie Ihre Finger schon an schlimmeren Stellen hatten«, entgegnete sie.

Aber Alasdair war so entsetzt, dass er diese Beleidigung kaum registrierte. *Sie würde ihn wirklich allein lassen.* Einen Moment lang verschlug es ihm den Atem. Der Mantel der Verantwortung – mitsamt dem nicht zu entrinnenden Schrecken all dessen – legte sich jetzt über ihn, und er sah keine Möglichkeit, ihn beiseitezuschieben.

Sein nasser Spatz zog sich die Handschuhe an und blinzelte die Tränen zurück.

»Warten Sie!«, protestierte er. »Das kann doch alles gar nicht wirklich passieren! Was – wer – wohin – wollen Sie denn gehen?«

»Nach Bournemouth«, erwiderte sie und strich ihren Handschuh glatt. »Ich bin dort als Gouvernante engagiert worden. In der Tat, ich kann mich glücklich schätzen, diese Stelle überhaupt bekommen zu haben. Ich habe keinerlei Erfahrung. Aber Dr. Campbell kennt den Gentleman – einen Colonel im Ruhestand – und hat für mich Erkundigungen eingezogen. Ich habe keine andere Wahl.«

»Keine Wahl?« Eine solche Aussage war fremd für ihn.

Miss Hamilton sah ihn würdevoll an. »Ich bin, wie Sie vermuten werden, zurzeit völlig mittellos«, gestand sie. »Aber Sorcha ist es nicht, nicht wahr? Sie hat *Sie*. Bitte, MacLachlan. Sie dürfen das Kind nicht im Stich lassen.«

»Bei Gott, ich lasse sie nicht im Stich!«, erwiderte er gereizt. »Ich *nehme* sie ja nicht einmal.«

Miss Hamilton wich zwei Schritte zurück.

Alasdair starrte sie mit offenem Mund an. »Aber das – das Kind! Warten Sie, Miss Hamilton! Sicherlich können Sie sie behalten? Sie ist – nun, sehen Sie doch nur, wie klein sie ist! Wirklich, sie muss ja kaum etwas essen!«

»Warum müssen Sie es mir so schwer machen?«, rief Miss Hamilton. »Keine Familie wird eine Gouvernante mit einem kleinen Kind nehmen. Sie würden natürlich denken, dass es meines ist, und mich auf der Stelle wieder fortschicken.«

Alasdair sah sie abschätzend an. »Das ist ein sehr guter Punkt«, sagte er. »Wie kann ich wissen, dass es *nicht* Ihres ist?«

Plötzlich flammten Miss Hamiltons Augen vor Zorn auf. »Sie selbstsüchtiger Schuft!«, rief sie. »Wollen Sie tatsächlich auch weiterhin leugnen, eine ... eine *eheliche Beziehung* mit meiner Mutter gehabt zu haben?«

»Was gehabt zu haben?«, echote er fassungslos. »Ich leugne sogar zu wissen, wie man eheliche Beziehung buchstabiert! Aber wenn Sie mich fragen, ob ich es dem alten Mädchen auf irgendeiner feuchtfröhlichen Neujahrsfeier auf die Schnelle hinter einem Vorhang besorgt haben könnte, ja, dann würde ich sagen, dass ... nun, dass es sein könnte – vielleicht – dass ich das *möglicherweise* getan habe. Ich kann mich nicht genau daran erinnern.«

»Herrgott«, wisperte sie entsetzt. »Sie sind wirklich ein Schuft, nicht wahr?«

»Schuldig!«, rief er und hob beide Arme. »Schuldig im Sinne der Anklage! Und glücklich, Madam, es zu sein!«

Miss Hamilton verzog angewidert den Mund. »Ich bedauere, Sir, dass ich dies einem Kind antun muss, welches ich so sehr liebe«, sagte sie. »Aber die illegitime Tochter eines Schuftes zu sein ist besser als alles, was ich ihr bieten kann, so sehr mich das auch schmerzt.« Sie wischte eine Träne fort, seufzte tief und griff nach ihrem durchnässten Ridikül, das auf dem Sofa lag.

Alasdair bekam sie zwischen Sofa und Tür irgendwie zu fassen. »Miss Hamilton! Hören Sie! Sie können mich nicht in diesen Schlamassel bringen und dann einfach so zur Tür hinausspazieren!«

Miss Hamilton fuhr herum und machte sich um gut zehn Zentimeter größer. »Was Sie in diesen Schlamassel gebracht hat, Sir, war Ihr ... Ihr Gemächt! Das und ein kleines Glas oder zwei oder zwanzig! Also denken Sie nicht einmal daran, die Schuld auf mich abzuwälzen!«

Aber Alasdair war in Lachen ausgebrochen. »Mein Gemächt, Miss Hamilton? Tatsächlich?«

Sie hob die Hand, als wollte sie ihn schlagen. »Wagen Sie es nicht, Sir, sich über mich lustig zu machen!«

Irgendwie gelang es ihm, mit dem Lachen aufzuhören, ihre Hand zu ergreifen und sie rasch an seine Lippen zu heben. »Also gut«, sagte er. »Es tut mir leid. Lassen Sie dies als einen Friedenskuss gelten. Und jetzt, Miss Hamilton, werden wir doch sicherlich diese Angelegenheit zu unser beider Vorteil regeln können? Ich sehe da wirklich kein Problem.«

Sie betrachtete seine malträtierte Stirn. »Irgendjemand hat Ihnen einen Schlag auf den Kopf versetzt«, murmelte sie. »Und das hat Ihren Verstand durcheinandergebracht.«

»Hören Sie mir zu, Miss Hamilton«, widersprach er. »Sie wünschen doch gar nicht, Ihre Schwester zurückzulassen. Und ich bin ein sehr reicher Mann.«

»Ja?« Eine Spur von Hoffnung und Vorsicht glimmte in ihren Augen auf. »Sagen Sie es frei heraus, MacLachlan. Was für eine großartige Idee haben Sie?«

Alasdair zuckte gleichmütig die Schultern und setzte eine Unschuldsmiene auf – die, mit der er bei Granny MacGregor nie etwas erreicht hatte. Miss Hamilton jedoch war weniger hartgesotten oder vielleicht auch einfach nur verzweifelt, denn der Ausdruck in ihren Augen wurde etwas sanfter. Guter Gott, er war solch ein Heuchler! Und sie sah verdammt hübsch aus, wenn dieser kristallharte Blick ein wenig schmolz.

»Was, wenn ich Ihnen ein kleines Haus kaufen würde?«, schlug er leichthin vor. »Vielleicht an der Küste? Und Ihnen dazu natürlich eine ansehnliche jährliche Apanage aussetze. Sie sind sehr jung, das ist wohl wahr. Aber ich würde doch meinen, dass Sie mit ein wenig gutem Willen als junge Witwe durchgehen könnten ...?«

Miss Hamilton schüttelte heftig den Kopf. »Junge Witwen werden – wenn sie respektabel sind – von der Familie ihres Ehemannes aufgenommen«, sagte sie, wobei sie das *R* in respektabel so stark rollte, dass es fast wie ein Knurren klang. »Oder von ihrer eigenen Familie. Niemand wird mir diesen ausgemachten Unsinn von der Witwe in ihrem kleinen Cottage abnehmen, MacLachlan, und das wissen Sie sehr gut.« Ihre Stimme klang wieder abschätzig. »Man würde mich für ein leichtfertiges Frauenzimmer halten, und Sorchas Zukunft wäre ruiniert.«

»Nun, nun, Miss Hamilton. Sicherlich dramatisieren Sie das ein wenig.«

»Sie wissen, dass ich das nicht tue«, beharrte sie. »Außerdem verdient Sorcha einen Vater, und sei es auch nur einer, den man nicht gerade ideal nennen kann. Und wenn man sie schon für einen Bastard hält, kann sie ebenso gut als Bastard ›*eines sehr reichen Gentleman*‹ gelten. Sie können es sich leisten, ihr alles zu geben. Sie können sie angemessen kleiden und ihr eine gute Erziehung ermöglichen. Dadurch wird sie wenigstens die Chance auf ein respektables Leben haben.« Ihre Augen schwammen in Tränen, als sie ihm ihre Hand entzog und sich abwandte. Dann ging sie, mit einem leisen Seufzen, auf die Tür zu.

»Wirklich, Miss Hamilton, Sie können nicht einfach so gehen!«, protestierte Alasdair und folgte ihr. »Denken Sie doch – nun, denken Sie an das Kind! Denken Sie an die Dinge, denen es unter meinem Dach ausgesetzt sein wird! Es könnte passieren, dass ich sie mit Federmessern spielen lasse! Ich könnte ihr Schlafmittel in ihren Haferbrei tun! Oder ihr sogar beibringen, wie man Karten spielt – oder wie man Würfel präpariert. Denken Sie daran, dass ich ein sehr schlechter Mensch bin!«

Miss Hamilton musterte ihn mit einem Blick, der sein edelstes Körperteil zum Schrumpfen gebracht hätte – wenn es sich nicht schon zu Beginn dieses schrecklichen Zusammentreffens zu einem wie gelähmt scheinenden Klümpchen in sich zurückgezogen hätte. »Oh, das würden Sie nicht wagen!«, zischte sie. »Keine präparierten Würfel! Das ist eine traurige und sehr schlimme Sache, MacLachlan.«

Alasdair fühlte sich von dem Gedanken beschämt, denn er hatte noch niemals in seinem Leben betrogen – außer natürlich andere Männer mit deren Frauen. Was genau der Punkt war, der ihn in diese scheußliche Zwangslage gebracht hatte. Und so gern er das Kind auch verleugnet hätte, so machte Miss Hamiltons überzeugende Haltung aufrichtiger Entrüstung dies doch unmöglich. Noch schlimmer jedoch war, dass er eine sehr vage Erinnerung daran hatte, etwas sehr, sehr Schlimmes auf dem Ball getan zu haben, zu dem Angus ihn mitgenommen hatte. Er spürte ein Gefühl von Schuld in sich lauern.

Er hatte schon immer eine Vorliebe für reifere, gut proportionierte Frauen gehabt – dazu möglichst noch brünett. Und offensichtlich war er an jenem Silvesterabend genau solch einer Erscheinung begegnet. Jesus Christus, was hatte er zu dieser armen Frau gesagt, um sie dazu zu bekommen, mit ihm zu vögeln? Und dass es so gewesen war, daran hatte er keinen

Zweifel. Nichts als eine schnelle heftige Kopulation. Keine Gefühle. Kein Gedanke an die Konsequenzen. O Gott! Bilderschemen schienen in seinem Kopf zu tanzen. Er erinnerte sich bruchstückhaft an die Vorhänge. Schwere Samtvorhänge, die weich seinen Po gestreift hatten. Und an den muffigen Geruch von altem Leder. Oder war das ein Erinnerungsfetzen an eine andere Sünde, zu einer anderen Zeit und an einem anderen Ort?

Nein, höchstwahrscheinlich die Bibliothek. Bei Bällen und auf Gesellschaften hatte eine einsame Bibliothek für ihn schon immer etwas verdammt Reizvolles gehabt. Vermutlich hatte er diese Lady Achanalt hinter die Vorhänge gelockt, hatte ihr süße Lügen ins Ohr geflüstert, ihr sofort die Unterhosen heruntergestreift und sie dann im Stehen genommen. Es wäre nicht das erste Mal auf *diese* Art geschehen.

»MacLachlan?« Miss Hamiltons harte Stimme schnitt in sein Bewusstsein. »MacLachlan? Hören Sie, Mann, Sie brechen mir ja die Finger.«

Er schaute herunter und sah, dass er wieder ihre Hände umklammert hielt. Plötzlich durchfuhr es ihn. »Miss Hamilton, warum müssen Sie nach Bournemouth gehen?«

»Weil ich arbeiten muss!« Ihr Ton war entschlossen. »Ich bin mittellos, MacLachlan, haben Sie das nicht begriffen?«

»Aber … aber warum bleiben Sie nicht einfach hier?«

Sie wich um gut einen halben Meter zurück. *»Hierbleiben? Bei Ihnen?«*

Alasdair sah sie gekränkt an. »Um Himmels willen, Miss Hamilton!«, sagte er. »Als – als meine Gouvernante!«

Miss Hamilton zog eine Augenbraue hoch. »Nun, ich habe keinen Zweifel daran, dass die bisherige bei Ihnen fürchterlich versagt hat«, erwiderte sie. »Aber Sie sehen mir ein wenig zu alt dafür aus und sind mir zu sehr in Ihrer Verruchtheit verwurzelt.«

Alasdair runzelte die Stirn. »Um Himmels willen! Für das Kind! Als Gouvernante für das Kind! Wenn – *wenn* – ich es hier behalte, warum kann ich dann nicht *Sie* engagieren, damit Sie sich um die Kleine kümmern? Wer sollte etwas dagegen haben? Und wer wäre besser dafür geeignet?«

Das verblüffte sie. »Ich – ich –« Miss Hamilton blinzelte verunsichert. »Aber das wäre eine Dummheit. Sorcha ist noch keine zwei Jahre alt. Sie braucht ein Kindermädchen, keine Gouvernante.«

Aber Alasdair war entschlossen, einen Weg durch diesen Morast moralischer Verpflichtung zu finden. »Wer sagt das, Miss Hamilton?«, fragte er herausfordernd. »Wer stellt diese Regeln auf? Gibt es so etwas wie einen Leitfaden für Gouvernanten, von dem ich nichts weiß?« Er warf einen raschen Blick auf das schlafende Kind. »Nun, sehen Sie sich sie doch an! Zweifellos ein intelligentes Kind. Alle MacLachlans sind das – nun, die meisten jedenfalls. Mein Bruder Merrick konnte schon mit drei Jahren lesen und addieren und all das.«

»Sie geben also zu, dass Sorcha Ihr Kind ist?«, fragte Miss Hamilton.

Alasdair zögerte. »Ich gebe zu, dass es möglich sein könnte«, wich er aus. »Ich muss nach Edinburgh schreiben und einige Nachforschungen anstellen, ehe ich die volle Ver-ver ... – die volle *Veran-an-an* ...« Aus einem unerfindlichen Grund brachte seine Zunge das Wort nicht zustande.

»Die *Verantwortung?*«, ergänzte Miss Hamilton mit spöttischer Freundlichkeit. »Es ist ein einfaches Wort, MacLachlan. Nur vier Silben. Ich bin sicher, Sie werden es schon noch hinbekommen, es auszusprechen.«

Alasdair befürchtete, dass sie recht hatte. »Sie scheinen alle Vorzüge einer Gouvernante zu haben, Miss Hamilton«, erwiderte er. »Eine scharfe Zunge und eine herablassende Art.«

»Richtig, vielen Dank«, entgegnete sie.

Er betrachtete sie einen Moment lang schweigend, während er seine eigene Verzweiflung verfluchte. »Also, was ist mit meinem Angebot? Wie viel verdient eine Gouvernante überhaupt? Was genau wird mich diese neu an mich herangetragene *Verantwortung* eigentlich kosten, wenn auch nur vorübergehend?«

Sie zögerte einen Moment. »Hundertfünfzig Pfund jährlich wären angemessen.«

»Hölle und Teufel!« Er versuchte, finster dreinzusehen. »Miss Hamilton, Sie sind eine jämmerlich schlechte Lügnerin.«

Sie blinzelte unschuldig. »Dann sollten Sie mir vielleicht einige hilfreiche Ratschläge hinsichtlich dieses besonderen Talents geben?«, schlug sie vor. »Man hat mich gelehrt, dass man sich immer ein Vorbild suchen soll.«

Alasdair verengte die Augen. »Miss Hamilton, wenn Sie es tun müssen, erpressen Sie mich ruhig wegen der Höhe Ihres Gehaltes – aber werden Sie nun bleiben, oder nicht?«

Sie biss sich auf die Lippen und schaute hinüber zu dem schlafenden Kind. »Dreihundert Pfund für das erste Jahr, im Voraus zu zahlen«, sagte sie. »Und nicht zurückzahlbar, auch nicht, wenn Sie Ihre Meinung ändern. Selbst dann nicht, wenn Sie Ihre Meinung bereits *nächste Woche* ändern sollten.«

Großer Gott, er wäre ein Narr, würde er einem solchen Handel zustimmen! Die Gehälter aller Dienstboten in diesem Haus zusammengenommen waren nicht so hoch wie das Salär, das sie forderte. Alasdair war drauf und dran, ihr zu sagen, dass sie sich zum Teufel scheren solle, und setzte auch schon dazu an, als das Kind herzzerreißend zu wimmern begann. Das Geld vergessend eilte Miss Hamilton zum Sofa und schlug die Decken zurück. Hastig hob sie das Kind aus dem Korb und drückte es an sich. Zerzauste, rotblonde Locken schauten unter der Wollmütze des Kindes hervor.

»Schtscht, schtscht, kleines Würmchen«, gurrte Miss Hamilton, wobei sie dem Kind rhythmisch den Rücken tätschelte.

Als Antwort darauf machte das Kind einen lauten, gurgelnden Rülpser. Dann, gerade als Alasdair begonnen hatte, wieder zu atmen, hob es den Kopf und sah ihm direkt in die Augen. In diesem Augenblick empfand er einen weiteren dieser überwältigenden, atemraubenden Schläge in den Magen. Haltsuchend streckte er die Hand nach einem Stuhl aus, unsicher, ob seine Knie nachgeben würden.

Miss Hamilton hatte sich zu ihm umgewandt. »Himmel, MacLachlan, sind Sie krank?«, fragte sie und kam eilig zu ihm.

Alasdair schüttelte das Gefühl der Schwäche ab. »Es geht mir gut, danke.« Er ließ den Stuhl los. »Es war nur ein anstrengender Tag, das ist alles.«

»Oh, ich denke, es liegt an dieser schrecklichen Wunde zwischen Ihren Augen, ohne jeden Zweifel«, erklärte Miss Hamilton, wobei sie die *O* so aussprach, wie auch Granny MacGregor es tat. »Das Blut ist aus Ihrem Kopf gewichen. Legen Sie etwas Eis darauf und gehen Sie zu Bett.«

Alasdair schüttelte den Kopf. »Zuerst muss ich diese unsägliche Angelegenheit regeln«, beharrte er. »Wie ich also schon sagte, werde ich Ihnen hundertfünfzig Pfund zahlen und –«

»*Dreihundert*«, erinnerte sie ihn. »Im Voraus zu zahlen.«

Das war Raub, schlicht und einfach, aber Alasdair blieb kaum eine Wahl. »Also gut«, murrte er. »Und Sie werden bleiben und sich um das Kind kümmern, bis ... bis ich weiß, was als Nächstes zu tun ist.«

Plötzlich schien ihr Gesicht in sich zusammenzufallen. Es schien höchst ungewöhnlich, wirkte aber absolut echt.

»O Gott!«, sagte er. »Was ist denn jetzt wieder los?«

Sie holte tief Luft. »Es ist ein so großer Schritt«, gab sie zu. »Ich hatte mich gerade damit abgefunden, dass ich meine kleine süße Sorcha verlassen muss, und jetzt das! Ich war darauf nicht gefasst.«

»Nun, dafür, dass Sie nicht darauf gefasst waren, haben Sie aber verdammt gut gefeilscht«, beklagte er sich. »Wie würde es Ihnen an meiner Stelle gehen? Vor einer halben Stunde noch habe ich mich nur um mich gekümmert und mich im Schlummer den süßesten Fantasien hingegeben, und ehe ich wusste, wie mir geschah, sind Sie und Lady Sorcha in mein Leben geplatzt. Das ist eine verdammte Unbequemlichkeit, um es ganz offen zu sagen.«

Miss Hamilton sah nicht besonders verärgert aus. »Was ich meinte, war, dass dies hier nicht das ist, was man einen respektablen Haushalt nennen würde, nicht wahr?«, sprach sie weiter. »Mein Ruf wird ruiniert sein, fürchte ich. Andererseits bin ich mir ganz und gar nicht sicher, ob das überhaupt noch von Bedeutung ist.«

Alasdair richtete sich kerzengerade auf. »Dies ist ein Junggesellenhaushalt, das ist wahr«, räumte er ein. »Aber ich empfange unter diesem Dach weder meine Liebhaberinnen noch verführe ich hier meine weiblichen Angestellten, Miss Hamilton. Und ganz gewiss vertrödele ich meine Zeit nicht mit halbwüchsigen Mädchen, wenn es das ist, was Sie meinten.«

»Ich weiß nicht, was ich meinte!«, entgegnete Miss Hamilton und tätschelte Sorcha weiterhin den Rücken, während sie hin und her ging. »Das ist Teil meines Problems. Ich habe nur wenig Erfahrung darin, wie es in der Welt zugeht. Wirklich, bis Mamma starb, wusste ich überhaupt nichts vom Kindergroßziehen. Ich habe die meiste Zeit meines Lebens in kleinen schottischen Dörfern verbracht. Ich weiß nur, dass es Dinge gibt, die eine Lady nicht tun sollte, und ich bin mir relativ sicher, dass eines davon ist, unter Ihrem Dach zu wohnen. Aber Sie bieten mir eine schreckliche Versuchung: eine Möglichkeit, bei meiner Schwester zu bleiben.«

Ihre plötzliche Verletzlichkeit ärgerte ihn, allerdings aus Gründen, die er nicht erklären konnte. »Sehen Sie, Miss Hamilton, wenn das Kind hierbleiben soll, wird es früher oder später eine Gouvernante brauchen«, sagte er. »Wenn Sie alt genug sind, um als Gouvernante zu arbeiten, warum sollten dann nicht Sie diejenige sein? Ich habe keine weiblichen Verwandten, zu denen ich das Kind geben könnte, außer ich schicke es zurück nach Schottland – was, in Anbetracht von Tratsch und Klatsch, wahrscheinlich der letzte Ort auf Erden ist, an dem es aufwachsen sollte. Oder haben Sie vielleicht eine bessere Idee?«

»Nein«, gab sie zu und ihre Stimme klang sehr klein. »Gar keine.«

»Dann werde ich Ihnen Ihre dreihundert Pfund zahlen«, sagte er. »Und als Gegenleistung lösen Sie mein Problem. Klingt das fair?«

Miss Hamilton rümpfte die Nase. »Oh, ich werde das bereuen«, murmelte sie. »Das weiß ich jetzt schon.«

Genau in diesem Augenblick kam der Butler mit dem Tee. Alasdair winkte das Tablett fort. »Es gibt eine Planänderung, Wellings«, sagte er. »Bitte seien Sie so freundlich, das Tablett hinauf ins Schulzimmer zu bringen.«

»In das *Schulzimmer*, Sir?«

Alasdair lächelte. »Ja, wie es scheint, habe ich jetzt ein ... ein Mündel«, erwiderte er und wies auf das Kind, das an Miss Hamiltons Schulter eingeschlafen war. »Der plötzliche Tod einer entfernten Verwandten hat das mit sich gebracht. Miss Hamilton ist die Gouvernante des Kindes.« Alasdair verbeugte sich in ihre Richtung. »Wellings wird dafür sorgen, dass Ihr Gepäck hereingebracht wird und dass Sie es heute Nacht bequem haben. Morgen früh wird er Sie dem Personal vorstellen. Und dann werden wir« – er machte eine unbestimmte

Handbewegung – »nun, wir werden das tun, was man unter diesen besonderen Umständen eben tut.«

»Und Sie werden sofort nach Edinburgh schreiben?«, drängte Miss Hamilton.

»Sofort«, bestätigte er. Und dann überließ Sir Alasdair seine neue Gouvernante Wellings' verlässlicher Fürsorge und ging nach oben in sein Bett. Er fühlte sich nicht mehr auch nur im Entferntesten so sicher wie früher, in einem Leben, das plötzlich so ganz anders zu werden drohte, als er es bisher gekannt hatte. Ein Kind! In seinem Haus! Und jetzt war er das, was zu sein er sich am allerwenigsten gewünscht hatte. Vater. Du großer Gott! Es *eine verdammte Unbequemlichkeit* zu nennen, traf es nicht einmal annähernd.

Das Schulzimmer wurde, wie Esmée Hamilton bald feststellte, von einem knapp drei Meter großen Billardtisch eingenommen, dessen grüne Bespannung vom vielen Gebrauch fast blank war. Das Kinderzimmer, das daran angrenzte, war vor langer Zeit in einen Salon für Raucher umgewandelt worden, ausgestattet mit einer Sitzgarnitur aus abgewetztem Leder und den Regalen, in denen Spielzeug hätte stehen sollen statt der Stapel aufklappbarer Holzkisten, die Wellings als »Sir Alasdairs numismatische Sammlung« bezeichnete, was immer das auch heißen mochte.

Esmée war zu müde, um zu fragen, also rümpfte sie nur die Nase über den abgestandenen Geruch im Zimmer und folgte Wellings, der jetzt nicht mehr ganz so herablassend war. »Und hier entlang, Ma'am, geht es zum Schlafzimmer, das auch eine Verbindung zum Schulzimmer hat«, sagte er. »Wird es genügen?«

Esmée legte Sorcha auf das Bett und schaute sich um. Das Zimmer war nicht groß, aber es hatte eine hohe Decke und wirkte freundlich. »Ja, danke«, sagte sie ruhig. »Es ist sehr nett. Sie haben vermutlich keine Wiege oder etwas Ähnliches?«

»Ich fürchte nein, Ma'am.« Er half Esmée dabei, zwei Stühle in die Nähe des Bettes zu rücken und eine große Schublade darauf zu stellen.

In den langen Wochen nach dem Tod ihrer Mutter hatte Esmée ein Geschick dafür entwickelt, sich mit derartigen behelfsmäßigen Arrangements einzurichten. Zu einem gewissen Teil war es dieser Zustand gewesen, der sie davon überzeugt hatte, dass Sorcha ein anständiges Zuhause brauchte. Das Kind verdiente ein besseres, geordneteres Leben. Und es verdiente auch einen fähigen Elternteil. Esmée war sich nicht sicher, ob sie all diese Anforderungen erfüllte. Doch dieser schamlose Mensch die Treppe hinunter war doch sicherlich noch schlimmer.

Nachdem Wellings heißes Wasser hatte kommen lassen und sich überschwänglich dafür entschuldigt hatte, dass das Bett nicht frisch gelüftet worden war, wünschte er Esmée eine gute Nacht und zog die Tür hinter sich zu. Esmée ging sofort zur Tür und drehte den Schlüssel herum. Ein plötzliches Gefühl der Erleichterung, wenn auch vermischt mit Sorge, stieg in ihr auf, als sie dastand und auf das feine Messingschloss schaute. Ihre Mutter war tot. Das geliebte Schottland weit weg.

Aber heute Nacht waren sie in Sicherheit. Heute Nacht hatten sie ein bequemes Bett und die sichere Erwartung auf ein ausgiebiges Frühstück am Morgen. Das alles schien so selbstverständlich zu sein. Und doch hatten genau diese Dinge eine so große Bedeutung bekommen.

Oh, wie sehr wünschte sie, sie wäre älter und klüger – vor allem Ersteres. In acht Jahren würde sie das Erbe ihres Großvaters antreten – ein recht großes, wie sie vermutete. Aber acht Jahre waren eine lange Zeit. Sorcha würde dann fast zehn sein. Bis dahin mussten sie von Esmées Erfindungsreichtum leben – ein dünner Strohhalm, wenn es denn überhaupt einer war. Oh, wenn doch nur Tante Rowena heimkehren würde!

Esmée ging wieder zu Sorcha. Das Kind schlief ruhig und fest. Esmée setzte sich auf das Bett und versuchte, nicht zu weinen. Sie war nicht qualifiziert dafür, sich um ein Kind zu kümmern. Und ganz gewiss sollte sie nicht hier in diesem Haus sein. Sogar Esmée, unerfahren wie sie war, wusste das.

Sir Alasdair MacLachlan war sogar noch verdorbener, als man sie es hatte glauben machen. Er war nicht nur ein gefühlloser Lebemann; er war auch noch stolz darauf und ohne jegliches Schuldgefühl. Und er sah umwerfend gut aus; zu gut, als dass es zuträglich für ihn sein könnte – oder für den Seelenfrieden einer Frau. Sogar wenn er wütend war, schien ein Lachen in seinen Augen zu funkeln, als würde er nichts ernst nehmen, und obwohl sein Haar völlig zerzaust gewesen war, hatten die goldenen Locken im Schein der Lampen geschimmert.

In dem Augenblick, als Sir Alasdair ihr die Hand geküsst hatte, hatte sie in ihrem Bauch etwas sehr Seltsames verspürt. Sie vermutete, dass es genau die Art von beunruhigendem, verwirrendem Gefühl gewesen war, das man spürte, wenn man von einem erfahrenen Frauenhelden geküsst wurde. Schlimmer noch war jedoch, dass er sich nicht einen Augenblick lang an Mamma erinnert hatte. Gott, wie peinlich das gewesen war! Aber Esmée hatte sich vor mehr als sechshundert Meilen von ihrem Stolz getrennt, und sie befürchtete sogar, dass alles noch viel schlimmer werden würde.

Todmüde, doch erfüllt von einer rastlosen Energie, ging sie zurück in den Rauchersalon, in dem das Licht einer einzelnen Wandlampe trübe flackerte und dabei seltsame, sich bewegende Schatten an die Wände und die Regale warf. Sie setzte sich auf das ramponierte alte Sofa und wurde sofort von einem warmen, schon vertrauten Duft umschlossen. MacLachlan. Unverwechselbar. Dann sah sie den Mantel, der achtlos über einen in der Nähe stehenden Stuhl geworfen worden war. Sie versuchte, den verwirrend männlichen Duft zu ignorieren, der ihr in die Nase stieg, und griff stattdessen zu einem schönen, ledergebundenen Buch, das zuoberst auf dem unordentlichen Stapel auf dem Teetisch lag.

Sie schaute auf die kleinen goldenen Buchstaben auf dem Rücken. *Théorie Analytique des Probabilités* von de Laplace. Esmée schlug es auf und las mit ihren dürftigen Französischkenntnissen so lange darin, bis sie erkannte, dass die Theorie des Autors, die etwas mit Arithmetik zu tun hatte, weit über ihren Verstand ging. Und auch weit über den MacLachlans, davon war sie überzeugt. Vielleicht war das Buch als eine Art dekorative Affektiertheit herausgelegt worden? Doch als sie sich in dem unordentlichen, übel riechenden Zimmer umschaute, verwarf sie diesen Gedanken rasch wieder. Nein, hier gab es kein Vortäuschen von Vornehmheit.

Neugierig geworden griff sie nach einem anderen Buch. Dieses Buch war offensichtlich sehr alt, der braune Ledereinband war arg zerschlissen. *De Ratiociniis in Ludo Aleae* von jemandem namens Huygens. In diesem Buch konnte sie überhaupt kein Wort lesen, denn es war in einer Sprache verfasst, die sie noch nie gesehen hatte. Aber es enthielt eine Menge an Zahlen und mathematischen Formeln.

Was um alles in der Welt bedeutete das? Sie zog ein Buch aus dem unteren Teil des Stapels heraus. Unter sechs weiteren solcher Bücher war ein Bündel Papier, gefüllt mit einer unleserlichen Schrift und Zahlen. Im Großen und Ganzen sah es aus wie die Notizen eines Wahnsinnigen – was zu dem passte, was sie bis jetzt von MacLachlan gesehen hatte. Aber all die Brüche, Dezimalpunkte und seltsamen Anmerkungen begannen, ihr Kopfschmerzen zu verursachen. Esmée stapelte die Bücher wieder aufeinander, löschte das Licht und ging zurück zu Sorcha.

Erleichterung durchströmte sie beim Anblick des Kindes, dessen Gesicht so friedlich und glücklich aussah. Ja, sie hatte MacLachlans unerhörtem Vorschlag zugestimmt. Was sonst hätte sie tun sollen? Sorcha verlassen, nur um ihren eigenen guten Namen zu bewahren? Einen makellosen Ruf konnte man nicht essen. Man konnte nicht darauf schlafen oder darunter Schutz suchen. Und wer sonst würde ihnen beiden zusammen ein Heim geben?

MacLachlan mochte ein Schuft und ein Halunke sein – er war ohne jeden Zweifel faul und selbstgefällig –, aber er zeigte keine Anzeichen von Grausamkeit. Das überraschte sie. Nach ihrer Erfahrung waren die Männer, die am besten aussahen, oft die brutalsten. War Lord Achanalt nicht das beste Beispiel dafür?

Esmée ließ den Blick durch das Zimmer schweifen, sah die goldfarbene Seidenbespannung an den Wänden und die hohen schmalen Fenster mit den in üppigen Falten fallenden Vorhängen davor. Es war kleiner, aber doch weitaus eleganter als alles, was sie in Schottland gehabt hatten. Es war ein Wunder, dass MacLachlan sie nicht auf die Straße gesetzt hatte. Eigentlich war es das, womit sie gerechnet hatte, wogegen sie sich innerlich gewappnet hatte. In der Tat war es genau das, was ihr Stiefvater getan hatte. Einen Moment lang gewann Esmées Zorn die Oberhand über ihren Kummer. Ihr Zorn auf Achanalt, von dem sie schon seit Langem das Schlimmste erwartet hatte. Und ihre Mutter? Wie hatte sie einfach sterben und sie der Willkür dieses Mannes überlassen können?

Als sie sich entkleidete, fiel Esmées Blick auf die goldene Uhr auf dem Kaminsims. Halb zwei. Ihre Kutsche nach Bournemouth würde in fünf Stunden abfahren. Wenn sie ihre Meinung noch ändern wollte, dann musste sie sich heute Nacht entscheiden. Sie mochte ein unerfahrenes Mädchen aus den Highlands sein, aber eines wusste sie durchaus: Würde sie in diesem Haus mit einem Mann vom Rufe MacLachlans bleiben, so war dies das Ende ihrer Chance, je wieder eine Stellung in einem respektablen Haushalt zu bekommen. Noch schlimmer war, dass MacLachlan selbst in einem Zustand des unzulänglich Gekleidetseins sehr gut aussah. Gefährlich gut. Esmée mochte ihn nicht, nein. Aber in ihren Adern floss das Blut ihrer Mutter, und auch das war gefährlich.

Doch trotz ihrer Angst und der seltsamen Mischung aus Kummer und Wut über den Tod ihrer Mutter keimte eine zarte Hoffnung in Esmées Herzen. Während sie sich mit dem warmen Wasser wusch, das Wellings hatte heraufbringen lassen, genoss Esmée dieses Gefühl der Hoffnung. *Er würde es tun.* MacLachlan würde Sorcha ein richtiges Zuhause geben. Allein dieser Gedanke erstaunte Esmée, und sie erkannte, dass sie, während sie den langen Weg nach London gereist war, im Grunde niemals damit gerechnet hatte, dass ihr Plan Erfolg haben würde.

MacLachlan wird Sorcha keine Liebe geben, dachte sie, während sie sich das Nachthemd überstreifte. Er würde die Seele des Kindes nicht nähren. Er würde kein Vater in der herkömmlichen Bedeutung des Wortes sein. Aber er würde sie immerhin nicht wieder hinauswerfen, und Esmée hatte gelernt, ihre Erwartungen nicht zu hoch zu schrauben und sich auch über den kleinsten Sieg zu freuen.

Gerade in diesem Moment begann Sorcha zu strampeln und die Decken wegzuschieben. Esmée ging zu der provisorischen Bettstatt und beugte sich hinunter, um das Kind wieder zuzudecken. Zu ihrer Überraschung war Sorcha wach. Als das Kind Esmée sah, weiteten sich seine verwirrend blauen Augen und es stieß ein gurgelndes, blubberndes Lachen aus und klatschte in die Hände.

Esmée nahm die winzigen Hände des Kindes und fühlte Sorchas Finger, die sich um ihre Zeigefinger schlossen; der Griff war warm und fest. »Bist du jetzt glücklich, mein süßes kleines Mädchen?«, fragte Esmée und hob die kleine Faust an ihre Lippen und küsste sie. »Gefällt es dir, dass du hier endlich ein Zuhause gefunden hast?«

»Hause«, stimmte Sorcha zu, und ihr Blick wurde wieder schläfrig. »Hause, hause.«

2. Kapitel

In dem Mr. Hawes die Katze aus dem Sack lässt

»Allmächtiger Gott! Du hast *was* getan?« Merrick MacLachlan beugte sich über den Frühstückstisch und starrte seinen Bruder an.

»Ich habe ihr gesagt, dass sie bleiben kann«, wiederholte Alasdair. »Es war ein Uhr in der Nacht, und es tobte ein teuflisches Gewitter. Was hätte ich denn tun sollen?«

»Sie wegschicken«, riet Quin, während er einen Happen Nierchen kaute. »Das ist der älteste Trick der Welt, Alasdair. Ich kann nicht glauben, dass du darauf hereingefallen bist.«

Merrick schob empört seinen Stuhl zurück. »Der Schlag gestern auf deinen Kopf muss fürchterlich gewesen sein«, sagte er und ging zur Anrichte, um sich Kaffee nachzuschenken. »Da taucht irgend so ein Flittchen mit einem Kind im Schlepptau vor deiner Tür auf, macht dir weis, es sei deins und du *glaubst* ihr das so einfach?«

»Sie ist kein Flittchen, Merrick. Sie ist ja kaum mehr als ein kleiner Spatz.« Trotz seiner Worte war Alasdair plötzlich sehr froh, dass er nicht die dreihundert Pfund erwähnt hatte, die Miss Hamilton ihm abgenötigt hatte. Er ließ den Blick durch sein elegant eingerichtetes Esszimmer schweifen und fragte sich, ob sein Bruder vielleicht nicht ganz unrecht hatte. Oder ob er selbst ein wenig verrückt wurde. Irgendwie hatte er darauf gehofft, dass sich diese ganze Geschichte im Licht des Tages als böser Traum herausstellen und einfach in Nichts auflösen würde. Aber das war nicht geschehen.

»Isst du die noch?«, fragte Quin und zeigte auf die geräucherten Heringe, die Alasdair sich geistesabwesend auf seinen Teller gehäuft hatte.

»Bedien dich ruhig«, bot Alasdair an, wenn auch zu spät, wie sich zeigte, denn Quin hatte die Hälfte davon schon auf seine Gabel gespießt. »Auch wenn ich nicht verstehe, wie du all das nach einem Tag wie gestern essen kannst.«

»Ich hab einen Magen aus Gusseisen«, erklärte Quin, während er sein Rührei zu Ende aß. »Du wirst weich, Alasdair. Ist noch Kaffee da, Merrick?«

Merrick füllte Quins Tasse und kehrte dann an seinen Platz zurück. »Was hast du der Dienerschaft gesagt, Alasdair?«, fragte er streng. »Das Haus muss ja vor Aufregung summen.«

»Das Personal hier im Haus kann nichts mehr erschüttern«, erwiderte sein Bruder ruhig. »Ich habe Wellings gesagt, dass das Kind mein Mündel ist, und er hat es auch tatsächlich geschluckt. Besonders weil Miss Hamilton so offensichtlich schottisch ist und eher wie meine Tochter denn wie meine übliche Art von Liebhaberinnen aussieht.«

»Aber, Alasdair«, wandte Quin ein, »jemand könnte sich an deine Reise nach Schottland erinnern und eins und eins zusammenzählen. Du verreist nur selten.«

Alasdair wandte sich zu ihm. »Sehr selten«, stimmte er zu. »Abgesehen von einer einzigen Reise bin ich in den letzten drei Jahren zu Hause geblieben. Aber in diesem fraglichen Jahr haben wir beide, wenn du dich erinnerst, die Jagdsaison in Northumbria verbracht, in Lord Devellyns Jagdhütte.«

»Ja, ich erinnere mich«, sagte Quin.

»Und wir wollten dort auch die Feiertage verbringen«, fuhr Alasdair fort. »Aber dann haben du und Dev in Newcastle diese beiden Französinnen kennengelernt, und ich war das fünfte Rad am Wagen, um es einmal so auszudrücken.«

»Wir hatten dir angeboten zu teilen«, grummelte Quin.

Alasdair schüttelte den Kopf. »Ich hatte beschlossen, nach Hause zu fahren«, sagte er. »Zumal ich schon fast auf halbem Wege dorthin war. Und ich hatte nur meinen Kammerdiener mit.«

»Guter Gott, um was geht es hier eigentlich?«, schnappte Merrick.

»Darum, dass sich vermutlich niemand außer Quin und Devellyn daran erinnern wird, dass ich in jenem Jahr weiter als hundert Meilen in die Nähe Schottlands gekommen bin – oder in einem der vergangenen Jahre.«

»Ich bleibe dabei, dass du sie wieder loswerden musst, Alasdair«, warnte sein Bruder. »Bis jetzt hast du noch keine wirkliche Verantwortung zugegeben – und selbst wenn du das getan hättest, gäbe es nichts, was diese dahergelaufene Kreatur dagegen tun könnte.«

»Gott weiß, dass ich nicht glücklich darüber bin, so einen Balg in meinem Haus zu haben, Merrick«, sagte Alasdair finster. »Aber ich will verdammt sein, wenn dieses junge Ding meinetwegen hungers stirbt. Ich erinnere mich nur zu gut daran, wie es war, sich als ungewolltes Kind zu fühlen.«

»Vater war streng, das ist wahr«, räumte Merrick ein. »Aber man hat uns nie hungern lassen, Alasdair.«

»Du hast gut reden«, fauchte sein Bruder. »Es gibt schließlich viele Arten von Hunger.«

»Nun, am besten ist es, du bringst sie in einem Gasthaus unter, bis sich alles geklärt hat«, schlug Quin vor, um einen Streit zwischen den Brüdern abzuwenden.

Alasdair schüttelte den Kopf. »Das bringe ich nicht übers Herz«, gestand er. »Das Kind ist kaum aus dem Säuglingsalter heraus, und Miss Hamilton selbst ist auch kaum älter als ein Kind. Sie wirkt so unerfahren und sehr zart besaitet. Ich bezweifle, dass dieses junge Ding bis jetzt in seinem ganzen Leben je aus Inverness herausgekommen ist.«

»Das soll einer glauben«, murrte Merrick. »Du bist ein Narr, wenn du dieses Weibsbild mitsamt seinem Kind nicht auf die Straße setzt. Außerdem wirst du von Onkel Angus keine Informationen bekommen können. Sie haben im April die Seereise nach Malaysia angetreten.«

»Großer Gott, sie sind schon weg?«, fragte Alasdair. »Das hatte ich ganz vergessen.«

»Was würde das denn auch ändern«, sagte Merrick herausfordernd. »Onkel Angus hätte dir wahrscheinlich berichtet, dass diese Lady Achanalt kaum besser als ein gewöhnliches Flittchen war und dass es keine Möglichkeit gibt zu beweisen, dass das Kind von dir ist.«

Alasdair schob seinen Teller weg. »In diesem Punkt, lieber Bruder, könntest du dich irren«, entgegnete er. »Und allmählich fange ich an, dir deine Haltung übel zu nehmen.« Aus einem Impuls heraus klingelte er nach einem Diener, doch stattdessen erschien der Butler höchstpersönlich.

»Ja, Sir?«

»Ist Miss Hamilton schon wach, Wellings?«

Die Augen des Butlers weiteten sich. »Aber gewiss, Sir«, erwiderte er. »Sie ist im Morgengrauen aufgestanden und hat um einen Bogen Briefpapier gebeten.«

»Briefpapier?«, wiederholte Alasdair.

Wellings nickte. »Sie hatte Korrespondenz zu erledigen, von der sie wünschte, dass sie noch die erste Postkutsche nach Bournemouth erreicht, die heute Morgen fährt«, antwortete er. »Ich glaube, Miss Hamilton ist jetzt im Schulzimmer.«

Ja richtig. Dieser Colonel im Ruhestand in Bournemouth. Sie würde also tatsächlich bleiben. Alasdair lehnte sich entspannt auf seinem Stuhl zurück. »Bitte bringen Sie sie herunter«, sagte er. »Und sagen Sie ihr, sie soll das Kind mitbringen.«

Ein angespanntes Schweigen legte sich über das Esszimmer,

während sie warteten, doch schon nach wenigen Minuten war ein leises Klopfen an der Tür des Esszimmers zu hören. Miss Hamilton betrat das Zimmer und sah noch schmaler aus als am Abend zuvor. Die leuchtend grünen Augen füllten fast ihr ganzes Gesicht, das oval und zart war. Heute trug sie ein braunes Wollkleid, das leicht düster hätte wirken können, doch stattdessen ganz reizend aussah. Der Farbton passte perfekt zu ihrem Haar, das sie locker hochgesteckt trug. Diese Mischung betonte irgendwie ihren zarten, elfenbeinfarbenen Teint, und zum ersten Mal erkannte Alasdair, dass das Mädchen ganz und gar nicht unscheinbar war. Stattdessen besaß sie eine elegante, subtile Schönheit – und es war die Schönheit einer Frau, nicht die eines Mädchens. Diese Erkenntnis war ein klein wenig beunruhigend.

»Kommen Sie herein, Miss Hamilton«, brachte er fertig zu sagen, während die Gentlemen sich erhoben.

Sie deutete einen linkischen Knicks an und führte das Kind in das Zimmer. Heute Morgen trug das kleine Mädchen einen Kittel aus Spitzen über langen Hosen, deren Beine an den Knöcheln mit blauem Band zusammengebunden waren. Die Kleine hüpfte ohne zu zögern herein, plapperte fröhlich und zeigte auf etwas draußen vor dem Fenster.

»Miss Hamilton, mein Bruder, Merrick MacLachlan«, übernahm Alasdair das Vorstellen. »Und das ist der Earl of Wynwood. Sie wünschen das Kind zu sehen. Wären Sie so freundlich, es zu meinem Bruder zu bringen, bitte?«

Miss Hamilton sah sowohl unbehaglich als auch verwirrt aus, aber gehorsam führte sie das Kind um den Tisch herum zu Merrick. Merrick schockierte sie alle, indem er sich vor dem Kind niederkniete, um es aufmerksam zu mustern. »Wie alt ist sie, bitte?«, verlangte er zu wissen.

»Sie wird im Oktober zwei«, antwortete Miss Hamilton, die

begonnen hatte, nervös mit der Perlenkette zu spielen, die sie um den Hals trug. Es war eine Angewohnheit, die Alasdair im Aufruhr der letzten Nacht durchaus bemerkt, aber nicht weiter beachtet hatte.

Merrick betrachtete noch immer das Gesicht des Kindes. Als Reaktion darauf blinzelte das Kind und legte eine Hand auf sein Knie, als wollte es auf seinen Schoß krabbeln. »Hübsch«, sagte die Kleine und griff mit ihren kleinen rundlichen Fingern nach Merricks Uhrkette. »Hübsch ... Uhr.«

Leicht errötend ließ Miss Hamilton ihre Perlenkette los und eilte herbei, um das Kind auf den Arm zu nehmen. »Nein, nein!«, jammerte Sorcha und wehrte sich gegen den Griff ihrer Schwester. »Haben, Mae! Will haben!«

»Schtscht jetzt«, säuselte Miss Hamilton und wiegte das Kind auf ihrer Hüfte. »Sei ein braves Mädchen.«

Merrick erhob sich, den Blick auf seinen Bruder gerichtet. »Ich nehme an, du wolltest, dass ich mir die Augen des Kindes ansehe«, sagte er kühl.

»Ja, genau das wollte ich«, gab Alasdair zu.

»Das beweist gar nichts«, sagte Merrick.

»Tut es das nicht?«, fragte Alasdair. »Wo warst *du* denn, lieber Bruder, an Silvester vor zwei Jahren?«

»Alasdair, mach dich nicht lächerlich«, erwiderte sein Bruder abweisend. »Es ist ganz sicher nicht mein Kind.«

»Nun, diese Augen sind von einer erstaunlich seltsamen Farbe«, bemerkte Quin. »Ein bisschen beunruhigend, wenn man bedenkt, was diese Zigeunerin gestern gesagt hat.«

»Wir werden das ein anderes Mal diskutieren«, sagte Merrick, der immer noch seinen Bruder ansah.

»Ich denke, wir werden das jetzt diskutieren«, widersprach Alasdair. »Es sind die Augen der MacGregors, oder etwa nicht? So kalt und eisblau, wie nur sie sie haben.«

»Hellblaue Augen sind nicht ungewöhnlich«, sagte Merrick. »Es kann das Kind eines x-Beliebigen sein.«

»Ich wünschte, es wäre so«, schnappte Alasdair. »Aber dieser besondere Farbton ist höchst selten.«

»Vielleicht wäre ein wenig Diskretion angebracht, alter Freund«, mischte sich Quin ein und warf dabei einen besorgten Blick auf Miss Hamilton.

Aber Alasdair war zu sehr mit seinem Bruder beschäftigt. »Merrick, sei kein Dummkopf«, beharrte er. »Ich habe kein Interesse daran, die Verantwortung für das Kind irgendeiner Frau zu übernehmen, mit der im Bett gewesen zu sein ich mich so gut wie gar nicht erinnere, aber –«

»Ach, jetzt ist es also im Bett passiert?«, unterbrach Miss Hamilton ihn empört. »Soweit ich hörte, Sir, war bei diesem Geschehen kein Bett im Spiel! Es war nur eine schnelle Kopulation hinter irgendwelchen Vorhängen auf einer alkoholseligen Neujahrsfeier!«

Merrick und Quin wandten sich um und starrten sie mit offenem Mund an.

»Miss Hamilton!«, begann Alasdair, während sie das Kind noch fester an sich drückte. »Ich muss doch sehr bitten!«

»Nein, ich habe genug Unsinn von Ihnen dreien gehört!« Miss Hamiltons zarter Teint hatte sich zu einem zornigen Rosa verfärbt, und sie zitterte vor Empörung. »Ihresgleichen haben die Manieren von Schweinen! Und Sorcha ist kein *es*, wenn ich bitten darf! Sie ist Ihre *Tochter*, und sie hat einen *Namen*. Und ich wäre Ihnen verbunden, wenn Sie ihn benutzen würden – Sie alle.« Abrupt wandte sie sich an Merrick. »Und Sie, Mr. MacLachlan! Mich schert Ihr Benehmen keinen Deut! Seien Sie versichert, dass Sorcha unmöglich von Ihnen sein kann. Selbst meine Mutter, naive Närrin die sie war, hätte sich nicht von einem hohlköpfigen Dummschwätzer verführen lassen, der auch nicht im Entferntesten über das verfügt, was man als Charme bezeichnen könnte.«

Kaum hatte sie das gesagt, machte Miss Hamilton auf dem Absatz kehrt und verließ das Zimmer mit aller Anmut, die sie aufbringen konnte – in Anbetracht des Kindes, das sie auf dem Arm trug. Lady Sorcha jedoch sträubte sich zu gehen. Sie bemühte sich, sich den Armen ihrer Schwester zu entwinden, wobei sie ihre kleine Faust in Merricks Richtung hielt und sie fortwährend öffnete und schloss. »Nein, Mae, neiiin!«, schrie sie und strampelte heftig. »Haben! Uhr haben!«

Sobald sie außer Sicht waren, ließ Quin sich mit einem Lachanfall auf seinen Stuhl fallen. Alasdair wandte sich zu ihm um und sah ihn an. »Es freut mich, dass du solchen Spaß hast.«

»Oh, sie ist so zart besaitet!« Quin konnte kaum aufhören zu lachen. »So unschuldig! Wie ein kleiner Spatz! Oh Alasdair, du sitzt jetzt aber verdammt tief in der Tinte.«

»Was zum Teufel meinst du damit?«

»Nun, nicht genug damit, dass du von einer Zigeunerin verflucht worden bist«, erwiderte Quin, »jetzt hast du auch noch eine Feuerwalze am Hals – und zwar eine verdammt hübsche, besonders, wenn sie rot wird. Ich fange an zu glauben, dass dein Wahrnehmungsvermögen dir ebenso abhandengekommen ist wie dein Appetit, alter Freund.«

Esmée floh aus dem Zimmer und stürmte, Sorcha eng an sich gedrückt, durch MacLachlans Haus und die elegant geschwungene Treppe hinauf. Lieber Gott im Himmel! Hätte es einen schlechteren Zeitpunkt für ihren Zornesausbruch geben können? Wenigstens war ihr Koffer noch nicht ausgepackt. Dies würde allen Beteiligten Zeit und Mühe sparen, wenn sie wieder auf der Straße landete.

Sie erreichte das Kinderzimmer und riss die Tür auf, um unvermittelt einem der Diener gegenüberzustehen. Die abgewetzten Ledermöbel waren aus dem Zimmer verschwunden, und mehrere Dienstboten waren dabei, die letzten Kisten von den Regalen zu räumen. »Entschuldigen Sie, Ma'am«, sagte einer von ihnen förmlich. »Wellings sagte, Sir Alasdair wünscht, dass das Zimmer ausgeräumt wird.«

Ausgeräumt wird ist eine passende Beschreibung, dachte Esmée, als sie sich im Zimmer umsah. Bis auf einen alten Pembroke-Tisch und zwei Holzstühle war nichts mehr vorhanden. Sogar der Geruch nach kaltem Tabakrauch war schwächer geworden. »Danke«, sagte sie zu dem Diener. »Ich vermute nicht, dass noch weitere angemessene Möbel hereingestellt werden?«

»Welcher Art?« Die tiefe, energische Stimme ertönte hinter ihr.

Esmée fuhr herum und sah, dass Sir Alasdair MacLachlan ihr in das Zimmer gefolgt war. Das Herz schlug ihr bis zum Hals. »Ich – ich bitte um Verzeihung?«

»Was brauchen Sie, Miss Hamilton?«, fragte er etwas sanfter. »Ich werde Wellings beauftragen, es zu beschaffen.«

Von Panik erfüllt, dachte Esmée angestrengt nach. »Nun, einen ... einen Arbeitstisch, denke ich«, entgegnete sie, wobei sie Sorcha absetzte. Das Kind lief sofort zu seinen Spielsachen.

»Ja, nur weiter«, sagte er. »Welche Art von Arbeitstisch?«

Er hatte nicht vor, sie wieder hinauszuwerfen? »Etwas, das so niedrig ist, dass Sorcha es benutzen kann?«, schaffte sie zu sagen. »Mit kleinen Stühlen? Und – und vielleicht ein Kinderbett?«

MacLachlan lächelte, seine braunen Augen blickten freundlich. »Miss Hamilton, Sie beenden jetzt alle Ihre Forderungen mit einem Fragezeichen«, bemerkte er. »Das ist höchst untypisch für Sie. Und sicherlich braucht Sorcha mehr als einen Tisch und ein Bett?«

»Nun, ich – ich würde sagen, das tut sie«, sagte Esmée, wobei sie ihre Unwissenheit verfluchte. Was *brauchten* Kinder? Sie hatte erst vor Kurzem gelernt, was sie dem Kind zu essen geben musste. Wie sie es davor bewahren konnte, ins Kaminfeuer zu fallen. Wie man es dazu bekam zu schlafen – nun, manchmal jedenfalls. »Vielleicht einen hohen Stuhl und einen Schaukelstuhl?«, fuhr sie fort, wobei sie sich angestrengt zu erinnern versuchte, wie das Kinderzimmer in Lord Achanalts Haus ausgestattet gewesen war. »Und einen dieser kleinen Wagen, die man in den Parks sieht?«

»Ah, richtig, einen Kinderwagen!«, sagte er. »Und einen größeren, dickeren Teppich vielleicht? Nur für den Fall, dass sie beschließt, einen Wutanfall zu kriegen?«

Esmée spürte, wie die Röte auf ihren Wagen sich verstärkte. »Sie ist ein wenig lebhaft, ja.«

MacLachlan ließ wieder sein viel zu charmantes, faszinierendes Lächeln aufblitzen. »Ah, langsam kommt die Wahrheit ans Licht, nicht wahr, meine Liebe?«, sagte er. »Wie sagten Sie doch heute Nacht? Richtig! ›*Ein braves, ruhiges Kind. Sie wird Ihnen überhaupt keine Mühe machen, das schwöre ich.*‹«

Esmée senkte den Blick. »Es ist nur die Reise, ich bin sicher. Die – nun, diese Veränderung in ihrem Leben.«

Das Lächeln wurde sofort weicher. »Ah, nun«, erwiderte er. »Besser ein Rennpferd als ein Ackergaul, würde ich meinen.«

Der Diener ging mit der letzten Kiste aus dem Zimmer und schloss leise die Tür hinter sich. MacLachlan ging tiefer in das Zimmer hinein. Er blieb an einem der Fenster stehen und starrte auf die Straße hinunter. »Sie mögen mich nicht besonders, Miss Hamilton?«, sagte er schließlich. »Ich denke, man kann sogar sagen, dass Sie mich verabscheuen.«

Esmée öffnete und schloss den Mund, blieb für einen Moment stumm. »Ich – ich entschuldige mich für mein Benehmen von vorhin«, flüsterte sie.

Er stieß einen seltsam keuchenden Ton aus. Ein unterdrücktes Lachen? »Sie haben in der Tat ein aufbrausendes Temperament«, sagte er dann. »Ich bin nicht sicher, ob Merrick jemals wieder ganz der Alte sein wird.«

»Ich weiß nicht, was mich da geritten hat.«

Der Teufel, hatte sie zu hören erwartet. Doch MacLachlan wandte sich um und sah sie an. »Wir haben uns schlecht benommen«, gab er zu. »Keiner von uns ist von Natur aus ungehobelt, das versichere ich Ihnen. Und Quin ist im Grunde sogar ganz nett. Es ist einfach diese Situation. Auch Sie müssen zugeben, dass sie seltsam ist.«

»Seltsam?«, fragte Esmée. »Nach dem, was ich vom Leben gesehen habe, überrascht es mich eher, dass so etwas nicht häufiger vorkommt.«

»Sie müssen ein ungewöhnliches Leben geführt haben, Miss Hamilton.«

In diesem Augenblick zog Sorcha an ihren Röcken. »Mae, aus!«

Esmée beugte sich herunter und sah, dass Sorcha versucht hatte, ihrer Puppe das Kleid über den Kopf zu ziehen. »Du musst erst den Haken aufmachen, Süße«, erklärte sie und kniete sich hin, um es dem Kind zu zeigen. »Schau, so.«

Nachdem dies zu Sorchas Zufriedenheit erledigt war, lief das Kind zurück zu seiner kleinen Spielzeugsammlung, die Esmée auf einem kleinen Teppich vor den leeren Bücherregalen ausgebreitet hatte. Die Kleine schien an MacLachlan nicht sonderlich interessiert zu sein. Was vermutlich auch gut so war!

»Wie nennt sie Sie?«, fragte er neugierig.

Esmée zuckte die Achseln. »Mae, oder so etwas Ähnliches. *Esmée* kann sie noch nicht aussprechen.«

MacLachlan beobachtete Sorcha auf eine Art, wie ein Naturforscher eine bisher unbekannte Käferart beobachten mochte. Als Esmée sein wie gemeißelt wirkendes Profil betrachtete, wurde sie wieder davon überwältigt, wie attraktiv er war. Oh, da waren die unübersehbaren Zeichen der Ausschweifung um seinen Mund und der Ausdruck von Weltüberdruss um seine Augen. Er war auf dem besten Weg, ein verruchter, abgenutzter Lebemann zu werden, und unter der Oberfläche sah man es. Sie hatte es schon gestern Nacht bemerkt, auf die kühl-analysierende Weise, mit der man seinen Gegner abschätzte.

Aber seltsamerweise kam er ihr in diesem Augenblick ganz und gar nicht wie ihr Feind vor. Genau genommen schien er fast ebenso durcheinander zu sein wie sie. Vielleicht war er es ja auch. Ihrer beider Leben war durch den plötzlichen Tod ihrer Mutter zu einem totalen Chaos geworden. Das Wenige, was sie über Kindererziehung wusste, hatte sie sehr schnell und erst vor sehr kurzer Zeit gelernt. Dies alles war mehr als nur ein wenig beunruhigend.

Esmée bemerkte, dass Sorcha die Hand zum Mund führte. Sie hatte bereits die Erfahrung gemacht, dass das niemals etwas Gutes bedeutete. »Oh!«, rief Esmée und lief zu ihrer Schwester, um ihr wegzunehmen, was immer sie auch in der kleinen Faust hielt. *»A h-uile nì thun a' bheòil!«*

MacLachlan folgte ihr auf den Fersen. Als Esmée nach der Hand des Kindes griff, erspähte er etwas Glänzendes zwischen Sorchas nassen Fingern.

»Neiiin!«, jammerte Sorcha. »Gib! Gib!«

»Na so was!«, murmelte MacLachlan, während er den glänzenden Gegenstand betrachtete. »Mein lang vermisster Aureus Solidus.«

»Ihr was?« Esmée beugte sich über Sorchas Kopf und starrte auf den Gegenstand. »Oh, eine alte Münze?«

»Sehr alt, in der Tat«, erwiderte MacLachlan und steckte sie weg. Esmée ließ das strampelnde Kind los. Mit einem letzten Blick auf MacLachlan kehrte Sorcha zu ihrer Puppe zurück.

»Was haben Sie zu ihr gesagt?«, fragte er. »Etwas über ihre Lippen?«

»Ihren Mund.« Esmée runzelte die Stirn. »Dass man nicht alles in den Mund nehmen soll. Es ist nur eine alte Redensart. Du meine Güte, MacLachlan, haben Sie kein Gälisch gelernt?«

Er zuckte die Achseln. »Ich konnte einst ein wenig verstehen, schätze ich.« Er beugte sich herunter und tätschelte Sorchas Kopf so unbeholfen, als wäre sie ein Hundewelpe. Dennoch war es ein Versuch, Zuneigung zu zeigen, vermutete Esmée.

»Esmée«, wiederholte er und wandte den Blick wieder ihr zu. »Das ist ein außergewöhnlicher Name, nicht wahr?«

»Ja, meine Mutter war eine außergewöhnliche Frau.«

»Das habe ich mir gedacht«, entgegnete MacLachlan und führte sie ein Stück weit von Sorchas Spielecke fort. »Aber ihr Stiefvater scheint ein Monster zu sein. Warum geht eine außergewöhnliche Frau eine Ehe ein, die unter einem so schlechten Stern steht?«

Esmée hielt das für eine seltsame Frage. »Meine Mutter galt als große Schönheit«, erklärte sie. »Und Achanalt sammelte schöne Dinge.«

»Ah, ich verstehe.«

Esmée sprach weiter, obwohl sie es eigentlich gar nicht wollte. »Zuerst hielt Mamma es für romantisch, von einem älteren, reichen Gentleman den Hof gemacht zu bekommen. Sie hat zu spät erkannt, dass er sie nur als einen weiteren Besitz sah.«

»Er hat sie nicht geliebt?«

Esmée sah ihn nachdenklich an. »Ich denke, er hat sie zu sehr geliebt«, erwiderte sie schließlich. »Diese Art von allumfassender Liebe, die sich zu Hass wandelt, wenn sie zurückgewiesen wird.«

»Und hat Ihre Mutter ihn zurückgewiesen?«, murmelte er.

»Ich denke, es hat ihr gefallen, ihn eifersüchtig zu machen«, räumte Esmée ein. »Manchmal sogar wütend.«

»Wie das?«

Sie hob die Schultern. »Nachdem sie geheiratet hatten, hörte er auf, sie zu umwerben«, erklärte sie. »Er ging weder auf ihre Launen ein noch umschmeichelte er sie, weil er vermutlich glaubte, dass sie ihm ja nun ohnehin gehörte. Unglücklicherweise sah Mamma das als Herausforderung an. Und schon bald ... eskalierten die Dinge.«

»Und Sie standen zwischen den Fronten?«, sagte er nachdenklich. »Das war vermutlich nicht unbedingt angenehm.«

Sie schaute zu Boden. »Regen Sie sich nicht meinetwegen auf, MacLachlan«, antwortete sie. »Ihr Mitgefühl sollte der armen Sorcha gelten.«

MacLachlan zögerte einen Augenblick. »Sagen Sie mir, hat das Kind – Sorcha, meine ich – es mitbekommen?«, fragte er. »Hat sie verstanden, dass ihre Mutter ... tot ist?«

Esmée nickte langsam. »Oh ja, auf gewisse Weise schon. Seit wir Schottland verlassen haben, hat sie nicht mehr nach ihr gefragt.« Sie zögerte einen Moment, ehe sie hinzufügte: »Akzeptieren Sie also, dass Sorcha Ihr Kind ist, Sir? Aus Ihren Bemerkungen im Esszimmer schließe ich, dass es so ist.«

Er überraschte sie damit, dass er durch das Zimmer zu Sorcha ging und sich neben sie kniete. Das Kind schaute auf, kicherte und hielt ihm die nackte Puppe hin. »Puppe, schau?«, sagte sie. »Von Mae. Siehst du?«

»Ja, ich sehe sie«, sagte er. »Es ist eine schöne Puppe. Wollen wir ihr das Kleid wieder anziehen?«

»Anziehen«, plapperte Sorcha nach.

Er nahm das Puppenkleid und begann, es der Puppe über den Kopf zu ziehen. Sorcha kicherte wieder, als er die Arme durch die Ärmel steckte und sich abmühte, mit seinen großen Fingern die winzigen Haken zu schließen.

»Soll ich helfen?«, bot Esmée an. »Ich fürchte, diese kleinen Haken zu schließen, erfordert Erfahrung und Übung.«

MacLachlan schaute zu ihr auf und zog eine Augenbraue hoch. »Sieht ganz so aus«, murmelte er. »Es scheint, dass meine Fähigkeiten bisher lediglich in der entgegengesetzten Richtung gefordert gewesen sind.«

Esmée suchte noch immer nach einer passenden Erwiderung, als MacLachlan Sorcha die Puppe zurückgab. Er legte den Zeigefinger unter das Kinn der Kleinen und hob ihr Gesicht, sodass sie ihn ansehen musste. »Haben Sie sich meinen Bruder Merrick angesehen, Miss Hamilton?«, fragte er nachdenklich.

»Ja, er war schließlich nicht zu übersehen.«

MacLachlan zwickte Sorcha sanft in die Nase, bevor er sich erhob und zu Esmée zurückging. »Aber haben Sie ihn sich *genau* angesehen?«, drängte er. »Seine Gesichtszüge – er kommt nach der Familie meiner Mutter.«

»Sie sagten, er habe ›MacGregor-Augen‹«, stimmte sie zu. »Aber ich gestehe, dass ich nicht so genau hingesehen habe.« MacLachlan stand jetzt direkt vor ihr. Und nah. Zu nah.

»Offen gesagt kann sein Blick schon ein wenig beunruhigend sein«, sagte er und beugte sich noch um ein paar Zentimeter weiter vor. »Wie ein Wolf, der einen vom Waldrand her anstarrt. Eiskalt. Unbeirrbar und durchdringend.« Sie konnte die Wärme spüren, die von seinem Körper ausstrahlte. »Ihre Augen hingegen, Miss Hamilton, sind auch außergewöhnlich, aber auf eine völlig andere Weise«, sprach er weiter. »Sie sind von einer Art kühlem Jadegrün, mit kleinen braunen Punkten darin, die man erst erkennt, wenn man ganz nah ist.«

Esmée wich einen Schritt zurück. »Das ist absurd. Machen Sie sich nicht lächerlich.«

»Ich kann nicht anders«, sagte er. »Das Leben ist oft absurd. Und jetzt, Miss Hamilton, schauen Sie in meine Augen und sagen Sie mir, was Sie sehen.«

»In Ihre Augen?«, wiederholte sie verblüfft. »Nun, es sind ganz gewöhnliche Augen.« *Gott, was war sie für eine Lügnerin!* Seine Augen hatten die Farbe von sonnendurchglühtem Whisky, golden und wunderschön, umrahmt von Schwarz, und der dunkle Kranz der Wimpern machte ihren eigenen Konkurrenz. »Also wirklich, MacLachlan, was bezwecken Sie damit?«

Er lächelte unvermutet, und der seltsame Moment war vorüber. »Eigentlich gar nichts«, gestand er. »Vielleicht war ich nur auf ein Kompliment aus.«

»Ihre Augen sind braun«, sagte sie gleichmütig. »Eine feine, schöne Farbe, ja, aber wie ich schon sagte, ganz gewöhnlich.«

»In der Tat, Miss Hamilton.« Er schenkte ihr ein kleines Lächeln. »Meine Augen sind ganz und gar nicht wie die der kleinen Sorcha, und doch …«

»Doch was?«

Er schüttelte den Kopf und riss seinen Blick von ihr los. »Es kann kein Zufall sein, oder doch?«, sagte er, und seine Stimme klang plötzlich ganz tief. »Ich habe noch bei keinem anderen Menschen solche Augen gesehen, außer bei meinem Großvater und bei Merrick.«

Ein schrecklicher Gedanke durchzuckte sie. »Sie wollen doch wohl nicht andeuten, dass … dass Ihr Bruder –?«

Bei diesen Worten warf MacLachlan den Kopf in den Nacken und lachte. »Großer Gott, nein!«, rief er. »Mein Bruder hat London die letzten zehn Jahre so gut wie nie verlassen. Genau genommen ist er kaum von seinem verdammten *Schreibtisch* weggekommen. Und, wie Sie so prägnant bemerkt haben, würde er sich nie die Umstände machen, eine Frau durch Charme becircen zu wollen. Er hat nichts übrig für die Jagd, Miss Hamilton, im Gegensatz zu einigen anderen von uns unbedeutenderen Sterblichen. Wenn es ihn mal packt, dann zahlt er einfach dafür.«

Esmée stieß einen empörten Laut aus. »Passen Sie auf, was Sie vor dem Kind sagen!«

Er verlor ein wenig von seiner Farbe. »Verzeihen Sie, Miss Hamilton«, sagte er sofort. »Meine Verruchtheit ist schwer zu unterdrücken. Und ich vergesse immer, dass Sie selbst kaum mehr als ein Kind sind.«

»Ach, MacLachlan!« Sie sah ihn tadelnd an. »Ich bin zweiundzwanzig Jahre alt.«

»Großer Gott! Wirklich?« Der Schock musste ihm anzusehen sein.

»Oh ja! Und ich fühle mich wie vierzig.«

Er lächelte schwach. »Nun, ich bin fast vierzig, und ich kann mich nicht einmal mehr daran erinnern, zweiundzwanzig gewesen zu sein«, erwiderte er, während er einige Schritte in Richtung der Tür ging. »Ich sollte jetzt gehen. Hat sie alles, was sie braucht?«

Esmée öffnete die Hände. »Ich weiß nicht.«

Er lächelte wieder, und dieses Mal lächelten auch seine whiskygoldenen Augen, wobei sich die Fältchen in seinen Augenwinkeln ein wenig kräuselten. »Hat sie noch anderes Spielzeug als die paar Dinge?«, fragte er, wobei er mit dem Kopf auf Sorcha wies. »Vielleicht wären ein Schaukelpferd und ein paar Bücher ganz gut?«

Esmée nickte. »Ja, Bücher und Spielzeug wären wunderbar«, gab sie zu. »Wir mussten das meiste von unseren Sachen zurücklassen.«

MacLachlan nickte. Der Augenblick flüchtiger Intimität war

verflogen. Er hatte sich von ihr entfernt und in sich zurückgezogen. Gut. Das war gut. Sie entspannte sich.

»Ich werde bis zum späten Abend nicht im Hause sein«, sagte er. »Vielleicht sogar ... noch später als das. Aber Wellings wird für Sie alle Besorgungen erledigen. Sollte Ihnen noch etwas einfallen, werde ich es auf meine Einkaufsliste für ihn setzen.«

»Danke«, sagte sie und folgte ihm zur Tür.

Auf der Türschwelle blieb er plötzlich stehen. »Ach, das hätte ich fast vergessen.« Er griff in seine Tasche, zog eine kleine Papierrolle heraus und drückte sie Esmée in die Hand. »Dreihundert Pfund. Im Voraus. Ich dachte, Sie würden Barzahlung vorziehen, hartherzige Schottin, die Sie sind.«

Seine Hand war warm und fühlte sich seltsam tröstend an. »Danke«, sagte sie noch einmal.

Langsam zog er seine Hand zurück, und die Wärme verschwand. »Jetzt sagen Sie mir eines, Miss Hamilton, ist das Ihre Versicherungspolice?«, fragte er ruhig. »Für den Fall, dass ich meinen Entschluss, mich um Sorcha zu kümmern, ändern sollte?«

Sie senkte den Blick und schwieg. Er hatte es also richtig vermutet.

Er öffnete die Tür, zögerte aber erneut. »Nun, Sie werden sie nicht brauchen«, sagte er. »Auch wenn ich sicher bin, dass nur die Zeit Sie davon überzeugen wird.« Und mit diesen Worten ging Sir Alasdair MacLachlan.

Alasdair flüchtete fast aus dem Haus, sobald sein Brief an Onkel Angus abgeschickt war. Er hatte noch die Voraussicht gezeigt, seine Abendkleidung quer durch die Stadt in das Haus seiner Freundin Julia schicken zu lassen, da er ihr versprochen hatte, sie am Abend ins Theater zu begleiten, und er nicht die Absicht hatte, vorher noch einmal nach Hause zurückzukehren.

Während er zu seinem Club in St. James's ging und das Haus in der Great Queen Street den weiblichen Eindringlingen überließ, spielte Alasdair tatsächlich mit dem Gedanken, bei Julia einzuziehen. Aber das wäre nicht ratsam. Er musste ein Auge auf seine neue Gouvernante haben, und überdies wäre Julia nicht so dumm, es ihm überhaupt zu erlauben. Hinzu kam, dass das Haus am Bedford Place Julia nicht einmal gehörte. Es gehörte ihrer Freundin Sidonie Saint-Godard, die vor Kurzem den Marquis of Devellyn geheiratet hatte. Zudem fühlte sich Julia zurzeit ein wenig niedergeschlagen, weil sie ihre beste Freundin an den Lockruf der Hochzeitsglocken verloren hatte. Darin ging es ihr genau wie ihm, denn der Marquis war sein bester Freund. Das war es auch gewesen, zumindest zum Teil, was Julia und ihn zusammengebracht hatte.

Alasdair hob den Blick und sah den St. James's Park vor sich liegen. Die Sonne schien heute ungewöhnlich warm, und die Kindermädchen der Nachbarschaft waren in voller Zahl draußen, ihre gestärkten weißen Schürzen flatterten in der leichten Brise, die Kinderwagen standen in den Startlöchern. Er nahm den kürzesten Weg durch den weitläufigen Park. Nach der Hälfte des Weges tauchte unvermutet ein kleines Mädchen mit wippenden blonden Locken vor ihm auf, das die Augen unverwandt auf das Spielzeug gerichtet hielt, welches es hinter sich herzog.

»Hoppla!«, sagte Alasdair und blieb abrupt stehen.

Das Kind erschrak und stolperte fast, doch ein vorausschauendes Kindermädchen stürzte sogleich herbei, fing das Kind auf und nahm es hoch. »Verzeihen Sie, Sir«, sagte sie und errötete. »Das Kind hat nicht darauf geachtet, wohin es geht.«

Verschüchtert hielt das kleine Mädchen sein Spielzeug fest

umklammert und verbarg den Kopf schutzsuchend an der Schulter des Kindermädchens. Es war eine berührend einfache Geste. »Es ist ja nichts passiert, Ma'am«, murmelte er und lüftete den Hut. »Wie ist der Name des Kindes, bitte?«

Das Kindermädchen machte große Augen. »Nun, sie heißt Penelope, Sir.«

Alasdair schaute um die Schulter der Frau herum das Kind an. »Hallo, Penelope. Was hast du denn da? Ist das ein Hund?«

»Ein Pferd«, erwiderte das Kind schüchtern. »Ein braunes Pferd.«

»Hat es einen Namen?«

»Apollo«, sagte das Kind.

Das arme Kindermädchen wirkte verwirrt. Sie war offensichtlich nicht daran gewöhnt, sich im Park mit einem Gentleman zu unterhalten, der ledig und kinderlos zu sein schien. Es war Zeit für sein engelsgleiches Lächeln. Alasdair ließ es aufblitzen, und der Blick des Kindermädchens begann zu schmelzen.

Alasdair fühlte sich wieder mehr wie er selbst und versprühte seinen Charme. »Was für ein hübsches Kind«, sagte er. »Und ganz offensichtlich ist es Ihnen sehr zugetan. Es ist sehr anrührend anzuschauen, Ma'am, dass sie Sie so fest umarmt. Sind Sie schon lange bei ihr?«

»Nun, seit sie auf der Welt ist, Sir«, sagte das Kindermädchen. »Und davor war ich schon bei ihrem Bruder.«

Sie machte einen Schritt, als wollte sie weitergehen, doch genau in dem Moment begann Penelope, sich ihr zu entwinden. Die Nanny ließ sie herunter. »Wir müssen jetzt weiter, Sir«, sagte sie. »Und nochmals Verzeihung.«

Vollständig erholt war Penelope ein Stück weit den Weg vorangelaufen, ihr Pferd hüpfte fröhlich hinter ihr her. »Sie gehen in meine Richtung«, sagte Alasdair zum Kindermädchen. »Darf ich Sie ein kurzes Stück begleiten?«

Sie warf ihm einen unschlüssigen Blick zu. »Ja, Sir. Wenn Sie es wünschen.«

»Ich weiß sehr wenig über Kinder«, bekannte er und ging ein wenig schneller, um mit der kleinen Penelope Schritt zu halten. »Wie alt ist das Kind, Ma'am?«

»Nun, kurz vor Weihnachten wird sie sechs, Sir.«

»Ah«, sagte Alasdair. »Sie sieht noch recht klein aus. Hat sie die richtige Größe für ihr Alter?«

Die Frau schien sich aufzuplustern wie eine aufgeregte Glucke. »Nun, genau genommen ist sie sogar ein wenig zu hoch aufgeschossen.«

»Tatsächlich?«, murmelte er. »Hat sie schon eine Gouvernante?«

»Oh, aber gewiss, Sir«, erwiderte die Nanny. »Aber es ist im Allgemeinen meine Aufgabe, die Kinder auf Spaziergängen und überhaupt zu begleiten.«

»Ich verstehe«, sagte Alasdair. »Also eine Gouvernante *und* ein Kindermädchen?«

»Ja, Sir«, antwortete die Frau, und es klang beinahe rechtfertigend. »Es bedeutet eine Menge Arbeit, ein Kind großzuziehen.«

Alasdair dachte einen Moment lang darüber nach. »Sie spricht sehr gut«, sagte er. »In welchem Alter fangen sie an, fließend zu sprechen?«

»Bei meiner Seel, Sir, hatten Sie denn noch nie mit Kindern zu tun?«

Alasdair lächelte wieder. »Ein beklagenswertes Defizit, ganz gewiss«, räumte er ein. »Ich habe einen jüngeren Bruder, aber damit hat es sich auch.«

»Nun, ungefähr mit drei Jahren plappern sie im Allgemeinen wie die Elstern«, erklärte die Nanny. »Davor ist es mehr ein Brabbeln, das aber eigentlich nur sie selbst verstehen.«

Sie setzten ihren langsamen Spaziergang durch den Park fort, Penelope und Apollo voran, Alasdair und die Nanny hinterdrein. Die Frau war etwas redseliger geworden, und Alasdair nutzte die Gelegenheit, alle möglichen Fragen über die Geheimnisse der Kinderaufzucht zu stellen. Sie sah ihn von Zeit zu Zeit verwundert an, beantwortete aber umfassend alle seine Fragen. Nahe der Einmündung der St. James's Street tippte er grüßend an seinen Hut, bedankte sich bei ihr und ging mit raschen Schritten die Straße hinauf, in der sein Club lag.

Er kam sich ein wenig wie ein Trottel vor, weil er im Park mit einer Fremden – einer Hausangestellten – gesprochen hatte. Aber er hatte es *wissen* wollen, verdammt. Er musste wissen, was durch diese seltsame, unerwartete Wendung, die sein wohlgeordnetes Leben genommen hatte, auf ihn zukam. Und aus Gründen, die er nicht nennen konnte, wollte er nicht Miss Hamilton fragen. Sie war nicht sein Feind. Nein, nicht direkt. Aber es kam ihm so vor, als hielte sie den Schlüssel zu irgendeinem bedeutenden Geheimnis in Händen. Etwas, was quälend genau außerhalb seiner Reichweite gehalten wurde.

Heute Morgen hatte er sich in seinem eigenen Haus wie ein Fremder gefühlt. Seinen Rauchersalon gab es nicht mehr, seinen Billardtisch bald auch nicht mehr, aber stattdessen würde er zwei weibliche Wesen um sich haben, von denen eines sehr klein und willensstark und das andere beunruhigend hübsch war und beredsame, alles sehende Augen hatte. Und in dessen Haar noch der Duft der Highlands hing. Ja, es war besser im Park für einen Trottel gehalten zu werden als in seinem eigenen Haus vor dieser kleinen Giftkröte von Gouvernante und seinem eigenen ... *Kind*.

Großer Gott! Da war sie wieder. Die Wirklichkeit, die in das eindrang, was unter anderen Umständen ein sorgenfreies Leben voll Bequemlichkeit und Ausschweifung gewesen wäre. Alasdair zog seinen Hut tiefer, um die Demütigung in seinen Augen zu verbergen, und eilte die Treppen zur Tür seines Schutz bietenden Clubs hinauf. Eine kleine Sünde, und jetzt das! Dies alles war wirklich zu viel, um es an einem Tag zu verdauen.

Es war früher Nachmittag, als Esmée beschloss, wie ihr nächster Schritt aussehen sollte. Rasch durchsuchte sie ihren Koffer und zog Sorchas Straßenschuhe heraus. Sie betrachtete sie und seufzte. Leider waren die kleinen Lederstiefel nicht so sauber, wie es zu wünschen gewesen wäre.

»Komm mit, mein kleines Lämmchen«, sagte sie, hob das Kind hoch und setzte es auf ihre Hüfte. »Ich werde dich da draußen zwischen all diesen eleganten Engländern nicht wie ein kleines Ferkel aussehen lassen.«

Zusammen gingen sie die Treppe hinunter, und Sorcha plapperte fröhlich über alles, was sie auf dem Weg sah. Auf dem letzten Treppenabsatz entdeckte sie eine orientalische Vase, die ihr auf Anhieb gefiel. Doch als Esmée einfach weiterging, wurde sie störrisch und begann, um sich zu treten und mit der ganzen Kraft ihrer Lungen zu schreien: »Lass los! Lass mich!«

Irgendwie konnte Esmée die Kleine beruhigen, doch vor dem Wirtschaftsraum begann Sorcha erneut zu strampeln, um auf den Boden gelassen zu werden. Beide Hände voll, stieß Esmée mit der Hüfte die Tür auf und ging hindurch. Unglücklicherweise übersah sie MacLachlans Kammerdiener, der ihr entgegenkam. Die aufschwingende Tür traf ihn hart am Ellbogen, was einen unterdrückten Fluch zur Folge hatte.

»Oh, was habe ich getan!«, rief Esmée und betrat eilig die Pantry. Einige Krawatten und einige schwarze Kleidungsstücke lagen verstreut auf dem Boden. »Oh, Mr. Ettrick! Bitte verzeihen Sie mir.«

»Aber, aber, Miss Hamilton!«, sagte der Kammerdiener gereizt und griff nach den Hosen. »Ich war gerade damit fertig, diese Kleidungsstücke auszubürsten!«

Esmée hatte Sorcha heruntergelassen und sich hingekniet, um die frisch gestärkten Krawatten aufzusammeln. »Es tut mir so leid«, entschuldigte sie sich noch einmal, während sie sie rasch zusammensuchte. »Ich hatte keine Hand frei. Ich habe Sie nicht gesehen.«

Esmée stand auf und legte die Krawatten auf den Arbeitstisch. Ettrick schüttelte jetzt den Mantel aus, ein schönes Kleidungsstück, das aus besonders feinem Stoff gemacht zu sein schien. »Nun, ich kann sagen, dass wohl kein großer Schaden angerichtet worden ist«, sagte er, während er einen Fussel vom Saum zupfte. »Nur ein oder zwei Flecken. Hawes, beeilen Sie sich, Mann!«, rief er durch das Zimmer einem der Diener zu.

Der Diener am anderen Ende des langen Tisches schaute von seiner Arbeit auf. »Was ist jetzt schon wieder, Ettrick?«, fragte er ärgerlich. »Ich muss erst noch die Stiefel hier putzen.«

Ettrick zeigte auf den Mantel. »Sir Alasdair will, dass der zu Mrs. Crosbys Haus gebracht wird«, sagte er. »Er muss gegen vier Uhr dort sein.«

»Oh ja, natürlich, ich habe ja auch nichts Besseres zu tun, als den ganzen Weg bis nach Bloomsbury zu laufen!«, klagte der Diener.

»Nein, Sie haben nichts Besseres zu tun.« Ettrick lächelte säuerlich und hängte den Mantel an einen Haken in der Nähe des Tischendes. »Und ziehen Sie dieses Mal um Himmels willen eine Musselinhülle darüber.«

Ettrick kehrte an den Tisch zurück und begann, die Krawatten durchzusehen. Mit einem Auge auf Sorcha nahm Esmée eine der vielen Schuhbürsten. Ihre Neugier gewann die Oberhand. »Wer ist Mrs. Crosby, Mr. Ettrick?«

Der Diener am anderen Ende des Tisches stieß einen prustenden Laut aus. Ettrick seufzte schwer. »Mrs. Crosby ist Sir Alasdairs besondere Freundin.«

»Eine davon – um genau zu sein!«, rief der Diener dazwischen. »Sie können es diesem jungen Ding da ganz offen sagen, Ettrick, schließlich wird sie hier wohnen. Mrs. Crosby ist Schauspielerin und eine seiner Geliebten. Aber außerhalb dieser Wände sollten Sie nicht darüber reden.«

Ettrick warf dem Diener einen strengen Blick zu, sagte aber nichts mehr. Hastig säuberte Esmée Sorchas Schuhe und zog sich dann ins Kinderzimmer zurück.

Eine besondere Freundin. *Eine davon*, hatte der Diener gesagt. Also wie viele solcher »besonderen Freundinnen« hatte ein Mann wie MacLachlan wohl? Wahrscheinlich konnte er sie gar nicht mehr alle zählen. Und offensichtlich konnte er sich auch nicht an alle erinnern, was einmal mehr bewies, was für eine Närrin ihre Mutter gewesen war, auf seinen Charme hereinzufallen. Und es lag eine Warnung darin, die es wert war, beachtet zu werden, wenn es um MacLachlan und seinen Charme ging. Seine braunen Augen konnten so schmachtend dreinschauen, das schon. Aber höchstwahrscheinlich taten sie das bei allem, was einen Rock trug.

Verärgert über die Richtung, in die ihre Gedanken schweiften, zwang Esmée sich, nicht mehr daran zu denken. Sie zog Sorcha einen leichten Mantel an, setzte ihr einen Hut auf, zog ihr die frisch geputzten Stiefel an und gab Wellings Bescheid, dass sie einen Spaziergang machen würden. Esmée war ganz und gar nicht sicher, welches die Pflichten einer englischen Gouvernante waren, aber offensichtlich war ein Spaziergang eine davon, denn Wellings zog keine Augenbraue hoch.

»Rausgehen!«, rief Sorcha, während Esmée sie die letzten Stufen hinuntertrug. »Raus, Mae! Jetzt rausgehen!«

Wellings lächelte das Kind nachsichtig an. »Sie weiß, was sie will, nicht wahr?«

Esmée nickte. »Ja, und alle anderen sollen das auch wissen«, stieß sie hervor, während sie das strampelnde Kind herunterließ, um sich den Mantel zuzuknöpfen. »Wellings, können Sie mir bitte sagen, in welcher Richtung Mayfair liegt? Ich gestehe, dass ich gar nicht sicher bin, wo genau wir hier sind.«

»Wir liegen ein wenig ab von den belebteren Straßen, Miss«, sagte er und wies ihr dann die Richtung. Esmée erkannte sofort, dass der Fußweg für Sorcha zu weit sein würde. Aber sie traute sich nicht, eine Droschke zu mieten, und einen Kinderwagen hatte sie noch nicht, also machte sie sich dennoch auf den Weg, wobei sie der Beschreibung des Butlers folgte. Wenn Sorcha müde werden würde, musste sie das Kind eben tragen.

Zum Glück war die Luft kühl und roch nach Regen. Nachdem sie, wie es Esmée vorkam, einen geradezu verschwenderisch großen Park durchquert hatte, erreichte sie den Rand Mayfairs, und bald kam ihr die Gegend bekannter vor, denn sie war zuvor schon zweimal hier gewesen. Die eleganten Häuser im georgianischen Stil begannen, immer vertrauter auszusehen.

Mit Sorcha auf dem Arm und den alten, fast wieder aufgescheuerten Blasen an ihren Füßen machte sie sich auf den Weg den Hügel hinauf zum Grosvenor Square. Esmée hatte eine lange und harte Woche des Unterwegsseins hinter sich, gefolgt von zwei entmutigenden Tagen in London, und inzwischen hatte sie begonnen, England und alles darin zu hassen. Das einzig Gute war, wenn man es denn so nennen konnte, Sir Alasdair MacLachlan gewesen. Dennoch war sie ganz sicher, dass es nicht rechtens für sie war, bei dem Mann zu wohnen und so zu tun, als sei sie die Gouvernante ihrer eigenen Schwester. Mamma würde sie für solch ein schockierendes Benehmen gehörig gescholten haben – wobei Esmée die Ironie dieser Tatsache keineswegs entging.

Es würde sicherlich Gerede geben, wenn die gute Gesellschaft davon erfuhr, dass der berüchtigte Sir Alasdair plötzlich ein Mündel hatte. Esmée hatte gedacht, nicht weiter aufzufallen, aber dieser Befehl heute Morgen, im Speisezimmer zu erscheinen, hatte die Tatsache unterstrichen, dass sie, ganz plötzlich und unerwartet, jemandem auf Abruf zur Verfügung zu stehen hatte. Sie war eine Dienstbotin. Nicht einmal im Hause ihres Stiefvaters war Esmée so herablassend behandelt worden. Es juckte sie noch immer in den Handflächen, Sir Alasdairs Bruder ins Gesicht zu schlagen. Zumindest war Lord Wynwood einigermaßen sympathisch gewesen. Ihr war der vorwurfsvolle Blick nicht entgangen, mit dem er Merrick MacLachlan angesehen hatte.

Inzwischen hatte die ein wenig außer Atem gekommene Esmée das Haus mit der glänzend grünen Tür erreicht, das sie gesucht hatte, und blieb stehen, um sich Sorcha auf die andere Hüfte zu setzen. »Gün, Mae«, sagte die Kleine und zeigte auf die Tür. »Gün. Ja?«

Ja. Grün. Genauso grün wie an den beiden vergangenen Tagen. Und genau wie an den beiden vergangenen Tagen war der Türklopfer heruntergeklappt. Aber Esmée war nicht für Nichts so weit zu Fuß gelaufen. Sie ging die Treppe hinauf und klopfte an die Tür. Sie konnte das Klopfen dumpf durch das Haus hallen hören.

»Verdammter Mist!«, flüsterte sie.

»Dammermiss«, sagte Sorcha und ahmte Esmées finsteres Stirnrunzeln nach.

Oh verflixt! Sie musste besser darauf achten, was sie sagte. »Ja, das ist eine sehr böse Tür, nicht wahr, kleine Sorcha?«, sagte Esmée und drückte einen lauten, schmatzenden Kuss auf die Wange des Kindes. »Warum steht sie für uns nicht weit offen?«

Ein rot und schwarz lackierter Landauer kam jetzt die Straße heraufgerumpelt und hielt vor dem Nachbarhaus. Ein dünner, dunkelhaariger Mann stieg aus und wies seinen Kutscher lautstark an, die Kutsche um das Haus und in die Stallungen zu fahren. Die Kutsche rollte davon und bog in die Charles Street ein. Esmée folgte ihr. Einige Yards den Berg hinunter lenkte der Kutscher seine Pferde nach rechts, und die Kutsche bog in eine schmale Gasse ein.

Zwischen den hohen Mauern war der nicht gekennzeichnete Weg schattig und kühl. Esmée folgte ihm und zählte im Gehen die Häuser ab. Der Landauer hatte nur wenige Yards den Weg hinein angehalten. Der Kutscher war heruntergesprungen und sprach mit einer Frau, die auf dem Bürgersteig stand und einen Korb über dem Arm trug. Alle Zurückhaltung in den Wind schlagend, eilte Esmée auf sie zu. Beide bemerkten sie gleichzeitig und wandten sich zu ihr um.

»Ich bitte um Entschuldigung«, sagte Esmée außer Atem. »Wohnen Sie hier?«

»Ja, allerdings.« Die Frau musterte sie von oben bis unten und wunderte sich ganz offensichtlich, warum Esmée einen Besuch auf der Hofseite und nicht am Haupteingang machte.

Esmée hob Sorcha auf die andere Hüfte. »Können Sie mir bitte sagen, ob Lady Tatton noch im Haus nebenan wohnt?«, fragte sie atemlos. »Der Türklopfer ist heruntergeklappt, wissen Sie, und –«

»Oh ja!«, sagte die Frau. »Sie weilt in Australien.«

Ein Gefühl der Erleichterung durchströmte Esmée. »Dem Himmel sei Dank«, wisperte sie. »Ich habe so lange nichts von ihr gehört. Sind denn keine Dienstboten im Haus?«

Der Kutscher, der überzeugt war, keine hilfreichen Auskünfte geben zu können, stieg wieder auf den Kutschbock, schnalzte, und die Pferde trabten wieder an. »Es gibt nur das Ehepaar Finch, das sich um das Haus kümmert«, sagte die Frau mit dem Korb. »Aber Bess' – das ist Mrs. Finch – Mutter in Deptford ist krank geworden, und sie sind beide letzten Dienstag hingefahren.«

»Oh!«, sagte Esmée, und sackte vor Enttäuschung in sich zusammen.

Die Frau nahm wieder Esmées Erscheinung in Augenschein. »Wollten Sie denn Ihre Ladyschaft aufsuchen?«, fragte sie. »Soweit ich weiß, wird sie so schnell nicht zurückerwartet, und Bess hat mir gegenüber auch nichts dergleichen erwähnt, was sie, wie ich sagen kann, sicherlich getan hätte.«

»Ich – ja, ich habe nach ihr gesucht«, räumte Esmée ein. »Aber ich habe sie seit einigen Jahre nicht gesehen.«

»Nun, sie ist mit ihrer Tochter mitgegangen, die damals in froher Erwartung war«, sagte die Frau. »Das Kind kränkelte ziemlich. Dann kamen die Zwillinge. Und dann führte, wie Bess sagt, eines zum anderen, wie das nun mal so ist, nicht wahr? Aber da Lady Tatton das Haus nicht aufgegeben hat, muss sie wohl vorhaben, eines Tages zurückzukommen.«

Sorcha begann zu strampeln. »Affel, Mae!«, rief sie. »Will Affel!«

Die Frau nahm einen Apfel aus dem Korb und hielt ihn ihr hin. »Was für ein hübsches kleines Ding«, sagte sie und begann zu lächeln. »Und so ungewöhnlich blaue Augen! Möchtest du den haben, Kind?«

Sorcha quiekte vor Freude, wobei sie ihre Finger öffnete und schloss, wie sie es schon früher am Vormittag beim Anblick von Merrick MacLachlans Uhr getan hatte.

»Danke, aber das ist nicht nötig«, sagte Esmée. »Sie braucht ihn nicht wirklich.«

»Oh, lassen Sie sie doch! Hier, nimm«, sagte die Frau und drückte Sorcha den Apfel in die schmutzigen kleinen Hände. »Ich komme gerade von Shepherd's Market, er ist ganz frisch.«

Nicht bereit, Sorchas Temperament herauszufordern, bedankte sich Esmée. Die Frau lächelte Sorcha an. »So ein hübsches Baby«, sprach sie weiter. »Ja, wegen Lady Tatton. Ich kann Bess Bescheid sagen, wenn Sie das wollen?«

Esmée machte große Augen. »Ein Brief«, sagte sie schnell. »Ich habe einen Brief für Lady Tatton. Würden Sie so freundlich sein?«

Die Frau sah sympathisch aus. »Ja, ich werde ihn Bess geben, Ma'am, aber soweit ich weiß ...«

»Ja, ja, ich verstehe«, sagte Esmée. »Man erwartet sie nicht zurück. Aber würden Sie Mrs. Finch bitten, ihn für sie zu verwahren? Ganz egal, wann Lady Tatton zurückkommt?«

Die Frau nahm den Brief, den Esmée aus der Tasche gezogen hatte. »Ich würde sagen, dass sie ihn ja weiterleiten kann, wenn Sie das möchten?«

Esmée schüttelte den Kopf. »Das würde Monate dauern, und ich habe schon zwei Briefe geschickt. Ich frage mich, ob sie überhaupt angekommen sind.«

Die Frau nickte mitfühlend und wandte ihre Aufmerksamkeit dann wieder Sorcha zu, die bereits ihre kleinen Zähne in das zarte Fleisch des Apfels vergraben hatte. »Ach, diese Augen!«, sagte sie wieder. Dann lächelte sie Esmée wissend an. »Die hat sie wohl vom Vater?«

»Oh ja«, sagte Esmée ein wenig erschöpft. »Ganz richtig. Von ihrem Vater.«

3. Kapitel

In dem Miss Hamilton eine Lektion erteilt bekommt

Seit Stunden schon lauschte Alasdair dem Klang von Julias Atem, der in der Stille der Nacht weich und regelmäßig klang. Er fand, dass es ein angenehmer, beruhigender Klang war. Zu ihm war der Schlaf nicht so schnell gekommen. Unruhig war er aus dem Bett gestiegen und hatte sich auf das Sofa vor dem Fenster gesetzt, um Julia nicht zu stören. Er starrte auf den Bedford Place hinunter und beobachtete einen Polizisten in blauer Uniform, der mit ruhigen Schritten den Schein des Gaslichtes durchschritt, als Julias Atem plötzlich anders klang.

»Alasdair?«, murmelte sie und drehte sich auf die Seite. »Alasdair, wie spät ist es?«

»Ungefähr vier, schätze ich«, erwiderte er. »Habe ich dich geweckt, meine Liebe?«

Julia erhob sich und hüllte sich in den leichten Morgenrock, während sie durch das Zimmer zu ihm ging. »Was ist los, Alasdair?«, fragte sie. »Normalerweise schläfst du doch wie ein unschuldiges Kind.«

Er lachte. »Diesen Irrtum hat Gott wohl korrigiert«, erwiderte er. »Ich bin schon seit Stunden wach.«

»Das tut mir leid«, sagte sie. »Himmel, du rauchst ja. Es ist noch ziemlich früh dafür, meinst du nicht?«

»Oder ziemlich spät, das hängt von der Sichtweise ab.« Er griff nach ihrer Hand und zog sie neben sich auf die Chaiselongue. »Entschuldige, Julia. Soll ich sie ausmachen?«

»Du weißt, dass du das nicht musst.« Sie zog die Beine an und stopfte den Saum des Morgenrockes um ihre Zehen. Julia war mollig, hübsch und gutmütig, und Alasdair hatte jede Minute genossen, die er in ihrer Gesellschaft verbracht hatte, seit er ihr vor einigen Monaten zum ersten Mal begegnet war.

»Hat dir das Stück gefallen, meine Liebe?« Er schnippte die Asche von der Zigarettenspitze. »Deine Freundin Henrietta Wheeler war hinreißend.«

»Papperlapapp, Alasdair!«, widersprach Julia. »Du hast nicht einmal Notiz von ihr genommen.«

»Aber ja, schließlich sind wir doch hingegangen, um sie zu sehen, oder nicht?«

Julia legte eine Hand an seine Wange. »Also gut – sag schnell, welche Rolle hat sie gespielt?«

Im Mondlicht konnte er seinen verärgerten Gesichtsausdruck nicht verbergen. »Ich – ach, du hast recht, Julia«, gab er zu. »Ich fürchte, ich war mit meinen Gedanken ganz woanders.«

Julia zuckte gutmütig die Schultern. »Es ist ja auch nicht weiter wichtig«, sagte sie. »Aber hör zu, mein lieber Junge. Ehe du in die Nacht hinaus entschwindest, gibt es etwas, was ich dir sagen möchte.«

Alasdair drückte die Zigarette aus. Sie hatte plötzlich abscheulich geschmeckt. »Ich muss dir auch etwas sagen, Julia. Bitte, lass mir den Vortritt und lass es mich hinter mich bringen.«

»O Gott, ich habe so etwas erwartet!« In Julias Stimme schwang leiser Humor mit. »Wie heißt sie? Ohne Zweifel ist sie halb so alt und halb so schwer wie ich.«

Alasdair grinste. »In beiden Fällen nicht einmal ein Bruchteil davon, würde ich meinen. Und ihr Name ist Sorcha.«

»Ah, also eine Schottin!«, sagte Julia. »Gut gemacht, mein Junge. Bleib bei deinesgleichen, sage ich immer. Jetzt erzähl mir von ihr, wie lange kennst du deine Sorcha schon?«

Die Morgendämmerung flirtete mit den Dächern entlang des Bedford Places, als Alasdair die Antwort auf *diese* Frage gegeben hatte. Zu Beginn seines Berichtes war Julia klugerweise zu dem kleinen Beistelltisch gegangen und hatte ihm ein Glas von seinem Lieblingswhisky eingeschenkt, den sie immer bereithielt. Als Alasdair mit seiner Geschichte fertig war, schenkte sie auch einen für sich ein.

»Grundgütiger Gott!«, wisperte sie und wandte sich zu ihm um. »Du glaubst wirklich, dass –?«

Alasdair stützte den Kopf in die Hand. »Julia, ich habe so gut wie keine Erinnerung daran«, gestand er. »Nur die Erinnerung an etwas Verschwommenes, was ich getan habe und von dem ich wusste, dass ich es am Morgen danach bereuen würde, wenn du weißt, was ich meine.«

»Oh, nur zu gut«, sagte sie mitfühlend. »Aber, Alasdair, du tust so viele schlimme Sachen, es könnte doch auch etwas gänzlich anderes gewesen sein.«

Er schüttelte den Kopf. »Das Kind ist das genaue Ebenbild meines Bruders Merrick.«

Julia stieß einen kichernden Laut aus. »Und diese junge Frau – die Schwester. Was ist mit ihr?«

Alasdair stöhnte, »Sie ist selbst kaum älter als ein Kind.«

»Wirklich? Wie alt?«

»Oh, vielleicht siebzehn? Nein, warte. Zweiundzwanzig, hat sie gesagt.«

Julia lachte. »Du lieber Himmel, Alasdair! Dann ist sie eine erwachsene Frau!«

»Kaum. Wenn dieses Mädchen nicht gerade nass bis auf die Haut ist, wiegt es ja nicht einmal hundert Pfund, und sie ist so unerfahren wie ein Mädchen aus den Highlands es nur sein kann.«

Julia zuckte mit den Schultern. »Mein lieber Junge, als ich zweiundzwanzig war, hatte ich bereits einen Ehemann begraben und war zwei weitere Beschützer wieder losgeworden«, sagte sie. »Und was die Naivität angeht, so kann das Äußere sehr täuschen. Aber jetzt, Alasdair, bin ich an der Reihe, dir etwas zu sagen.«

Alasdair schwenkte sein Glas. »Heraus damit. Mein Leben kann kaum noch verworrener werden.«

Doch in dem Punkt wurde er eines Besseren belehrt. Julia setzte sich sehr aufrecht hin, stellte ihr Whiskyglas ab und faltete sittsam die Hände auf ihrem Schoß. »Es ist eine ziemlich schockierende Neuigkeit, mein Lieber«, warnte sie ihn. »Aber du bist noch nicht so alt, dass dich gleich der Schlag trifft, nicht wahr?«

Alasdair runzelte die Stirn. »Ich bin sechsunddreißig, wie du weißt. Also, raus mit der Sprache.«

Julia beugte sich zu ihm und küsste ihn auf die Wange. »Alasdair, mein Lieber –« Sie machte erst eine Pause und dann einen tiefen Atemzug. »Ich ... bin ... ich bin in anderen Umständen.«

Alasdair ließ sein Glas fallen. Es landete mit einem dumpfen Knall auf dem Teppich. »O Gott, Julia.« Er schloss die Augen. »Du kannst das nicht wirklich ernst meinen. *Nein*. Hab Erbarmen.«

Sie legte ihre warme Hand auf sein Knie. »Ich scherze nicht, Lieber«, sagte sie ruhig. »Ich bin verwirrt, natürlich, und mein Arzt muss noch immer das Bett hüten, um sich von diesem Schock zu erholen. Aber, Alasdair, das Kind ist nicht von dir.«

Er stieß eine Art keuchenden Laut aus und öffnete ein Auge. »*Nicht* ... von mir?«

Julia sah ihn stirnrunzelnd an. »Alasdair, mein Guter, wir haben einander nichts als Freundschaft versprochen«, erwiderte sie. »Es gab Wochen, in denen wir uns nicht gesehen haben. Bist *du* denn *mir* immer treu gewesen?«

Er räusperte sich laut. »Ich – nun, ich würde sagen ... dass ich nicht völlig ...«

Der Griff um sein Knie wurde fester. »Alasdair, lass mich ganz offen sein«, ergriff Julia das Wort. »Ich weiß alles über Inga Karlsson und ihre kleine Wohnung in Long Acre.«

»Komm schon, Julia! Das war nur eine Leihgabe! Das schwöre ich bei Gott. Wir sind nur Freunde.«

»So wie wir nur Freunde sind?«, schlug sie schlau vor. »Und wir wollen kein Wort über Lord Fealds Frau verlieren. Oder über dieses Schankmädchen in Wapping. Oder die französische Tänzerin. Ich weiß, du kannst nicht anders. Ich weiß, dass die Frauen dich bewundern. Um ehrlich zu sein, weiß ich gar nicht, warum du dir die Mühe gemacht hast, es vor mir zu verbergen.«

Alasdair schluckte. »Ich habe nichts verborgen«, log er.

Julia lachte. »Du *hast* es verborgen, mein Lieber«, sagte sie. »Du machst fast reflexartig Ausflüchte wie ein achtjähriger Frechdachs, wenn man ihn fragt, was er gerade treibt, und er mit dem ersten Atemzug sagt ›Gar nichts!‹ Und es mit solchem Charme und in solcher Unschuld sagt, dass man sofort weiß, dass er irgendetwas Schlimmes angestellt hat.«

»Es ist mir halt nie in den Sinn gekommen, das ist alles«, schwor er. »Wie könnte ich überhaupt auch nur an Inga denken, wenn ich mit dir zusammen bin?«

»Weil Inga blond ist, vollbusig, schön und so dünn, dass sie wie eine Katze schleicht, wenn sie geht«, schlug Julia vor. »Außerdem ist sie mindestens zwanzig Jahre jünger als ich.«

»Ich habe nichts übrig für ihre Sorte«, sagte Alasdair wahrheitsgemäß. »Außerdem, Julia, ist das, was wir haben, etwas … Besonderes.«

»Ja, ich bin alt genug, deine Mutter zu sein«, entgegnete sie trocken. »Das ist fürchterlich besonders.«

Er packte sie am Arm. »Das bist du bestimmt nicht«, erwiderte er. Dann sah er sie mit ernster Sorge an. »Aber um ein Kind zu bekommen, dazu bist du möglicherweise ein wenig zu alt, Julia. Großer Gott. Wer ist der Vater? Was wirst du tun?«

»Beten«, sagte sie mit einem leisen Lächeln. »Und der Vater ist Henriettas Bruder. Wir sind seit zwanzig Jahren gute Freunde, musst du wissen.«

»Edward Wheeler, der Stückeschreiber?« Alasdair sah sie fragend an. »Liebst du ihn, Julia?«

Sie lachte, es war ein leichter, klingender Ton. »Herrje, eine solche Frage von dir! Ich respektiere und verehre ihn.« Sie legte eine Hand auf ihren Bauch. »Und ich will dieses Kind, Alasdair, wenn es nur irgendwie möglich ist.«

»Willst du ihn heiraten, Julia?« Er sah sie mit gerunzelter Stirn an. »Das solltest du tun.«

Wieder lachte sie. »Oh Alasdair!«, sagte sie. »Was für eine Art von Lüstling *bist* du eigentlich? Ich fange an zu glauben, dass du nicht halb so schlimm bist, wie dein Ruf es verkündet.«

»Spotte nicht, Julia. Das hier ist sehr ernst.«

Ihr Gesicht verzog sich. »Ich weiß«, räumte sie ein. »Und ich weiß auch, was ich tun werde. Natürlich habe ich es Edward gesagt. Wir sind in einer Art Zwickmühle. Es wäre schrecklich, in unserem Alter zum Altar zu gehen, wenn meine Chancen, das Kind auszutragen, nicht … nun, nicht gut sind.«

»Gott, Julia. Ich wünsche dir natürlich nur das Beste.«

Sie lächelte ein wenig traurig. »Noch ein oder zwei Jahre, und es wäre ganz und gar unmöglich«, sagte sie. »Ich dachte anfangs, es wäre etwas ganz anderes, bis die Morgenübelkeit zuschlug.«

Alasdair wusste, worauf Julia anspielte. Sie war vierzig, wenn man sie fragte, wahrscheinlich aber älter – möglicherweise *sehr viel* älter. Sie war einmal Schauspielerin gewesen und wusste, wie man die Anzeichen des Alterns kaschierte. Aber ein Kind? Er war mehr als nur ein wenig besorgt. »Wird er das Richtige tun?«, fragte Alasdair. »Wheeler, meine ich?«

»Ich denke schon«, erwiderte sie. »Er befindet sich noch in einer Art Schockzustand. Aber ich will das Kind auf jeden Fall.«

Er stand auf und küsste ihre Hand. »Du brauchst einen Ehemann, Julia. Ich denke, du solltest auf einer Heirat bestehen.«

Sie sah mit tränenfeuchten Augen zu ihm auf. »Ja, vermutlich hast du recht«, erwiderte sie. »Ich werde darüber nachdenken, mein Lieber.«

»Willst du, dass ich einmal mit Wheeler rede? Bei Gott, das werde ich, und zwar mit Freuden.«

Julia wurde blass. »Großer Gott, nein! Was ich zu sagen versuche, Alasdair, ist, dass wir uns nicht mehr treffen können.« Sie senkte die Stimme zu einem Flüstern. »Es würde sich irgendwie falsch anfühlen, verstehst du das? Heute Nacht war also – nun, *auld lang syne*, wie ihr Schotten sagen würdet: um der alten Zeiten willen.«

Alasdair hatte nach seinem Hemd gegriffen und zog es sich über. »Dann ist das also der Abschied?«, fragte er neckend. »Nach allem, was wir füreinander gewesen sind, werde ich weggeworfen wie ein alter Schuh, ohne einen weiteren Gedanken?«

Julias Lächeln kehrte zurück. »Nun, das würde ein wenig seltsam aussehen, nicht wahr? Da jedermann weiß, dass wir gute Freunde sind.«

Alasdair küsste sie auf die Nasenspitze. »Verdammt gute sogar, altes Mädchen.«

Ihre Augen funkelten wieder. »Nein, Alasdair, ich könnte dich niemals ganz wegwerfen«, sagte sie. »Ich werde nur nicht mehr mit dir ins Bett gehen.«

»Ach herrje«, sagte er bedauernd, »*das* ist allerdings ein echter Verlust!«

Esmée stand am Fenster des Schulzimmers und schaute auf die Great Queen Street hinunter, als sie Sir Alasdair MacLachlan vorsichtig aus einer Droschke steigen und die Treppe hinaufgehen sah. Esmée hatte bereits vor vier Stunden gefrühstückt, doch MacLachlan trug noch immer die Abendkleidung, die Ettrick gestern ausgebürstet hatte. Er war also die ganze Nacht fort gewesen – und nur Gott allein wusste, wo er seine andere Kleidung gelassen hatte. Nun, sie hatte so etwas schon vermutet. Den ganzen gestrigen Tag über hatte sie im Haus seine Abwesenheit gespürt. Das seltsame Gefühl hatte bis in die Nacht angedauert.

»Ma'am?«

Sie fuhr herum und sah einen der Diener wartend hinter sich stehen.

»Wohin wünschen Sie, dass sie gestellt werden?« Die Holzstühle waren so klein, dass er in jeder Hand einen trug.

Esmée machte große Augen. »Sind es denn noch mehr?« Die Diener hatten in der vergangenen Stunde Möbelstücke ins Haus getragen.

»Ja, Ma'am«, erwiderte der Diener. »Zehn insgesamt.«

Zehn Stühle? »Aber das ist doch Verschwendung«, sagte Esmée. »Was hat Wellings dazu gesagt?«

»Das kann ich nicht sagen, Ma'am.«

Esmée konnte nur den Kopf schütteln. »Stellen Sie sie an den Tisch, zusammen mit den anderen vier«, sagte sie. »Wollen Sie die übrigen am besten dort an die Wand stellen?«

Und da war noch ein Problem. Genau wie MacLachlan behauptet hatte, fing alles, was sie sagte, an, wie eine Frage zu klingen. Esmée wusste, wie man sich als Lady benahm und den Dienstboten höflich Anweisungen gab. Aber es war etwas ganz anderes, einer von ihnen zu sein, oder zumindest *fast* einer von ihnen. Die Wahrheit war, dass sie in diesem sehr englischen

Haushalt weder Fisch noch Fleisch war, dachte sie, während sie sich wieder zum Fenster wandte. Wenn es abgesehen von seiner Neigung zum Whisky irgendetwas Schottisches an Sir Alasdair MacLachlan gab, dann war das bereits vor langer Zeit verschwunden. Eine Schande war das.

Von der offen stehenden Tür her hörte Esmée jetzt ein Geräusch. Sie wandte sich erneut um und sah Wellings, der die Möbel in Augenschein nahm. »Ist alles zu Ihrer Zufriedenheit, Ma'am?«, fragte er.

»Ja, danke.« Sie wies auf die Tür zum Kinderzimmer, die einen Spalt weit offen stand. »Sorcha schläft schon in dem kleinen Bett. Aber warum so viele Stühle?«

Wellings zog die Augenbrauen hoch. »Ich habe keine Ahnung, Ma'am«, entgegnete er. »Sir Alasdair hat gestern Nachmittag entschieden, höchstpersönlich einkaufen zu gehen. Vermutlich wünschte er alles zu beschaffen, was das Kind möglicherweise brauchen könnte.«

»Ich verstehe.« Die Stühle passten sehr gut in das Zimmer, das musste Esmée insgeheim zugeben. Aber es schien zu extravagant, etwas, was kein guter Schotte je billigen würde. Vielleicht erwartete MacLachlan eine Menge Besucher. Vielleicht hatte er ein ganzes Regiment illegitimer Kinder in London herumhüpfen.

Wellings machte eine leichte Verbeugung. »Sir Alasdair bittet darum, dass Sie ihm in seinem Arbeitszimmer Gesellschaft beim Kaffee leisten«, fügte er hinzu. »In einer halben Stunde, wenn das genehm ist?«

»Ich fürchte, ich kann nicht«, erwiderte Esmée. »Sorcha könnte aufwachen und –«

»Sir Alasdair meinte, dass Lydia heraufkommen wird«, sagte der Butler.

Esmée hatte Lydia bereits kennengelernt, es war das Mädchen, das immer ein fröhliches Gesicht zeigte, wenn es ihnen den Tee heraufbrachte und ihre Betten machte. Dennoch war Esmée überrascht, dass MacLachlan sich die Mühe gemacht hatte, sich um diese Sache zu kümmern.

»Lydia ist das älteste von acht Geschwistern«, erklärte Wellings. »Sie kann außerordentlich gut mit Kindern umgehen.«

Bei diesen Worten schrumpfte etwas in Esmée ein wenig zusammen. Lydia konnte doch kaum weniger qualifiziert sein als Esmée, oder? Vielleicht hatte Wellings bereits geargwöhnt, dass sein Herr eine Hochstaplerin in seine Dienste genommen hatte. Wenn sie nicht zugestimmt hätte zu bleiben, vielleicht wäre Sorcha dann jemandem in Obhut gegeben worden, der wusste, was zu tun war. Jemandem, der wirklich qualifiziert war, sie großzuziehen. Noch bis vor Kurzem hatte Esmée wenig mehr getan, als mit ihrer Schwester herumzutollen und mit ihr zu spielen. Das schien jetzt solch ein Luxus zu sein. Und eine Ewigkeit her.

»Miss Hamilton?«, fragte der Butler. »Der Kaffee?«

Ihr Kopf fuhr hoch. »Ja, dann«, sagte sie. »In einer halben Stunde.«

Lydia tauchte bald darauf mit einem Korb voller Stopfwäsche auf, um ihre Zeit auszufüllen. Esmée ging in ihr Zimmer und machte sich frisch. Während sie das tat, fing sie ihr Bild in dem Spiegel auf, der über der Waschschüssel hing. Zwei weit auseinanderstehende grüne Augen unter dunklen, geschwungenen Augenbrauen schauten zurück. Es waren, sie wusste es, die Augen ihrer Mutter und deren feine Gesichtszüge.

Esmée war schon oft gesagt worden, dass sie ihrer Mutter sehr ähnelte, doch dieser Gedanke erschreckte sie eher, als dass er sie tröstete – besonders, wenn sie sich in der Gesellschaft von Männern wie MacLachlan aufhielt und fühlte, wie ihr Puls schneller zu schlagen begann. Das Haar ihrer Mutter war allerdings von einem tiefen Kastanienbraun gewesen, während

Esmées Haar von einem unbeschreibbaren Braun war, das, fein und schwer wie es war, immer aus der Ordnung einer Frisur glitt. Ihre Nase war ... eben eine Nase, ihr Kinn nur ein Kinn, anders als bei ihrer Mutter, deren Gesichtszüge in jeder Hinsicht vollkommen gewesen waren. Esmée hatte weder eine Stupsnase noch Grübchen in den Wangen oder am Kinn.

Plötzlich zuckte sie vor ihrem Spiegelbild zurück. Grundgütiger Himmel, was für eine Zeit, sich Gedanken über ihr Aussehen zu machen! Trotz ihrer zarten Figur und ihres beklagenswert jugendlichen Äußeren war sie in einem Alter, das sie fast als alte Jungfer gelten ließ, und es sah nicht danach aus, als würde sich das ändern. Vielleicht hatte es eine Zeit gegeben, in der sie sich danach gesehnt hatte, eine Saison in London mitzuerleben. Aber die Ehen ihrer Mutter hatten sie von einem isoliert gelegenen Landsitz zum nächsten geführt, jedes Mal tiefer in den Highlands gelegen als der vorige, so war es ihr jedenfalls vorgekommen.

Lord Achanalt hatte Esmée niemals eingeladen, sie auf deren häufigen Reisen zu begleiten, und nur ein- oder zweimal im Jahr hatte Esmées Mutter sie mit nach Inverness oder Edinburgh zum Einkaufen genommen. Natürlich hatte es Hausgäste und Dinnerpartys gegeben. Bis Achanalt dem einen Riegel vorgeschoben hatte, war ihre Mutter von einer ganzen Schar von Bewunderern umgeben gewesen, denn sie hatte es geliebt, ihren Ehemann eifersüchtig zu machen. Doch als Esmée irgendwann begann, auf mehr als Einkaufsfahrten zu drängen, hatte die Mutter immer die Lippen geschürzt.

»Warte nur«, hatte sie gesagt. »Warte, bis Tante Rowena aus dem Ausland zurückkehrt. Dann wirst du eine richtige Saison mitmachen, das verspreche ich dir.«

Das verspreche ich dir.

Doch nachdem sie drei Ehemänner viel zu früh begraben

hatte, hatte ihre Mutter eine festverwurzelte Furcht davor entwickelt, allein zu sein. Esmée erkannte jetzt, dass sie der einzige feste Halt im Leben ihrer Mutter gewesen war. Achanalt, der ihre Mutter geheiratet hatte, als Esmée sechzehn gewesen war, hatte rasch angefangen, sich mürrisch und verschlossen zu zeigen. Zwei Jahre nach der glücklichen Heirat ging bereits das Wort *Scheidung* in der alten Burg um.

»Ja, wie ein Kater, der seinem eigenen Schwanz nachjagt, so ist er«, hatte sie einmal den Obergärtner sagen hören. »Der alte Teufel wusste nicht, was er mit ihr anfangen sollte, nachdem er sie gekriegt hat, und das hat nicht mehr annähernd so viel Spaß gemacht wie die Jagd.« Was mehr oder weniger die ganze Romanze zwischen Lord und Lady Achanalt auf den Punkt brachte.

Nun, der »alte Teufel« hatte Esmées Anwesenheit nie mit viel Freundlichkeit ertragen. Sie hatte sich seltsam und auf fast törichte Weise erleichtert gefühlt, als er sie auf die Straße gesetzt hatte. Panik war ein Luxus, den sie sich schlecht leisten konnte, besonders in Anbetracht der Verantwortung, die Achanalt so unerwartet auf sie abgewälzt hatte. Sie würde jetzt nicht in Panik geraten. Sie würde es sich einfach nicht erlauben, sich von Alasdair MacLachlan beunruhigen zu lassen, ganz gleich, wie charismatisch oder attraktiv er auch war. Und dieser Gedanke erinnerte sie daran, dass sie herumtrödelte. Rasch steckte Esmée ihr Haar fest und eilte dann die Treppe hinunter.

Wie erwartet traf sie MacLachlan in seinem Arbeitszimmer an. Er hatte sich umgekleidet und trug jetzt einen grünen Rock über einer Weste aus strohfarbener Seide und eng geschnittene braune Hosen. Die gestärkte Krawatte war unter seinem kantigen, frisch rasierten Kinn mit einem eleganten Knoten gebunden. In der Tat sah er atemberaubend gut aus, und seine Fähigkeit, nach einer Nacht der Ausschweifung so auszusehen ärgerte

Esmée irgendwie. Er sollte zumindest die Anständigkeit besitzen, ein wenig blass um die Nase wirken.

Überraschenderweise saß MacLachlan nicht an dem Tisch, auf dem das Tablett mit dem Kaffeegeschirr stand, sondern an seinem Schreibtisch. Seine Körperhaltung war nicht länger träge und lässig wie zuvor, als er aus der Kutsche gestiegen war, sondern aufrecht. Sie fühlte sich an einen Jagdhund erinnert, der hingebungsvoll und konzentriert etwas belauerte. Falls MacLachlan unter irgendwelchen üblen Nachwirkungen seiner Nacht mit Mrs. Crosby litt, so war ihm das nicht anzumerken.

Als sie näher in das Zimmer trat, erkannte sie, dass er nicht arbeitete. Stattdessen war er mit einem Kartenspiel beschäftigt. Sein schweres, goldfarbenes Haar fiel ihm weit in die Stirn und verdeckte seine Augen. Plötzlich, mit einem unterdrückt gemurmelten Fluch, nahm er die Karten auf und mischte sie geschickt in einer fließenden Bewegung. Er mischte sie nochmals, und seine ganze Aufmerksamkeit war auf die Karten gerichtet, als wären sie eine Verlängerung seiner Hände. Seine Finger bewegten sich verblüffend schnell.

Esmée trat an den Schreibtisch und spürte den genauen Moment, in dem MacLachlan ihre Anwesenheit bemerkte. Sofort legte er die Karten aus der Hand und sah sie an. Etwas in seinem Blick veränderte sich. Es schien, als habe sie ihn aus einem Traum gerissen. Als er aufstand, kehrte der vertraute müßige Ausdruck in seine Augen zurück.

»Guten Tag, Miss Hamilton«, sagte er. »Nehmen Sie Platz.«

Sie ging zu dem Stuhl, auf den er gewiesen hatte – ein Sheraton-Stuhl mit wunderbar gearbeiteten Intarsien, der gegenüber dem Teetisch stand. Das Zimmer war in Schattierungen von blassem Blau und Cremefarben wunderschön eingerichtet. Die Wandbespannungen aus blauer Seide wurden zwischen den Fenstern von deckenhohen Wandspiegeln geschmückt, und der eierschalenfarbene Teppich fühlte sich unter ihren Füßen wunderbar weich an. Ein Diener trug ein kleines Tablett mit der Kaffeekanne herein und stellte es an das andere Ende des Teetisches. MacLachlan schenkte Esmée eine Tasse ein. Der Kaffee war stark und vollmundig und erinnerte sie seltsam an schwarzen Samt.

»Wellings sagte mir, dass Sie das Kind gestern mit auf einen Spaziergang genommen haben«, eröffnete er das Gespräch. »Ich hoffe, Sie beide haben ihn genossen?«

Aus irgendeinem Grund wollte sie ihm nichts von ihrem Besuch bei ihrer Tante Rowena sagen. Vielleicht weil es sie verzweifelt und ein wenig dumm aussehen ließ. »London ist eine sehr große Stadt«, murmelte sie. »Aber wir hatten einen angenehmen Spaziergang.«

»Wie weit sind Sie gegangen?«

»Nun, ich glaube, bis nach Mayfair.«

»Ein schöner Stadtteil«, bemerkte er. »Aber ich habe immer die Ruhe der überschaubaren Nachbarschaft hier dem vorgezogen.«

»Ja, hier ist es viel schöner.« Esmée nippte vorsichtig an ihrem heißen Kaffee. »Sagen Sie, MacLachlan, spielen Sie regelmäßig Karten?«

Um seine Augen lag heute ein zynischer Zug, und das machte sie ein wenig vorsichtig. »Ich denke, Sie wissen doch, dass ich das tue, Miss Hamilton«, erwiderte er mit tiefer, heiserer Stimme. »Wie kommt es übrigens, dass Sie mir ständig das Gefühl vermitteln, ich wäre wieder im schottischen Argyllshire? Ich frage mich, warum Sie meinem Namen nicht das herrische ›der‹ voranstellen, als würde mir als Einzigem dieser Titel zustehen – *der* MacLachlan.«

»Nun, Ihr Clan mag das vielleicht sogar so sehen«, erwiderte sie einfach.

Der Ausdruck in seinen Augen verhärtete sich. »Ich habe keinen Clan, Miss Hamilton«, sagte er. »Ich besitze Land, ja, aber nichts, womit sich irgendjemand brüsten würde. Mein Großvater kämpfte gegen die Jakobiten, und für seine Dienste wurde ihm vom König ein Knochen hingeworfen, in Form des Titels eines Baronets.«

»Von England.«

»Wie bitte?«

»Der Titel *Baronet* wurde ihm vom König *von England* verliehen.«

MacLachlan zog eine Augenbraue hoch. »Eine eingefleischte Bewohnerin der Highlands, sind Sie das?«

»Ja, und ich wüsste nicht, wie es anders sein könnte«, erwiderte sie mit breitem schottischem Akzent.

Er lachte. »Sagen Sie, Miss Hamilton, gehören Sie zu diesen verräterischen Rebellen, die noch immer ihren Trinkspruch auf James II. ausbringen?«, fragte er. »Beherberge ich eine heimliche Jakobitin?«

Esmée lächelte ein wenig. »Vielleicht beherbergen Sie eine Anhängerin der Genauigkeit, was historische Fakten angeht«, schlug sie vor. »Wünschen Sie, dass ich Sie Sir Alasdair nenne?«

Er zuckte die Achseln und begann, seinen Kaffee umzurühren, mit denselben langsamen, lässigen Bewegungen, mit denen er auch alles andere in seinem Leben zu tun schien. Alles bis auf das Kartenspielen. »Ich glaube nicht, dass es mich interessiert«, räumte er schließlich ein. »Nennen Sie mich, wie Sie es wünschen. Ich bin kein Anhänger irgendeiner Form von Genauigkeit.«

»Das glaube ich nicht ganz«, sagte sie. »Ich denke, mit den Karten nehmen Sie es sehr genau.«

Er schaute von seinem Kaffee auf und lächelte dünn. »Ich nehme an, Sie halten nur wenig von meinem Talent«, murmelte er. »Aber wenn es sorgsam betrieben wird, Miss Hamilton, ist Kartenspielen eine Fähigkeit, durch die ein mittelloser junger Schotte seinen Weg in diese Welt ebnen kann.«

»Ja, beklagenswert mittellos, das waren Sie bestimmt, nicht wahr?« Sie ließ den Blick über seinen elegant geschnittenen Rock gleiten, der wahrscheinlich mehr gekostet hatte als ihre halbe Garderobe.

»Nein, nicht ganz.« Seine Augen funkelten beinahe gefährlich. »Aber jetzt bin ich, wie Sie mich kürzlich erinnert haben, *ein sehr reicher Gentleman*. Und ich kann Ihnen versichern, dass ich das nicht erreicht habe, indem ich auf Kosten der Pächter meiner Farmen gelebt habe.«

»Vielleicht haben Sie es wegen der Schwächen anderer Menschen erreicht«, schlug sie vor. »Glücksspiele sind grundsätzlich unfair.«

»Ich schere mich einen Dreck um die Schwächen eines anderen Menschen, Miss Hamilton, wenn er Narr genug ist, sich mit mir an den Spieltisch zu setzen«, erwiderte er gleichmütig. »Wenn ich spiele, ist nichts dem Zufall überlassen. Es ist zweifellos eine Sache von Wahrscheinlichkeit und Statistik – etwas, was so real und konkret ist, dass man es auf dem Rand einer alten Zeitung berechnen kann.«

»Wie lächerlich das klingt!«, entgegnete sie. »Sie versuchen gerade, ein Laster als Tugend zu verkaufen. Jeder weiß, dass Kartenspiele reine Glückssache sind.«

»Sind sie das wirklich?« Er griff hinter sich nach dem Kartenstapel. Mit einer geschickten Handbewegung breitete er die Karten fächerförmig vor sich auf dem Tisch aus. »Nehmen Sie eine Karte, Miss Hamilton. Irgendeine.«

Sie sah ihn über den Tisch hinweg mit gerunzelter Stirn an. »Wir sind hier nicht in einem Dorf auf einem Jahrmarkt, Mylord.«

»Haben Sie Angst, Miss Hamilton, dass Sie sich trotz Ihrer großen und weltläufigen Erfahrung irren könnten – sei es auch nur ein einziges Mal?«

Sie schnappte sich eine Karte.

»Sehr gut«, sagte er. »Und jetzt, Miss Hamilton, halten Sie eine Karte –«

»Wie scharfsinnig Sie sind, MacLachlan.«

Die Spannung lastete plötzlich schwer im Zimmer. »– eine Karte, deren Farbe entweder Schwarz oder Rot ist«, fuhr er fort. »Die Chance, dass es eine der beiden Farben ist, beträgt also fünfzig zu fünfzig, nicht wahr?«

»Ja, aber das ist kaum eine Frage der Wissenschaft.«

»Genau genommen ist es das doch«, sagte er. »Und natürlich gibt es noch eine weitere Variable.«

»Ich hätte mir denken sollen, dass es zweiundfünfzig Variable gibt.«

MacLachlan hob eine Augenbraue. »Folgen Sie mir einfach, Miss Hamilton«, forderte er sie auf. »Die Karte, die Sie haben, ist entweder ein Ass, eine Bildkarte oder eine mit einer Zahl. Auf dem Tisch verdeckt liegen jetzt noch einundfünfzig Karten, deshalb ist die Wahrscheinlichkeit, dass Sie ein Ass haben, vier zu zweiundfünfzig. Zugegebenermaßen nicht die beste Gewinnchance.«

»Wie ich bereits sagte, ein Glücksspiel.«

Er hob einen Finger. »Und die Wahrscheinlichkeit, dass es eine Bildkarte ist, liegt bei zwölf zu zweiundfünfzig, nicht wahr?«

»Nun, ja.«

»Und die Wahrscheinlichkeit, dass Sie eine Zahlenkarte haben, ist also sechsunddreißig zu zweiundfünfzig, richtig?«

»Ja, das würde ich so sagen.«

»Dann, Miss Hamilton, glaube ich, dass Sie eine Karte mit

einer Zahl haben. Das ist eine klare Wahrscheinlichkeit. Und ich wage zu sagen, noch genauer, dass es eine rote Karte ist.«

Esmée schaute auf ihre Karte und wurde blass.

»Darf ich sie bitte sehen?«

Widerstrebend legte sie die Karo-Acht auf den Tisch. »Das war nur ein geglücktes Raten«, klagte sie.

»Die erste Vermutung hatte nichts mit raten zu tun«, widersprach er. »Die zweite schon. Und das, Miss Hamilton, ist der Unterschied zwischen Wahrscheinlichkeit und Zufall. Jetzt legen Sie die Karte mit dem Bild nach unten weg und nehmen Sie eine andere.«

»Das ist absurd.« Doch sie tat, worum er sie gebeten hatte.

»Jetzt, Miss Hamilton, haben Sie nur die Wahrscheinlichkeit verändert«, sagte er, den Blick auf sie gerichtet. »Wir haben jetzt nur einundfünfzig Karten, denn Ihre rote Acht ist aus dem Spiel.«

Auf sein Bitten hin wiederholten sie diesen Vorgang ein Dutzend Mal. Bei vier Karten irrte sich Sir Alasdair. Esmée versuchte, sich hämisch darüber zu freuen, aber bedauerlicherweise stieg seine Treffsicherheit mit jedem Spiel, und nachdem jede einmal gezogene Karte beiseitegelegt wurde, nannte er die neuen Wahrscheinlichkeiten. Rot gegen Schwarz. Bild gegen Zahl. Bald war er in der Lage, nicht nur das zu bestimmen, sondern auch die Spielkartenfarbe und schließlich auch den Kartenwert.

In Esmées Kopf drehte sich alles. Aber noch schlimmer war, dass sich Sir Alasdair, ganz egal, welche Karte sie gezogen hatte, genau zu erinnern schien, was schon ausgespielt worden war, und deshalb wusste, welche Karten noch im Spiel waren. Sie dachte an den Stapel mit den geheimnisvollen, unverständlichen Büchern, den sie im Raucherzimmer entdeckt hatte. Es ärgerte sie zuzugeben, dass er sie vermutlich alle gelesen – und verstanden – hatte, jedes einzelne verdammte Buch.

Nachdem er vier Karten in Folge richtig genannt hatte, gab Esmée auf. »Das alles ist doch Unsinn«, sagte sie und warf ihre letzte Karte auf den Tisch. »Sicherlich, Sir, haben Sie mich nicht für ein Kartenspiel herunterbitten lassen!«

Er zuckte mit den breiten Schultern und schob die Karten zusammen. »Sie waren es, Miss Hamilton, die die Art und Weise, auf die ich meinen Lebensunterhalt verdiene, verunglimpft hat«, entgegnete er ruhig. »Ich verteidige lediglich meine Ehre gegen Ihre harten und diffamierenden Anklagen.«

Esmée lachte. »Sicherlich *leben* Sie nicht vom Kartenspielen und von Ihrem Verstand!«

»Sie denken, ich habe keinen?«, fragte er herausfordernd.

Sie zögerte. »Das habe ich nicht gesagt.«

»Aber Sie haben einmal geäußert, dass ich nur wenig mehr bin als ein – nun, lassen Sie mich nachdenken – ja, *ein hübsches Gesicht*, war es nicht so?«

»So etwas habe ich nie geäußert«, widersprach sie und erkannte dann, dass sie log. »Nichtsdestotrotz ist das Kartenspielen kaum eine Frage des Intellekts.«

»Haben Sie schon einmal Vingt-et-un gespielt, Miss Hamilton?«, fragte er finster. »Gehen Sie hinauf und holen Sie diese dreihundert Pfund aus Ihrem Tintenfass oder aus Ihrer Hutschachtel oder worin immer Sie sie versteckt haben, wenn Sie sich so sicher sind, und lassen Sie uns Ihre edel gesinnten Annahmen auf den Prüfstand stellen.«

Esmée öffnete den Mund und schloss ihn wieder. Mit seinem guten Aussehen und der rauen Schlafzimmerstimme war MacLachlan die Verkörperung des Teufels – schlimmer noch, eines Teufels, der wie ein Engel aussah –, und sie hatte keinen Zweifel, dass er ihr jeden Penny abknöpfen würde, nur um seinen Worten Nachdruck zu verleihen. »Nein danke«, sagte sie. »Ich spiele nicht.«

»Sie haben aber ziemlich hoch gepokert, Miss Hamilton, als Sie den ganzen Weg nach London gemacht haben mit diesem Kind im Schlepptau.«

»Sie ist nicht *dieses Kind*«, erwiderte Esmée. »Sie heißt –«

»Ja, ja«, unterbrach er sie und winkte abwehrend. »Sie heißt Sorcha. Ich erinnere mich. Geben Sie mir Zeit, Miss Hamilton, mich an diese große Veränderung in meinem Leben zu gewöhnen.«

Sie tranken den Kaffee und schwiegen einige Momente lang, in denen Esmée nach neutralen Gesprächsthemen suchte, aber keine fand. »Wie geht es ihr?«, fragte er schließlich. »Sorcha. Lebt sie sich gut ein?«

»Oh ja«, erwiderte Esmée. »Sie ist ein robustes Kind.«

»Was meinen Sie damit?«

Esmée spreizte ausdrucksvoll die Hände. »Es ist schwer zu erklären«, sagte sie. »Aber Sorcha hat einen starken Willen und sie besitzt ein – nun, eine Art Vertrauen in ihre Fähigkeit, jeden in ihrer Umgebung zu bezaubern und zu bekommen, was sie haben will.«

Plötzlich lächelte Sir Alasdair, was die Grübchen auf beiden Seiten seines attraktiven Gesichtes vertiefte. »*Hmmm*«, sagte er. »Ich frage mich, von wem sie das wohl hat?«

Esmée sah ihn über ihre Kaffeetasse hinweg an. »Jetzt, da ich darüber nachdenke, Sir, fürchte ich, dass das arme Kind eine doppelte Dosis davon bekommen hat.«

»Ah!« Müßig trank er seinen Kaffee und schob dann die leere Tasse von sich weg. »Ohne Zweifel haben Sie recht.«

Esmée fühlte sich plötzlich ungehobelt und linkisch. Es war nicht sein Fehler, dass ihm Attraktivität und Charme in die Wiege gelegt worden waren und dass er wusste, wie er beides zu seinem Nutzen einsetzen konnte.

Geistesabwesend nahm er eine von den vor ihm liegenden

Karten und begann, sie geschickt zwischen den Fingern einer Hand vor und zurück zu bewegen, wobei er den Blick unablässig auf Esmée gerichtet hielt. Sie suchte nach etwas Konstruktivem, was sie sagen könnte. »Danke für die Möbel«, platzte sie heraus. »Es sind sehr viele Stühle. Aber es war schrecklich nett von Ihnen.«

»Nett?«, wiederholte er, wobei er noch immer müßig die Karte bewegte. »Ich tue selten etwas Nettes für irgendjemanden, Miss Hamilton. Wenn ich es tue, dann entweder aus Selbstschutz oder einfach, um mir eine Freude zu machen.«

»Ich verstehe.« Seine entwaffnende Ehrlichkeit verblüffte sie. »Was war es in diesem Fall?«

»Um mich zu amüsieren«, erwiderte er. »Ich wünschte, wieder das warme Aufleuchten in Ihren Augen zu sehen, wenn Sie sich dafür bedanken – wie Sie es gerade getan haben. Sie sind mir in die Falle gegangen, Miss Hamilton.«

»Wie sagt man noch – ›Tötet sie durch Freundlichkeit?‹«, murmelte sie. »Nun, es wird mehr als das brauchen, MacLachlan, mich zu besiegen. Sie sollten wissen, dass Schotten aus härterem Holz geschnitzt sind.«

»Meine Befürchtung, Miss Hamilton, ist eher die, dass sie in erster Linie durch harte Arbeit niedergekämpft werden«, sagte er ruhig. »Ich hörte kürzlich aus höchst berufenem Munde, dass Kinder sowohl eine Gouvernante als auch ein Kindermädchen haben sollten. Stimmen Sie dem zu?«

Esmée war überrascht. »In einer perfekten Welt, ja.«

Sir Alasdair wirbelte die Karte zwischen seinen Fingern vor und zurück und ließ sie vor Esmée auf den Tisch fallen, das Bild nach oben. Das Herzass. »Dann möge Ihre Welt immer perfekt sein, Miss Hamilton.«

Einen Moment lang konnte sie nur auf seine Hand starren, die auf der leblosen Karte lag. Esmée begann, sich ein wenig unbehaglich zu fühlen. Es gefiel ihr nicht, mit diesem Mann allein zu sein, diesem Mann mit den so vollkommenen Händen und der tiefen, dunklen Stimme.

»Was meinen Sie damit?«, brachte sie schließlich heraus.

»Ich meine damit, dass ich ein Kindermädchen engagieren werde«, sagte er. »Wellings wird morgen oder übermorgen einige Bewerberinnen empfangen. Suchen Sie aus, wen Sie für die Beste halten.«

Esmée wusste nicht, was sie sagen sollte. »Das ist großzügig, Sir«, entgegnete sie. »Ich weiß gar nicht, was ich sagen soll.«

»Wie wäre es mit *Ich werde für immer in Ihrer Schuld stehen?*«, schlug er vor. »Oder *Ich bin Ihr aufrichtig ergebener Sklave?*«

Esmée gefiel die Art nicht, wie seine Worte auf sie wirkten, warm und suggestiv. »Ich denke nicht daran.«

MacLachlan zuckte lässig die Schultern. »Dann könnten Sie mir vielleicht einfach noch eine Tasse Kaffee einschenken«, schlug er vor. »Ich habe meine vor fast zehn Minuten ausgetrunken.«

Esmée schaute auf den Tisch und bemerkte ein wenig überrascht ihr Versäumnis. Seine Tasse war leer. Er hob sie hoch und schob sie ihr zu. Esmée griff unverzüglich nach der Kanne. Doch irgendwie traf der Kaffeestrahl sein Ziel nicht richtig, und das Nächste, was Esmée bewusst wurde, war, dass MacLachlan seine Hand zurückzog und der Kaffee auf seine eleganten Kleider spritzte.

»Jesus Christus!«, rief er.

Auch was danach geschah, vermochte sie später nicht sicher zu sagen. Sie musste von ihrem Stuhl aufgesprungen sein. Irgendwie hatte sie ihr Taschentuch in der Hand und kniete vor seinem Stuhl, rieb heftig an den Flecken auf seiner strohfarbenen Weste herum, ohne daran zu denken, wie lächerlich sie dabei aussehen musste.

»Oh, es tut mir so leid!« Esmée bearbeitete vehement die Seide.

MacLachlan hatte sich auf seinem Stuhl zurückgelehnt, um sich den Schaden zu besehen. »Verdammte Hölle, das war heiß!«

»Oh, habe ich Sie verbrannt?«, rief sie. »Sind Sie verletzt?« Aus einem unerklärlichen Grund wollten Esmée die Tränen kommen. Es war, als drohe das Fass überzulaufen.

»Ich werde nicht für mein Leben gezeichnet sein.« MacLachlan legte eine warme, feste Hand auf ihre Schulter. »Wirklich, Miss Hamilton, es ist alles in Ordnung. Hören Sie bitte auf, an mir herumzureiben, und sehen Sie mich an.«

Esmées Blick wanderte nach oben. »Oh nein!« Auch seine Krawatte war befleckt. »Oh, sie ist ruiniert!« Sie zupfte verzweifelt an den Falten, als würde es helfen, sie zu trocknen.

MacLachlan schob ihre Hand weg und umfasste sie beruhigend mit seiner. »Ich habe schon Schlimmeres erlebt«, sagte er und beugte sich über sie, so nah, dass sein Atem ihr Haar streifte. »Und jetzt stehen Sie auf, Miss Hamilton, bevor jemand hereinkommt und falsche Schlüsse zieht – was in Anbetracht meines Rufes ganz leicht passieren könnte.«

Sie verstand seine Worte nicht ganz. »Ich bitte um Entschuldigung?«

MacLachlan seufzte, schob dann irgendwie seinen Stuhl zurück und zog Esmée mit sich hoch. Sie standen nur Zentimeter voneinander getrennt, ihr Kopf reichte ihm kaum bis zur Brust, und ihre Hand lag noch in seiner. Für einen langen Augenblick stand er ganz still, den Blick unverwandt auf ihre ineinander verschlungenen Hände gerichtet. »Meine liebe Miss Hamilton«, sagte er schließlich.

»J-ja?«

Sein Mund verzog sich zu einem Lächeln. »Ich denke, ich kann sagen, dass Sie die unerbittlichste Nägelkauerin sind, die ich je gekannt habe.«

Ihr Gesicht wurde flammend rot, sie entriss ihm ihre Hand und versteckte sie hinter ihrem Rücken.

Er ergriff die andere und hielt sie fest. »In der Tat«, sagte er, während er sie betrachtete, »ich bin mir nicht einmal sicher, dass das Fingernägel *sind.*«

Sie versuchte, ihm die Hand zu entziehen, aber der Schuft grinste nur. »Sie haben sie bezwungen, Miss Hamilton«, stellte er fest und betrachtete noch immer ihre Finger. »Genau genommen sind Ihre Nägel ebenso auf dem Rückzug wie die Franzosen vor Moskau.«

Esmée war noch immer darüber bestürzt, ihn mit heißem Kaffee verbrüht zu haben. »Es ist eine schlechte Angewohnheit«, gab sie zu und versuchte, die Hand zurückzuziehen. »Ich wünschte, ich wüsste, wie ich damit aufhören kann.«

Er hob den Kopf und sah sie lange an. »Soweit ich es mir erklären kann«, sagte er schließlich ruhig, »ist die Ursache dafür etwas, was Sie so sehr bedrückt, dass Sie sich gezwungen fühlen, sie bis aufs Fleisch abzukauen.«

Er ließ ihre Hand nicht los, auch wenn er sie ganz sanft hielt. »Ich tue es nur manchmal«, sagte sie leise. »Es hat nichts zu bedeuten.«

»Esmée.« Der tadelnde Klang seiner Stimme beunruhigte sie. »Meine Liebe, Sie haben wirklich Kummer. Was ist es? Wie kann ich helfen?«

Plötzlich fühlte sie, dass ihr Kinn zu zittern begann. »Wagen Sie es nicht«, flüsterte sie und wandte den Blick ab. »Wagen Sie es nicht, Mitleid für mich zu empfinden.«

Sein Blick wurde warm. »Ich will nur, dass Sie mir sagen, was los ist«, beharrte er. Plötzlich hob sich seine Stimme. »Ist es meinetwegen, Esmée? Bringe ich Sie … in Bedrängnis?« Bei diesen Worten ließ er ihre Hand los und trat zurück.

O Gott. *Das war es nicht.* Warum musste er sich überhaupt darum scheren? Warum konnte er nicht der gefühllose Flegel sein, den sie erwartet hatte? Wie konnte er in einem Moment so vergnügt und im nächsten so mitfühlend sein? Plötzlich hatte Esmée das Gefühl, nicht mehr atmen zu können.

»Es geht nicht um Sie«, brachte sie heraus und spielte nervös mit der Perlenkette um ihren Hals. »Es geht nicht um Sie, und es hat überhaupt nichts mit Ihnen zu tun. Bitte, MacLachlan, lassen Sie mich einfach in Ruhe.«

»Ich bin nicht sicher, ob ich das wirklich tun sollte.« Seine Stimme war sanft, aber fest. »Sie setzen ein tapferes Gesicht auf, meine Liebe, aber ich fange an, einen Riss in Ihrer zerbrechlichen Fassade zu vermuten. Kann es sein, dass Sie bis über die Ohren in Schwierigkeiten stecken?«

»Ich komme damit zurecht!«, rief sie und ließ ihre Hand sinken. »Ich komme zurecht! Ich schwöre es! Ist es das, warum Sie ein Kindermädchen einstellen wollen? Sie denken, ich weiß nichts über Kindererziehung! Und der Kaffee – es tut mir leid –, ich war unachtsam.« Ihre Stimme hatte jetzt einen verzweifelten Klang, aber sie schien ihn nicht unterdrücken zu können. »Es wird nicht wieder vorkommen. Und ich kann mich auch um Sorcha kümmern. Ich *kann* das!«

»Miss Hamilton, das alles ist so unnötig«, sagte er. »Sie sind müde, Sie haben Heimweh und sind noch in Trauer. Ihre Mutter ist gestorben, und die Verantwortung, die Sie tragen, wiegt schwer. Ich bin überzeugt, Sie müssen sich manchmal auf dieser Welt recht allein gelassen fühlen. Darf ich nicht wenigstens ein wenig Anteilnahme zeigen?«

Sie stieß einen Laut aus – ein Keuchen? Ein Schluchzen? Sie wusste nicht, was es war. Und plötzlich spürte sie seine Arme um sich, stark und sicher. In diesem Moment fühlte es sich an wie die tröstendste, beschützendste Geste, die ihr jemals jemand entgegengebracht hatte.

Esmée hätte es nicht tun sollen, natürlich nicht, doch sie ließ sich gegen die feste Mauer seiner Brust sinken, die sich wie der Felsen von Gibraltar anfühlte. Er roch nach Wäschestärke und Wärme, moschusartig männlich, und plötzlich konnte sie nur noch das Gesicht an seine befleckte Krawatte drücken und weinen. Sie *hatte* Heimweh. Sie *vermisste* ihre Mutter. Und sie hatte Angst. Vielleicht ebenso viel Angst vor sich selbst wie vor jedem anderen.

»Esmée, sehen Sie mich an«, flüsterte er. »Bitte.«

Sie hob den Blick zu ihm, wortlos und bittend; sie wusste nicht, um was. Seine Umarmung wurde fester. Seine sündhaft langen Wimpern senkten sich ein wenig, sein Mund schwebte über ihrem. Esmée fühlte, wie ihr Pulsschlag sich beschleunigte. Sie wollte an ihm zerschmelzen, sich in ihm verstecken. Stattdessen schloss sie die Augen und öffnete die Lippen. Als ob sie gewusst hätte, dass es so geschehen würde, berührte MacLachlans Mund ihre Lippen, und ein Gefühl der Unausweichlichkeit ergriff Esmée.

Sie wandte den Kopf, bat ihn fast, den Kuss zu vertiefen. Sein Mund presste sich auf ihren, fordernd und hungrig. Etwas in Esmées Bauch schien sich zu drehen, ihre Knie zitterten und ihr Atem stockte. Falsch. Oh, dies war so falsch! Aber eine unerklärliche Macht zog ihren Körper zu seinem. Sie keuchte – oder meinte es zu tun – und fühlte den drängenden Druck seiner Zunge, die über den Saum ihrer Lippen strich. Bei seinem zarten Drängen ließ sie den Kopf in den Nacken fallen und öffnete sich ihm schamlos.

MacLachlan stöhnte, es war ein tiefer, gequälter Ton, und ließ seine Zunge tief in ihren Mund gleiten. Gott, es fühlte sich so seltsam an. So wunderbar sündhaft. Wie nichts, was sie je zuvor gefühlt hatte. Ihr Atem wurde schneller und heftiger. Sie stellte sich auf die Zehenspitzen und ließ die Hände um seine Taille gleiten, dann seinen Rücken hinauf, und sie genoss seine Wärme und seine Kraft.

»Esmée.« Er flüsterte ihren Namen an ihren Lippen, bevor er wieder in die Tiefe ihres Mundes eindrang. Unter ihren Händen fühlte sie die starken Muskeln seines Rückens zittern, als wäre er ein ungeduldiger Hengst.

Sie zog ihren Mund nur ein kleines Stück fort. »O Gott«, wisperte sie.

Sein Mund verließ ihren und fuhr über ihre Wange, den Weg hinunter zu ihrem Kinn, dann entlang der Reihe von Perlen, die ihren Hals umschlossen. Eine warme, schwere Hand glitt ihren Rücken herunter, tiefer und tiefer, bis sie heiß auf ihrer Hüfte liegen blieb, sie umfasste und durch den Stoff ihres Rockes streichelte.

O Gott, sie war es so müde, allein zu sein. Sie sehnte sich danach, einen anderen Menschen zu berühren. Sie sehnte sich *hiernach*. Esmée gab dem Drang nach, sich an ihn zu pressen. Vage wusste sie, dass das, was sie tat, falsch war. Es war verrückt. Doch sie ließ es zu, dass ihre Finger sich hungrig in die Seide seines Hemdes gruben, welches seinen breiten Rücken bedeckte.

MacLachlan schob die Hand in ihr Haar, seine Finger strichen durch ihre Locken, hielten sie ruhig unter seinem sanften Angriff. Es war so unbeschreiblich köstlich, sich von ihm erobern zu lassen. Sein Mund liebkoste ihren Hals, dann verharrten seine Lippen in ihrer Halsbeuge. Bis sie allem zugestimmt haben würde, um das er sie bat. Und doch zögerte er.

»Oh, bitte nicht«, wisperte sie.

»Nicht –?« Das Wort enthielt eine drängende Qual.

Esmée versuchte, den Kopf zu schütteln. »Nicht *aufhören*«, keuchte sie. »*Bitte*.«

Aber es war zu spät. Sein warmer Mund presste sich nicht länger fest auf ihren Nacken. Der einzige Laut im Zimmer war der seines rauen Atems. Langsam hob MacLachlan den Kopf und sah Esmée an. Ein heller Strahl der Vormittagssonne fiel durch das Fenster über seine Schulter und betonte den Goldglanz in seinem Haar. Und brachte sie wieder zur Besinnung.

»Esmée.« Seine Augen schwammen vor Verzweiflung. »Oh, Esmée! O Gott! Ich ...«

Sie zog sich langsam zurück, stumm und erschrocken. Seine Hände glitten an ihren Armen herunter, verharrten an ihren Ellbogen, ehe er sie ganz heruntersinken ließ. Sein Blick riss sich von ihrem los. Mit seiner Silhouette, die sich gegen das Sonnenlicht abhob, sah MacLachlan wie ein Engel aus. Wie Luzifer, der herabgestiegen war, um in Versuchung zu führen und zu quälen. Und das hatte er! Oh, mochte der Himmel ihr beistehen, was hatte sie getan?

Esmée wandte sich um und rannte davon.

Lydia kniete im Schulzimmer vor dem Arbeitstisch und stapelte mit Sorcha Bauklötze aufeinander, als Esmée in das Zimmer gestürzt kam. »Hallo, Miss Hamilton«, sagte sie. »Die junge Miss ist jetzt wach und hat eine ungewöhnlich gute Laune.«

Esmée sah sie wild an. »Danke«, brachte sie heraus. »Ich werde ... ich werde mich gleich um sie kümmern.«

Esmée ignorierte Lydias fragenden Blick und hastete an dem Mädchen vorbei in ihr Schlafzimmer. Sie schloss die Tür hinter sich und lehnte sich mit dem Rücken dagegen. Gott! O Gott! Sie schlug die Hände vor den Mund. *Was hatte sie getan?* Der Verzweiflung nahe, ließ sie ihren Blick durch das Zimmer gleiten und erhaschte dabei im Spiegel gegenüber einen Blick auf sich. Ihr Haar war zerzaust. Ihr Gesicht leichenblass. Jeder, der auch nur ein bisschen Verstand besaß, konnte sehen, was sie getan hatte.

Esmée wandte den Blick ab. Du lieber Himmel! Und warum war dieses Zimmer so kalt? Sie zitterte und strich sich mit den Händen über die Arme. Sie konnte noch die Wärme seiner Hände auf ihren Armen spüren. Konnte spüren, wie sie zögernd heruntergeglitten waren, tiefer und tiefer, während sie zurückgetreten war.

Esmée lachte bitter. Nun, natürlich hatte er gezögert, seine Hände von ihr zu nehmen! Sie war ein so müheloser Preis gewesen. Eine reife Pflaume, die ihm unverhofft in die Hände gefallen war. Welcher Mann würde Nein zu etwas sagen, von dem sich so leicht kosten ließ? Alasdair MacLachlan ganz bestimmt nicht. Er hatte wahrscheinlich in seinem ganzen Leben nicht Nein gesagt zu einem leichten Vergnügen. Jetzt würde er zweifellos auf mehr hoffen. Und es war ihre Schuld. Sie hatte ihren verräterischen Gefühlen nachgegeben.

Wie die Mutter, so die Tochter.

Esmées Gesicht begann vor Scham zu brennen. Dies würde ohne Zweifel genau das sein, was MacLachlan in diesem Moment dachte. Und er hatte ja auch recht damit. Das war Esmées Geheimnis. Ihre Furcht. Ihre Scham.

Sie würde nie die Schönheit sein, die ihre Mutter gewesen war. Nein, ihre Ähnlichkeit miteinander ging tiefer als das. Ein zu leichtfertiges Temperament. Ein zu schneller Verstand. Eine zu scharfe Zunge. Und dann noch das andere. Dieser quälende Hunger. Diese dumme Einsamkeit, die wie kalte Furcht in ihr Herz stach, die Vernunft und Beherrschung verdrängte. *Wie die Mutter, so die Tochter!* Gott, wie sie diese Worte hasste!

Ein plötzlicher Schrei schnitt durch ihr Selbstmitleid und riss Esmée zurück in die Wirklichkeit. Aus dem Kinderzimmer konnte sie einen von Sorchas nur allzu vertrauten Wutausbrüchen hören, in den sich jetzt Lydias feste Stimme mischte. Wie üblich war die außergewöhnlich gute Laune nur von kurzer Dauer gewesen, und jetzt ging irgendetwas nicht nach Sorchas Willen. Vielleicht lebte sie sich doch nicht so gut ein?

Esmée stürzte ins Schulzimmer und sah, dass Sorcha beschlossen hatte, auf die Fensterbank zu klettern. Es war ihr gelungen, sich daran hochzuziehen, und sie schlug und trat aus Leibeskräften nach Lydia.

»Loslassen, Miss!«, sagte das Mädchen streng. »Sie müssen loslassen!«

Sorcha schrie Zeter und Mordio.

Esmée war nicht so zurückhaltend wie Lydia, sie packte das Kind um die Taille und riss es hart zurück.

»Nein, neiiin«!, schrie Sorcha. »Gucken, Mae! Rausgucken!«

Esmée stellte ihre Schwester entschlossen auf den Boden. »Oh du kleiner Teufel!«, rief sie und gab ihr einen Klaps auf den Po. »Ich schäme mich für dich!«

Als Reaktion darauf rannte Sorcha zum Tisch und begann, alle Bauklötze mit erstaunlicher Kraft auf den Boden zu schleudern. Holzklötze flogen durch die Luft, schlugen auf den Boden, rollten in die Ecken und unter die Stühle.

Es war nicht das Ende der Welt. Es war nicht einmal sonderlich ungewöhnlich, dass Sorcha sich so verhielt. Aber dieses Mal brach Esmée in Tränen aus. Lydia eilte an ihre Seite. »Oh, Miss, es tut mir leid«, rief sie. »Ich habe mich nur für einen Moment umgedreht, und schon war sie fortgelaufen. Es wird nie wieder vorkommen, das schwöre ich.«

Esmée schluchzte nur noch lauter. »Doch, es wird wieder vorkommen«, heulte sie. »Weil ich es ihr nicht besser beibringen kann! Es wird schlimmer und schlimmer! Ich weiß nicht, wie man eine Mutter ist! Ich weiß nicht, was ich machen soll, damit sie sich benimmt!«

»Oh, Miss, nicht!«, sagte Lydia. »Das hat nichts mit Ihnen zu tun, ich bin ganz sicher. Wirklich.«

»Aber sie war sonst immer ein so braves Kind«, sagte Esmée. »Bevor ihre Mutter starb, meine ich. Doch in den letzten paar Wochen ist sie immer wilder geworden.«

Lydia tätschelte ihr mitfühlend den Arm. »Ich bin sicher, dass das Kind seine Mutter vermisst, Miss«, sagte sie. »Aber wahrscheinlich ist das gar nicht das Problem. Höchstwahrscheinlich ist es einfach das Alter. Sie werden so. Entwickeln ihren eigenen Willen, und all das.«

»Was meinen Sie?«, schniefte Esmée.

»Oh, meine Mum nennt das immer ›das schreckliche zweite Jahr‹«, sagte das Mädchen. »Ein fürchterlicher Schrecken sind sie dann. Mum hat einmal damit gedroht, meine Zwillingsbrüder in ein Fass zu sperren, es zuzunageln und sie durch das Spundloch zu füttern, als sie drei waren. Sie hätte es auch fast getan.«

Esmée brachte ein schwaches Lächeln zustande. Lydia wollte freundlich sein, und sie wusste es. Esmées Tränen begannen von Neuem zu fließen. Sie konnte das Gefühl nicht loswerden, dass Sorchas sich steigernder Starrsinn allein ihre Schuld war. Im Gegensatz zu ihr hatte Lydia eine besondere Art, sich bei Kindern durchzusetzen. Und Gott wusste, dass Esmée Hilfe brauchte.

»Lydia«, sagte sie und trocknete sich die Augen mit ihrem Taschentuch, »gefällt Ihnen Ihre Arbeit als Hausmädchen? Würde Mrs. Henry Sie auch eine andere Tätigkeit ausüben lassen, was meinen Sie?«

Aber Lydia hatte keine Gelegenheit zu antworten. Sorcha hatte jetzt Esmées Tränen bemerkt. Sie lief durch das Zimmer und schlang die Arme um Esmées Knie.

»Nich weinen, Mae«, sagte sie feierlich. »Nich weinen. Ich bin brav.«

4. Kapitel

In dem sich Sir Alasdair einer jungen Dame annimmt

Alasdair stürmte aus seinem Arbeitszimmer und sah in stummem Entsetzen, wie Esmée die Treppe hinauflief. »Esmée!«, rief er ihr nach. »Es tut mir leid! Halt! Warten Sie! Verdammt, kommen Sie wieder her!«

Aber Esmée schien nicht geneigt, Befehlen zu gehorchen. Ihre grauen Röcke wirbelten um die nächste Ecke, dann verschwand sie völlig außer Sicht. Verdammt noch mal! Er konnte diesem Kind nicht vor den Dienstboten hinterherlaufen. Und was würde er tun, wenn er sie zu fassen bekam? Ihr den Hals umdrehen? Sie küssen? Was wollte er eigentlich?

Er wollte seine Freiheit zurück, verflucht noch mal! Er wollte, dass jedes weibliche Wesen – sei es aufdringlich und verführerisch oder tapsig und vor Wut schreiend – aus diesem Haus verschwand und mit der nächsten Postkutsche zurück nach Schottland fuhr.

Alasdair wusste nicht, wie lange er auf dem Treppenabsatz gestanden und auf die emporsteigenden Geländersäulen und Stufen gestarrt hatte. Als er schließlich die Welt um sich herum wieder wahrnahm, schlug die Standuhr neben der Eingangstür zwölf, und ihr klagender Klang hallte das Treppenhaus hinauf.

Er konnte hören, dass Sorcha oben im Kinderzimmer einen weiteren Wutanfall hatte, zweifellos, weil ihr etwas verwehrt worden war. Sie war ein eigenwilliger kleiner Fratz, und er hatte keine Ahnung, was dagegen getan werden konnte. Am besten überließ er *das* Esmée – vorausgesetzt, dass sie nicht schon dabei war, ihre Koffer zu packen.

Plötzlich erdrückte das alles ihn. Alasdair hatte das Gefühl, fliehen zu müssen. Aus seinem eigenen Haus davonlaufen zu müssen, vor seinem eigenen Kind, und vor all seinen entsetzlichen Fehlern. Genau wie er es Esmée von Anfang an gesagt hatte, eignete er sich nicht zum Vater. Und in Anbetracht dessen, wie er Esmée gerade behandelt hatte, auch nicht zum Arbeitgeber.

Oh, er wusste natürlich, was man über ihn sagte. Er wusste, dass respektable Mütter ihre Töchter beiseitenahmen, wenn er des Weges daherkam und dass nur sein Geld und sein Charme die Gesellschaft davon abhielten, ihn als *Persona non grata* aus ihren Kreisen auszuschließen. Er wusste auch, dass Julias treffende Anklagen durchaus ihre Berechtigung hatten. Er *hatte* gelogen und betrogen, wenn es um Frauen ging. Und er hatte seinen Samen sehr selbstsüchtig gesät, hatte dabei nur selten innegehalten und darüber nachgedacht, was das zur Folge haben könnte oder wer dafür würde büßen müssen. Bis heute jedoch hatte er sich wenigstens nicht dazu hergegeben, unschuldige, kaum dem Kindesalter entwachsene Jungfrauen zu verführen.

»Wellings!«, brüllte er und begann, die Treppe hinunterzugehen. »Wellings, wo zum Teufel stecken Sie?«

Der Butler tauchte wie aus dem Nichts auf, gerade als Alasdair die letzte Stufe betreten hatte. »Ich will meinen Hut«, befahl er und ging zur Tür. »Meinen Hut und meinen Stock. Sofort.«

Wellings beschleunigte seine Schritte nicht, als er ihm folgte. »Sie wünschen auszugehen, Sir?«

»Ja, bei Gott, zu White's«, erwiderte er. »Und ich habe vor, eine Weile dort zu bleiben. Vielleicht sogar den ganzen Tag – vermutlich auch die Nacht.«

»Aber Sir«, protestierte Wellings sanft, »Mr. MacLachlan wird heute das Abendessen hier einnehmen.«

»Dann füttern Sie ihn eben!«, erwiderte Alasdair.

Wellings rümpfte die Nase, als röche er etwas Widerliches. »Und Ihr Rock und Ihre Krawatte, Sir. Sie sind *beschmutzt*.«

Herrgott, der Kaffee! Alasdair stürmte die Treppe wieder hinauf und riss sich im Gehen die Krawatte vom Hals. Als er wieder herunterkam, hielt Wellings noch immer seinen Hut und seinen Stock. Alasdair ignorierte den kritischen Blick des Butlers und gestattete sich das Vergnügen, die Tür hinter sich so heftig zuzuschlagen, dass die Fensterscheiben klirrten. Dann trollte er sich wie ein verwöhnter Junge die Stufen zum Gehsteig hinunter. Vielleicht war er das ja auch. Er wusste einfach gar nichts mehr.

Es kostete Alasdair nicht viel Mühe, Quin zu finden und ihn zu einer Nacht in der Stadt zu überreden – eine Nacht, die schon um zwei Uhr nachmittags begann. Sie besuchten vier oder fünf ihrer Lieblingsorte, und als der Abend kam, hatte Alasdair es fast geschafft, die lästigen weiblichen Wesen zu vergessen, die in sein Haus eingedrungen waren. Genau genommen hatte er auch fast das Schreckliche vergessen, das er Esmée angetan hatte. *Fast*.

Schließlich wollte Quin noch auf ein amouröses Abenteuer in ein Bordell gehen – Quin wollte *immer* ins Bordell gehen –, aber Alasdair wünschte sich nur, nie wieder eine Frau irgendeines Alters sehen zu müssen, so lange er lebte. Also suchten und fanden sie einen Kompromiss und gingen ins Mother Lucy's, ein sehr gutes Etablissement, das Bordell und Spielhölle in einem war. Mit ihrem unrasierten Kinn und ihren fülligen Armen sah Lucy nicht wirklich weiblich aus, aber für sie arbeiteten einige weitaus hübschere Geschlechtsgenossinnen.

Nachdem Lucy erkannt hatte, wie die Dinge standen, schickte sie Quin mit einer ihrer erfahreneren Damen nach oben und Alasdair für ein paar Stunden zum Spielen und Trinken ins Hinterzimmer – auch wenn Alasdair normalerweise Wert darauf legte, diese beiden Dinge nie bis zur Maßlosigkeit miteinander zu verbinden. Um Mitternacht jedoch hatte er, verdammt noch mal, eine Ausnahme von dieser Regel gemacht. Er hatte eintausend Pfund verloren, und er war so betrunken, dass seine Kreuzkarten sich in Herzen zu verwandeln schienen, und er nicht mehr in der Lage war, sich auch nur an den Namen des Burschen zu erinnern, der ihn gerade in den Ruin trieb.

Irgendwann in den frühen Morgenstunden bekam er vage mit, dass Quin ihn in eine Droschke hievte, die ihn holpernd nach Hause brachte. Irgendwelche Männer – Wellings und Ettrick, dachte er – verfrachteten ihn die Treppe hinauf in sein Schlafzimmer, entkleideten ihn bis auf Hemd und Hose und überließen ihn dann dem Gesetz der Schwerkraft. Sie ließen ihn auf seinem Sofa liegen, ohne sich weiter darum zu sorgen, die Vorhänge zu schließen.

Alasdair rührte sich nicht bis irgendwann weit nach Tagesanbruch und verfluchte dann die scharfe Klinge aus hellem Licht, die in seine Augen stach. Das Licht erwies ihm nicht den Gefallen zu verschwinden. Herrgott, sein Kopf schmerzte! Diese heftige Trinkerei, fürchtete er, könnte bald sein Tod sein. Er sollte sich besser an die Laster halten, in denen er gut war: das Spielen um hohe Einsätze und Frauengeschichten ohne Reue. Mit einem Grunzen des Abscheus rollte sich Alasdair auf die Seite und döste wieder ein.

Er hatte gerade zu schnarchen begonnen, als etwas Warmes, Feuchtes seine Stirn berührte. Er wachte mit einem Ruck auf und sah einen kleinen, nassen Finger vor seinen Augen hin und her wackeln. »Was – ?«

Jemand kicherte leise.

Kicherte? Alasdair zwang seine Augen, sich zu konzentrieren –, und sah seinen Bruder, der vom Boden zu ihm hochstarrte. Nein, nein! Viel zu klein. Er schloss die Augen, schüttelte den Kopf und versuchte es erneut. *Ach ja, das Kind.* Das Kind, das aussah wie sein Bruder.

Alasdair fühlte fast so etwas wie Erleichterung. »Na, du bist das, eh?«, fragte er. »Was machst du da auf meinem Fußboden?«

»Will hoch«, sagte Sorcha, umklammerte das Bein des Beistelltisches und zog sich daran hoch.

»Oho!«, sagte er und zeigte mit dem Finger auf das Kind. »Willst du hier jetzt herumtapsen? Bist du alt genug, laufen zu können? Ach ja! Ich erinnere mich jetzt.«

Sorcha schien das überaus komisch zu finden. Sie kicherte, versprühte dabei Spucke und zeigte jetzt mit ihrem Finger auf Alasdair.

Er strich sich das Haar zurück. »Oh ja, meines sieht komisch aus, nicht wahr?«, sagte er. »Aber hast du deins gesehen? Es ist keine zehn Zentimeter lang und steht dir in allen Richtungen vom Kopf ab. Wie kriegen sie dich ins Bett, eh? Mit deinem sturen MacLachlan-Schädel?«

Ihre Augen strahlten, als Sorcha die Hand auf ihren Mund legte und dann wieder lachte. »Ich rausgehen«, sagte sie. »Mae mitgehen. Wir gehn Enten.«

Alasdair konnte nicht ganz folgen, deshalb wechselte er das Thema. »Hör mal, bist du vielleicht verloren gegangen?«, fragte er. »Sollte nicht jemand auf dich aufpassen?«

Aber Sorcha hatte angefangen, die Dinge in Augenschein zu nehmen, die auf seinem Tisch lagen. Die Taschenuhr verschmähte sie, stattdessen griff sie direkt nach dem Kronjuwel. »Durst«, sagte sie und angelte nach seinem Whiskyglas. »Will das.«

Sein Whiskyglas? O heiliges Kanonenrohr! Er hatte nur eine verschwommene Erinnerung daran, dass er Wellings befohlen hatte, ihm einen Whisky einzuschenken. Und dass es eine Diskussion deswegen gegeben hatte. Offensichtlich hatte er gewonnen – und dann keinen Tropfen davon getrunken, bevor er wieder weggedämmert war.

Sorcha war dabei, das Glas zu sich heranzuziehen. »Ich das trinken.«

»Oh nein!«, sagte er und stellte das Glas fort. »Das ist nichts für Winzlinge wie dich, ganz egal, was man dir in Schottland auch beigebracht hat.«

Sorcha verzog den Mund, offensichtlich bereit, loszubrüllen. Alasdair wusste, dass sein schmerzender Schädel das unmöglich aushalten würde. Also rollte er sich auf den Rücken und hob das Kind auf sein Sofa. »Also gut, dann komm hier herauf«, sagte er und setzte die Kleine auf seinen Schoß. »Und fang um Himmels willen nicht an, hier herumzuschreien. Schlaf jetzt. Kein Kind von mir sollte zu dieser unchristlichen Stunde schon wach sein.«

Sorcha kicherte wieder, dann lehnte sie sich überraschenderweise an ihn, ballte ihre Hand zu einer Faust und schloss prompt die Augen.

Alasdair hob den Kopf, um auf den Flaum ihres weichen Babyhaares herunterzusehen. Zerzauste, rotblonde Locken, die seine Nase kitzelten und nach irgendetwas Frischem rochen. Unschuld vielleicht? Das Kind war eine anschmiegsame, weiche Last auf seiner Brust; eine Last, die erstaunlich leicht zu tragen war. Aber die Kleine sah aus, als hätte sie vor, eine Weile zu bleiben.

»Gleich wird irgendjemand kommen, um dich zu holen, nicht wahr?«, hörte er sich sagen. »Sie werden dich doch nicht einfach ... *hierlassen*, oder?«

Sorcha hatte ihren Daumen in den Mund genommen. »Hierbleiben«, sagte sie. »Ich hierbleiben will.«

Esmée war schon immer eine Frühaufsteherin gewesen. In der Great Queen Street hatte Lydia Anweisung, sie jeden Morgen um halb sieben zu wecken, deshalb war es ein wenig beunruhigend, als Esmée im Halbschlaf mitbekam, dass ihre Schlafzimmertür noch vor der Dämmerung geöffnet wurde. Schlaftrunken und die Morgenkälte fürchtend zog sie sich die Decke über den Kopf. Aber Lydia rief nicht nach ihr, und Esmée sank dankbar zurück in den Schlaf.

Augenblicke später – zumindest schienen es nur Augenblicke zu sein – erwachte Esmée und fand ihre Fenster hell erleuchtet von der Morgensonne. »Guten Morgen, Miss!«, sagte Lydia, die schwungvoll das erste Paar Vorhänge aufzog. »Heute wird es ein heller, schöner Tag. Die kleine Miss wird sicherlich einen Ausflug in den Park machen wollen.«

Esmée warf die Bettdecken zurück und stellte die Füße auf den weichen Teppich vor ihrem Bett. »Ich würde meinen, dass Sie recht haben«, erwiderte sie und streckte sich gähnend. Dann kam die Erinnerung zurück. »Lydia, sind Sie heute Früh schon einmal hier gewesen?«

Lydia wandte sich dem nächsten Fenster zu. »Heute früh, Miss?«

»Vor Tagesanbruch, ich meine –« Plötzlich erstarrte Esmée, die Augen auf Sorchas neues Bett gerichtet. »O du lieber Gott!«

Lydia ließ die Schnur des Vorhangs los und lief zum Bett. Ratlos tastete sie das Bündel Decken ab, während Esmée das Zimmer absuchte. »Aber wie, Miss?«, fragte das Mädchen. »Wie um alles in der Welt hat sie das geschafft?«

»Ich weiß es nicht.« Esmée lief ins Schulzimmer. Lydia eilte direkt in das Kinderzimmer. Aufgeregt suchten sie überall und trafen sich dann an der Verbindungstür zwischen den beiden Zimmern.

»Nichts, Miss«, wisperte Lydia. »Oh, lieber Himmel! Wohin kann sie nur gegangen sein?«

Esmée warf sich bereits ihren Morgenrock über. »Gehen Sie die Hintertreppe hinunter, Lydia«, befahl sie. »Bitten Sie Mrs. Henry, uns Hilfe heraufzuschicken. Ich werde die Vordertreppe nehmen und Wellings holen.«

Esmée war in Windeseile am Treppenfuß. »Wellings!«, schrie sie. »Wellings!«

Er tauchte um eine Ecke herum auf. Esmée packte ihn an den Oberarmen und wirkte zweifellos wie eine Wahnsinnige. »Oh, Wellings, Sorcha ist weg!«

»Weg?« Der Butler zog sich um einige Zentimeter zurück. »Was meinen Sie mit *weg?*«

»Aus ihrem Bett!«, rief Esmée. »Weg! Ich bin aufgewacht und – und sie war einfach nicht mehr da.«

Wellings wurde blass. »Das scheint unmöglich.«

»Entführer?«, rief Esmée. »O Gott! Gibt es in London Kindesentführer?«

Wellings schüttelte den Kopf. »Niemand kommt unbemerkt in dieses Haus, Miss Hamilton«, sagte er. »Und auch nicht hinaus, möchte ich wetten. Wahrscheinlich ist sie aus ihrem Bett herausgeklettert und auf ihrem harten Schädel gelandet, ohne sich etwas zu tun.«

»Oh! Oje!«

»Sie wird in der Nähe des Schulzimmers sein, glauben Sie mir«, versicherte Wellings ihr. »Lassen Sie uns in den Schränken und Truhen nachsehen.«

Zusammen eilten sie ins Schulzimmer. Esmée klopfte das Herz bis zum Hals. Binnen kurzer Zeit wimmelte der Korridor von suchenden Hausangestellten. Schränke, Truhen und sogar die Wäschemangel wurden abgesucht. Es gab kein Zeichen von Sorcha. Tränen liefen Lydia die Wangen hinunter, während sie

Flure und Ecken absuchte, die schon zweimal abgesucht worden waren, und Esmée war kurz davor, krank zu werden.

»Suchen Sie im Rest des Hauses und im Garten, Wellings«, flüsterte sie, die Fingerspitzen an ihren Mund gepresst. »Ich werde zu ihm gehen und es ihm sagen.«

Wellings wandte sich um und sah sie an. »Verzeihung, Miss? Wem was sagen?«

»Sir Alasdair«, entgegnete sie. »Ich muss gehen und ihm sagen, dass ... dass *ich Sorcha verloren habe!*«

Wellings zögerte. »Miss Hamilton, Sie sind im Nachtgewand.«

Sie sah ihn beinahe wild an. »Richtig, aber so etwas hat er ja wohl schon vorher gesehen.«

»Nichts wie das, fürchte ich«, murmelte der Butler und starrte auf ihren hochgeschlossenen Morgenrock aus Flanell. Esmée beachtete ihn nicht weiter und eilte zur Treppe. Auf dem ersten Flur lief sie den Korridor entlang dorthin, wo sie glaubte, es wären die Zimmer des Hausherrn, dann klopfte sie leise an die Tür, die einen Spalt breit offen stand.

»Herein!«, rief eine gedämpfte Stimme.

Die Hand auf dem Türknopf, zögerte Esmée. »Sind Sie bereit für Besuch?«

»Nicht im Mindesten«, kam die Antwort. »Aber ich habe etwas an.«

Sie steckte den Kopf ins Zimmer und sah MacLachlan ausgestreckt auf einem Sofa in der Nähe des Kamins liegen. Sie hielt die Tränen zurück, während sie näher ging. »Ich fürchte, Sir, dass etwas Schreckliches ge...«

In diesem Augenblick bemerkte Esmée das schlafende Kind. Mit einem ungläubigen Keuchen schlich sie weiter. Sorchas kleine Hand hatte sich in das dichte Haar auf MacLachlans Brust gekrallt; eine sehr muskulöse Brust, die unter dem offenen Hemd fast bloß lag.

MacLachlan drehte den Kopf, um Esmée anzuschauen. »Ich habe Sie wieder einmal sprachlos gemacht, nicht wahr?«

Von ihrer Aufregung angespornt, eilte sie auf ihn zu und nahm das Kind hoch. »Großer Gott, was machen Sie da?«, rief sie und strich mit einer Hand Sorchas Haar glatt. »Wie können Sie es wagen? Woher haben Sie sie? Wie lange ist sie –?«

»Halt, halt!«, rief MacLachlan und hob eine Hand. »Hören Sie mit dieser Inquisition auf, meine Liebe! Das Kind ist seit einer halben Stunde oder auch etwas länger hier und kam aus eigenem Antrieb, soweit ich es weiß.«

»Oh ja! Und Sie – Sie – Sie haben Sie hierbehalten?« Esmée war voller Empörung. »Und Sie haben nichts unternommen? Es ist Ihnen nicht in den Sinn gekommen, nach jemandem zu klingeln? Jemanden wissen zu lassen, dass sie bei Ihnen ist?«

MacLachlans Augen blitzten dunkel. »Ist es *Ihnen* nicht in den Sinn gekommen, Miss Hamilton, das Kind dort zu behalten, wo es hingehört?«, erwiderte er. »Außerdem ist es mein Kind, oder nicht? Ich kann sie bei mir haben, wann und wo immer es mir verdammt noch mal gefällt, oder nicht? Diese Sache mit der Vaterschaft hat zwei Seiten, meine Liebe. Wenn Sie mich weiterhin beschimpfen, werde ich das Kind auf ein kleines Kartenspiel mit zu Crockford's nehmen.«

Noch schlaftrunken rieb sich Sorcha mit den kleinen Fäusten die Augen. Esmée fühlte ihr Gesicht brennen. »Sie – Sie würden das nicht wagen!«

MacLachlan sah sie aus schmalen Augen an. »Sie haben keine Ahnung, was ich mich alles trauen kann«, warnte er. »Ich habe Ihnen von Anfang an gesagt, dass ich kein geeigneter Vater bin. Jetzt bringen Sie das Kind in das Kinderzimmer zurück, und behalten Sie es um Gottes willen dort. Halt! Wie zum Teufel ist sie überhaupt hier hereingekommen?«

Esmée blieb stehen, die Hand auf dem Türdrücker, Sorcha

noch auf dem Arm. »Sie ist irgendwie aus dem Bett geklettert«, räumte sie ein. »Sie war weg, als Lydia kam, um die Vorhänge aufzuziehen.«

»Also ist alles, was Sie wissen, die Tatsache, dass sie die Küchentreppe hätte herunterfallen oder aus einem der Fenster hätte klettern können«, sagte er. »Ist es so?«

Esmée wirbelte herum. »Es ist nicht nötig, Sir, mir meinen Fehler vorzuhalten!«, explodierte sie. »Ich bin mir dessen sehr bewusst. Ja, Sorcha hätte etwas sehr Schlimmes passieren können. Ja, es ist meine Schuld, und ich bin so erschrocken, wie ich wünschte, Sie wären es. Aber das sind Sie nicht, nicht wahr? Sie finden das alles ganz lustig, oder nicht? Nun, wenn Sie fertig sind mit Lachen, MacLachlan, dürfen Sie nach oben kommen und mich entlassen, sofern Sie es schaffen, von diesem Sofa aufzustehen und die Treppe hinaufzugehen, ohne sich ihren verdammten Hals dabei zu brechen!«

Alasdair schmorte für den Rest des Tages in seinem eigenen Saft, wütend auf sich und wütend auf Esmée. Sie hatte natürlich recht. Er hätte in der Minute nach einem Diener klingeln müssen, in der er das Kind gesehen hatte. Er hätte wissen müssen, dass andere sich Sorgen machen würden. In seiner angeschlagenen Verfassung war es ihm einfach nicht in den Sinn gekommen – Hölle und Verdammnis, er verstand offensichtlich nicht mehr davon, auf ein Kind aufzupassen, als sie –, aber er wollte verdammt sein, wenn er das Esmée gegenüber zugegeben hätte, damit sie weiter so von oben auf ihn würde herabsehen können.

Er war fast erleichtert, als sein alter Freund Devellyn einen Brief schickte, in dem er Alasdair bat, ihn am Nachmittag in seinem Club, im White's, zu treffen. Dieses Vorhaben passte

Alasdair ganz hervorragend. Er brauchte etwas Luft, und Dev konnte einen immer gut aufmuntern. Und später, nach einigen Stunden in Devs Gesellschaft, würde Alasdair sicherlich etwas anderes finden, um sich zu amüsieren. Vielleicht würde er seine neu gewonnene Abneigung gegenüber dem weiblichen Geschlecht bekämpfen und ein paar Stunden zwischen Inga Karlssons vollkommenen milchweißen Oberschenkeln verbringen. *Das* würde Miss Esmée Hamilton aus seinen Gedanken vertreiben.

Er klingelte nach Ettrick und gestattete es in mürrischem Schweigen, gebadet und angekleidet zu werden. Als schließlich die Krawatte zu Ettricks Zufriedenheit gebunden war, trat Alasdair zurück und betrachtete sich im Spiegel. »Ich entschuldige mich für gestern Nacht, alter Knabe«, sagte er ruhig. »Ich hatte ziemlich viel getrunken und habe die vage Erinnerung, mich abscheulich aufgeführt zu haben.«

Ettrick zeigte ein gedämpftes, nach innen gekehrtes Lächeln. »Sie haben viel Aufhebens darum gemacht, ins Haus getragen zu werden«, stimmte er zu. »Dann wünschten Sie, nicht entkleidet zu werden. Oder ins Bett gebracht zu werden. Oder auf Ihren Whisky zu verzichten. Kurz gesagt, es gab alle Arten von Problemen.«

Alasdair legte eine Hand auf Ettricks Schulter, brachte eine weitere knappe Entschuldigung hervor, ging dann rasch die Treppe hinunter und hinaus in das helle Licht des Nachmittags. *Alle Arten von Problemen!* Was für eine Untertreibung. Und das unüberwindlichste Problem von allen war Esmée. Das – und auch der Ärger wegen Sorcha – war es, was ihn so zornig machte.

Er war noch immer wütend darüber, was er gestern getan hatte. Er hielt sich nicht an besonders viele Regeln des Anstands, aber »Du sollst dich nicht mit Dienstboten einlassen« stand definitiv auf seiner Liste. Dann wiederum war sie genau genommen kein Dienstbote, nicht wahr? Nein! Es war schlimmer als das. Sie war eine wohlerzogene junge Lady. Sie war die Schwester seiner Tochter. Und er hatte sie gebeten zu bleiben, obwohl er gewusst hatte, wie jung und unerfahren sie war.

Allein aus diesen Gründen hätte man ihn erschießen sollen. Alasdair schickte sich an, die Princess Street zu überqueren, wobei er leider nicht auf die Postkutsche achtete, die sich näherte. Die Pferde scherten aus, Zaumzeug klirrte und Hufe schlugen wild auf die Pflastersteine. Vom Wagen herunter blies der Kutscher sein Horn. Die Reisediener schrien auf ihn herunter, als das blaue Ungetüm um die Ecke schlingerte.

Herrgott! Alasdair trat zurück auf den Bürgersteig und zog sein Taschentuch hervor. Der Schweiß war ihm ausgebrochen. Ihm, Mr. Unerschütterlich, der immer gedacht hatte, seinem Schöpfer nach einer Begegnung mit der Duellpistole irgendeines betrunkenen Ehemannes gegenüber zu treten, aber nicht nach einem Sturz unter die Räder einer schnöden Postkutsche. Was ihn auf einen anderen entsetzlichen Gedanken brachte. *Sorcha*. Er war, ob er es wollte oder nicht, für die Kleine verantwortlich. Sein Leben und sein Vermögen gehörten nicht länger ihm allein, um verschwendet zu werden. Was wäre mit dem Kind geschehen, hätte er jetzt in diesem Moment auf der Straße gelegen und seinen letzten Atemzug getan?

Sorcha würde das Mitgefühl ihrer lieblichen Schwester sicher sein, dazu seine dreihundert Pfund, dieses hässliche Ding von einer Puppe, die sie immer nackt auszog – aber wenig anderes sonst. Wenn er tot wäre, könnte Esmée nicht einmal beweisen, dass das Kind seines war – zur Hölle, sie konnte es auch jetzt nicht beweisen, wo er noch am Leben war. Illegitime Kinder hatten keine Rechte, abgesehen von denen, die ihnen ausdrücklich zugestanden wurden.

Und der einzige Weg, das zu tun, führte über einen dieser adlernasigen, schwarz gekleideten Anwälte und einen Stoß von Papieren, gefüllt mit juristischem Geschwafel, das er alles würde lesen und unterschreiben müssen, aber niemals ganz verstehen würde. Dieser wenig glückliche Gedanke war der letzte Nagel im Sarg dessen, was bislang ein angenehmer Nachmittag zu werden versprochen hatte – und er vertrieb mehr oder weniger jeden Funken Interesse an Ingas Oberschenkeln oder irgendeinem anderen Teil ihrer Anatomie.

Alasdair stieß einen tiefen Seufzer aus, steckte das Taschentuch wieder ein und setzte seinen Weg zu White's fort. Als er das um diese Zeit noch wenig besuchte Gastzimmer betrat, fühlte er sich seltsam getröstet, sobald er seinen besten Freund an einem Tisch am Fenster sitzen sah. Der Marquis of Devellyn schien jedoch nicht ganz im Besitz seiner geistigen Kräfte zu sein. Egal. Einige seiner besten Ratschläge hatte Dev entweder im Halbschlaf oder im Zustand eines Rausches gegeben.

Es hatte in den vergangenen Jahren immer mal wieder ein grimmiges Gepolter darüber gegeben, Devellyn aus dem Club auszuschließen, aber sein Vater war ein Duke – ein strenger Verfechter des Althergebrachten –, und deshalb traute sich niemand, das zu tun. Alasdair konnte bei dieser Auseinandersetzung beide Seiten verstehen. Der Marquis war, zugegebenermaßen, ein bisschen ungehobelt. Gerade jetzt wieder hatte er seinen Stuhl auf dessen hinteren Beinen weit hintüber gekippt und seine eigenen auf den Tisch gelegt, die Füße lässig übereinandergeschlagen. Sein Kopf war in den Nacken gesunken, sein Mund stand offen, und aus seinem Rachen drang eine Art von schnarchendem Geräusch, das Ähnlichkeit mit dem Grunzen eines im Schlamm wühlenden Schweines hatte, das gerade das Kerngehäuse eines Apfels hinunterwürgte.

Alasdair schaute sich um, sah niemanden und versetzte der

Tischfläche von unten her einen gezielten, schnellen Tritt. Devellyns Füße sprangen einige Zentimeter hoch. Er selbst erwachte mit einem hervorsprudelnden, fluchenden Ausbruch, sein Stuhl kippte nach vorn auf alle vier Beine.

»Du bist's?«, brachte der Marquis schließlich zustande, als seine Augen sein Gegenüber erfasst hatten. »Suchst du Ärger?«

»Ich will dich nur vor Schlimmem bewahren. Du weißt doch, was Granny MacGregor immer sagt«, erwiderte Alasdair und setzte sich. »Müßiggang ist aller Laster Anfang.«

»Gott verschone mich mit Granny MacGregor!«, murrte Devellyn. »Wie spät ist es?«

»Halb eins. Wann bist du eingeschlafen?«

Devellyn rieb sich mit den Handballen die blutunterlaufenen Augen. »Kann mich nicht erinnern.«

Einer der Angestellten des Clubs kam an ihren Tisch, und Alasdair schickte ihn mit einer Bestellung wieder fort. Devellyn sah aus, als brauchte er eine Kanne Kaffee. »Ich habe schockierende Neuigkeiten«, sagte er zu dem Marquis.

»Mich schockiert gar nichts«, erwiderte Devellyn. »Und es sind auch keine Neuigkeiten. Hab gestern mit Quin zu Abend gegessen. Er hat mir irgendeinen Quatsch erzählt – dass ihr drei von einer Zigeunerin verflucht worden seid.«

»Richtig, und mein Fluch trägt den Namen Sorcha«, gab Alasdair zu. *Oder Esmée*, fügte er in Gedanken hinzu, was davon abhing, wie man es betrachtete.

»Hab ich gehört«, sagte der Marquis. »Was wirst du tun?«

Alasdair zog beide Augenbrauen hoch. »Meine Pflicht«, erwiderte er. »So sehr das meinen ach-so-fabelhaften Bruder auch schmerzen mag.«

Devellyn zuckte mit den Schultern. »Sag Mr. Ach-so-Fabelhaft, er soll sich ins Knie ficken«, schlug er vor. »Und dann tu, was du tun musst.« Er gähnte herzhaft. »Ist sie ein hübsches kleines Ding?«

Alasdair nickte langsam. »Recht hübsch, in der Tat«, räumte er ein. »Aber auf eine stille, vornehme Weise.«

Devellyn sah ihn merkwürdig an. »Hab noch nie eine Zweijährige erlebt, die *still* gewesen ist – ob auf vornehme Weise oder sonst wie.«

Alasdair fühlte, wie er rot wurde. »Du meintest Sorcha?«, murmelte er. »Ja, sie ist hübsch wie ein Pfirsich. Ich dachte … ich dachte, du meinst die Schwester.«

»Die Schwester!« Devellyn kicherte. »Ich dachte, sie wäre die reinste Xanthippe!«

Alasdair beschloss, dass es Zeit war, das Thema zu wechseln. »Wo ist Sidonie?«

»Oh, ich hatte eilige Geschäfte zu erledigen«, antwortete Devellyn. »Die Fahrt in meinem Phaeton macht sie jetzt regelrecht krank, deshalb wird sie nächste Woche in Mutters Landauer nachkommen. Sie sind auf Stoneleigh, zusammen mit Thomas und einem Haufen Wolle. Mama hat Sidonie das Stricken beigebracht!«

»Guter Gott!« Der berüchtigte Schwarze Engel, die Ikone des nächtlichen London, war jetzt also gründlich domestiziert? Alasdair suchte nach etwas Konstruktivem, was er sagen konnte. »Thomas muss es gefallen, all diese Wolle um sich zu haben.«

Der Marquis verdrehte die Augen. »Ich fürchte, dieser kleine Teufelsbraten von einer Katze ist anderweitig beschäftigt. Man kann keinen Schritt auf den Rasen oder im Garten tun, ohne auf einen toten Nager oder irgendein anderes Tier zu treten. Maulwürfe, Wühlmäuse, Fledermäuse, Ratten und Schlimmeres. Manchmal schleppt er sie die Vordertreppe hoch. Gestern ist Fenton über eine dieser Leichen gestolpert. Sein Geschrei hat man vermutlich bis nach Brighton gehört.«

Fenton, Devs Kammerdiener, hatte schlechte Nerven und einen schwachen Magen, aber er konnte einen fantastischen Krawattentuch-Knoten binden. Alasdair hatte lange gewünscht, ihn Dev abzuwerben, doch die Ehre verbot das. Man konnte mit der Frau eines anderen schlafen und die Gesellschaft sah darüber hinweg, aber einen Kammerdiener zu stehlen war unhaltbar und zeugte von schlechtem Benehmen. Fenton würde die Erniedrigungen des Landlebens also weiterhin ertragen müssen.

In diesem Moment wurde der Kaffee serviert. Alasdair rührte seinen um, und es erinnerte ihn daran, dass er das auch gestern Morgen getan hatte, und was daraufhin geschehen war. Aber das war nicht gut. Er musste aufhören, an Miss Esmée Hamilton zu denken – im Allgemeinen und ganz im Besonderen daran, wie klein und rund und fest sich ihr Po unter seiner gierigen Hand angefühlt hatte. Und daran, wie ihre Lippen geschmeckt hatten; wie süßer, geschmolzener –

»Zucker?«

Alasdair starrte über den Tisch.

Devellyn schob ihm die Schale wieder hin. »Zucker? Oder nicht?«

Alasdair schüttelte den Kopf. »Nein danke«, brachte er fertig zu sagen. »Sidonie geht es gut, hoffe ich?«

Devellyn ließ den Kopf sinken. »Eigentlich nicht«, sagte er. »Jeden Morgen hängt sie über dem Nachttopf und spuckt ihr Frühstück wieder aus. Es ist schrecklich, Alasdair. *Mehr* als schrecklich.«

Alasdair zuckte die Achseln. »So ist das nun einmal, Dev.«

»Kann ja sein, aber ich muss es mitansehen, oder?« Sein Gesicht war plötzlich eine Maske der Qual. »Es mitansehen und wissen, dass das mein Werk ist. Es mitansehen und wissen, dass das Schlimmste noch kommt. Und dass, selbst nachdem das

Schlimmste vorüber ist, ich niemals fähig sein werde, meinen Schwanz in der Hose zu behalten. Und dann werden wir bald wieder dort sein, wo wir angefangen haben.«

Alasdair zog eine Augenbraue hoch. »Danke, dass du diesen beglückenden Gedanken mit mir teilst.«

Aber Devellyn ging nicht darauf ein. »Alasdair«, sagte er drängend und beugte sich vor, »ich bin überhaupt nicht sicher, ob ich noch weitere sechs Monate überstehe.«

Devellyn, normalerweise so empfindsam wie ein Brauereipferd, wirkte von der Schwangerschaft seiner Frau sehr mitgenommen. Alasdair begann, sich äußerst unbehaglich zu fühlen. Er dachte an die geheimnisvolle Lady Achanalt und daran, was sie ertragen haben musste. Die arme Frau hatte nicht den Vater des Kindes neben sich gehabt, um sich während der Zeit ihres Wochenbettes an ihn zu lehnen. Sie hatte keinen Ehemann gehabt, nicht einmal einen Liebhaber, mit dem sie die Sorge oder Freude hätte teilen können – vorausgesetzt, Letztere hatte es überhaupt gegeben. Ganz im Gegenteil, ihr Ehemann hatte ihr Schlechtes gewollt. Wieder einmal stachen ihn seine Schuldgefühle.

»Ich sag dir was, Dev«, sagte er und lehnte sich ebenfalls über den Tisch. »All dieses Herumgejammere ist was für hysterische Frauen. Wir sollten unsere Probleme wie Männer angehen. Wir sollten in die Duke Street gehen, eine Flasche von deinem billigsten Brandy aufmachen und uns anständig betrinken.«

Devellyn war schnell überredet. Sie machten sich in freundschaftlicher Stimmung zusammen auf den Weg und erreichten schon bald das weitläufige Haus des Dukes in Mayfair. Doch kaum war die Flasche entkorkt und der erste Schluck getrunken, erinnerte sich Alasdair seiner vorherigen Überlegungen. An seine Pflicht. Seine ihm neu zugewachsene moralische Verpflichtung. Hinzu kam, dass Alasdair, der sich kaum vom Besäufnis der letzten Nacht erholt hatte, spürte, wie der Brandy ein Brennen in seinem Magen auslöste.

»Wie heißen deine Anwälte, Dev?«, fragte er. »Die in der City.«

Devellyn schaute in sein leeres Glas. »Brown und Pennington«, erwiderte er. »In der Gracechurch Street.«

Alle Geschäfte der MacLachlans wurden stets in Stirling abgewickelt. Alasdair hatte niemals großen Bedarf an einer ortsansässigen Firma gehabt. »Sind sie diskret?«, fragte er. »Kann man sich auf sie verlassen?«

»Absolut.«

»Dann muss ich jetzt gehen«, erklärte Alasdair und stellte sein Glas mit einem vernehmlichen Klirren ab.

Aber entweder hörte Dev es nicht oder er verstand es falsch. Einen glühenden Zigarrenstumpen zwischen die Zähne geklemmt, griff der Marquis nach der Brandyflasche und zielte damit in Richtung von Alasdairs Glas.

Um fünf Uhr nachmittags war Esmée bei ihrem vierten Kindermädchen und fand an dem bisherigen Ergebnis wenig Ermutigendes. Die letzte Bewerberin, Mrs. Dobbs, war eine freundliche, gutmütige Frau, die ihre bisherigen Aufgaben mit großer Hingabe und Zuverlässigkeit erfüllt zu haben schien. Esmée hatte nicht das Herz, ihr zu sagen, dass Sorcha freundliche Kindermädchen zum Frühstück verspeiste und jedes noch so gutmütige Naturell noch vor dem Mittagessen unter ihrem zierlichen Stiefelabsatz zertrat. Erst heute Morgen wieder hatte sie ihren Teller mit dem Porridge auf den Teppich gekippt, ihre Strümpfe und Schuhe in einem Wutanfall ausgezogen und von sich geschleudert, hatte die Wände des Schulzimmers mit Kreide beschmiert und anschließend Esmées Reservehaarnadeln in den Nachtstuhl geworfen. Lydia hatte weiß Gott alle Hände voll damit zu tun gehabt.

Esmée erhob sich vom Sofa in MacLachlans Arbeitszimmer, wobei sie sich einmal mehr wünschte, dass Wellings ein anderes Zimmer für die Gespräche ausgesucht hätte. »Ich werde Sie meine Entscheidung wissen lassen«, sagte sie zu Mrs. Dobbs und reichte ihr die Hand. »Danke für Ihr Kommen.«

Sie klingelte nach einem Diener, der die Frau hinausbegleitete, schob die Unterlagen zusammen und ging nach unten, um ihre Eindrücke mit denen von Wellings zu vergleichen. Vielleicht war ihm einiges aufgefallen, was ihr entgangen war.

Bedauerlicherweise war dies nicht der Fall. Als sie um Lydias weitere Unterstützung bat, gewährte er ihr diese. Esmée dankte ihm und wandte sich in genau dem Augenblick zum Gehen, in dem es an der Eingangstür klopfte. Wellings öffnete. Eine attraktive Frau von eindeutig fortgeschrittenem Alter stand auf der obersten Stufe der Treppe. Ein modischer purpurfarbener Hut zierte ihr Haupt, und über dem Arm trug sie eine sich leicht bauschende Schonhülle aus Musselin.

»Guten Tag, Wellings«, grüßte sie freundlich. »Ist Sir Alasdair zu Hause?«

»Nein, Ma'am.« Die Stimme des Butlers klang herzlich. »Es tut mir leid.«

Die Lady trat ein. »Oh, nun ja! Ich bin vorbeigekommen, um dies hier zu bringen.« Sie übergab das Bündel Musselin an den Butler, dann streckte sie ihre Hand, die in einem Handschuh steckte, Esmée hin. »Wie geht es Ihnen?«, sagte sie. »Sie müssen Miss Hamilton sein, die Gouvernante. Wie hübsch Sie sind! Ich bin Julia Crosby, eine Freundin Sir Alasdairs.«

Verwirrt, fast sprachlos, ergriff Esmée die Hand. »Ja, das – das bin ich«, sagte sie. »Miss Hamilton, meine ich.«

»Wie entzückend!« Mrs. Crosby wandte ihre Aufmerksamkeit wieder Wellings zu. »Sorgen Sie bitte dafür, dass Ettrick das bekommt? Er wird wissen, was damit zu tun ist.«

Unter dem Musselin-Überzug befand sich offensichtlich Kleidung, vermutlich der Mantel und die Hosen, die MacLachlan bei seinem Besuch zurückgelassen hatte, und die Frau war zu taktvoll, es auszusprechen. »Danke, Ma'am«, sagte der Butler. »Möchten Sie einen Tee oder eine Erfrischung, bevor Sie gehen?«

»Nur, wenn Miss Hamilton sich mir anschließen möchte?«

Esmée machte den Mund auf, schloss ihn dann aber wieder. »Es wird mir ein Vergnügen sein«, sagte sie schließlich.

Mrs. Crosby lächelte wieder, und ihr Lächeln erhellte das Zimmer. Esmée hatte kein Problem damit, zu glauben, dass sie Schauspielerin war, denn sie war sehr schön und besaß das, was man nur als eindrucksvolle Präsenz bezeichnen konnte. Sie sah jedoch überhaupt nicht wie Sir Alasdairs Typ aus. Und schien älter zu sein, als Esmées Mutter es gewesen war. Sie neigte mehr als nur ein wenig zur Fülligkeit, und ihre Augen verrieten, dass sie über einen gesunden Humor verfügte. Irgendwie hatte sich Esmée vorgestellt, dass MacLachlans Geschmack mehr in Richtung der dünnen, katzenhaften und heißblütigen Balletttänzerinnen ging.

Sie ließ den Blick wieder über die Frau gleiten und empfand einen Stich von Neid. Wie konnte MacLachlan es wagen, sie mit solcher Leidenschaft zu küssen, wenn er knapp zwei Tage zuvor mit einer Frau das Bett geteilt hatte, die so … so, nun ja, so *angenehm* zu sein schien?

Weil er es konnte. Weil sie ihn gelassen hatte. Ihn *ermutigt* hatte.

Mrs. Crosby räusperte sich.

»Nun«, sagte Esmée mit falscher Munterkeit. »Wollen wir hinauf in den Salon gehen?«

Zusammen gingen sie die Treppe hinauf, während Wellings sich anschickte, sich um den Tee zu kümmern.

»Wie ich hörte, hat man Sir Alasdair vor Kurzem Kindermöbel kaufen sehen«, bemerkte Mrs. Crosby in fröhlichem Ton. »Genug für eine ganze Armee von Kindern, sagt man. Das hat eine ziemliche Aufregung verursacht.«

Esmée blickte über die Schulter zurück. »Er hätte Wellings schicken können«, antwortete sie. »Ich kann mir nicht erklären, warum er das nicht getan hat.«

»Ja, Wellings ist ein Ausbund an Diskre…«

Auf der Stufe hinter ihr hörte Esmée plötzlich einen entsetzten Aufschrei. Sie fuhr herum und sah, wie Mrs. Crosby auf die Knie sank, eine Hand in den Teppich gekrallt, die andere auf den Bauch gepresst.

»Wellings!«, schrie Esmée. »Wellings, kommen Sie schnell!«

»Oh!«, sagte Mrs. Crosby mit einem Stöhnen. »O Gott!« Ihr Gesicht war leichenblass. Der kecke Hut war ihr vom Kopf gerutscht und fiel die Treppe hinunter.

Esmée kniete neben ihr und griff nach der Hand der Frau. »Was ist, Mrs. Crosby? Können Sie es mir sagen?«

Plötzlich tauchte Wellings wieder auf, ein Diener folgte ihm auf den Fersen. Er warf erst einen Blick auf Mrs. Crosbys Gesicht und schaute dann zu Esmée. »Nehmen Sie die Hintertreppe«, sagte er. »Sagen Sie Hawes, dass er einen Arzt holen soll. Sofort.«

»Strauss«, keuchte Mrs. Crosby und wand sich in Schmerzen. »Dr. Strauss. In der Harley Street. Bitte.«

Die folgenden Minuten waren voll Aufregung und Eile. Esmée tat, was ihr aufgetragen worden war, und schickte Hawes auf MacLachlans bestem Pferd quer durch die Stadt. Irgendwie schafften es die Männer, Mrs. Crosby in ein Bett zu tragen, und schickten nach Mrs. Henry. Die ältere Frau eilte herbei, sah sehr grimmig drein und schickte die Diener los, die die Treppen nach allen möglichen Tränken und Laken hinauf und hinunter hasteten.

»Kommt sie wieder in Ordnung?«, fragte Esmée und berührte Mrs. Henry sanft am Arm. »Was ist denn mit ihr?«

Aber Mrs. Henry schüttelte nur den Kopf.

Es schien eine Ewigkeit zu dauern, bis Dr. Strauss eintraf. Er war ein rundlicher, älterer Gentleman mit einer Brille aus Drahtgestell und einem starken Akzent. Er und Mrs. Henry sprachen mit ernsten Stimmen miteinander, dann gingen sie gemeinsam in das Zimmer. Nicht wissend, was sie sonst tun konnte, eilte Esmée die Treppe hinauf, um nach Sorcha zu sehen. Lydia war damit beschäftigt, Reihen von Papierpuppen auszuschneiden, und das Kind schaute ihr konzentriert zu. Ein- oder zweimal wollte Sorcha zu schmollen anfangen, aber Lydia zeigte sich davon unbeeindruckt. Esmée blieb einen Moment und bewunderte, wie geschickt das Mädchen Sorchas Wutanfälle abwendete.

Eine halbe Stunde später ging Esmée die Treppe wieder hinunter und sah MacLachlan mit dem Doktor vor Mrs. Crosbys Zimmer stehen, die Köpfe zu einem leisen Gespräch zusammengesteckt. MacLachlan wirkte erschrocken. Er sah Esmée und kam rasch auf sie zu. »Miss Hamilton, was ist geschehen? Ist sie gestolpert? Ist sie gefallen?«

»Ich weiß es nicht«, sagte Esmée. »Ich glaube aber nicht.«

Der Arzt schüttelte schon den Kopf. »Sie sagt, sie ist nicht gefallen«, erklärte er nachdrücklich. »Sie berichtet von einer plötzlichen Schmerzattacke und einem starken, drückenden Gefühl.«

»Guter Gott«, wisperte MacLachlan und strich sich mit der Hand durch das Haar. »Gibt es … Hoffnung?«

Der Arzt sah pessimistisch aus. »Vielleicht, eine kleine«, antwortete er zögernd. »Der Schmerz hat aufgehört, und sie hat das Kind nicht verloren. Noch nicht, jedenfalls.«

Das Kind? Mrs. Crosby war schwanger? In Esmées Kopf begann sich alles zu drehen.

Neben ihr fuhren die Männer fort, miteinander zu flüstern. Plötzlich hob MacLachlan die Stimme. »Aber was war die Ursache?«, verlangte er zu wissen. »Und was kann dagegen getan werden? Soll sie im Bett bleiben? Oder auf dem Kopf stehen? Oder was?«

Der Arzt schüttelte den Kopf. »Ich kann nicht sagen, was die Ursache war«, gab er zu. »Ihr Alter ist ein großes Risiko. Das sollten Sie wissen.«

MacLachlan verlor die Beherrschung. »Ich weiß das *nicht!*« Er schrie fast. »Ältere Frauen bekommen andauernd Kinder.«

»Und sie verlieren die Kinder auch öfter«, widersprach der Doktor. »Das ist der Lauf der Natur.«

»Aber meine Großmutter war fast fünfzig, als sie ihr letztes Kind bekommen hat!«, brüllte MacLachlan. »Und sie schafft es noch immer, mich zu verprügeln, auch wenn man ihr eine Hand auf dem Rücken festbindet.«

Dr. Strauss fasste MacLachlan am Ellbogen. »Sie müssen nicht schreien, Sir Alasdair«, mahnte er. »Wir werden alles tun, was möglich ist, das verspreche ich. Und jetzt, wenn Sie gestatten, muss ich wieder zu meiner Patientin.«

»Ja, ja, gut«, stimmte MacLachlan zu und raufte sich weiterhin das Haar. »Wir werden … alles tun, um zu helfen. *Alles*. Sie müssen das verstehen. Sie wünscht sich dieses Kind so sehr.«

Der Arzt hatte die Hand schon am Türknauf. »Wenn das Kind eine Chance haben soll«, sagte er, »dann muss sie völlig ruhig liegen, bis die Blutung aufgehört hat, was Tage oder sogar Wochen dauern könnte. Unter keinen Umständen darf sie vorher bewegt werden.«

MacLachlan schluckte hart, der Knoten in seiner Kehle glitt hoch und herunter. »Ich werde sie festbinden, wenn es sein muss.«

»Das werden Sie nicht müssen«, erwiderte der Doktor grimmig. »Auch sie wird alles tun. Und jetzt überlassen Sie bitte alles Weitere mir.«

MacLachlan nickte und wandte sich dann zu Esmée, als wäre sie die Nächste auf seiner Liste der Katastrophen, die es zu bewältigen galt. »Sie«, sagte er entschlossen. »Kommen Sie mit in mein Arbeitszimmer. Wir haben etwas miteinander zu klären, Sie und ich.«

Esmée musste gezögert haben.

MacLachlan kniff die Augen zusammen. »Nun kommen Sie schon, Miss Hamilton!«

Der Doktor war schon wieder verschwunden. MacLachlan packte Esmée am Arm und führte sie fast derb den Korridor hinunter. Er stieß die Tür auf, drängte sie hindurch und schlug die Tür hinter sich zu.

»Guter Gott«, sagte er und atmete heftig aus. »Zu was für einem verdammt schrecklichen Albtraum dieser Tag geworden ist!«

»Ach, denken Sie das?«, fragte Esmée mit harter Stimme. »Wie würde es Ihnen denn gefallen haben, hätte sich Ihr Leib zu einem Knoten zusammengekrampft wie bei der armen Mrs. Crosby? Wenn mit Ihrem Blut das Leben aus Ihnen herausgeströmt wäre und Sie Ihr Kind fast verloren hätten? *So*, MacLachlan, fühlt sich ein Albtraum an.«

Der Muskel an MacLachlans fast zu perfektem Kinn begann zu zucken. »Ich bin nicht unsensibel für Julias Angst«, stieß er hervor. »Ich würde es für sie auf mich nehmen, wenn ich könnte, aber ich kann es nicht. Alles, was ich tun kann, ist, zu versuchen, ein guter Freund zu sein.«

»Oh, hätte doch jede Frau einen solchen Freund!«, erwiderte sie. »Sie sind damit beschäftigt, sich durch die Stadt zu flirten mit einer Brandyflasche als Ihrem fröhlichen Begleiter, während sie fast Ihr nächstes Kind verliert!«

Esmée hatte sich nicht hingesetzt, ein Umstand, den MacLachlan entweder nicht bemerkte oder der ihn nicht kümmerte. Er hatte angefangen, vor der Fensterfront hin und her zu gehen, eine Hand im Nacken, die andere in die Hüfte gestemmt. Sein Kinn wurde fester und fester, während er ging, und auch die Ader an seiner Schläfe fing unübersehbar an zu pochen.

»Nun?«, fragte sie herausfordernd. »Haben Sie dazu nichts zu sagen, mein Herr?«

Plötzlich fuhr er zu ihr herum. »Jetzt hören Sie mir mal zu, Sie scharfzüngige kleine Hexe«, begann er. »Und hören Sie gut zu, denn ich sage es nur ein einziges Mal: Julia Crosbys Kind geht Sie nichts an – und mich auch nicht, um das klarzustellen.«

»Ja, es ist sicher nicht meine Angelegenheit, wenn Sie in jeder Gemeinde einen Bastard zeugen«, erwiderte Esmée.

»Sie haben verdammt recht damit, dass es nicht Ihre Angelegenheit ist«, erwiderte er scharf. »Und vielleicht tue ich das ja tatsächlich! Aber während ich mich gegen Ihre hitzköpfigen Anschuldigungen verteidige, lassen Sie mich noch sagen, dass ich den Tag *nicht* damit verbracht habe, mich zu betrinken.«

»Wer's glaubt! Sie stinken doch danach!«

»Ja, und gestern habe ich nach Kaffee gestunken«, schnappte er. »Weder Sie noch Lord Devellyn besitzen einen Funken Benehmen, wie es scheint. Er hat mir Brandy über die Hose gegossen.«

Esmée glaubte ihm nicht. »Ach ja, Sie sind den ganzen Tag fort, und wenn Sie dann endlich heimkommen, riechen Sie, als hätten Sie den Nachmittag in der Gosse verbracht. Was soll man da denken?«

Er hob den Zeigefinger und hielt ihn vor ihr Gesicht. »Miss Hamilton, sollte ich den Wunsch haben, abgekanzelt, beleidigt oder beschimpft zu werden, so würde ich mir dazu eine Ehefrau nehmen, aber keine gottverdammte Gouvernante!«, brüllte er. »Und außerdem werden Sie nicht fürs *Denken* bezahlt!«

Esmée fühlte ihre Wut mit sich durchgehen. »Ach nein? Wofür werde ich dann bezahlt? Für was?«, rief sie gellend, während er wieder hin und her zu gehen begann. »Etwa dafür, die niederen Instinkte des Hausherrn zu befriedigen, wenn der sein Fell gekratzt haben will? Helfen Sie mir doch einmal auf die Sprünge. Irgendwie bin ich verwirrt, was meine Pflichten hier anbelangt.«

Er fuhr herum, packte sie an den Schultern und schob sie gegen die Tür. »Halten Sie den Mund, Esmée«, knurrte er. »Nur dieses eine Mal, aber halten Sie verdammt noch mal den Mund.« Und dann küsste er sie, brutal und gnadenlos.

Sie versuchte, sich loszumachen, aber er hielt sie zwischen seinen Händen gefangen. Das harte Reiben seines Bartes kratzte über ihr Gesicht, als er seine Lippen auf ihre senkte, wieder und wieder, während seine starken Hände ihre Schultern umklammert hielten.

Sie versuchte, das Gesicht abzuwenden. Seine Nasenlöcher waren weit geöffnet, sein Mund war heiß und fordernd. Etwas in ihr brach zusammen, brach sich Bahn, und sie öffnete ihm ihren Mund. Er drang ein, stieß tief hinein. Ihre Schulterblätter wurden hart gegen die Tür gepresst, und sie begann zu zittern. Es war keine Zärtlichkeit in seiner Berührung, nur ein dunkler, verlangender Hunger. Esmée begann, ihn von sich wegzudrücken, dann schlug sie mit den Handballen gegen seine Schultern.

So abrupt wie er angefangen hatte, sie zu küssen, löste er sich jetzt von ihr und starrte ihr in die Augen, sein Atem ging rau und schnell. Und dann schloss er die Augen. »Verdammt sei das alles!«, flüsterte er. »Nein, *ich* soll verdammt sein.«

Einen Moment lang herrschte ein schreckliches Schweigen. Dann durchbrach Esmée es. »Ich sollte Sie schlagen, bis Sie keine Luft mehr kriegen«, stieß sie zwischen zusammengebissen Zähnen hervor. »Fassen Sie mich nie wieder an, MacLachlan. Ich bin nicht Mrs. Crosby. Ich bin auch nicht meine Mutter, bringen Sie das nicht durcheinander. Und jetzt nehmen Sie Ihre dreckigen Hände von mir, oder ich werde Ihnen mein Knie in die Eier rammen, dass Ihnen Hören und Sehen vergeht.«

Er stieß sich von der Tür ab, ohne die Augen zu öffnen. »Ja, gehen Sie«, flüsterte er und wandte ihr den Rücken zu. »Gehen Sie, um Gottes willen! Und kommen Sie nie wieder in dieses Zimmer – ganz egal, was ich sage!«

Die Angeln knarrten protestierend, als sie die Tür aufriss.

»Esmée?« Das Wort war ein heiseres Flüstern.

Die Hand auf dem Türgriff, wandte sie sich um.

Ohne sie anzusehen, zog MacLachlan einen Stapel Papiere aus der Tasche seines Gehrocks und drückte sie ihr in die Hand. »Verwahren Sie das an einem sicheren Ort«, sagte er. »Und sollten Sie einmal von hier fortgehen, *nehmen Sie es mit*.«

5. Kapitel

In dem ein Spaziergang durch den Park gemacht wird

Die folgenden vierzehn Tage vergingen in einem seltsamen Gefühl der Niedergeschlagenheit, die über dem Haus hing, als hätte Mrs. Crosbys Zusammenbruch den gesamten Haushalt lahmgelegt. Die Lady selbst blieb zurückgezogen im Schlafzimmer, das dem Hauseingang am nächsten lag, den Kopf und die Füße auf kleine Kissenhügel gebettet. Jeden Nachmittag schaute Esmée bei ihr vorbei und bot an, ihr vorzulesen, aber Mrs. Crosby lehnte stets ab. Sie schien wegen ihrer Zwangslage fast ein wenig verlegen zu sein.

Dr. Strauss kam jeden Tag, um nach seiner Patientin zu sehen. Und einmal, als Esmée es versäumt hatte, laut genug anzuklopfen, sah sie MacLachlan an Mrs. Crosbys Bett sitzen, den Kopf so tief geneigt, dass er auf ihren gefalteten Händen ruhte. Es war eine intime, ergreifende Szene. Keiner von beiden bemerkte Esmée. Sie fühlte einen Stich, der sich seltsamerweise wie Schmerz anfühlte, als sie die Tür leise schloss.

Mrs. Crosby empfing auch andere Besucher. Ein Paar namens Wheeler kam jeden Vormittag, pünktlich wie ein Uhrwerk. Mr. Wheeler, ein gut aussehender Mann von vielleicht fünfzig Jahren, wirkte ständig bedrückt und besorgt. Er kam Esmée bekannt vor, und sie war sich fast sicher, dass sie ihn während der Sonntagsgottesdienste in St. George gesehen hatte, zu denen seine Frau ihn allerdings nicht begleitet hatte.

Und während die Tage vergingen, gewann Mrs. Crosby langsam sowohl ihren Humor als auch ihre Farbe wieder. Drei Wochen nach dem Zusammenbruch kamen die Wheelers und

Dr. Strauss in die Great Queen Street und brachten eine Krankentrage mit. Mr. Wheeler und einer der Diener trugen Mrs. Crosby vorsichtig die Treppe hinunter, und die Lady wurde schließlich in einer Kutsche nach Hause gefahren. MacLachlan ließ sich nicht sehen.

Bis auf den kurzen Moment in Mrs. Crosbys Schlafzimmer hatte Esmée ihn ohnehin nur selten zu Gesicht bekommen. Er hatte es sich angewöhnt, die ganze Nacht über wegzubleiben und erst gegen Morgen in einem desolaten Zustand nach Hause zu kommen. »Er hat wieder einen aufs Dach gekriegt!«, hörte sie Ettrick Wellings eines Morgens zuflüstern, als er ein Tablett die Treppe hinauftrug, auf dem ein Glas Sodawasser und eine Kanne Kaffee standen. Doch selbst aus der Ferne konnte Esmée sehen, dass sich die Spuren der Ausschweifung in MacLachlans Gesicht vertieft hatten und dass man ihm jedes seiner sechsunddreißig Jahre ansah, die er zählte, wie Lydia ihr einmal beiläufig erzählt hatte.

Dennoch war er unbestritten attraktiver als sein Bruder. Abgesehen von der Größe und den breiten Schultern gab es zwischen ihnen keine Ähnlichkeit. War der Erstere durch seine goldblonden Haare auf eine verwegene und faszinierende Weise attraktiv, so wirkte der dunkelhaarige Merrick MacLachlan überaus finster, vor allem auch wegen der grässlichen Narbe, die über sein Kinn lief. Er sah gemein und beinahe grausam aus. Mr. MacLachlan wohnte, wie Lydia berichtete, in einem »piekfeinen Haus« namens The Albany, einem Etablissement, das Räumlichkeiten an wohlhabende, unverheiratete Gentlemen der guten Gesellschaft vermietete. Eine Folge davon war, dass Merrick das Haus seines älteren Bruders fast als sein eigenes betrachtete, insbesondere das Esszimmer.

Bei den seltenen Gelegenheiten, zu denen Esmée ihm zufällig begegnete, bemühte sie sich sehr, ihn von oben herab zu behandeln. Was natürlich schwierig war, weil er viel größer war als sie. Dennoch hatte sie es geschafft, sich zu behaupten. Merrick MacLachlan verbeugte sich jedes Mal steif, wenn er ihr begegnete, und machte dann einen weiten Bogen um sie.

Manchmal begleitete Lord Wynwood ihn. Wynwood war liebenswürdig, und seine Augen schauten freundlich. Er versäumte es nie, nach Sorcha zu fragen, und zweimal, als er darauf wartete, dass MacLachlan herunterkam, bat er Esmée, ihm bei einem Kaffee im Speisezimmer Gesellschaft zu leisten. Mit Wynwood konnte man sich gut unterhalten, und sie freute sich, einige Momente in seiner Gesellschaft zu verbringen.

Sorchas Launen wurden nicht besser, aber Lydia waren offiziell die Pflichten eines Kindermädchens – wenn auch nicht für den ganzen Tag – übertragen worden. Jeden Nachmittag unterstützte Lydia Esmée, sodass diese nach unten gehen und den Tee mit Wellings und Mrs. Henry einnehmen konnte, was eine willkommene Abwechslung war.

In dieser Zeit begann sich so etwas wie ein Muster zu entwickeln. Esmée ging die Hintertreppe hinunter, und fast zur selben Zeit stieg MacLachlan, offensichtlich durch den Genuss von Kaffee und Sodawasser in einen nüchterneren Zustand versetzt, die Haupttreppe zum Schulzimmer hinauf.

Dort saß er dann, laut Lydia, einfach da und schaute Sorcha beim Spielen zu. In der schwachen Hoffnung, dass sie vielleicht damit beginnen könnte, das Kind zu unterrichten – was eine Gouvernante schließlich tun sollte –, hatte Esmée Kreide und eine kleine Tafel beschafft. Bedauerlicherweise hatte Sorcha wenig Interesse am Alphabet gezeigt. Sehr viel mehr Interesse brachte sie hingegen den seltsamen Strichmännchen und Fantasietieren entgegen, die MacLachlan zur Freude des Kindes zeichnete, wie Lydia ihr lachend berichtet hatte. Zu anderen Zeiten wieder nahm Sorcha seine Hilfe in Anspruch, um ihre

Puppe anzuziehen oder mit ihren Holzklötzen Türme zu bauen.

Der Oktober schritt voran, und zwischen Esmée und MacLachlan hatte sich eine Art von unerklärtem Waffenstillstand entwickelt. Als wären sie gemeinsam darin übereingekommen, vermieden sie es unter allen Umständen, allein miteinander zu sein. Das änderte sich, als Esmée eines Nachmittags zum Tee nach unten ging und feststellen musste, dass sich der Beginn ihrer Teepause durch irgendeine kleine Krise in der Küche verzögern würde. Eine gute Stunde lang schlenderte sie durch das Haus, dann gab sie das Warten auf und kehrte in das Schulzimmer zurück.

Sie spähte in das Zimmer und sah MacLachlan eingezwängt auf einem der kleinen Holzstühle sitzen. Sorcha thronte vor ihm auf dem Tisch. Die übrigen neun Stühle, die bisher zu nichts nutze gewesen waren, schienen mysteriöserweise verschwunden. Hinten im Zimmer hatte jemand aus einer alten braunen Decke ein provisorisches Zelt aufgebaut, das seltsam schief aussah. Nun ja. Zumindest dafür hatten sich die Stühle als nützlich erwiesen.

Esmée wandte ihre Aufmerksamkeit wieder MacLachlan und Sorcha zu, die zusammen betrachtet ein merkwürdiges Bild abgaben. Er hatte seine langen, in Stiefeln steckenden Beine über fast die ganze Tischlänge ausgestreckt, und Sorchas mit Volants besetzter Rock war um sie herum ausgebreitet wie eine Blüte. Sie sah aus wie eine kleine Prinzessin.

Einige Bücher, die Esmée nicht genau erkennen konnte, lagen verstreut auf dem Tisch. Zwischen ihnen waren einige der kleinen Holzkästen, die zuvor in den Regalen des Kinderzimmers gestanden hatten. Von einigen war der Deckel hochgeklappt. Sorcha und ihr Vater schauten gerade in einen davon hinein. Genau in diesem Moment erkannte Esmée, dass Sorcha auf etwas Rundem, Glänzendem kaute.

»Oh, was hat sie da?«, rief sie und lief in das Zimmer.

MacLachlan schaute auf und runzelte die Stirn. »Zum Teufel!«, sagte er. »Gib das her, du kleiner Frechdachs.«

Esmée wartete auf den Wutanfall. Stattdessen ließ das Kind den Gegenstand mitsamt ihrer Spucke in die Hand ihres Vaters fallen und kicherte dabei, als wäre es ein großer Spaß.

Alasdair trocknete den Gegenstand an seiner Hose ab. »Guter Gott!«, sagte er. »Noch ein byzantinischer Hyperpyron.«

»Himmel, noch mehr Münzen?«, fragte Esmée. »Woher hat sie die?«

MacLachlan grinste ein wenig jungenhaft und zeigte auf den geöffneten Kasten. »Ich versuche, in dem Kind die richtige Wertschätzung für die Numismatik zu begründen.«

Esmée sah ihn verständnislos an. Einen Augenblick lang konnte sie an nichts anderes denken als an das Funkeln in seinen Augen. Dann, mit jedem Quäntchen ihrer Selbstbeherrschung, riss sie sich zusammen.

»Münzensammeln«, sagte er, sich der Wirkung, die er auf sie hatte, offensichtlich nicht bewusst.

Sie schaffte es, einen gleichmütigen Ton anzuschlagen. »Was, Geld in Kisten aufbewahren?« Sie spähte in eine der Holzkisten. »Ich dachte, Schotten täten das schon von Natur aus.«

MacLachlan warf den Kopf in den Nacken und lachte. »Die meisten schon«, erwiderte er schließlich. »Aber dies, Miss Hamilton, sind seltene alte Münzen.«

»Schön und gut«, sagte Esmée und stemmte die Hand in die Hüfte. »Und was ist so selten an der, auf der sie jetzt herumkaut?«

MacLachlans Stirn furchte sich finster. »Verdammt!«, sagte er und nahm Sorcha die Münze weg.

»Dammt!«, sagte das Mädchen.

Sein Stirnrunzeln verstärkte sich. »Sag so etwas nicht.«

»Sag so was nich«, echote Sorcha.

»Aha!«, sagte Esmée scharf. »Sie lernt also etwas, immerhin.«

MacLachlan gab einen knappen, scharfen Seufzer von sich. »Schimpfen Sie nicht mit mir, Esmée! Ich versuche mein Bestes.«

Esmée lächelte. »Schön, ich weiß schließlich, was man über Steine und Glashäuser sagt«, murmelte sie. »Was habt ihr beiden sonst noch so gemacht?« Sie drehte die Schiefertafel zu sich herum und runzelte die Stirn.

»Das ist ein Opossum«, sagte MacLachlan.

»Siehst du Possum«, sagte Sorcha und zeigte mit ihrem Zeigefinger darauf. »Siehst du?«

Esmée legte den Kopf schief, um es besser betrachten zu können. »Ein O-possum?«

»Ein nordamerikanisches Beuteltier«, erklärte MacLachlan.

»Tatsächlich?« Esmée schaute es an. »Es scheint ziemlich ...«

»Hässlich?«, ergänzte MacLachlan. »Sie denken wohl, dass es mir an Talent fehlt? Ich versichere Ihnen, dem ist nicht so. Opossums an sich sind unattraktive Geschöpfe.«

»Horn!«, sagte Sorcha und zeigte darauf. »Siehst du? Siehst du Horn?«

»Ja, ich sehe es«, murmelte Esmée. »Ein *gehörntes* Beuteltier? Wie absolut faszinierend.«

MacLachlan lächelte ein wenig verlegen. »Nein, ein Horn wie bei einem ... nun, wie bei einem Einhorn.«

Esmées Lächeln wurde breiter. »Ein Einhorn?«

MacLachlan zerzauste Sorcha das Haar. »Ich habe nicht vergessen, dass dieser kleine Teufel heute Geburtstag hat«, erwiderte er. »Oder, ehrlicher gesagt, ich wurde gestern von Wellings daran erinnert. Ich habe ihr übrigens ein paar neue Bilderbücher als Geschenk gekauft. Besonders angetan war sie von dem über Einhörner.«

Esmées Lächeln wurde unsicher, als sie das Buch in die Hand nahm. Sie hatte sich nicht vorstellen können, dass er von Sorchas Geburtstag wusste oder sich darum kümmern würde. »Ich habe ihr einen Kreisel aus Holz geschenkt«, sagte sie ruhig. »Und neue Handschuhe.«

»Dann ist sie ja in der Tat eine verwöhnte Prinzessin«, antwortete er. »Und heute besteht die Prinzessin darauf, dass alle Tiere, die wir zeichnen, Hörner haben.«

Sorcha beugte sich vor, berührte mit dem Finger die Tafel und verschmierte die Zeichnung. »Horn, siehst du?«, sagte sie stolz. »Einhorns hat ein Horn.«

MacLachlan hob sie vom Tisch und setzte sie auf sein Knie. »Ein*hörner haben* ein Horn«, korrigierte er und rieb mit seinem Krawattentuch die Kreide von ihrem Finger. »Aber ein Opossum – ein echtes, weißt du – hat keines. Dies hier hat nur eines, damit es dir Spaß macht, Dummerchen.«

Sorcha kicherte und fing an, mit MacLachlans Krawattennadel zu spielen. Er strich über ihr zerzaustes, lockiges Haar und schob es ihr sanft hinter die Ohren.

Esmée sah zwischen den beiden hin und her, und eine seltsame Wärme entzündete sich in ihrem Herzen. Unglücklicherweise ging dieses Gefühl sogleich in ihre Knie über und drohte, diese schwach zu machen. Oh, es war unklug, zu lange in der Gesellschaft dieses Mannes zu bleiben! Ohne nachzudenken, nahm sie ihre Hand von der Lehne von MacLachlans Stuhl und machte einen Schritt zurück.

Es war, wie sie später erkannte, offenbar eine sehr beredte Geste, denn plötzlich war ihr eine Atempause gewährt. MacLachlan küsste Sorcha und stellte sie auf den Boden. »Lauf, kleiner Frechdachs!« Er stand auf und fing an, die Holzkisten zu verschließen. Sorcha spähte über den Rand des Tisches, ihre Unterlippe schob sich langsam vor.

»Sie gehen?«, murmelte Esmée.

Er warf ihr von der Seite einen seltsamen Blick zu. Es lag eine Härte in seinen Augen, eine Festigkeit um seinen Mund, als hätte ihn ein unerwarteter Schmerz getroffen. »Ich denke, das sollte ich.«

Esmée wusste nicht, was sie darauf sagen sollte. Sicherlich wünschte sie nicht, dass er blieb. Doch Sorcha genoss ganz offensichtlich seine Anwesenheit. Spontan streckte sie die Hand aus, um seinen Arm zu berühren – um ihn aufzuhalten, um ihm zu sagen, dass ... was?

Glücklicherweise wählte er diesen Moment, um die letzte Kiste vom Tisch zu nehmen. »Ich wusste nicht, dass sie Münzensammler sind«, sagte sie lahm.

Er lächelte, aber das Lächeln erreichte nicht seine Augen. »Sogar ein ziemlich begeisterter«, bekannte er. »Eine Gewohnheit aus meiner Kindheit, die mittlerweile so etwas wie eine Leidenschaft geworden ist – und eine verdammt kostspielige dazu.«

Esmée dachte einen Moment lang darüber nach. Dieses Hobby schien so gar nicht zu dem Charakter des Mannes zu passen, für den sie ihn hielt. »Das ist ein ziemlich intellektuelles Unterfangen, nicht wahr?«, fragte sie. »Münzen sammeln?«

Er lachte, ohne von den Kisten aufzuschauen. »Mein Vater hat immer gesagt, dass es nur der Zeitvertreib eines reichen Mannes ist, und ich würde sagen, er hatte recht damit«, antwortete MacLachlan. »Nein, wenn Sie nach einem Intellektuellen in diesem Familienzweig suchen, Miss Hamilton, dann sehen Sie sich meinen Bruder an. Er verfügt über Verstand und Geschäftssinn, während ich nur gutes Aussehen und Charme besitze.«

Esmée wusste nicht, was sie darauf erwidern sollte. MacLachlan schickte sich an, den Stapel Kisten hochzunehmen, hielt dann jedoch inne, und seine Haltung versteifte sich plötzlich. »Was meinen Charme angeht, Miss Hamilton, so habe ich nicht vergessen, dass ich Ihnen eine Entschuldigung schulde«, sagte er sehr ruhig. »Mein Benehmen vor einigen Wochen ließ sehr zu wünschen übrig. Es tut mir leid, und ich hätte das schon viel früher sagen sollen.«

Esmée wünschte, er hätte sie nicht an das unerfreuliche Vorkommnis in seinem Arbeitszimmer erinnert. »Lassen Sie uns nicht mehr darüber reden«, entgegnete sie steif. »Aber Sie erinnern mich daran, dass ich Ihnen noch nicht für die Dokumente gedankt habe, die Sie mir gegeben haben.«

Er warf einen Blick auf Sorcha. »Sie haben alles verstanden?«, murmelte er. »Sie verwahren sie an einem sicheren Ort?«

Sie schluckte hart und nickte. Es war manchmal sehr schwer, so wütend auf ihn zu sein, wie er es verdiente. Er hatte so eine Art, ihr Herz immer wieder überraschend gefangen zu nehmen. »Ich habe zuvor schon Testamente gesehen«, erwiderte sie. »Ich bekenne, dass es eine große Last von mir genommen hat.«

»Das, Miss Hamilton, ist es, was ich an dem Nachmittag getan habe, als Julia krank geworden ist«, sagte er, aber seine Stimme klang ausdruckslos. Ohne Gefühl. »Meine Ländereien in Schottland sind Erbgüter«, sprach er weiter. »Letztlich werden sie wahrscheinlich Merrick zufallen, auch wenn er sagt, er werde sie nicht annehmen.«

»Ich weiß, was ein Erbgut ist«, erwiderte sie.

»Aber dieses Haus und alles andere wird Sorcha gehören«, sprach er weiter. »Merrick wird sich darum kümmern, falls … nun, *falls*. Ich weiß, dass Sie ihn nicht mögen – ich kann das nicht ändern. Aber man kann sich auf ihn verlassen. Sorcha wird nie wieder ohne ein Dach über dem Kopf sein.«

Ehe Esmée an eine angemessene Antwort denken konnte, hatte MacLachlan seine Kisten genommen und war gegangen.

Esmée sah MacLachlan erst am darauf folgenden Sonntag wieder, und auch dieses Mal ganz unerwartet. Es war ihr zur Gewohnheit geworden, Sorcha in Lydias Obhut zurückzulassen, um am Morgengottesdienst teilzunehmen. In die St.-George-Kirche war Tante Rowena immer gegangen, hatte sich Esmée erinnert und deshalb begonnen, diese ebenfalls regelmäßig zu besuchen. Noch fühlte sie sich in dem so vornehmen Gotteshaus ein wenig fehl am Platze.

An diesem besonderen Sonntag entdeckte sie Mr. Wheeler auf einer der vorderen Bänke, aber wieder war er allein. Die Predigt war höchst langweilig und die Gemeinde erleichtert, als der Gottesdienst endete. Esmée kehrte in die Great Queen Street zurück und dachte auf dem Heimweg seltsamerweise an Mr. Wheeler.

Am späten Nachmittag zog Esmée Sorcha ihren besten Mantel an und bat einen der Diener, ihr den kleinen Kinderwagen die Stufen zum Bürgersteig hinunterzutragen. Es war ein kühler Tag, der Himmel über ihnen Grau in Grau, und die Luft war schwer von Feuchtigkeit, aber Esmée wollte hinaus ins Grüne. Wie so oft von Heimweh geplagt, sehnte sie sich nach einer weiten, offenen Landschaft, selbst wenn es nur der St. James's Park war.

»Rausgehn!« Sorcha plapperte fröhlich und zeigte auf den Kinderwagen, der auf sie wartete. »Will raus. Park, Mae. Enten!«

Wie so oft steckte die Freude des Kindes Esmée und deren niedergeschlagene Lebensgeister auch dieses Mal an. Sie hob Sorcha in den Wagen, knöpfte ihr den Mantel zu und küsste lachend ihre kleinen Hände.

Alasdair sah das reizende Paar aus der Tür kommen, als er sich seinem Haus näherte. Für einen kurzen Moment zögerte er, unschlüssig, ob er seinen Weg fortsetzen und an ihnen vorbeigehen sollte, oder ob er einfach warten sollte, bis sie gegangen waren, wie er es das letzte Mal getan hatte. Diese Entscheidung zu treffen fühlte sich ähnlich schmerzlich an wie jene anderen, die jetzt in seinem Leben getroffen werden mussten; Entscheidungen, die schwer auf ihm lasteten.

Er hatte mit dieser schrecklichen Sache angefangen, weil er mit dem Kind nichts hatte zu tun haben wollen. Aber das hatte sich schnell als unmöglich herausgestellt. Er hatte inzwischen aufgehört, auf Onkel Angus' Brief zu warten, und hatte alle Hoffnung auf ein Entkommen aus dieser Situation aufgegeben. Seltsam genug – er wünschte es auch gar nicht mehr. Sorcha war ein einnehmendes kleines Ding. Eigenwillig und mit der Neigung zu Wutausbrüchen, vielleicht. Aber sie war *sein Kind*, und so langsam begriff er, was es hieß, Vater zu sein.

Nein, es war nicht Sorcha, die ihn jetzt quälte. Es war ihre Schwester. Esmée war nicht einfach nur wunderschön und dabei bodenständig; sie war durch und durch Schottin. Ihre Stimme, ihr Auftreten, sogar ihr Duft weckten alte Erinnerungen und entfachten in ihm ein seltsames Gefühl der Sehnsucht nach etwas Vergangenem. Seiner verlorenen Jugend vielleicht. Er wollte mit Esmée im Heidekraut liegen und langsam die Nadeln aus ihrem Haar ziehen. Er wollte sie ausziehen, langsam und sanft, sodass er ihre Alabasterhaut auf dem Grün sehen würde und in diese alles sehenden Augen schauen konnte, die sich langsam voller Hingabe schlossen.

Es war fürchterlich. Aber anscheinend unkontrollierbar. Alasdair beobachtete sie jetzt, wie sie sich herunterbeugte, um Sorchas Decken glatt zu ziehen, und er bemerkte, dass sein Mund trocken geworden war. Was in Gottes Namen hatte er sich dabei gedacht, ihr zu erlauben, in seinem Haus zu wohnen?

Zu der Zeit war er verzweifelt gewesen, unsicher darüber, was zu tun wäre, und nur von dem Wunsch erfüllt, die Verantwortung loszuwerden, die ihm aufgebürdet worden war. Esmée war ihm als einzige Hoffnung erschienen. Doch stattdessen schien sie seine immerwährende Strafe zu sein. Sogar jetzt war er dem feinen Schwung ihrer Hüften verfallen, der Sanftheit ihrer Berührung, als sie Sorcha hochhob. Das plötzliche Verlangen, das er für sie empfand, schien fast unanständig. Es war nichts Erotisches an einer Frau, die sich um ein Kind kümmerte, oder? Noch seltsamer war, dass die Frau, um die es ging, mehr als ein Dutzend Jahre jünger war als er und dabei so unerfahren, wie ein Mädchen es nur sein konnte.

Zumindest war Esmée keine dumme Frauensperson. Das hätte er nicht ertragen können. Stattdessen war sie resolut und pragmatisch. Sie verstand, dass das Leben manchmal hart war. Dass es forderte, Opfer zu bringen. Ja, sie wusste das, vielleicht weitaus besser als er, denn er konnte sich nicht erinnern, dass das Leben je ein wahres Opfer von ihm gefordert hätte – bis jetzt.

Aber Esmée kannte nichts von der Welt; wusste nichts über Männer wie ihn. Hätte sie einen Vater oder einen Bruder gehabt, um ihre Ehre zu verteidigen, so wäre Alasdair schon vor Wochen gefordert worden, um für sein Fehlverhalten geradezustehen.

Esmée knöpfte Sorchas Mantel zu, den sie über einem gelben Musselinkleid trug. Das Kind saß aufrecht, schaute seine Schwester an und plapperte glücklich. Esmée ergriff die Hände des Kindes und hob eine nach der anderen an ihre Lippen und küsste sie. Bei dieser schlichten Geste sprang etwas nie Gekanntes in Alasdairs hartes und selbstsüchtiges Herz. Er erlitt ein unerwartetes Ziehen der Sehnsucht, aber wonach, das wusste er nicht. Er fühlte sich plötzlich, als gehörte er zu niemandem und niemand zu ihm.

Er war wie ein streunender Hund, der sich nach Wärme und

Geborgenheit sehnte; einer, der sehnsüchtig durch ein Fenster auf die Zufriedenheit anderer Menschen spähte. Den warmen Herd. Das glückliche Lachen. Den Esstisch, an dem die Familie zusammengekommen war, erhellt von sanftem Kerzenlicht. Dinge, von denen er niemals geglaubt hatte, dass sie ihm etwas bedeuten könnten.

Es war fast, als suchte er nach einem Ort, den er sein Heim nennen konnte, was überhaupt keinen Sinn machte, denn er hatte eines. Er hatte so seltsame, verwirrende Empfindungen nicht mehr gehabt, seit er Schottland verlassen hatte. In den Wochen, seit Esmée und Sorcha in sein Leben gekommen waren, hatte sich Alasdair unerklärlicherweise einsamer als je zuvor gefühlt. Vielleicht, weil er begonnen hatte zu erkennen, dass etwas wirklich Wertvolles fehlte.

Aus einem Impuls heraus nahm er seinen Hut ab und ging näher.

Esmée stopfte eine zusammengerollte Decke hinter Sorchas Rücken. »Guten Tag, Miss Hamilton«, sagte er. »Sie sind auf dem Weg in den Park?«

Ihr Kopf fuhr hoch, ihre Wangen färbten sich rot. »Richtig. Wir gehen jeden Tag dorthin.«

»Ja, manchmal sehe ich Sie aus dem Haus gehen.« Gott sei Dank hatte sie keine Ahnung, wie oft er am Fenster seines Schlafzimmers stand und versuchte, sich auszunüchtern, während er beobachtete, wie ihre kleinen, geschickten Hände Sorcha für ihren Spaziergang fertig machten. »Leider regnet es ein wenig«, fügte er hinzu.

»Ach, das ist nur ein leichter Nieselregen, nicht mehr«, sagte sie. »Ich bin nicht so empfindlich, dass mich ein paar Wolken aufhalten könnten.«

»Nein, nein, das habe ich nie gedacht«, murmelte er. »Darf ich Sie begleiten?«

Sie zögerte. »Ich fürchte, Sie würden es äußerst langweilig finden.«

Alasdair sah sie aufmerksam an. »Esmée, ich denke, Sie müssen sich entscheiden, ob Sie mich als Elternteil zu sehen wünschen oder lediglich als Versorger.«

Diese Bemerkung nahm ihr ein wenig Wind aus den Segeln. »Das ist eine Wahl, die Sie treffen müssen, würde ich meinen.«

Alasdair bedeckte ihre Hand mit seiner und hielt sie auf der Lenkstange des Wagens fest. »Es ist manchmal schwierig«, sagte er. »Besonders, wenn ich es nicht ertragen kann, zu sehen, dass Sie sich in meiner Gegenwart unbehaglich fühlen.«

Sie warf ihm einen dunklen Blick zu.

»Sparen Sie sich Ihre finsteren Blicke für jemand anderen auf, Esmée«, sagte er ruhig. »Ich gestehe meine Fehler offen ein. Und ich schwöre, dass ich nie wieder –«

»Los!«, schrie Sorcha plötzlich. Sie umklammerte die Seitenwände ihres Wagens und machte einen kräftigen Ruck. »Los! Los! Park! Enten sehen!«

Herausgerissen aus seinem Bekenntnis, lachte Alasdair. »Was für ein selbstsüchtiger, kleiner Frechdachs!«, stellte er fest. »Und unbezähmbar auch, fürchte ich.«

»Ja, sie kostet einen viel Geduld«, stieß Esmée hervor.

Alasdair grinste. »Manchmal bezweifele ich, dass selbst ein ganzes Bataillon von Gouvernanten mit ihr fertig werden würde«, sagte er. »Haben Sie das Loch gesehen, das sie in die Wandverkleidung im Schulzimmer geschnitten hat, während Lydia und ich ihr Spielzeug aufgeräumt haben? Sie hatte sich verdammt schnell Lydias Schere geschnappt.«

Esmée tadelte ihn nicht für sein Fluchen. »Ich habe es ausgebessert«, sagte sie. »Ich denke, es fällt nicht allzu sehr auf.«

»Ich habe sie ausgeschimpft«, sagte er.

»Ich ebenfalls«, sagte Esmée. »Wenn das denn etwas nützt.«

Alasdair warf den Kopf in den Nacken und lachte. »Und wenn erst mal alle unsere guten Absichten verbraucht sind, meine Liebe, wird es so enden, dass wir ihr gnadenlos den Hintern versohlen müssen – und das vermutlich in den kommenden fünfzehn Jahren. Das ist Ihnen doch klar, oder?«

»Oh ja, das weiß ich durchaus!« Esmées Blick richtete sich auf den Bürgersteig. »Aber *ich* kann das nicht tun.«

Alasdair nickte weise. »Ich verstehe das gut«, sagte er. »Also sind wir einer Meinung.«

»Sind wir das?« Ihr Kopf fuhr hoch.

»Aber ja«, entgegnete er. »Lydia muss es tun.«

»Oh!«, sagte Esmée mit einem Lachen. »MacLachlan, Sie sind frech.«

Alasdair lächelte schief. »Nun, ich hatte Sie auch davor gewarnt, oder nicht?«

Aber Sorcha war die Verzögerung leid. »Los! Losgehn! Park!«

Alasdair beugte sich zu ihr und tätschelte das Kind dort, wo noch ein süßes, babyhaftes Doppelkinn war. »*In den Park gehen*, du vorlautes Kind!«, sagte er. »Kannst du das sagen? *In den Park gehen.*«

»In Park gehen«, erwiderte Sorcha. »Los! *Sofort*.«

Alasdair setzte seinen Hut wieder auf. »Miss Hamilton, unsere Despotin hat gesprochen.«

Esmée kam der Weg in den Park ein wenig kürzer und sehr viel unterhaltsamer als gewöhnlich vor. Nicht weit vom Ende der Great Queen Street gab es eine breite Treppe, welche die Abkürzung zu der darunter verlaufenden Straße war, die sie aber sonst immer gezwungen war zu umrunden. Heute jedoch packte MacLachlan einfach Sorchas Wagen an beiden Seiten und trug ihn mitsamt dem Kind hinunter.

Sorcha kreischte glücklich und klatschte in die Hände. Als MacLachlan sie wieder absetzte, streckte sie ihre pummeligen Arme aus. »Tragen«, befahl sie.

MacLachlan überraschte Esmée, indem er die Arme ausstreckte, um das zu tun. Spontan legte Esmée eine Hand auf seine Schulter. »Das müssen Sie nicht tun«, sagte sie. »Sie wird schon Ruhe geben.«

Er ließ wieder sein schiefes Lächeln aufblitzen und hob Sorcha trotzdem aus dem Wagen. Er nahm sie hoch, und sie legte einen Arm um seinen Nacken und benutzte den anderen, um auf vertraute Dinge entlang des Weges zu zeigen. »Hübscher Hund«, sagte sie von einem verwöhnt aussehenden Terrier, dem sie auf dem Birdcage Walk begegneten. »Ferde«, sagte sie, als eine Kutsche vorbeifuhr.

»*Schwarze* Pferde«, sagte MacLachlan. »Vier davon.«

»Warze Ferde«, echote das Kind. »Vier von.«

»Und da kommen *weiße* Pferde«, fuhr er fort. »Kannst du *weiß* sagen?«

»Weiße Ferde«, erwiderte Sorcha und zeigte mit ihrem kleinen, dicken Finger auf sie. »Hübsch.«

So ging es weiter, bis sie die Mitte des St. James's Parks erreichten. »Haben Sie sie schon einmal mit in den Hyde Park genommen?«, fragte MacLachlan. »Er liegt nur ein kleines Stück von hier, und dort werden einige sehr schöne Pferde auf dem Reitweg zu sehen sein.«

»Gibt es dort auch Enten?«, fragte Esmée mit spöttischer Herablassung. »Unsere Despotin muss ihre Enten haben.«

»Aber ja. Und auch Schwäne, normalerweise jedenfalls.«

»Für Sorcha sind das Enten.«

MacLachlan schaute herunter auf sie und lachte, die Falten um seine Augen kräuselten sich. »Und dann müssen sie das natürlich auch sein.«

Esmée war plötzlich verwirrt darüber, wie vollkommen natürlich es sich anfühlte, an seiner Seite spazieren zu gehen. Vielleicht sollte sie das nicht tun, aber wer würde sie sehen? Wen würde es kümmern? Hier in England war sie ein Niemand. Genau genommen hatte sie hier *niemanden*. Nun, bis auf Sorcha – und, seltsam genug, MacLachlan.

Vielleicht war es nur eine dumme Besessenheit, die sie trieb, aber sie bekam ihn einfach nicht mehr aus dem Sinn. Ganz egal, wie wütend er sie machte, sie konnte nicht aufhören, an ihn zu denken; an ihn, wie er jetzt war oder wie er an dem Nachmittag im Schulzimmer mit Sorcha gewesen war. Auch konnte sie die seltsamen, wundervollen Gefühle nicht vergessen, die sie durchströmt hatten, jedes Mal, wenn ihre Lippen sich berührt hatten.

Und manchmal – nicht oft – träumte sie von ihm. Sie erwachte dann in fiebriger Hitze, wünschte sich verzweifelt, er würde sie wieder halten, ihre Körper eng aneinander gepresst. Aber dieser Weg führte zum Wahnsinn – ganz zu schweigen von Verderben und Kummer. Es gab einen anderen, viel klügeren und viel legitimeren Grund, ihm zu erlauben, sie heute zu begleiten, genau, wie er es gesagt hatte. Er war Sorchas Vater. Er *versuchte*, es zu sein.

Sie sah ihn von der Seite an und erkannte, plötzlich und unerklärlich, dass sie in diesem Augenblick fast glücklich war. Es war eine verwirrende und irgendwie beunruhigende Erkenntnis.

Sie erreichten bald den Hyde Park, den Esmée bisher nur aus der Ferne und dann auch nur dessen südöstlichen Teil gesehen hatte. MacLachlan zeigte auf das große Haus des Dukes of Wellington. »Er behauptet, sechstausend Pfund für die Renovierung ausgegeben zu haben«, sagte er, als sie daran vorbeigingen. »Und er liebt es, gegenüber jedem darüber zu klagen, der bereit ist, zuzuhören.«

»Was für eine schreckliche Verschwendung das ist«, antwortete Esmée. »Denken Sie doch nur, wie gewinnbringend man dieses Geld hätte investieren können.«

»Ah, gesprochen wie eine wahre Tochter Kaledoniens«, sagte MacLachlan, während sie in das weite Grün des Parks hineingingen. Er wählte eine Bank, die oberhalb des *Serpentine*, des lang gestreckten Teiches, stand.

Esmée nahm eine Decke aus dem Wagen, um Sorcha vor der Feuchtigkeit zu schützen. Sie wollte sie natürlich nicht und lief stattdessen in dem üppigen grünen Herbstgras hin und her, pflückte Löwenzahn und Klee und legte alles in unordentlichen Stapeln auf die Decke. Die Sonne schaute jetzt zwischen den Wolken hervor. MacLachlan hatte sich neben Esmée auf die Bank gesetzt und schaute mit zusammengekniffenen Augen zum Himmel.

»Ich sagte Ihnen vor Kurzem, dass ich Ihnen eine Entschuldigung schulde, Miss Hamilton«, sagte er ruhig. »Ich würde damit gern abschließen. Mein Benehmen Ihnen gegenüber war diese beiden Male schrecklich. Ich habe weder eine Erklärung dafür noch irgendeine Entschuldigung, die genügen würde, aber so etwas wird nicht wieder vorkommen.«

Esmée hatte sein Bedauern gespürt, sogar schon an dem Tag, als sie aus seinem Arbeitszimmer geflüchtet war. Nichtsdestotrotz war sie überrascht, es jetzt von ihm in Worte der Entschuldigung gekleidet zu hören. »Sie waren nicht allein schuld daran«, sagte sie schließlich. »Ich habe die Dinge noch schlimmer gemacht.«

»Ich wünschte bei Gott, ich hätte Sie niemals bleiben lassen!«, sagte er, und seine Stimme klang plötzlich tief und dunkel. »Aber ich will verdammt sein, Esmée, wenn ich wüsste, wie man das jetzt noch ändern könnte.«

»Ich will bei Sorcha sein.« Ihre Stimme zitterte unerwartet. »Sie haben mir diese Möglichkeit gegeben.«

»Und Sie bereuen es nicht?«, fragte er. »Sie wünschen mich nicht zum Teufel?«

Sie nestelte wieder an ihrer Perlenkette. Abrupt zog sie dann die Hand weg und legte die gefalteten Hände in den Schoß. »Vielleicht bin ich nicht so unschuldig, wie Sie zu wünschen glauben«, flüsterte sie. *Vielleicht bin ich wie meine Mutter. Dumm. Romantisch. Ein Magnet für gut aussehende Schürzenjäger ...*

Abrupt wandte er sich auf der Bank ihr zu. »Esmée, es ist nicht zu spät für Sie«, sagte er. »Meine Großmutter lebt in Argyllshire weitab von der Gesellschaft, aber ich habe Freunde, die gut positioniert sind.«

Esmée war verwirrt. »Was meinen Sie damit?«

»Dass Sie etwas mehr verdienen als ein Leben in Plackerei.«

»Für Sorcha zu sorgen ist keine Plackerei«, entgegnete sie. »Wenn Sie mich für diese Aufgabe für ungeeignet halten, dann sagen Sie es offen, MacLachlan.«

Rasch ergriff er ihre Hand, die auf der Bank ruhte, und drückte sie beruhigend. »Ich meinte damit nur, dass Sie Ihr eigenes Leben verdienen«, erklärte er. »Vielleicht gibt es jemanden, der Sie unter seine Fittiche nehmen könnte. Vielleicht Devellyns Mutter, die Duchess of Gravenel? Es muss doch *irgendjemanden* geben.«

Sie sah ihn ungläubig an. »Wozu?«, fragte sie. »Um mich in weißen Satin zu stecken und mich bei Hofe zu präsentieren? Um mich ›groß herauszubringen‹ und mich mit zu Almack's zu nehmen?«

Er zuckte die Achseln. »Wollen Sie all das denn nicht?«

»Oh, gewiss, irgendwann einmal«, sagte sie beißend.

Genau genommen hätte sie noch vor ein paar Monaten eine solche Gelegenheit liebend gern wahrgenommen. Dann war alles anders geworden. Es war nicht nur der Tod ihrer Mutter.

Es war nicht nur wegen Sorcha. Es war das alles. *Er* war es. Und er wollte sie loswerden, während sie inzwischen nicht mehr erpicht darauf war, wieder zu gehen. Diese Erkenntnis erschütterte sie.

»Sie sind jung, Esmée«, sagte er – völlig zusammenhanglos, wie es schien. Was sollte ihm ihr Alter ausmachen? Sie beobachtete die Muskeln seines Halses, die sich angespannt hatten. »Es ist nicht gut für Sie, unter einem Dach mit einem Schuft wie mir zu wohnen, ganz zu schweigen von ... ganz zu schweigen von allem anderen.«

Sorcha kam zu ihnen gelaufen und öffnete ihre Faust auf MacLachlans Oberschenkel, um etwas zerdrückten Klee darauf zu legen. »Siehst du?«, sagte sie. »Hübsch, siehst du?«

Er schien dankbar für diese Unterbrechung zu sein. »Oh, das hier ist die schönste Blume von allen!«, rief er, griff nach dem Kind und hob es hoch. »Und ich habe sie aus dem Gras gepflückt.«

Sorcha schrie vor Lachen und ließ es zu, dass er sie auf sein Knie setzte. Zusammen betrachteten sie die Pferde, die vorbeigetrottet kamen. »Warzes Ferd«, sagte Sorcha.

»Schwarzes Pferd«, korrigierte er. »Und dort kommt ein ganz kräftiges. Ein grau geschecktes.«

»Ein gauschecktes«, sagte Sorcha und zeigte auf das Pferd.

Esmée betrachtete die beiden, erstaunt über die Veränderung, die Sorchas Gegenwart bei MacLachlan auszulösen schien. Seine Augen blickten sanfter, und die harten Falten seines Gesichts wurden sofort weicher. Den Mund, um den sonst ein zynischer Zug lag, umspielte ein reines und ehrliches Lächeln, das die Jahre vertrieb und seinen übersättigten Blick milderte.

So oft schon hatte sich Esmée in ihren dunkleren Momenten bei der Frage ertappt, was sie in einem so hartgesottenen, erfahrenen Schuft wie ihm eigentlich sah. Plötzlich wusste sie es. Es war *dies*. Die Wandlung, die sich in solchen süßen und sorglosen Momenten bei ihm vollzog. Er war ein anderer Mann. Sorcha war ein anderes Kind. Und Esmée – nun, ob zum Guten oder zum Schlechten, veränderte sich auch.

Fast eine halbe Stunde lang saß Sorcha bei ihnen und plapperte fröhlich über alles und jeden, der vorbeikam. Als sie dessen müde war, wandte sie sich um und begann, mit den Knöpfen seiner Weste zu spielen, wobei sie es sogar schaffte, einige zu öffnen. MacLachlan schaute nachsichtig auf sie herunter. Aber schließlich begann Sorcha, sich von seinem Knie herunterzuwinden. MacLachlan ließ sie gehen.

Sorcha ging den kleinen Hügel hinunter und pflückte wieder Blumen. MacLachlans Augen starrten ins Leere, als ein weiterer Reiter vorbeikam. »Die Flanierstunde rückt näher«, murmelte er schließlich. »Der Park wird sich bald ziemlich bevölkern. Ich sollte wahrscheinlich gehen.«

Seine Worte ließen Esmée das Herz ein wenig sinken. Ohne es zu bemerken, hatte sie angefangen, ihre Finger wieder um ihre Perlenkette zu legen. Doch dieses Mal riss sie unglücklicherweise. »Oh nein!«, rief sie, als die Perlen davonsprangen. »Mammas Halskette!«

»Verdammt!«, sagte Alasdair, als die Perlen in das Gras fielen.

»Oh!« Esmée begann, in den Falten ihres Rockes zu suchen.

»Stehen Sie nicht auf«, befahl MacLachlan. Er war schon auf den Knien und sammelte Perlen aus dem Gras auf. »Halten Sie die fest, die noch auf der Schnur sind. Hier, nehmen Sie. Haben Sie eine Tasche?«

»Ja, oh, danke!« Esmée drückte die Kette mit einer Hand an ihre Brust und nahm mit der anderen die Perlen, die er ihr reichte. »Es war Mammas Halskette. Sie hat sie getragen, als sie in die Gesellschaft eingeführt wurde, und gab sie mir, als ich siebzehn wurde. Oh, was bin ich für ein Tollpatsch!«

»Wir werden die meisten wiederfinden«, beruhigte er sie. »Außerdem kenne ich einen guten Juwelier, der die Kette reparieren wird.«

Doch im Bruchteil einer Sekunde war die Kette vergessen.

Als Esmée aufschaute und schrie.

Alasdair wusste später nicht mehr, wie er aufgesprungen war. Den Hügel hinuntergerannt war. Die nächsten Augenblicke kamen ihm vor, als würde er durch Wasser waten, auch noch, als die herankommende Kutsche nur so über die Erde zu fliegen schien. Die Insassen unterhielten sich fröhlich, die Gesichter der hervorkommenden Sonne zugewandt. Sie achteten nicht auf den Weg vor ihnen. Sahen das Kind nicht, das auf den See zulief, mit ausgestreckten Armen.

»Sorcha!« Das Wort explodierte aus seinen Lungen, verlor sich im Klang der hämmernden Hufe.

Aber Sorcha kannte keine Angst. Alles geschah auf einmal. Im letzten Moment scheute das Pferd, brach zum See hin aus. Die Kutsche machte einen Satz nach rechts, überschlug sich fast. Schreie. Esmées. Sorchas. Der des Pferdes. Sein eigener. Hufe flogen, und Sorcha stürzte zu Boden. Er sah das Rad, das sich unbarmherzig weiterdrehte. Irgendwie packte er sie, und die Kutsche flog vorüber, zerriss gelben Musselin und Spitze. Und dann war da nur noch das Kind, reglos und blutend in seinen Armen.

Unendlich behutsam legte er sie auf den Boden. Esmée schrie noch immer Sorchas Namen. Im Gras kniend schloss Alasdair beide Hände um ihr Gesicht. »Sorcha!«, keuchte er. »Sorcha, mach die Augen auf!«

»O Gott! O Gott!« Esmée fiel neben ihm auf die Knie. »Oh Sorcha!«

Alasdair fühlte sich einer Ohnmacht nahe. Männer, die in einem Boxring fast zu Brei geschlagen oder beim Duell fast erschossen wurden, waren nichts im Vergleich zu dem hier. Es sah schlimm aus. Sehr schlimm. Blut floss aus einer Wunde an ihrem Kopf. Ihr linker Arm stand in einem unwirklichen Winkel vom Körper ab. Der Rock ihres Kleides war zur Hälfte abgerissen. Er war zu langsam gewesen.

Esmée schluchzte jetzt hysterisch und strich Sorcha ununterbrochen das Haar aus der Stirn. »Lebt sie ... o Gott, *lebt* sie?«

Alasdair hatte bereits seine Fingerspitzen auf Sorchas Halsbeuge gelegt. »Der Puls«, keuchte er. »Ich kann ihn fühlen.«

Über sich hörte er Stimmen, geisterhaft, aber durchdringend. Er schaute hoch und sah die Kutsche durch das Tor unten an der Ecke rasen, sie kippte fast auf die Seite, als sie in Richtung Knightsbridge abbog.

»Sie holen einen Arzt«, sagte eine angespannte Stimme neben ihm. »Großer Gott, wir haben sie nicht gesehen! Es tut mir so leid. Oh, das arme Kind!«

Die Schreie hatten einen blau uniformierten Constable herbeigeführt. Er kauerte sich neben Esmée, nahm sie am Arm und hielt sie davon ab, Sorcha zu umarmen. »Nicht, Miss!«, warnte er sanft. »Sie dürfen sie nicht bewegen. Warten Sie, bis der Doktor da ist. Er wird sie untersuchen und sehen, ob etwas gebrochen ist. Ja, so ist es gut!«

»Aber ihr Arm!«, schrie Esmée und schlug beide Hände vor den Mund. »O Gott! Sehen Sie doch nur ihren Arm!«

»Er könnte gebrochen sein«, stimmte der Constable zu. »Aber vielleicht auch nur ausgekugelt. Junge Knochen heilen gut, Miss, und auch ganz schnell! Ist ja gut! Setzen Sie sich hin und beruhigen Sie sich!«

Stattdessen beugte sich Esmée vor, griff mit beiden Händen nach Sorchas kleinem Bein, so wie ein Ertrinkender sich an ein

Wrackteil klammern würde. »Es ist alles meine Schuld!«, weinte sie in das Gras. »O Gott! Wie konnte ich nur? Wegen einer Kette! O Gott!«

Alasdair wandte sich zu ihr um und zog sie instinktiv an seine Brust. »Scht, still, scht!«, versuchte er, sie zu beruhigen. »Wenn jemand schuld ist, dann ich.«

»Wie können Sie das sagen!« Esmée schluchzte in seine Krawatte. »Es ist nicht Ihre Aufgabe, auf sie aufzupassen! Es ist *meine!* Meine! Sehen Sie doch nur, wie sie daliegt!«

»Still, Esmée«, sagte er wieder. »Sie wird wieder gesund. Ganz bestimmt. Ich schwöre es.« Er betete zu Gott, dass er recht hatte.

Genau in diesem Augenblick, wenn auch nur ganz schwach, begannen Sorchas Lider zu flattern. Alasdair fühlte eine heftige Wärme, die ihn durchströmte und gegen seine Augenlider drückte. Erst jetzt merkte er, dass er weinte.

»Ausgerenkt!«, verkündete Dr. Reid knapp, nachdem er sich wieder aufgerichtet hatte. »Ausgerenkt, aber nicht gebrochen.«

»Jesus Christus, das habe ich getan«, keuchte Alasdair, die Augen unablässig auf Sorchas Gesicht gerichtet. »Das ist – ich denke, so muss es gewesen sein. Ich erinnere mich, dass ich sie herumgerissen habe – sehr *heftig* herumgerissen. Und ich habe gespürt, dass etwas nachgegeben hat. Es fühlte sich schrecklich an.«

»In diesem Fall ein geringer Preis«, bemerkte der Arzt mitfühlend. »Besonders, wenn man bedenkt, dass dieses Rad so nah war, dass es ihr die Kleider halb weggerissen hat. Ein ausgerenktes Gelenk ist nichts verglichen damit, von einem Kutschenrad zermalmt zu werden.«

Alasdair strich sich über die Augen. »Ich – ja, das mag stimmen.«

Mehr als eine Stunde war seit dem Unfall vergangen, wobei Alasdair das meiste um sich herum nur wie durch einen Nebel wahrgenommen hatte. Einer der jungen Gentlemen aus der Kutsche war mit dem bärbeißigen Dr. Reid im Schlepptau zurückgekommen. Alasdair kannte den Arzt flüchtig, der bei mehr als einer Verabredung im Morgengrauen dabei gewesen war, um »einen von diesen verfluchten, überzüchteten Dummköpfen« zusammenzuflicken, wie er die Verletzten nannte. Dr. Reid war im Umgang mit seinen Patienten eher schroff, was auch Esmée bereits festgestellt hatte, doch es gab niemanden, der besser darin war, Menschen wieder zusammenzuflicken. Und in diesem Augenblick hätte Alasdair den Teufel selbst entschuldigt, hätte der diese Fähigkeit besessen.

Sorcha lag schlaff und zerbrechlich in einem Bett, das viel zu groß für ihren kleinen Körper wirkte. Es war das Bett, das kürzlich noch von Julia in Beschlag genommen worden war. Reid hatte das Schlafzimmer verlangt, das am nächsten lag, und Alasdair hatte Sorcha dorthin getragen. Sie hatte gestöhnt, aber nicht die Augen geöffnet. Jetzt standen Alasdair und Esmée an beiden Seiten des Bettes, und Esmée weinte leise.

»Aber warum wacht sie nicht auf?«, wisperte Esmée. »*Warum nicht?*«

Der Doktor war dabei, eine Reihe von Instrumenten auf einem gefalteten weißen Leinentuch auszulegen und anzuordnen. »Oh, ich würde sagen, dass sie morgen wieder wach sein wird«, erwiderte er. »Unter anderen Umständen hätte sie sich inzwischen schon gerührt, aber ich habe ihr eine Dosis Laudanum gegeben. Es gab keine andere Wahl, da der Arm aus der Gelenkpfanne gesprungen ist.«

»Hat sie Schmerzen?«, fragte Esmée bedrückt. »Leidet sie? Guter Gott, ich muss das wissen!«

Der Doktor ließ seine Tasche zuschnappen und stellte sie zur

Seite. »Sie fühlt gar nichts«, erklärte er. »Wir müssen uns auf eine lange Nacht einstellen. Die Wunde stammt von einem der Hufe, aber der Schädel ist nicht gebrochen. Sie hat Glück gehabt. Hätte der Huf eine Schläfe oder die Schädelbasis getroffen, hätten Sie sie noch vor dem Ende dieser Woche beerdigen müssen.«

Esmée stieß einen wimmernden Laut aus und verbarg das Gesicht in einem Taschentuch. Ihre Frisur hatte begonnen, sich aufzulösen, und das Haar hing ihr ins Gesicht. Alasdair versuchte, den Knoten in seinem Hals zu lösen, und räusperte sich. »Was ist mit dem Arm, Sir?«, fragte er. »Was kann man tun?«

»Ich habe nach jemandem schicken lassen«, entgegnete Reid, zog seine Taschenuhr hervor und schaute darauf. »Einen alten Knochensäger, den ich gut kenne. Aber wir müssen den Arm einrenken, solange das Kind noch bewusstlos ist. Der Schmerz wäre sonst gewaltig. Das ist etwas, was besser von zwei Leuten gemacht wird, aber mein Bekannter ist gerade in Chelsea und richtet ein Bein. Er sollte gegen Abend hier sein – hoffe ich.«

»Aber ... aber was ist, wenn er das nicht ist?«, rief Esmée. »Was ist dann? Kann es warten? Sollen wir nach jemand anderem schicken? Die Zeit ist wichtig, oder nicht?«

Alasdair schluckte hart. »Ich ... vielleicht könnte ich helfen?«

Dr. Reid runzelte ungeduldig die Stirn. »Nicht nötig!«, sagte er. »Ich werde das Gelenk kühlen, damit die Schwellung zurückgehen kann, während wir warten. Dann werde ich die Kopfwunde nähen. Was ich von Ihnen möchte, Sir, ist, dass Sie Ihre Frau zu Bett bringen und ihr ein großes Glas Brandy zu trinken geben.«

Esmée zerknüllte ihr Taschentuch in einer Hand. »Aber ich bin nicht – ich meine, wir sind nicht – oh! Wir sind Schwestern, Sorcha und ich. Außerdem verabscheue ich Brandy. Und ganz gewiss werde ich sie nicht allein lassen. Auf keinen Fall werde ich das tun!«

Der Doktor warf einen grimmigen Blick in Alasdairs Richtung, dann wies er mit einem heftigen Kopfnicken zur Tür. Esmée sank auf einen Stuhl am Bett und nahm Sorchas Hand. Fast unbemerkt verließen die Männer das Zimmer.

»Bringen Sie sie nach oben, Sir Alasdair!«, forderte Dr. Reid, sobald die Tür geschlossen war. »Ich will kein Weibervolk hier herumstehen haben, das weint und Fragen stellt, wenn medizinische Eingriffe erfolgen müssen.«

Alasdair zögerte. »Ich weiß nicht«, sagte er. »Sie ist schrecklich starr...«

»Hölle und Teufel, Mann!«, fiel ihm der Doktor ins Wort. »Waren Sie schon mal dabei, wenn eine ausgerenkte Schulter wieder gerichtet wurde?«

Alasdair zuckte zusammen. »Ja, einmal«, gab er zu. »Aber wir waren alle sturzbetrunken.«

»Dann wissen Sie ja, dass es ein sehr hässlicher Anblick ist«, knurrte der Arzt. »Aber zuerst muss ich die Wunde des Kindes mit ungefähr zwölf Stichen nähen. Und wenn das getan ist, dann muss ich, sollte das Gehirn anschwellen, dem Kind den Schädel aufbohren. Wollen Sie, dass sie *das* mit ansieht?«

»Aufbohren?«, keuchte Alasdair. »O Gott, nein! Ich bete, dass es nicht dazu kommt!«

Dr. Reid sah ihn von der Seite an. »Nein, das wird es nicht«, räumte er knurrig ein. »Ich habe genügend solcher Fälle gesehen, um das beurteilen zu können. Aber hören Sie, das Kind wird sich vor morgen früh nicht regen. Und wenn doch, dann werde ich es wieder betäuben müssen.«

»Ja, ich würde nicht wollen, dass sie leidet«, murmelte Alasdair.

»Das wird sie nicht, wenn man mich in Ruhe meine Arbeit

machen lässt«, sagte Reid. »Und das Letzte, was ich brauche, ist eine in Tränen aufgelöste Frau, welche die ganze Nacht am Bett herumsteht und mich alle fünf Minuten fragt, ob das Kind tot ist oder ob es noch lebt, ob es zu schnell atmet oder sich bewegt hat oder zu blass ist, zu heiß oder zu kalt, zu – nun, Sie kennen jetzt meinen Standpunkt, würde ich meinen.«

Alasdair entspannte sich ein wenig. »Sie bleiben also die Nacht über bei ihr?«

»Wenn man mich in Frieden arbeiten lässt, ja«, entgegnete der Doktor. »Und jetzt, Sir Alasdair, tun Sie uns allen den Gefallen. Gehen Sie hinauf, Sie beide – und bleiben Sie dort, bis ich nach Ihnen schicke.«

Zwei Minuten später führte Alasdair Esmée sanft aus dem Zimmer und die Treppe hinauf. »Ich will bei Sorcha bleiben!«, protestierte sie und blieb am Treppenfuß abrupt stehen. »Was, wenn sie mich braucht?«

Er drängte sie die Stufen hinauf. »Sie ist in guten Händen, Esmée«, sagte er fest. »Sie braucht Sie nicht.«

Esmée sah aus, als hätte er sie geschlagen. »Richtig, Sie haben ja recht!«, schrie sie. »Sie braucht mich wirklich *nicht*, nicht wahr? Ich war ohne Nutzen für sie heute Nachmittag. Sehen Sie nur, was geschehen ist!«

Wie er es schon im Park getan hatte, zog Alasdair sie instinktiv an sich. »Schscht, Esmée«, murmelte er gegen ihr Haar. »Natürlich braucht sie Sie. Aber gerade jetzt muss der Arzt sich konzentrieren. Er hat mir versprochen, dass sie nicht aufwachen wird –«

»Ja, und genau das ist meine Angst«, keuchte Esmée.

»Weil sie ein Schlafmittel bekommen hat«, beendete er den Satz rasch.

Wellings kam ihnen auf der Treppe entgegen. »*Whisky*«, formte Alasdair mit dem Mund, als der Butler vorbeiging. Wellings nickte und ging weiter.

Kaum dass sie im Schulzimmer waren, begann Esmée unruhig umherzugehen, ihre Augen huschten von einer leeren Ecke in die andere. Sogar für Alasdair fühlte sich das Zimmer ohne Sorchas fröhliches Plappern kalt und leer an. Er schwieg eine Weile und beobachtete Esmée, wobei er sich fragte, was wohl in ihr vorging. Er konnte es nur vermuten, war aber sicher, dass sie sich die Schuld an dem Unfall gab. Genau wie er auch.

Er fühlte sich, als wäre er seit diesem schrecklichen Moment im Park um ein Jahrzehnt gealtert. Immer wieder sah er Sorcha vor sich im Gras liegen und erinnerte sich daran, wie er sich für einen Moment gefühlt hatte – als ob sein Leben zu Ende ginge. Als würde es unaufhaltsam aus ihm heraussickern wie das Blut, das sein Kind bedeckte. In einem machtvollen Moment der Wahrheit hatte er begriffen, was Esmée gemeint hatte, als sie so heftig über Julias Leid gesprochen hatte. Das Kind zu verlieren! Konnte es einen tieferen, noch schneidenderen Schmerz geben?

Vielleicht! Vielleicht den, die Schwester zu verlieren. Oder die Mutter. Arme Esmée! Sie hatte so viel ertragen, und das so gefasst. Alasdair stand am kalten Kamin und beobachtete sie, wie sie durch das Zimmer wanderte, Spielzeug in die Hand nahm und es wieder fortstellte, Bücher ordnete, die bereits in Reih und Glied standen, und dabei die ganze Zeit über weinte. Alasdair konnte ihren Schmerz nicht länger ertragen. Er ging zu ihr und nahm sanft ihre Hand. »Es ist nicht Ihre Schuld, Esmée«, sagte er ruhig. »Und es ist nicht meine, so sehr ich mir jetzt auch Vorwürfe mache.«

Sie schaute zu ihm auf, blinzelte die Tränen zurück. »Aber ich war dafür verantwortlich, auf sie aufzupassen!«, wisperte sie. »Das war meine Aufgabe. Meine Pflicht als Schwester.«

Es klopfte leise an die Tür, und Lydia trug ein Tablett herein. Wellings hatte, dem Himmel sei Dank, eine ganze Flasche Whisky und zwei Gläser heraufgeschickt, ebenso wie einen Teller mit Brot, Käse und kaltem Fleisch, von dem vermutlich nichts angerührt werden würde.

»Danke, Lydia«, murmelte er. »Sie können für den Rest des Abends unten weiterarbeiten. Sagen Sie Wellings, dass Miss Hamilton unter keinen Umständen gestört werden darf, es sei denn, Dr. Reid schickt nach ihr.«

Mit traurigen Augen knickste Lydia und ging. »Oh, Alasdair!«, rief Esmée, nachdem die Tür sich geschlossen hatte. »Oh, was habe ich getan? Was, wenn sie auch stirbt? Ich kann es nicht ertragen! Ich kann es nicht!«

Alasdair wusste, dass es falsch gewesen wäre, ihr diese Furcht ausreden zu wollen. Auch er war noch immer entsetzt. Und für Esmée war der Tod allzu wirklich. Sie hatte gerade ihre Mutter beerdigt, eine Frau, die, nach allem, was man hörte, jung und voller Vitalität gewesen war. Sie hatte einen Vater verloren und drei Stiefväter. Jetzt lag ihre Schwester so still und blass wie der Tod da. Ohne Zweifel war das Leben mit Esmée sehr hart umgegangen. Er verspürte den überwältigenden Wunsch, sie in seine Arme zu nehmen und ihre Tränen fortzuküssen. Aber es schien klüger, sie mit dem Taschentuch zu trocknen, ihr dann einen Whisky einzuschenken und ihr das Glas in die Hand zu drücken.

»Auf jeden Fall ist das jetzt besser als Wasser«, sagte er entschuldigend. »Trinken Sie.«

»Danke.« Esmée nippte ohne Zögern und ging dann weiter im Zimmer umher. Sie tat das eine ganze Weile und blieb nur stehen, um von ihrem Whisky zu trinken. Alasdair erwog, sich zurückzuziehen. Er überlegte, nach Lydia zu klingeln, damit sie zurückkam. Aber er wollte – nein, er *musste* – bei Esmée sein.

Und deshalb tat er weder das eine noch das andere und weihte sich damit selbst dem Untergang.

Die Sonne war vom Himmel verschwunden, ihre Strahlen wärmten die Welt jenseits der Fenster des Schulzimmers mit Schatten aus dunklem Rosa. Die Dämmerung und die Intimität, die sie so oft mit sich brachte, waren nur noch einen Moment entfernt. Alasdair leerte sein Glas, stellte es ab und schickte ein weiteres stummes Gebet für Sorchas Genesung zum Himmel.

»Ach, was habe ich nur angerichtet!« Esmées Stimme kam aus dem Nichts, klagend und heiser. »Ich habe nie wirklich gelernt, wie man auf ein Kind aufpasst. Wir waren an eine Schar von Dienstboten gewöhnt, Mamma und ich. Sie haben *alles* erledigt.«

»Ich denke, Sie haben Ihre Aufgabe gut erfüllt«, antwortete er.

Aber sie sprach weiter, als hätte sie ihn nicht gehört. »Ich hatte natürlich befürchtet, dass Achanalt mich wegschicken würde«, sagte sie und ihre Stimme nahm einen hysterischen Klang an. »Aber ein Kind auf die Straße zu setzen? Wie konnte er das tun? Er muss gewusst haben – o Gott! Er muss gewusst haben, dass ich hoffnungslos unfähig bin!« Sie stellte ihr fast leeres Glas mit einem heftigen Klirren ab, ließ den Kopf sinken und schlug die Hände vor das Gesicht. »O Gott, Alasdair! Er muss sich so etwas wie das jetzt gewünscht haben!«

Alasdair ging zu ihr und legte einen Arm um ihre Schultern. Er war sich nicht mehr sicher, ob der Whisky eine gute Idee gewesen war. »Sie müssen sich setzen, Esmée«, sagte er und schaute sich suchend im Zimmer um. »Großer Gott, gibt es hier denn keine normalen Stühle? Nur diese kleinen?«

Sie hob den Kopf und schaute auf die kleinen Stühle, als hätte sie diese noch nie zuvor gesehen. »Hier drüben«, antwortete sie mit tränenerstickter Stimme.

Er folgte ihr – törichterweise – in ihr Schlafzimmer. Dort

stand das Bett unter dem hohen Baldachin, die Decken schon aufgeschlagen, und ein warmes Feuer brannte im Kamin. Aber das andere Bett, das kleine, das er für Sorcha gekauft hatte, war leer. Esmée wurde noch blasser, als sie daran vorbeiging.

Alasdair nahm sie am Ellbogen und führte sie zu den beiden Stühlen, die vor dem Kamin standen. »Danke«, sagte sie. »Sie sind sehr freundlich. Ich weiß nicht, wie ich je etwas anderes habe denken können.«

Alasdair sah sie vorsichtig an. »Selbst der Teufel sieht durch den Boden eines Whiskyglases besser aus«, murmelte er. »Warum setzen Sie sich nicht, meine Liebe?«

Statt sich zu setzen, strich sie über ihre Arme, als sei ihr kalt. »Ich kann nicht stillsitzen«, stöhnte sie. »Ich fühle mich, als könnte ich explodieren.«

Er fasste sie sanft an den Schultern. »Esmée, Sorcha wird wieder gesund«, beruhigte er sie. »Ganz bestimmt.«

»Wird sie das?«, rief sie. »Alasdair, wie können Sie so sicher sein?«

Er festigte seinen Griff und schüttelte sie leicht. »Sie wird gesund werden, Esmée. Ich weiß es. Ich glaube daran.«

Sie schluchzte, es war ein tiefer, markerschütternder Laut, und sank gegen ihn. Ihre Arme schlossen sich um seinen Nacken. Und dann hielt er sie wieder, wie er es schon einmal zu oft getan hatte an jenem schrecklichen Tag. Esmée schluchzte in seine Hemdbrust, als wollte ihr das Herz brechen. Alasdair festigte die Umarmung und berührte mit den Lippen ihre Schläfe. »Ganz ruhig, jetzt, Liebes«, flüsterte er. »Alles ist gut. Vertrau mir, Esmée. Vertrau mir einfach.«

Ihm vertrauen? Was in Gottes Namen dachte er sich dabei?

Doch statt ihn entrüstet von sich zu stoßen, schluckte Esmée hart und nickte dann. »Wenn Sie es sagen, glaube ich es«, wisperte sie.

Alasdair wusste, sie war eine Närrin, wenn sie ihm glaubte, ihm, dem entschlossensten Schweinehund der gesamten Christenheit. Aber in diesem Moment wollte er, dass sie ihm glaubte. Er wollte es wert sein, nur für einen Augenblick, dieses demütige Zutrauen, das er in Esmées Augen gesehen hatte. Sie schmiegte die Wange an seine Brust. »O Alasdair!« Ihr Flehen war so leise, dass er es kaum hören konnte. »Oh, bitte legen Sie für einen Moment Ihre Arme um mich. Bitte.«

Also schloss er sie in seine Arme und zog sie eng an sich. Er neigte den Kopf, um wieder ihre Schläfe zu küssen. Doch sie schaute stattdessen auf, ihre tränenfeuchten Augen groß und suchend. Sie stieß einen leisen Laut aus, ein süßes, rasches Einatmen, und irgendwie neigte er den Kopf. Ihre Lippen trafen sich – zufällig, hätte er geschworen –, und sie ließ sich schwer gegen ihn sinken, stumm um etwas bittend, um das sie nicht bitten sollte.

In Alasdair rührte sich ein letzter Rest von Anständigkeit. Er hob den Kopf und sah sie fragend an.

»Ja, Alasdair«, wisperte sie. »Ich habe meinen Whisky getrunken. Aber ich bin nicht so betrunken, dass ich nicht weiß, was ich tue.«

Eine weitere Träne tropfte aus ihrem linken Auge, und instinktiv neigte er den Kopf und trocknete sie mit seinen Lippen. Esmée gab wieder diesen kleinen, klagenden Ton von sich und legte eine schlanke Hand in seinen Nacken.

Er ließ seine Augen über das feine Elfenbein ihres jetzt tränenfleckigen Gesichtes gleiten und kam zu dem Schluss, dass es kein feiner Zug wäre, ihr einen Augenblick des Trostes zu verweigern. Deshalb ließ er eine Hand von ihrer Schulter bis zur sanften Kurve ihres Rückens hinuntergleiten und spreizte dabei weit die Finger. Beruhigend strich er mit seiner Handfläche ihren Rücken auf und ab, was auch ihm ein wenig von seiner eigenen Angst nahm. Er vergrub das Gesicht in ihrem Haar, atmete Esmées süßen Duft ein, diesen so vertrauten Geruch nach Moor und Heide. Nach zu Hause. Nach *ihr*.

Ungeduldig stellte sie sich auf die Zehenspitzen und legte ihren Mund auf seinen, was ihn schwindelig machte. Irgendwie schaffte er es, sich an ihre Unschuld zu erinnern, und erwiderte den Kuss nur sanft. Aber das war nicht das, was sie wollte. Stattdessen öffnete Esmée ihren Mund unter seinem, führte ihn in Versuchung, sie zu nehmen.

Die Vernunft wirbelte davon. Alasdair glitt in ihren Mund, schmeckte den Whisky auf ihren Lippen. Ihr Atem war wie eine würzige Frucht; eine reife Dattel, bittersüß auf seiner Zunge. Esmées Hände begannen, ruhelos über ihn zu gleiten, ihre Berührung war unsicher, aber drängend.

Alasdair wusste, dass qualvolle Erlebnisse manchmal eine außerordentliche Wirkung auf Menschen hatten. Es gab ein Gefühl, vom Tod gestreift worden zu sein, und danach oft das Verlangen, den Schrecken durch ein anderes – fast *jedes* andere – Gefühl auszulöschen. Aber er erklärte Esmée das nicht, denn er konnte die Worte nicht finden. Stattdessen legte er seine Hand zwischen ihre Schulterblätter und begann, ihr den Rücken auf eine Art zu tätscheln, von der er hoffte, sie wirke eher onkelhaft als gierig.

Offensichtlich gelang das nicht. Sie löste ihren Mund von seinem. »Alasdair«, keuchte sie. »Lass mich heute Nacht nicht allein.«

Die Bedeutung ihrer Worte war klar. »Ach, Esmée«, flüsterte er. »Das wäre nicht gut, Liebes. Du bist außer dir. Und ich bin nichts für dich. Erinnere dich doch daran, dass du mich nicht einmal magst.«

Unruhig befeuchtete sie die Lippen. »Ich habe mich geirrt«, erwiderte sie. »Ich glaube, du machst mir Angst vor mir selbst.«

Er küsste sie auf das Kinn. »Hab besser Angst vor mir, Liebes«, wisperte er an ihrem Ohr. »Ich bin kein Gentleman.«

Sie bog ihren Nacken, flehte fast darum, mit seinem Mund zu ihrer Kehle herunterzugleiten. »Bleib bei mir, Alasdair«, bat sie. »Mach, dass ich diesen schrecklichen Tag vergesse. Ich kann nicht allein sein. Oh, ich kann es nicht ertragen. Nicht heute Nacht.«

Alasdair hörte das leichte Zittern in ihrer Stimme. Er sagte sich, dass sie jung und unschuldig war und dass er ihre Sorge um Sorcha lindern musste, ohne sein Verlangen nach ihr so verdammt offensichtlich zu machen. Aber genau das war das Problem, mit dem er in den letzten Wochen gekämpft hatte. Esmée war begehrenswert – so sehr, dass er sich davor gefürchtet hatte, in seinem eigenen Haus zu schlafen. Dass er befürchtet hatte, nicht allein zu bleiben, denn trotz ihrer wütenden Auseinandersetzungen hatte er das Knistern der Leidenschaft zwischen ihnen beiden gespürt.

Oh ja, für einen erfahrenen Frauenhelden war es ein Leichtes, eine Unschuld zu verführen. Und besonders leicht war es jetzt, da ihnen beiden etwas Schlimmes widerfahren war und sie beide fürchteten, mit ihrer Angst allein gelassen zu werden. Es lag an ihm, *Nein* zu sagen. Aber wenn ihre Lippen wieder seinen Mund berührten und sich ihre weichen kleinen Hände um seinen Nacken legten, würde er *Ja* sagen. Er würde die Augen schließen und sie so leidenschaftlich küssen, bis ihr Körper seinem ganz und gar entgegenkäme und sich ungeniert gegen sein schwellendes Geschlecht pressen würde.

Was für eine naive kleine Närrin sie doch war! Und was für ein Schuft er war. Plötzlich streifte kalte Luft seinen Rücken. Sie hatte sein Hemd hochgezogen. Ihre kleinen Hände lagen auf ihm, warm und suchend, als sie über die Muskeln seines Rückens glitten und ihn zittern ließen.

»Allmächtiger Gott, Esmée«, keuchte er. »Nicht.«

Aber Alasdair hatte keine Selbstdisziplin, abgesehen von seiner unbarmherzigen Beherrschung am Kartentisch. Er verweigerte sich niemals das, was er haben wollte – und jetzt wollte er Esmée. Was genau genommen nichts Neues war. Deshalb ließ er den Rock von seinen Schultern gleiten. Ließ ihre Finger sich um die Träger seiner Hose schließen. Legte seine Hand auf die köstliche Kurve ihres Hinterns. Ließ in einem Drang aus überreizter Angst und unterdrücktem Begehren alle Vernunft zur Hölle fahren.

Esmée küsste nicht mehr wie ein unschuldiges Mädchen. Sie erwiderte die drängenden Stöße seiner Zunge mit heftiger Leidenschaft. In seinen Schläfen begann das Blut zu pochen, übertönte seine guten Vorsätze. Er zog seinen Mund von ihrem, schob die Finger in ihr Haar und bog ihren Kopf in den Nacken, strich mit seinen Lippen zart über ihren Hals.

Esmée erbebte. »Ich will ... oh, ich will ...«, wisperte sie.

Er wusste, was sie wollte. Und Alasdair war nie ein Heiliger gewesen. Er entkleidete sie mit der Geschicklichkeit des geübten Verführers, befreite sie von Kleid und Korsett, Hemd und Unterhosen – von allem, selbst von den Haarnadeln, die noch in ihrem Haar steckten –, und alles, ohne seinen hungrigen Mund von ihrem zu nehmen.

Oh, er wusste, dass er es bedauern würde; er wusste, dass ein schrecklicher Preis dafür gezahlt werden musste. Aber er atmete wieder ihren Duft ein und ließ diese wundersame Mischung aus Angst und Verlangen Besitz von sich ergreifen, die wie ein schimmernder Schleier seinen Verstand verdunkelte.

Esmée zeigte keine Verlegenheit, als seine hungrigen Augen über ihren nackten Körper glitten. Vielleicht war es der Whisky. Oder vielleicht einfach ihre erdverbundene Natur. Es kümmerte ihn nicht; er war verzaubert von den weichen, alabasterfarbenen Hüften, ihren Schenkeln, den runden, schwellenden Brüsten. Sie war klein, so zierlich und zart, dass er fürchtete, er könnte sie zerbrechen. Aber ihre klaren grünen Augen sahen in seine, so wissend und so ehrlich wie an dem Tag, an dem er ihr das erste Mal begegnet war. Das schwere braune Haar, das er einmal für schlicht gehalten hatte, hing ihr wie ein schimmernder Vorhang bis herunter zur Taille und streichelte ihre Brustwarzen. Wieder barg er das Gesicht darin, sog ihren Duft nach Honig und Heide ein und war verloren.

Später konnte er sich nicht einmal mehr daran erinnern, sich entkleidet und Esmée in das Bett getragen zu haben. Aber er erinnerte sich daran, dass er sie in die weiße Weichheit der Matratze gepresst hatte und sich auf sie gelegt hatte. Ihre Brüste waren überraschend voll, und als er seine Hände fest gegen ihre Schultern legte und eine in den Mund nahm, bog sich Esmée unter ihm und rief seinen Namen.

Etwas Heißes und erschreckend Besitzergreifendes wallte in ihm auf, doch er war sich kaum der Gefahr bewusst. Esmée war Jugend, Schönheit und Unschuld. Und es schien, dass es an ihm war, ihr diese Unschuld zu nehmen.

In dem Moment, als sein Mund ihre Brust berührte, fühlte Esmée eine süße, heiße Hitze, die sich in ihrem Schoß ausbreitete. Instinktiv schrie sie auf, bog sich ihr Körper ihm in drängendem Verlangen entgegen. Sie war nicht völlig ahnungslos; sie wusste, dass sie ihm etwas Unabänderliches anbot. Es zählte nicht. Sie wünschte, sich in der Schönheit dieses Mannes zu verlieren; wünschte, dass er ihr ihren Schmerz nahm und ihre Furcht auslöschte.

»Alasdair.« Ihre Stimme klang drängend durch das Dämmerlicht. »Alasdair. *Bitte*.«

Er umfing ihr Gesicht zwischen seinen Händen, schloss die

Augen mit den langen Wimpern und küsste sie langsam und tief. In Esmées Kopf begann sich alles zu drehen. Sein berauschender Duft – Seife und Tabak, Schweiß und Whisky – drang in ihre Nase, und ein Kribbeln breitete sich in ihrem Bauch aus. Instinktiv zog sie ihr Bein an und legte es über seines, zog ihrer beider Körper enger zusammen. Doch er schob ihr Bein fast grob zurück und wandte seine Aufmerksamkeit ihrer anderen Brust zu. Sein dichtes goldenes Haar fiel ihm in die Stirn und verbarg seine Augen.

Für endlos scheinende Momente liebkoste er mit dem Mund ihre Brust, hielt er Esmée mit seinen starken Armen und brachte ihr Blut zum Kochen. Oh, das! Ja, das war es, wonach sie sich gesehnt hatte. Er lag ausgestreckt auf ihr, und sie spürte ihn mit jeder Faser. Als er die Spitze einer Brust zwischen seine Zähne nahm und sanft daran leckte, stieß sie einen Schrei aus, leise und drängend. Es war kein Schmerz, den sie empfand. Es war ... etwas Besseres. Etwas, das berauschte und unkontrollierbar war.

Esmée ließ den Kopf auf das Kissen sinken, ballte die Hände zu Fäusten und lud Alasdair ein zu tun, was ihm gefiel, während sie ihn unter halb geschlossenen Lidern hervor ansah. Er war so wunderschön, dieser Liebhaber, den sie eigentlich gar nicht haben sollte! Aber die Reue konnte bis morgen warten. Gerade jetzt brauchte sie es, alles zu vergessen. Alasdairs Körper war schlank und hart, gemeißelt zu festen Flächen und starken Muskeln. Seine Arme und Beine waren von überraschend dunklem Haar bedeckt. Und das warme, seidige Gewicht, das sie zwischen ihren Schenkeln spürte – oh!

»Ich will dich«, stöhnte sie, sich kaum bewusst, dass sie die Worte laut gesagt hatte.

Alasdair ließ seinen Mund zwischen ihren Brüsten herunter über ihren Bauch gleiten, dann hockte er sich auf die Fersen.

Noch immer bedeckte das dichte Haar seine Augen, trennte Esmée von ihm. Schülerin und Lehrer. Sklavin und Herr. Er hatte sie gegen ihren Willen zur Sklavin gemacht mit seinen schmelzenden braunen Augen und seiner grenzenlosen Schönheit. Er legte seine große, warme Hand auf ihren Bauch, und Esmée zitterte. Mit langsamen Bewegungen glitt seine Hand tiefer und tiefer, bis sein Daumen in das lockige Dreieck glitt, das ihren Schoß bedeckte. Er streichelte sie, und Esmée fühlte ein zitterndes Drängen.

Alasdair stieß einen Ton aus – ein zorniges Stöhnen – und mit einem Knie drängte er ihre Schenkel weiter auseinander. Dann glitt seine Hand zwischen ihre Beine, und er berührte sie wieder, streichelte sie, quälte sie über alles Erträgliche hinaus. »Ach, Esmée!« Er klang fast bedauernd. »Du wunderschönes, sinnliches Geschöpf.«

Er legte beide Hände auf die Innenseiten ihrer Schenkel, schob sie weiter auseinander, dann beugte er den Kopf und berührte sie mit seiner Zunge. Esmée stöhnte leise, doch die Lust, die sie dabei empfand, war so intensiv, dass sie wünschte, sie laut herauszuschreien.

»Entspann deine Beine, Liebes.« Seine Stimme war nur ein Wispern. »Öffne sie für mich, Esmée. Lass mich dich trösten.«

Lass mich dich trösten.

Sie wand sich unter seiner Berührung. O Gott. Er konnte es tun; sie wusste das instinktiv. Aber was bot er ihr an? Seine Hände strichen über die Innenseiten ihrer Schenkel, bis sie entspannt dalag, dann spreizten seine Daumen ihren Schoß. Seine Zunge glitt tief hinein, kostete von ihrer Nässe, erhöhte ihr Verlangen, bis es ihr Allerinnerstes berührte und ihren Körper erzittern ließ. Und noch immer quälte er sie, entzückte sie mit leichten, kleinen Berührungen, dann wieder mit langen, wohligen Stößen, bis Esmée glaubte, vergehen zu müssen.

Sie öffnete die Augen und sah im Dämmerlicht, dass Alasdair sich aufrichtete und hinkniete. Als sie sein großes, erigiertes Glied sah, zog sie laut den Atem ein. Sein Kopf hob sich, und mit einer Bewegung warf er das schwere goldene Haar zurück. Sein bisher verborgener Blick brannte sich in ihren, als er mit einer Hand sich selbst berührte, sie um seinen langen, harten Schaft schloss.

Esmée schluckte angespannt, dann streckte sie die Hände aus, lud ihn ein. Doch Alasdair legte sich neben sie, schob ein Bein über ihren Körper. Gesättigt und ein wenig zögernd rollte sie sich auf die Seite, sah ihn an. Sie dachte, er sollte etwas tun – etwas mehr, als ihr nur in die Augen zu sehen – aber sie war unsicher.

»Alasdair, ich ... ich will ...«

»Schtscht, Liebes«, wisperte er und berührte mit einem Finger ihre Lippen. »Ich weiß, was du willst.« Er rollte näher, schob sie auf den Rücken und legte sich auf sie.

Dies war er also. Der Augenblick, den jede Frau herbeisehnte und gleichzeitig fürchtete. Doch Alasdair drang nicht in sie ein, wie sie es erwartet hatte. Stattdessen küsste er sie wieder, öffnete seinen Mund über ihrem, rieb sein raues Kinn über ihr Gesicht, seine Nasenlöcher waren weit geöffnet, sein Atem ging schnell und heftig.

»Berühre mich«, stöhnte er. »Esmée, berühre mich.« Fast grob nahm er ihre Hand und führte sie zu seiner Erektion.

Esmée tat, wie er gesagt hatte, ließ die Hand zwischen ihre Körper gleiten. Sein Schaft fühlte sich an wie Satin, zugleich aber hart und warm und pulsierend vor Kraft. Zögernd streichelte sie ihn so, wie er es zuvor getan hatte, bewegte ihre Hand fest herunter. Alasdair stützte sich auf einen Ellbogen und zitterte. »Noch einmal«, keuchte er, die Augen fest geschlossen.

Esmée gehorchte ihm, schwelgte in der nur mühsam beherrschten Kraft seines Körpers. Er zitterte wie aus seinem tiefsten Innern heraus, dann ergriff sein Mund wieder Besitz von ihrem, und er küsste sie tief. Esmée fühlte ein wachsendes Gefühl der Macht in sich, ein Vertrauen in ihre Fähigkeit, ihm Lust zu verschaffen.

Alasdairs lange, schlanke Finger schlossen sich um ihre, führten ihre Hand vor und zurück über sein heißes Glied, während seine Zunge in ihren Mund stieß. Stetig wiederholte er diese Bewegung, seine Hand um ihre geschlossen. Seine Zunge drängte gegen ihre, bis er seinen Mund mit einem tiefen Stöhnen von ihr löste. Sie streichelte ihn noch einmal, und sein wunderschöner Körper bäumte sich auf, sein Mund öffnete sich zu einem stummen, triumphierenden Schrei. Dann fühlte Esmée seine Erektion explodieren, wieder und wieder, bis die warme Nässe seiner Samen sich über ihren Bauch ergoss.

Das tiefe Gefühl von Frieden, das Alasdair erfüllte, war nicht von langer Dauer. Nachdem er sich den Luxus erlaubt hatte, mit Esmée in seinen Armen eine Stunde lang zu schlummern, begann er, getrieben von Schuld und Sorge, unruhig zu werden. Zögernd trennte er sich von der Wärme ihres Körpers und kehrte mit einem feuchten Tuch vom Waschtisch zurück.

Esmée öffnete die Augen und versteifte sich. »Sorcha –?«, keuchte sie, rollte sich auf einen Ellbogen und strich sich das Haar aus dem Gesicht.

»Bis jetzt nichts.« Er fuhr mit dem Handrücken über ihr Kinn. »Schlaf, Esmée. Es ist spät. Ich werde dafür sorgen, dass Reid nach dir schickt, sobald eine Änderung eintritt.«

Sie saß aufrecht da und ließ die Laken fallen. Jede andere Frau hätte sie hochgezogen, um ihre Nacktheit zu verbergen, aber Esmée schien das nicht zu kümmern. »Lässt du mich jetzt allein?«, fragte sie, wobei ihre Augen seinen Blick suchten.

Gott wusste, dass er es nicht wollte. »Das sollte ich wohl

besser«, erwiderte er. »Die Dienerschaft würde sich sonst wundern.«

»Alasdair –«, begann sie, hielt dann aber inne. »Ich wünschte ... ich wünschte, du würdest mir sagen, *warum*.«

Sie meinte nicht, warum er jetzt gehen würde, und er wusste das. Jesus Christus, es war schwer genug gewesen, es zu tun. Und jetzt sollte er das auch noch erklären? Er stützte ein Knie auf das Bett und setzte sich. »Esmée, du hast mir große Lust bereitet«, sagte er. »Können wir es nicht dabei belassen?«

Sie schüttelte den Kopf. »Nein.«

Geistesabwesend schob er eine Locke hinter ihr Ohr. »Esmée, du bist sehr jung«, begann er. Sie öffnete den Mund, um etwas zu erwidern, doch er legte einen Finger auf ihre Lippen. »Und ich habe mehr von der Welt gesehen, als ein Mann es sollte.«

Esmées Augen verhärteten sich. »Ich bin unerfahren, richtig, aber ich bin nicht dumm«, sagte sie. »Dazwischen liegt ein gewaltiger Unterschied.«

Er beugte sich über das Bett und küsste sie flüchtig. »Tatsächlich?«, fragte er. »Nun, lass uns morgen darüber reden, Esmée, wenn wir nicht vor Angst fast von Sinnen sind.«

Sie riss den Blick von ihm los und starrte in die Dunkelheit des Zimmers. »Du wolltest mich also nicht?«, fragte sie. »Weil ich mich dir an den Hals geworfen habe? Antworte mir, MacLachlan.«

Er war also wieder nur *MacLachlan*. »Doch, Esmée, ich wollte dich«, sagte er. »Aber etwas zu wollen und das Recht zu haben, es sich zu nehmen, sind zwei ganz verschiedene Dinge.«

Sie strich sich wieder mit der Hand durch das Haar. »Ich hab mich wie eine Närrin benommen, nicht wahr?«, wisperte sie. »Manchmal denke ich, ich habe nicht mehr Verstand, als Gott einer Gans gegeben hat.«

Alasdair wusste nicht, was er darauf sagen sollte, aber er verstand die schreckliche Last der Reue. Im Feuerschein sah er zu, wie sie aus dem Bett glitt und über den Teppich zu ihren Kleidern ging, die am Boden lagen. Sie war so wunderschön und so zerbrechlich. Doch das Wort Schönheit beschrieb sie nur unzulänglich, und ihre Zerbrechlichkeit täuschte. Er hatte heute Nacht nicht nur Lust in ihren Armen gefunden, sondern auch Trost. Ein Gefühl der Stärke und das Gefühl, dort zu sein, wohin er gehörte. Und doch gehörte er nicht zu Esmée. Und ganz gewiss gehörte er nicht in ihr Bett.

Esmée trug Hemd und Unterhosen, als sie zu ihm kam.

»Bleib im Bett, Liebes«, drängte er. »Versuch zu schlafen.«

Wieder ließ das heftige Schütteln des Kopfes ihr Haar über eine Schulter fallen. »Ich muss zu meiner Schwester«, erwiderte sie. »Ich werde Dr. Reid nicht stören, das schwöre ich. Aber ich werde heute Nacht erst schlafen können, wenn ich Sorcha noch einmal gesehen habe.«

6. Kapitel

In dem Lady Tatton die Dinge in die Hand nimmt

Am nächsten Morgen erhob sich Alasdair kurz nach Anbruch der Dämmerung aus seinem Bett und fühlte sich, als schwebte das Schwert des Damokles über seinem Kopf – oder zwei oder drei, genauer genommen. Von Schlafenkönnen war keine Rede gewesen. Aber um Ettrick nicht zu beunruhigen, hatte er seine Kleider abgelegt und seinen Morgenrock angezogen. Zum fünften Mal seit Mitternacht ging er hinunter, um nach Sorcha zu sehen.

Dr. Reid setzte sich in seinem Sessel auf und nahm die Hände von seinem Bauch, auf dem sie gefaltet gelegen hatten. »Sie hat sich ein wenig geregt, vor ungefähr einer Stunde«, berichtete er. »Ihre Pupillen reagieren normal, und die Schulter sieht gut aus. Ich denke, wir sind aus dem Gröbsten heraus, Sir Alasdair.«

»Oh, Gott sei Dank.« Er trat an das Bett und nahm Sorchas winzige Hand. Der Gedanke an die Schmerzen, die sie ausgestanden haben musste, brachte ihn fast um den Verstand. Aber jetzt sah sie wirklich wieder so aus, als schliefe sie den Schlaf der Genesung. *Es ging ihr gut.* Erleichterung durchströmte ihn.

Der Arzt stand auf. »Ich denke, sie wird gegen Mittag aufwachen. Dann werden wir sehen, ob sie unter Unwohlsein leidet. Vermutlich wird sie ein, zwei Tage recht quengelig sein.«

Alasdair lächelte und strich über Sorchas babyweiche Locken. »Oh, Sorcha wird Unwohlsein nicht tolerieren«, sagte er mit einem leisen Lächeln. »Und sie wird das recht kräftig zum Ausdruck bringen.«

»Hmmm!«, sagte der Doktor. »Wird wohl ziemlich verzogen, die Kleine, oder?«

Alasdair zuckte die Achseln. »Ich ziehe die Formulierung *Wir haben einen Narren an ihr gefressen* vor.«

Nachdem er den Arzt verlassen hatte, würgte Alasdair einen trockenen Toast und einen Kaffee hinunter, dann kleidete er sich rasch an. Es würde ein verdammt anstrengender Tag werden. Er wusste, was getan werden musste, und es machte ihn krank, wenn er auch nicht ganz sicher war, ob das von dem erlebten Schrecken oder von seiner Vorahnung herrührte.

An der Haustür reichte Wellings ihm Stock und Hut. »Ihr Bruder wird heute Morgen das Frühstück mit Ihnen einnehmen wollen, Sir«, sagte er mit einem Seufzen.

Alasdair sah den Butler ungläubig an. »Sagen Sie, Wellings, ist mein Bruder nicht so reich wie Krösus?«

Der Butler neigte den Kopf. »Ich glaube schon, Sir.«

»Dann sagen Sie ihm, er soll sich *selbst* ein Haus bauen und einen Koch einstellen«, schlug Alasdair vor und setzte sich den Hut auf. »Dieser verdammte geizige Schotte! Wenn etwas Dringendes ist, ich bin in der Oxford Street, um einzukaufen.«

Wellings Augenbrauen hoben sich. »*Einkaufen*, Sir?«

Alasdair grinste ihn schief an. »Einige Dinge, Wellings, können nicht warten.«

Es war ein Wunder. Oder zumindest kam es Esmée so vor. Um halb neun war Sorcha hellwach und hielt alle im Haus auf Trab. Wegen der Sorge um Sorchas Arm wiegte sie das Kind ein wenig verkrampft auf ihrem Schoß. Sorcha reichte das nicht. Sie wandte Esmée das kleine rosafarbene Gesicht zu und holte noch einmal tief Luft.

»Porridge!«, rief Esmée Lydia über das darauf folgende Geschrei zu.

»Porridge?« Lydia hob den Deckel vom Frühstückstablett, das Hawes hinaufgebracht hatte, und kam dann mit einem Löffel und einer Schale eilig zurück.

Esmée nahm den Löffel, und sofort herrschte Stille.

»Essen!«, sagte das Kind und öffnete auffordernd den Mund.

Esmée und Lydia seufzten.

»Völlig verzogen!«, knurrte der Arzt, während er seine Instrumente in seiner schwarzen Ledertasche verstaute.

Lydia verdrehte die Augen.

»Nichts außer dem Porridge da und ein bisschen Brühe heute!«, gab Dr. Reid Anweisung, während er seine Tasche mit einem vernehmlichen Schnappgeräusch schloss. »Kein Herumrennen. Kein Klettern. Und um Himmels willen nicht baden. Ich werde gleich morgen früh wiederkommen. Und falls sie zu quengeln anfängt, geben Sie ihr zwei Tropfen von der Tinktur in der braunen Flasche dort, und dann lassen Sie sie schlafen.«

Esmée brachte ein schwaches Lächeln zustande. »Danke, Dr. Reid«, sagte sie. »Lydia wird Sie hinausbegleiten, wenn Sie so weit sind.«

Aber nachdem die Tür sich hinter ihm geschlossen und er Esmée mit nichts als ihrer Reue und in der anstrengenden Gesellschaft ihrer Schwester zurückgelassen hatte, erwachten erneut die Schuldgefühle in ihr. Sie dachte an die hässliche Naht an Sorchas Kopf, und für einen Moment lähmte Panik ihren Atem. Ein einziger Augenblick der Unaufmerksamkeit, und dann solch ein Unglück! Sie hatte Glück gehabt, dass Sorcha am Leben geblieben war.

Als Sorcha am Morgen die Augen aufgemacht hatte, hatte Esmée eine so große Erleichterung empfunden, dass ihr die Knie gezittert hatten. Doch so groß diese Erleichterung auch gewesen sein mochte, sie hatte dennoch nicht ganz ihre Angst überdecken können. Offensichtlich war es nicht genug gewesen, dass sie sich wie eine Närrin benommen hatte, was das Wohlergehen ihrer Schwester betraf. Sie war auch eine Närrin gewesen, was Sir Alasdair MacLachlan anging. Sie hatte zugelassen, dass ihre Angst – und irgendeine namenlose Emotion, die sie nicht verstand – von ihrem Herzen Besitz ergriffen hatten.

Was sollte sie jetzt tun? Wie machte man nach solch einer Sache weiter? Sie konnte nicht so tun, als wäre es nicht geschehen – und als würde es nicht wieder passieren, wenn sie hierblieb. Sie hatte ihn fast angefleht, sie ins Bett zu bringen. Und indem sie das getan hatte, hatte sich Esmée als eine größere Närrin erwiesen, als ihre Mutter es je gewesen war. MacLachlan hatte ihr nicht einmal süße Lügen ins Ohr flüstern müssen. Sie hatte sich an ihn geklammert und ihn angefleht. Welcher Mann hätte da Nein gesagt?

Nun, zumindest schien er aus den Fehlern seiner Vergangenheit gelernt zu haben. Zumindest würde sie nicht sein Kind unter dem Herzen tragen wie Mrs. Crosby und ihre eigene Mutter. Für diese kleine Gnade sollte sie dankbar sein. Er war auch erstaunlich zärtlich zu ihr gewesen. Er hatte gemacht, dass sie sich begehrt gefühlt hatte und … fast geliebt. Das waren vielleicht die größeren Gefahren. Sie war zu verletzbar. Zu allein.

Oh, sie hätte niemals zustimmen dürfen, in diesem Haus zu bleiben! Gestern hatte sie sich als mehr als nutzlos erwiesen. Lydia war eine weitaus bessere Betreuerin für Sorcha, als sie es jemals sein würde. Lydia hätte niemals zugelassen, dass ein Kind vor eine heranrasende Kutsche lief.

Vielleicht war es Zeit, dass Esmée die schreckliche Wahrheit akzeptierte – dass sie aus purem Eigennutz mit Sorcha hiergeblieben war. Sie war nicht qualifiziert, ein Kindermädchen oder eine Gouvernante zu sein. Und sobald Sorcha sich von diesem schrecklichen Unfall erholt haben würde, dann ... nein, Esmée konnte es nicht ertragen, jetzt darüber nachzudenken.

Als wollte sie Esmée an wichtigere Dinge erinnern, begann Sorcha zu jammern. Esmée neigte sich zu ihr und küsste das Kind behutsam auf die verletzte Stirn. »Ach, mein kleines Lämmchen!«, wisperte sie. »Was für eine schlechte Mutter ich dir gewesen bin!«

Sorcha schaute sie ernst an und sagte: »Essen!«

Irgendwie fand Esmée die Kraft zu lachen. Sie tauchte den Löffel in das Porridge und schickte sich an, ihre Aufgabe zu erfüllen. Doch Lydia kam ins Zimmer geeilt, die Augen weit aufgerissen.

»Miss, ich denke, Sie sollten nach unten gehen«, sagte sie. »Da steht eine große schwarze Kutsche mit vier Pferden vor der Tür, und eine fremde Lady streitet sich mit Wellings.«

Esmée küsste Sorcha noch einmal und übergab sie dem Mädchen. »Wer kann das sein?«

»Niemand, den ich schon einmal gesehen hätte«, sagte Lydia und nahm den Löffel. »Aber ich hab gehört, dass Ihr Name erwähnt wurde, Miss, und Wellings ist so blass, wie ein Mensch nur sein kann.«

»Wie ich schon sagte, Madam«, hallte Wellings' Stimme die Treppe hinauf, »ist Sir Alasdair nicht zu Hause. Wenn Sie warten möchten –«

»Das will ich ganz gewiss nicht!«, erklärte eine aufgebrachte weibliche Stimme. »Ich bin nicht die halbe Nacht durchgefahren, um jetzt hier zu warten! Holen Sie sofort Miss Hamilton! Ich werde schon herausbekommen, was dieses verwerfliche Benehmen zu bedeuten hat!«

Esmée stand auf der letzten Stufe, vor Schreck wie erstarrt. »*Tante Rowena?*«

Dann umarmte Esmée ihre Tante fest. »Du bist heimgekommen!«, sagte sie atemlos. »Oh, ich hatte schon angefangen zu fürchten, du würdest niemals kommen.«

»Oh, Kind!«, sagte Ihre Ladyschaft. »Dein Brief an mich war so lange Zeit unterwegs, aber ich bin abgereist, sobald es Anne gut genug ging. Sicherlich dachtest du nicht, ich würde dich im Stich lassen?«

»Nein, Tante, aber ich wusste nicht, ob du kommen kannst oder wie lange es dauern würde. Ich habe dir zwei Mal nach Australien geschrieben.«

»Die Post ist so entsetzlich langsam!« Die Lippen geschürzt, schob Lady Tatton Esmée um Armeslänge von sich weg. »Und ich war ganz krank vor Sorge. Finch brachte deinen letzten Brief nach Southampton, und ich bin direkt hierhergekommen. Liebes Mädchen, wir müssen *reden*. Sag diesem abscheulichen Mann, dass er gehen soll!«

Esmée sah den Butler an. »Ach, Tante Rowena«, sagte sie. »Du musst nicht über Wellings schimpfen. Er war sehr freundlich zu mir, und nichts von alldem ist seine Schuld.«

»So, so!«, sagte Lady Tatton. »Aber ich habe so eine Ahnung, dass alles die Schuld deiner Mutter ist! Würde man Verstand in Pennies aufwiegen, hätte Rosamund sich nicht einmal ein Haarband kaufen können.«

Esmée spürte, dass sie errötete. »Komm doch in den Salon, bitte«, sagte sie und ging zur Tür, um sie zu öffnen. »Wellings, darf ich Sie um Kaffee bitten? Lady Tatton ist, wie Sie wohl schon vermutet haben, meine Tante und erst vor Kurzem aus dem Ausland zurückgekehrt.«

Sie verbrachten eine ungestörte halbe Stunde im Salon, wobei die meiste Zeit davon in Anspruch genommen wurde,

Lady Tatton auf den neuesten Stand der Dinge zu bringen, was das chaotische Leben ihrer Schwester betraf. Lady Tatton weinte höchst betroffen über die Details von Lady Achanalts Tod, aber es wurde auch deutlich, dass ihre Empörung ihren Kummer bei Weitem übertraf.

Rowena war zehn Jahre älter als ihre Schwester Rosamund, und mehr als einmal war ihr die Aufgabe zugefallen, ihrer jüngeren Schwester aus den Schwierigkeiten herauszuhelfen, in die deren unüberlegtes Handeln sie gebracht hatte. Und da sich deren Kräfte durch vier Ehen und doppelt so viele Affären aufgezehrt hatten, war es, wie Lady Tatton sagte, kein Wunder, dass die arme Frau einem Fieber erlegen war.

Dann versuchte Esmée zu erklären, was danach geschehen war. Der Teil über Lord Achanalt war nicht schwer zu berichten, denn ihr Zorn war noch immer groß. Aber als sie zu erklären versuchte, warum sie zu Sir Alasdair MacLachlan gegangen war, um sich Hilfe zu holen, und warum sie in seinem Haus geblieben war, klang das einer der verrückten Geschichten ihrer Mutter gefährlich ähnlich.

Ihre Tante war rücksichtsvoll genug, das nicht auszusprechen. »Ach, mein liebes Kind!«, sagte sie, zog ihr Taschentuch hervor und tupfte sich die Augen trocken. »Wie hat Rosamund nur zulassen können, dass es so weit kommt?«

»Ich glaube nicht, dass sie das wollte, Tante Rowena.«

Lady Tatton schnäuzte sich theatralisch. »Esmée, ich habe sie gebeten, dich zu mir zu schicken, als du siebzehn wurdest. Sie hat es mir abgeschlagen. Sie hat geweint und gesagt, du wärest zu jung. Aber du könntest inzwischen schon verheiratet sein und eine Familie haben. Du könntest einen verlässlichen Ehemann haben, der sich um dieses Durcheinander und das Geld unseres lieben Papas kümmern würde, um dir den Weg durchs Leben zu ebnen. Stattdessen haben wir jetzt das hier!« Sie machte mit beiden Händen eine weit ausholende Geste. »Oh, es bricht mir das Herz, wenn ich daran denke, dass man dich aus dem Haus geworfen und dich deinem Schicksal überlassen hat.«

Lady Tatton ließ den Blick durch den kleinen Salon schweifen, das Zimmer, in dem Esmée ihren Handel mit MacLachlan abgeschlossen hatte. Esmée dachte daran, wie er in jener Nacht ausgesehen hatte; erschöpft, mit einer Wunde auf der Stirn und unrasiert, und dennoch verwirrend attraktiv. Sie fragte sich jetzt, wer von ihnen beiden mehr Panik gehabt hatte. Hätte die Erinnerung nicht so hart an ihrem Herzen gezerrt, so hätte sie darüber lachen mögen.

Ihre Tante riss sie aus ihren Träumen. »Oh, ich kann nicht glauben, dass du in dieser Höhle des Frevels lebst«, sagte sie scharf. »Kind, was hast du dir nur dabei gedacht? Und was hat sich Alasdair MacLachlan dabei gedacht? Oh, dieser erbärmliche Schuft! Eine unschuldige junge Frau unter *diesem* Dach? Er hätte daran denken müssen, wenn du es schon nicht getan hast.«

»Nun, ich habe daran gedacht«, räumte Esmée ein. *Besonders nach der letzten Nacht.* »Aber was sonst hätte ich tun können? Mir ist nichts anderes eingefallen. Und Sir Alasdair *ist* Sorchas Vater.«

Lady Tatton schnaubte ein wenig schmerzlich. »Nun, das wissen wir nicht *genau*, nicht wahr, meine Liebe?«

Esmée schüttelte den Kopf. »Ich habe gehört, dass Mamma es Achanalt ins Gesicht geschrien hat«, sagte sie. »Sie hat ihn mit einem der Hausmädchen im Bett ertappt und ist fürchterlich wütend geworden. Warum sollte sie gelogen haben?«

»Oh, ich weiß es nicht!«, sagte Lady Tatton. »Aber wie dem auch sei – MacLachlan hat doch gewiss nicht den Wunsch, das arme kleine Ding großzuziehen? Sicherlich kann er dazu überredet werden, sie aufzugeben? Niemand würde dann die Erklärung hinterfragen, dass Achanalt seine Tochter zu ihrer Tante gegeben hat, damit diese sie aufzieht.«

Esmée dachte an das Testament, dass MacLachlan aufgesetzt hatte, und wie er Sorcha an jenem Nachmittag im Schulzimmer, an dem sie sich so konzentriert mit seiner Münzsammlung beschäftigt hatten, angesehen hatte. Und sie dachte daran, wie er im Park den Kopf über Sorchas schlaffen Körper gebeugt hatte und ihm die Tränen über das Gesicht gelaufen waren. Trotz ihrer eigenen Tränen hatte Esmée sie gesehen. Vielleicht war er ein abscheulicher Schuft. Aber selbst ein Schuft konnte seine Kinder lieben, oder etwa nicht?

»Ich bin nicht sicher, dass er überredet werden kann, Tante«, sagte sie schließlich. »Oder ob er überhaupt überredet werden sollte. Er hat Sorcha in sein Herz geschlossen.«

Lady Tattons Gesicht verfinsterte sich. »Nun, ich hoffe, er hat das nicht auch mit dir getan!«, entgegnete sie scharf. »Dein Bleiben hier ist indiskutabel. Wirklich, wir werden sehr viel Mühe haben zu erklären, was du hier getan hast – ehe irgendwelche Gerüchte aufkommen.«

Tante Rowena wollte, dass sie von hier fortging?

Nun, selbstverständlich wollte sie das! Esmées letzte drei Briefe waren inständige Bitten um Rowenas Hilfe gewesen, oder nicht? Und welchen Grund hätte Esmée gehabt, hierzubleiben, abgesehen von ihrer Zuneigung zu Sorcha? Doch ein kleiner, dummer Teil von ihr wollte herausschreien, dass sie nicht fortgehen *konnte*; dass dies ihr Zuhause war. Aber das war es nicht. Genau genommen, war es der letzte Ort auf Erden, an dem sie sein sollte. Und als Mutterersatz war sie ein hoffnungsloser Fall.

Schlimmer noch, sie schien von ihrer Mutter deren Mangel an Verstand geerbt zu haben, was Männer anging. Und deshalb faltete sie die Hände in ihrem Schoß, bis ihre Finger sich taub anfühlten. »Ich arbeite hier als Gouvernante«, sagte sie schließlich. »Das ist die Wahrheit, und das ist es, was ich allen sagen werde.«

»Ach, mein liebes, naives Kind!«, rief Lady Tatton. »Sir Alasdair ist absolut *outré*. Er ist die schlimmste Art von Frauenheld, die man sich vorstellen kann – wenn er nicht gerade damit beschäftigt ist, jungen Männern im Kartenspiel ihr Geld abzunehmen.«

»Vielleicht verdienen die jungen Männer, die dumm genug sind, sich mit ihm einzulassen, das, was sie kriegen«, sagte Esmée ruhig. »Wenn sein Ruf doch überall bekannt ist.«

Lady Tattons scharfsinniger Blick verengte sich.

»Außerdem«, fuhr Esmée rasch fort, »glaube ich nicht, dass irgendjemand Fragen stellen wird, denn Sir Alasdair bewegt sich nicht sehr oft in der Gesellschaft, und wir sind hier ein gutes Stück von Mayfair entfernt. Überdies denke ich, dass seine Dienstboten sehr diskret sind.«

Lady Tatton schnaubte wieder. »Ja, nun, in einem Haus wie diesem zu arbeiten, erfordert das vermutlich«, bemerkte sie. »Wie lange, meine Liebe, wirst du brauchen, um deine Sachen zu packen? Mr. und Mrs. Finch lüften für dich eine Suite am Grosvenor Square. Ich habe ihnen gesagt, dass sie dich erwarten sollen, und auch das arme Kind, *wenn* Sir Alasdair zustimmt – und *ich* denke, dass er das tun wird. Ich hoffe doch, du wirst zugeben, dass ich ein wenig erfahrener bin als du mit dieser Art von Gentleman, um das Wort in dessen weitestem Sinne zu benutzen.«

Esmée lächelte ein wenig. Sie hatte vergessen, wie viel ihre Tante redete. »Bist du sicher, dass du das möchtest?«, fragte sie. »Ich möchte nicht, dass du auf irgendeine Weise durch meine Anwesenheit in Verlegenheit gerätst.«

»Unsinn!«, erwiderte Lady Tatton. »Du bist meine Nichte, Esmée, und ich liebe dich sehr, wie du hoffentlich weißt. Wir werden einfach frech jedes Gerücht abschmettern – mein Ruf ist unangreifbar, wie du weißt –, und du wirst mir im Frühling eine Aufgabe zu tun geben.«

»Werde ich das?«, fragte Esmée. »Was?«

Lady Tattons Augen wurden groß. »Nun, ich werde dich vorstellen, Gänschen!«, sagte sie. »Was sonst hätte ich zu tun, da Anne weit weg ist und ihre Kinder wohlversorgt sind? Du wirst natürlich noch halb in Trauer sein, deshalb können wir deine Vorstellung nicht allzu spektakulär gestalten, was wir unter anderen Umständen sehr gut hätten tun können – in Anbetracht deines Aussehens. Und du bist wirklich zu alt, um Debütantin zu sein, jedenfalls im herkömmlichen Sinne. Aber viele Gentlemen ziehen ältere, vernünftigere Mädchen vor.«

»Ich – ich bitte um Entschuldigung?«

Lady Tatton tätschelte Esmées Arm. »Ich versuche dir zu sagen, dass wir trotz allem einen guten, respektablen Ehemann für dich finden werden«, sagte sie. »Und wenn ich jetzt darüber nachdenke, dann sollten wir damit vielleicht gar nicht bis zum Frühjahr warten.«

»Oh«, sagte Esmée leise. »Nein, ich denke nicht, dass –«

»Unsinn!«, fiel ihr Lady Tatton ins Wort. »Je eher, desto besser, bevor Gerüchte über Sorchas Situation zu kursieren beginnen.«

Esmée schürzte einen Moment lang die Lippen. »Nein, ich bin nicht sicher, ob ich überhaupt heiraten werde, Tante Rowena.«

»Nicht heiraten? Aber was ist mit der großzügigen Mitgift, die dein lieber Großvater dir hinterlassen hat?«

Esmée begann zu wünschen, dass Cousine Anne ein paar Kinder mehr hätte, mit denen sich Lady Tatton beschäftigen könnte. »Ich werde das Geld ohnehin bekommen, sobald ich dreißig werde, nicht wahr?«, sagte sie. »Ich werde dann keinen Ehemann brauchen. Vielleicht werde ich ein Blaustrumpf und ziehe mich mit einem Rudel Jagdhunde und einem Dutzend Katzen aufs Land zurück.«

Lady Tatton nahm ihre Hand und küsste sie. »Ich sehe schon, ich darf dich nicht drängen!«, rief sie. »Wir sind also einer Meinung. Wir werden ab jetzt bis zum Frühling an einigen ruhigen Festlichkeiten teilnehmen – Dinnerpartys und kleine, zwanglose Gesellschaften. Du wirst eine sehr schöne Zeit haben, das verspreche ich dir. Diese entsetzliche Verwicklung mit Sir Alasdair MacLachlan wirst du im Handumdrehen vergessen haben. Und solltest du ihm in London begegnen, meine Liebe, dann musst du ihn unter allen Umständen ignorieren und dich weigern, ihn zu kennen.«

»Nun, das kann ich nicht«, sagte sie. »Er ist Sorchas Vater.«

Lady Tatton schürzte wieder die Lippen. »Aber er ist nicht die Sorte Gentleman, die eine alleinstehende Frau *kennt*, liebes Mädchen.«

Esmée versteifte sich. »Ich kann mich nicht von Sorcha trennen«, beharrte sie. »Das kann niemals geschehen. Wirklich, Tante, das wäre zu grausam.«

Lady Tatton dachte einen Moment darüber nach. »Also gut«, gab sie nach. »Das Kind hat ein Kindermädchen, vermute ich? Vielleicht kann sie das Kind zu Besuch bringen, vormittags. Sir Alasdair, nehme ich an, steht nicht vor Mittag auf – vielleicht kommt er ja gar nicht vorher nach Hause –, also wird er das Kind nicht vermissen. Verlass dich darauf, dass mir eine Lösung einfallen wird, Esmée. Ich wünsche um nichts in der Welt, dass ihr, du oder Sorcha, unglücklich seid.«

Sie beendeten ihre bittersüße Wiedervereinigung damit, dass Lady Tatton hinaufging, um Sorcha zu sehen, welche sie zu einem charmanten Kind erklärte. Nachdem sie die Verletzung des Mädchens beklagt und geschworen hatte, dass es ihr ein reines Vergnügen sein werde, das Kind wie ein eigenes anzunehmen, erhob Lady Tatton sich schließlich und küsste ihre Nichte auf die Wangen. Sie wünschte nicht, Esmée länger in diesem Haus zurückzulassen, beugte sich aber letztlich deren Wünschen in dieser Hinsicht und versprach, am späten Nachmittag wiederzukommen.

Lydia führte ihre Ladyschaft hinaus.

Esmée setzte sich und begann zu weinen.

Als Sir Alasdair MacLachlan eilig die Treppe zu seinem Haus hinaufstieg, drei Stunden nachdem er sie hinuntergegangen war, ahnte er nicht, dass seine vormittäglichen Gewohnheiten von niemand anderem als der strengen Verfechterin von Sitte und Anstand, Lady Tatton, gerügt worden waren. Er fühlte sich, ganz im Gegenteil, stärker als je zuvor im Einklang mit der Welt. Seine Stimmung hatte sich durch zwei gänzlich verschiedene Umstände gehoben. Zum einen war er vor dem Haus soeben Hawes begegnet, seinem zweiten Diener, der einen Botengang erledigte, und hatte durch ihn von Sorchas Befehlen nach einem Frühstück erfahren.

Zum Zweiten trug er in seiner Manteltasche zwei kleine Schachteln eines Juweliers bei sich, deren Inhalt auszusuchen er den Vormittag verbracht hatte. Und hatte dieses Vergnügen seine Geldbörse auch um einige tausend Pfund leichter gemacht, so war es eben so. Im hellen Licht des Vormittags schien es ihm ein kleiner Preis, der zu zahlen war.

Wellings empfing ihn an der Tür.

»Ich hörte, es gibt gute Neuigkeiten von oben«, lächelte Alasdair und übergab dem Butler gut gelaunt Hut und Stock.

Aber Wellings sah aus, als wäre jemand gestorben.

»Was ist?«, rief Alasdair. »Du lieber Gott, Mann! Ist etwas mit dem Kind? Was ist los?«

»Es gibt Probleme, Sir«, sagte der Butler finster. »Eine Lady ist gekommen, um –«

»Sie da!«, rief eine scharfe Stimme vom Fuß der Treppe. »Sir Alasdair MacLachlan!«

Alasdair wandte sich sofort um, und sein Blick fiel zuerst auf Lydia, dann auf die gut gekleidete Lady, die sie begleitete. »Du lieber Gott!«, sagte er wieder. »Lady Tatton? Ma'am, sind Sie das?«

Ihre Ladyschaft rückte ihm zu Leibe wie ein mit vierundsiebzig Kanonen bestücktes Kriegsschiff. »Sie haben richtig geraten!«, erwiderte sie. »Und da das nun geklärt ist, wünsche ich einen Moment Ihrer Zeit.«

Alasdair, der bereits die Erfahrung gemacht hatte, dass Frauen, die in die Heiligkeit dieses Heims eindrangen und einen Moment seiner Zeit forderten, selten gute Neuigkeiten brachten, stockte. »Sie sind mir gegenüber im Vorteil, Ma'am«, sagte er. »Besonders, weil Sie bereits *in* meinem Haus sind.«

Lady Tatton reckte die Nase und marschierte in den Salon, als wäre er der ihre. Alasdair schaute Wellings an, der aussah, als würde er versuchen, eine gekochte Zitrone herunterzuschlucken. *Was zum Teufel ging hier vor?* Alasdair übergab seinem Butler die beiden Päckchen und trug ihm auf, sie im Schreibtisch einzuschließen.

»Und was kann ich für Sie tun, Ma'am?«, fragte er Lady Tatton, während er den Salon betrat und sich dabei die Handschuhe abstreifte. »Da wir uns kaum kennen, vermute ich, dass es sich um eine Angelegenheit von großer Dringlichkeit handelt.«

»Ich kenne Sie zwar nicht, Sir«, sagte sie schroff, »aber Sie haben uns da in einen schönen Schlamassel hineinmanövriert, und ich bin gekommen, diese Sache zu richten.«

Alasdair blieb abrupt stehen. »Wie bitte?«

»Meine Nichten!«, fauchte sie. »Die, die Sie als Geiseln halten!«

Es war, als würde der Boden unter seinen Füßen beben. *Lady Tattons Nichten?* Allmächtiger Gott! Irgendwie brachte er die Geistesgegenwart auf, seine Handschuhe mit hochmütiger Geste auf einen Tisch zu werfen. »Ich war mir nicht bewusst, Ma'am, irgendjemanden als Geisel gefangen zu halten.«

»Sie haben einen nicht abzuschätzenden Schaden angerichtet, Sir, was Esmées Ruf anbelangt«, zischte Lady Tatton. »Wagen Sie es nicht, mich von oben herab zu behandeln.«

Alasdair war dabei, die Fassung zu verlieren, und es kostete ihn all seine Fähigkeiten als Spieler, das zu verbergen. »Dann vermute ich, dass Sie die Tante sind?«, fragte er leichthin. »Endlich zurückgekehrt aus fernen Landen?«

Sie sah ihn an, als hätte er den Verstand verloren. »Natürlich bin ich die Tante! Sagen Sie nicht, dass Sie das nicht gewusst haben!«

Er verzog den Mund zu einem säuerlichen Lächeln. »Ich wusste es nicht«, erwiderte er. »Aber es macht für mich kaum einen Unterschied. Sorcha ist meine Tochter.«

»Und eine traurige Schande dazu!«, sagte Ihre Ladyschaft. »Schlimm genug, dass sie als Tochter dieses Teufels Achanalt gilt, aber mit Ihnen als Vater, Sir, sind alle Grenzen des Akzeptablen überschritten.«

Alasdair riss der Geduldsfaden. Dies war nicht die glückliche Rückkehr nach Hause, die er sich ausgemalt hatte, und überdies missfiel ihm der Vergleich, den Lady Tatton soeben angestellt hatte. »Ich hoffe, Ma'am, dass ich nicht so tief gesunken bin wie ein Mann, der Kinder auf die Straße setzt, damit sie dort verhungern!«, blaffte er. »Haben Sie noch etwas zu sagen? Wenn ja, dann sagen Sie es jetzt und lassen mich danach in Ruhe. Es tut mir leid, dass Sie Ihre Schwester verloren haben, aber wer Sorchas Vater ist, geht Sie nichts an.«

»Esmées Wohlergehen aber sehr wohl«, entgegnete Lady Tatton. »Und Sie, Sir, haben sie fast zugrunde gerichtet.«

»Du lieber Gott, was wollen Sie eigentlich von mir?«, stieß er hervor. »Ich hatte sie nicht gebeten, herzukommen!«

»Nein, aber Sie haben sie überredet zu bleiben«, fauchte Lady Tatton. »Sie wussten, wie unschuldig sie war, Sie wussten, dass sie verzweifelt war, und Sie haben ganz unverfroren Ihren Vorteil daraus gezogen, ohne auch nur einen Gedanken daran zu verschwenden, welchen Schaden Sie ihrem guten Namen damit antun.«

Jetzt kamen ihre Anschuldigungen zu nah an die Wahrheit heran. »W…« Seine Stimme versagte. »Was hat Esmée Ihnen gesagt?«

Lady Tatton sah ihn misstrauisch an. »Dass alles allein ihre eigene Schuld ist«, sagte sie. »Und nicht Ihre, Sir. Aber das glaube ich nicht auch nur einen Moment lang. Sie ist hinter den Ohren so grün wie das Gras, und das wissen Sie.«

Alasdair riss seinen Blick von ihr los und starrte in die Tiefen des Zimmers. Einen Moment lang war es, als hielte die Zeit den Atem an, als würde nur das Ticken der Uhr auf dem Kaminsims noch anzeigen, dass sie verging. »Dann werde ich sie heiraten«, sagte er schließlich. »Wir müssen also nicht mehr über Esmées ruinierten Ruf reden.«

Lady Tatton keuchte. »Grundgütiger Himmel!«, rief sie. »Niemals!«

Er wandte ihr wieder den Blick zu und zwang sich, seine Stimme gleichmütig klingen zu lassen. »Es würde mich zum glücklichsten Mann auf der Welt machen«, sagte er. Um Esmées willen hätte er sich diese Entwicklung nicht gewünscht, aber jetzt, da es dazu gekommen war, hatte Lady Tattons kalte Aufzählung seiner Sünden es ihm umso leichter gemacht, das zu tun, von dem er schon gewusst hatte, dass er es tun musste.

Aber Lady Tatton sah, wie es schien, nichts Gutes daran. »Das kommt nicht in Frage!«, erwiderte sie schroff. »Es sei denn, Sie sagen mir, dass es einen Grund gibt, warum sie keine geeignete Partie für jemand anderen wäre?«

Alasdair machte einen zittrigen Atemzug. »Esmée würde jeden Mann stolz machen«, antwortete er. »Und auch wenn ich weiß, dass ich sie nicht verdiene, bin ich schließlich der Mann, der beschuldigt wird, ihr den Ruin gebracht zu haben.«

Lady Tattons Augen verhärteten sich. »Sie würden damit nichts bewirken, außer sie noch unglücklicher zu machen«, erwiderte sie scharf. »Sie haben schon ihre Mutter ins Unglück gestürzt. Warum sollte Esmée gezwungen sein, sich an einen Spieler und Schürzenjäger wegzuwerfen? An einen Mann, dessen Familie noch vor zwei Generationen ein Stück Land beackert hat? Meine Schwester war vielleicht ein wenig kapriziös, aber unser Stammbaum geht bis zur normannischen Eroberung zurück! Außerdem sind Esmées Schönheit und ihr Benehmen jenseits jeden Tadels. Ja, sie würde jeden Mann stolz machen. Und wenn Sie noch über den Rest der Ehre eines Gentlemans verfügen, dann werden Sie zur Seite treten, Ihre Zunge im Zaum halten und wünschen, dass jemand Esmée bekommen wird, der mehr wert ist als Sie.«

Wieder das lange Schweigen. Alasdair ging ans Fenster und starrte hinunter auf die Straße. Von Neuem fühlte er diesen ruhigen, zitternden Zorn in sich und das ohnmächtige Gefühl, dass ihm etwas Kostbares entglitt. Diese schreckliche Angst, etwas zu verlieren, von dem er kaum gewusst hatte, dass er es behalten wollte.

Aber Esmée würde nicht vom Rad einer Kutsche entzweigerissen werden. Sie würde nicht zu Tode verbluten. Ihr wurde eine Chance geboten. Eine Chance, das zu werden, was ihr von ihrer Abstammung und ihrer Geburt her bestimmt war. Und er war ... nun, er war im Grunde genommen genau das, wessen Lady Tatton ihn angeklagt hatte. Und er hatte auch keine Entschuldigung dafür.

Er war als junger Mann von seinem Vater weder bloßgestellt noch geschnitten worden, wie es seinem Freund Devellyn widerfahren war. Er hatte nicht den quälenden Verlust der ersten Liebe ertragen müssen, wie es Merricks Schicksal gewesen war. In seiner Vergangenheit gab es kein dunkles Geheimnis à la Byron wie bei Quin. Er war einfach nur ein charmanter Verschwender. Das war es, was zu sein er sich entschieden hatte. Und jetzt, da er älter geworden war – nun, wenn er auch noch nicht im Herbst seines Lebens stand, so doch gewiss schon verdammt weit im Spätsommer –, hatte er kaum das Recht, darüber zu klagen, oder Jugend und Schönheit und Unschuld mit sich herunterzuziehen, nur weil er eine pathetische späte Neigung zu einem Mädchen entwickelt hatte, das er nicht verdiente. Es würde vorübergehen, und das schon bald.

»Sie sind überzeugt, Ma'am, dass Sie eine gute Partie für sie arrangieren können?«, fragte er mit hohl klingender Stimme.

»Das glaube ich«, entgegnete sie. »Sind Ihre Dienstboten geschwätzig? Klatschen sie?«

»Das tun sie nicht«, erwiderte er fest. »Außerdem genießt Miss Hamilton bei ihnen den allerhöchsten Respekt.«

»Dann wird sie zu Weihnachten verheiratet sein«, erklärte Lady Tatton.

Er bemerkte jedoch einen Moment des Zögerns. Er wusste, dies kündigte Schlimmes an. »*Und –?*«

Lady Tatton seufzte vernehmlich. »Natürlich widerstrebt es

Esmée, ohne ihre Schwester zu gehen. Deshalb halte ich es wirklich für das Beste, wenn Sie auch –«

Er wandte sich vom Fenster ab, sein Gesicht eine Maske des Zorns. »Nein!«, sagte er heiser. »*Das* kommt nicht in Frage! Wagen Sie es nicht, mich darum zu bitten.«

»Ich gebe zu, es ist eine fatale Situation«, sagte sie. »Aber das Kind ist meine Nichte, und –«

»Das Kind ist *meine Tochter!*«, unterbrach er sie. »Meine! Und ich bin sehr wohl fähig, Madam, ein Kind großzuziehen und ihm alles zu geben, was es braucht. Wenn Esmée zu gehen wünscht, dann nehmen Sie sie mit, verdammt! Ich kann sie nicht aufhalten. Aber mein Kind? Nein. Niemals.«

Lady Tatton schien ein wenig zu schrumpfen. »Nun, die Wahrheit ist, dass Esmée mich bis heute Nachmittag fortgeschickt hat«, gab sie zu. »Ich glaube, Sir Alasdair, sie möchte mit Ihnen sprechen.«

»Das ist nicht nötig«, sagte er fest und knapp. »Wirklich, ich wünschte, sie würde es nicht tun.«

»Genau, was ich ihr auch gesagt habe, aber Sie wissen, wie sie sein kann«, sagte Ihre Ladyschaft. »Und unglücklicherweise weiß ich nicht, was in ihrem Kopf vorgeht. Es könnte etwas sehr Dummes sein. Wenn sie also etwas Dummes sagen oder tun sollte, bitte ich Sie, sich an Ihr Versprechen zu erinnern. Ich bitte Sie, Ihre selbstsüchtigen Gedanken beiseitezuschieben und nur dieses eine Mal etwas zu tun, was das Beste für einen anderen ist. Esmées ganzes Leben war voller Enttäuschungen. Sie muss nicht auch noch in ihrer Ehe enttäuscht werden.«

Alasdair spürte, wie er innerlich vor Zorn bebte. »Mit anderen Worten gesagt, meinen Sie also, dass sie jemanden heiraten soll, der vernünftig und respektabel ist?«, stieß er zwischen zusammengebissenen Zähnen hervor. »Jemanden, der ihr helfen wird, den ihr angemessenen Platz in der Gesellschaft einzunehmen? Und ob dieser ach so vielgepriesene Ehemann Leidenschaft in ihrem Herzen weckt, ob er ihren scharfen Verstand zu schätzen weiß und ob er Respekt für ihre Entschlusskraft zeigt oder nicht, ist völlig zweitrangig? Ich halte das für verdammt enttäuschend!«

»Nun«, sagte Ihre Ladyschaft, »ich scheine da einen Nerv getroffen zu haben.«

Er hatte sich wieder zum Fenster umgewandt, dieses Mal hielten seine Hände den Fenstersims umklammert. »Lady Tatton, ich denke, Sie erschöpfen meine nur begrenzt vorhandene Höflichkeit«, sagte er. »Sie haben zumindest einen halben Pyrrhussieg errungen. Sie können eine Ihrer Nichten mitnehmen und sie an den ersten Bewerber, der Ihren Weg kreuzt und es in Ihren Augen wert ist, verheiraten. Und jetzt verlassen Sie bitte freundlicherweise mein Haus!«

Er hörte nichts mehr, nur noch das leise Klicken, mit dem die Tür geschlossen wurde.

Es dauerte nicht lange, bis Lydia in das Schulzimmer zurückkehrte und Esmée atemlos warnte, dass Lady Tatton Sir Alasdair beim Betreten des Hauses abgefangen hatte. Doch da Sorcha, wie Dr. Reid es vorausgesehen hatte, zu quengeln begonnen hatte, war Esmée gehalten, im Schulzimmer hin und her zu gehen und dem Kind den Rücken zu tätscheln, bis es einschlief.

Tief betrübt über die zu treffende Wahl, die jetzt unvermeidlich schien, und voller Furcht, dass ihre Tante Alasdair ungerechterweise beschimpft hatte, ging Esmée weiter im Zimmer hin und her, auch noch nachdem Sorcha in ihr kleines Bett gelegt worden und Lady Tattons Kutsche abgefahren war. Sie ging auf und ab und wartete, während ihr das Herz bis zum Hals klopfte. Sie wartete, dass Alasdair zu ihr kommen würde, und fragte sich unablässig, was er sagen würde.

Es wäre das Beste, vermutete sie, wenn er gar nichts sagte. Hatte sie nicht bereits die Klugheit – nein, die *Notwendigkeit* – eingesehen, dass sie dieses Haus verließ, und hatte sie das nicht sogar bereits überlegt, bevor ihre Tante eingetroffen war? Sie konnte nicht weiterhin hier wohnen und, im Grunde genommen, eine Frau sein, die ausgehalten wurde. Doch in ihrer Fantasie kam Alasdair in das Schulzimmer gestürmt, warf sich ihr zu Füßen und flehte sie an, nicht fortzugehen. In Augenblicken der Vernunft stellte sie sich vor, dass er einfach mit ihr stritt, wie er es in jener ersten Nacht getan hatte, und ihr dann das Versprechen abbettelte zu bleiben.

Aber nichts davon geschah, und zur Mittagszeit – das Essen hatte sie zurückgeschickt, ohne auch nur die Deckel von den Schüsseln zu nehmen – begriff sie, dass er gar nicht kommen würde. Es war ein niederschmetternder Gedanke, aber sie konnte nicht fortgehen, ohne noch dieses eine Mal mit ihm gesprochen zu haben.

Esmée traf ihn in seinem Arbeitszimmer an. Die Tür war geschlossen, aber sie spürte seine Anwesenheit drinnen im Zimmer. Es war, als könnte sie auf dem Korridor seinen Duft wahrnehmen, vertraut und tröstlich. Sie holte tief Luft, dann klopfte sie leise an.

Sie hörte sein antwortendes Rufen. »Herein!«

Esmée steckte den Kopf durch die Tür. »Ich hoffe, ich störe nicht?«

Er schaute von seinem Schreibtisch auf. »Oh, du bist es, meine Liebe.« Abrupt schloss er die Schublade, aber nicht, ehe sie einen Blick auf die zwei mit grünem Samt bezogenen Schachteln erhascht hatte, die darin lagen.

Sie betrat das Zimmer und kam sich plötzlich sehr unbeholfen vor. »Ich habe gehört, du hast heute Vormittag meine Tante getroffen?«

Er hatte sich von seinem Stuhl erhoben. »Was?«, fragte er geistesabwesend. »Oh, natürlich! Lady Tatton. Eine höchst beeindruckende Lady.«

»Ja, das ist sie«, stimmte Esmée zu. »Aber sie hat etwas von einem Drachen an sich.«

MacLachlan lächelte. »Nach meiner Erfahrung haben beeindruckende Ladys das immer.«

Esmée versuchte, das Lächeln zu erwidern, aber es misslang. »Du weißt vermutlich, warum sie gekommen ist?«

MacLachlan trat an das Fenster, eine Hand in den Nacken gelegt, die andere in die Hüfte gestemmt. Es war ein Hinweis darauf, das hatte Esmée gelernt, dass er entweder wütend oder bekümmert war. Doch als er sich umwandte und zurückkam, klang seine Stimme weder nach dem einen noch dem anderen. »Ah, Esmée«, sagte er. »Ich hörte, du wirst uns verlassen.«

»Werde ich das?«, fragte sie scharf. »Ich dachte, wir könnten ... zuerst einmal darüber reden.«

»Esmée!« Er sah sie mit tadelnder Milde an. »Das ist gar keine Frage. Du musst gehen.«

Die Welt fühlte sich für Esmée plötzlich an, als würde sie schwanken, als würde der Boden unter ihren Füßen auf eine Weise beben, die sie niemals für möglich gehalten hätte. »Ich muss gehen?«, wiederholte sie. »Du hast mich gebeten, hierzubleiben, und jetzt schickst du mich so einfach fort, meine Sachen zu packen?«

Er nahm ein Federmesser von seinem Schreibtisch und begann auf eine Weise damit zu spielen, die gefährlich aussah. »Ich meine nur, dass das eine unerwartete Möglichkeit ist«, sagte er und neigte die Klinge langsam ins Licht. »Deine Tante hat eine angesehene Stellung in der Gesellschaft inne. Sie kann dir den Zugang zu einer Welt öffnen, von der die meisten Menschen nur träumen können.«

»*Ich* habe nie davon geträumt.«

»Lügnerin!«, sagte er, noch immer lächelnd. »Welches Mädchen würde das nicht?«

»Ich bin kein Mädchen«, fauchte sie. »Wenn ich je eines war, so hat der Tod meiner Mutter dem ein Ende gesetzt.«

»Ganz richtig«, stimmte er sanft zu – zu sanft, für Esmées Geschmack. »Du bist eine reizende junge Frau, voller Anmut, Schönheit und mit vielen Möglichkeiten.«

»Alasdair, du verstehst nicht«, sagte sie. »Sie wünscht ... sie wünscht, mich zu verheiraten.«

»Bei Gott, tut sie das?« Einen langen Moment schwieg er. »Und genau das solltest du tun, würde ich sagen.«

Esmée begriff nicht, was hier vor sich ging. »Aber – aber was ist mit letzter Nacht?«

»Was soll damit sein?«, fragte er kühl. »Ich war betrunken, wie du weißt. Das bin ich meistens.«

Ihre Augen wurden groß. »Willst du ... willst du damit sagen, dass du dich nicht erinnerst?«

»Nicht ... hm, nun, nicht ganz«, sagte er. »Nein.«

Esmée hob die Hände. »Oh, und wer ist jetzt der Lügner?«, rief sie. »Du hast nur wenig mehr als einen Schluck getrunken! Ein guter Schotte tut sich an einem Wintermorgen doppelt so viel in seinen Haferbrei!«

Er legte das Messer beiseite und nahm ihre Hände in seine. Sie fühlten sich blutleer an. Kalt, wie seine Stimme. »Esmée«, sagte er. »Wir sollten über die letzte Nacht gar nicht mehr reden. Wir müssen so tun, als wäre sie nie gewesen, um deinetwillen. Wir standen alle unter einer starken Anspannung und haben Dinge gesagt und getan, die wir, würde ich meinen, sonst nie gesagt oder getan hätten.«

Sie sah ihn anklagend an. »Ich habe nichts getan, was ich nicht gewollt habe!«, widersprach sie. »Wir haben Liebe gemacht, du und ich. Oh, vielleicht nicht auf die herkömmliche Art und Weise, nein. Aber du kannst mir nicht sagen, dass es *nichts* bedeutet hat.«

»Es *war* nichts, Esmée«, sagte er sanft. »Du bist jung. Du verstehst die Männer nicht, oder wie sie –«

»Oh doch!«, fauchte sie und entriss ihm ihre Hände. »Ein dummes Kind bin ich? Nun, dann hör mir zu, MacLachlan, und zwar gut. Ich bin es leid, dass mir jeder sagt, wie jung und wie dumm ich bin. Ich bin keines von beidem, und wir beide wissen das. Und ich weiß noch etwas: Du versuchst, mich wegzujagen.«

Seine Augen verhärteten sich. »Nein, ich akzeptiere nur das, was du anscheinend nicht kannst«, sagte er in kaltem Ton. »Wir haben nicht in der realen Welt gelebt, Esmée. Wir sind uns nahegekommen – unangemessen nah –, und die Schuld liegt bei mir. Es war ein angenehmer Flirt, nicht mehr. Ich hätte dir niemals gestatten dürfen, hierzubleiben. Und wenn du jetzt in diesem Hause bleiben würdest, was denkst du, würde zwischen uns geschehen? Ich muss dir wohl kaum sagen, meine Liebe, dass ich kein Mann zum Heiraten bin.«

Sie wollte voller Entrüstung etwas erwiderte, doch er kam ihr zuvor. »Und weil ich kein Mann zum Heiraten bin, Esmée, deshalb musst du jemanden finden, der es ist«, beendete er seine Rede. »Du bist ein wunderschönes, sehr sinnliches Geschöpf. Lady Tatton ist, scheint es, in allerletzter Minute nach Hause gekommen.«

Unerklärlicherweise packte Übelkeit sie. Esmée presste eine Hand auf ihren Magen. »Meine Tante – sie hat dich dazu gebracht, nicht wahr?«

»Um Himmels willen, Esmée! Ich bin fast doppelt so alt wie

du!« Er riss seinen Blick von ihr los. »Deine Tante hat nur gemacht, dass ich mich vor mir selbst schäme.«

»Ich glaube dir nicht!«, erwiderte sie heftig. »Ich denke, dass du nur versuchst, etwas Ehrenhaftes zu tun.«

Endlich lachte er laut. »Oh, Esmée, ich kann schon das allgemeine Gekichere in der Gesellschaft bis hin nach Mayfair hören«, sagte er. »Sir Alasdair MacLachlan opfert sich auf dem Altar für die Ehre einer jungen Lady!«

»Ja, nur zu!«, sagte sie spöttisch. »Mach einen großartigen Witz daraus!«

Aber Alasdair drängte weiter. »Oh, du denkst jetzt, dass ich edel und gut bin, ist es das?«, fragte er herausfordernd. »Nur weil ich dich in den Armen gehalten und dir geholfen habe, etwas Schreckliches und Tragisches zu vergessen? Wenn du das denkst, Esmée, dann bist du genauso dumm und romantisch wie deine Mutter. Ich hatte mein Vergnügen an deinem Körper – und glaub mir, ich habe mich alles andere als edel und gut gefühlt, als ich dein Bett verlassen habe. An mir gibt es überhaupt nichts Romantisches, Esmée. Ich lebe nur im Hier und Jetzt, nicht in den Träumen von irgendeiner perfekten Zukunft. Geh! Geh mit deiner Tante und leb dein eigenes Leben! Vergiss mich, und vergiss Sorcha! Lass Lady Tatton einen gut erzogenen, anständigen jungen Mann finden, mit dem du eigene Kinder haben kannst.«

Esmée fragte sich, ob er den Verstand verloren hatte. »Wie – wie könnte ich das?«, fragte sie ungläubig. »Ich bin nicht mehr unschuldig.«

»Oh, vertrau mir, meine Liebe; du bist die Unschuld in Person.«

»Aber nach letzter Nacht – ich meine, welcher Mann würde überhaupt in Betracht ziehen, mich …?«

»Du besitzt deine Jungfräulichkeit noch«, sagte er.

»Eine körperliche«, konterte sie.

»Vielleicht«, räumte er ein. »Aber diese kleine körperliche Beschaffenheit ist alles, was zählt.«

Sie schwieg für einen Moment. Sie fühlte sich nicht unschuldig. Aber andererseits hatte er nichts gesagt, was sie zuvor nicht bereits für sich beschlossen hatte. Doch sie hatte nicht erwartet, es so kalt und zwingend aus seinem Mund zu hören. Ein Mund, der geschmeichelt und getröstet hatte, der sie liebkost hatte, nur wenige Stunden zuvor. Allein die Erinnerung daran ließ Esmée erzittern, und einen Augenblick lang fürchtete sie, sich wieder zum Narren zu machen.

Vielleicht war sie wie ihre Mutter, Gott stehe ihr bei?! Ihr ganzes Leben lang hatte sie versucht, anders zu sein. Sie hatte versucht, ihren Verstand und ihr Herz sicher zu verwahren, aber Sir Alasdair MacLachlan war ihr Untergang gewesen. Sie wünschte bei Gott, sie hätte ihm die Schuld daran geben können. Stattdessen machte sie einen zittrigen Atemzug. »Du – du glaubst also, dass ich dumm und romantisch bin?«, fragte sie. »Du glaubst, dass ich wie meine Mutter bin?«

Etwas in ihm schien zu explodieren. »Wie zum Teufel soll ich das wissen!«, blaffte er. »Ich kann mich nicht einmal an die Frau erinnern, von der du sprichst. Diese Art von Mann bin ich, Esmée! In meinem Bett waren hundert Lady Achanalts – Liebhaberinnen, die ich niemals wirklich gekannt habe und deren Namen ich nicht einmal weiß. Die Wahrheit ist, dass ich *dich* kaum kenne – und offensichtlich kennst du auch *mich* nicht.«

Sie fühlte heiße, zornige Tränen in ihre Augen steigen und drängte sie zurück. »Oh, ich kenne dich, MacLachlan«, erwiderte sie langsam und ruhig. »Ich kenne dich besser, als du dir wünschst.«

»Komm, Esmée! Du bist erst wenige Wochen hier. Du kennst außer Schottland nichts von der Welt. Nimm, was dir angeboten wird. Wirf dich nicht weg, Mädchen, an einen Schuft wie mich.«

»Wie könnte ich?«, erwiderte sie scharf. »Du hast bereits gesagt, dass du mich nicht willst.«

Er wandte sich zum Fenster und weigerte sich, sie anzusehen. »Esmée, bitte geh jetzt zu deiner Tante«, sagte er. »Ich habe einiges zu erledigen.«

»Ja, das werde ich!«, erwiderte sie. »Leb wohl, MacLachlan! Ich werde dich vergessen. Vielleicht wird sich das als gar nicht so schwer erweisen –«

»Oh, es wird dir ganz sicher nicht schwerfallen!«, unterbrach er sie.

»Gewiss, du hast recht, das bezweifle ich nicht!«, stimmte sie zu. »Aber was ich nicht vergessen werde, ist meine Schwester. Du kannst mich nicht von ihr fernhalten.«

Er wandte sich nicht um, bewegte sich nicht weg vom Fenster. »Ich habe nicht die Absicht, das zu tun«, sagte er rau. »Du kannst Sorcha sehen, wann immer du es wünschst. Lydia wird sie zu dir bringen. Triff die Arrangements bitte mit Wellings. Wie gesagt, ich habe jetzt einiges zu erledigen.«

Esmée richtete sich auf und ging zur Tür, aber im letzten Moment packte sie eine weitere Qual. »Ich möchte noch eines wissen«, sagte sie, die Hand auf dem Türgriff. »Ich beanspruche das Vorrecht, dich das zu fragen – als Sorchas Schwester, aus keinem anderen Grund.«

»Was?«, blaffte er ungeduldig.

»Wirst du Mrs. Crosby heiraten?«

Er war so still und so starr, dass sie fürchtete, zu weit gegangen zu sein. »Gott, ich hoffe nicht!«, sagte er schließlich. »Aber vermutlich sind schon seltsamere Dinge geschehen.«

»Was kommen wird, wird so wirklich und so schmerzhaft sein wie die Wunde zwischen deinen Augen.«

Hinter ihm wurde die Tür zugeschlagen. Alasdair senkte den Kopf, schloss die Augen und rieb sich heftig den Nasenrücken. Aber die Worte der schönen Zigeunerin wollten nicht aufhören, durch seinen Kopf zu hallen.

»Ihr drei habt euch selbst verflucht, meine Hilfe braucht ihr dabei nicht. Jetzt müsst ihr Wiedergutmachung leisten. Ihr müsst es in Ordnung bringen.«

Guter Gott, er versuchte ja, Wiedergutmachung zu leisten! Er versuchte, es richtig zu machen, was immer zur Hölle er auch so verdammt falsch gemacht haben mochte! Aber warum musste es so wehtun? Warum gingen ihm diese gottverdammten Worte nicht aus dem Sinn? Er *wusste*, was er zu tun hatte.

Was hatte er einer jungen Lady wie Esmée denn schon zu bieten? Seinen guten Namen? Seinen guten Ruf? Oh, wenn er nur einen Punkt hätte nennen können – nur einen einzigen Punkt –, in dem Lady Tatton sich geirrt hatte, vielleicht hätte er das Mädchen dann nicht aufgegeben. Vielleicht hätte er sich ihr zu Füßen geworfen und versprochen, ein so guter Ehemann zu sein, wie er es nur sein könnte.

Aber Lady Tatton, zur Hölle mit ihr, hatte sich nicht geirrt. Seine einzigen Talente waren sein Charme, sein gutes Aussehen und eine sichere Hand am Kartentisch. Genau wie er gesagt hatte, war er kein Mann zum Heiraten. Nicht wirklich. Noch nie in seinem Leben hatte er einer Frau treu sein können, und auch wenn es sich jetzt anfühlte, als habe sich das geändert. Aber wie konnte er das wissen? Wie konnte er dessen sicher sein?

Noch wichtiger war etwas anderes: Was verdiente Esmée? Alles. Die Welt. Den ihr zustehenden Platz in der Gesellschaft. Ein Leben voller Glück und Leichtigkeit. Einen aufrechten und respektablen Ehemann, genau die Sorte, die zu finden Lady Tatton versprochen hatte.

Lady Tatton! Allmächtiger Gott! Niemals hätte er sich träumen lassen, dass sein durchnässter Spatz mit einer solchen Säule der englischen Gesellschaft blutsverwandt war. Und hätte er es gewusst, hätte er sie dann anders behandelt?

Oh ja, er wusste die Antwort auf diese Frage! Es machte ihn fast krank. Er hätte Lady Tattons Nichte nicht einen Fuß in seinen Salon setzen lassen. Er hätte jeden Dienstboten in diesem Haus aus dem Bett gescheucht und hinaus in den strömenden Regen geschickt, um überall in London nach einer passenden Anstandsdame mit einem passenden Dach über dem Kopf zu suchen, unter dem sie sicher sein konnte. Irgendjemanden. Jeden. Devs Mutter. Quins Schwester. Julia. Selbst Inga wäre besser gewesen als er, um Gottes willen.

Stattdessen hatte er Esmée behandelt wie den unbedeutenden Niemand, für den er sie gehalten hatte. Er wusste jetzt, dass Esmée weit davon entfernt war, ein Niemand zu sein. Sie war jemand Außergewöhnliches; außergewöhnlich auf eine Art, die sich ihm noch entzog. Auf eine Art, die nichts mit Klassenzugehörigkeit oder gesellschaftlicher Stellung oder Lady Tatton zu tun hatte. Und jetzt war er für seine Anmaßung bestraft worden.

Alasdair hörte schwere Schritte den Gang entlangkommen. Er wandte sich um und sah seinen Butler in der Tür stehen. »Ja, was gibt es, Wellings?«

Der Diener zögerte. »Sir, Miss Hamilton hat darum gebeten, dass ihre leeren Koffer vom Dachboden geholt werden.«

»Hat sie das?«, fragte er. »Dann ist es wohl das Beste, Sie holen sie herunter.«

Wellings begann, seine Hände zu winden. »Aber sie sagt – nun, sie sagt, dass sie fortgeht, Sir. Um bei ihrer Tante zu wohnen. Ist es denn wirklich so?«

Alasdair schaute herunter und bemerkte, dass er unbewusst wieder nach dem Federmesser gegriffen hatte. Seine Knöchel waren weiß und blutleer geworden, so fest umklammerte er es. »Miss Hamilton ist keine Sklavin, Wellings«, sagte er schließlich. »Tun Sie, was sie möchte. *Bitte.*«

Wellings trat näher an den Schreibtisch, ein Auge auf das Messer gerichtet, und legte ein schmales Päckchen, eingewickelt in zerknittertes weißes Papier, vor Alasdair hin.

»Was zum Teufel ist das?«

Wellings zog sich zurück. »Das kann ich nicht sagen, Sir. Miss Hamilton bat mich, es Ihnen zu geben.«

Alasdair schaute wieder auf das Päckchen und fühlte sein Herz taumeln. »Wellings«, sagte er rau.

»Ja, Sir?«

Er ließ das Messer fallen. »Bestellen Sie Mrs. Henry, dass sie noch ein Hausmädchen einstellen soll«, sagte er, während die Klinge klirrend zu Boden fiel. »Es scheint, dass Lydia von nun an ihre ganze Zeit im Kinderzimmer verbringen wird.«

Noch immer finster dreinblickend verbeugte sich Wellings und verließ das Arbeitszimmer.

Alasdair nahm das Päckchen und wog es in der Hand. Er schloss die Augen und zwang sich, ruhig weiterzuatmen. Es war nicht nötig, es zu öffnen. Nein, ganz und gar nicht! Er wusste auch so, was er darin finden würde. Dreihundert Pfund. In bar.

Esmée, so schien es, brauchte seine Versicherungspolice nicht mehr. Genau genommen brauchte sie *ihn* nicht mehr. Sein Wunsch, von jeder Bindung und Gängelei frei zu sein, war in Erfüllung gegangen.

7. Kapitel

In dem Miss Hamilton in die Gesellschaft eingeführt wird

Es brauchte nur drei Tage im Haus ihrer Tante am Grosvenor Square, bis Esmée begriffen hatte, dass ihr Leben nicht länger ihr selbst gehörte. Es war vielleicht auch ganz gut so. Die Einsamkeit bedrückte sie, aber Lady Tattons Tempo ließ ihr nur wenig Zeit zum Grübeln.

Ganz Mayfair schien gleichzeitig mitbekommen zu haben, dass ihre Tante aus dem Ausland zurückgekehrt war – und in ihrem Schlepptau eine unverheiratete Nichte mitgebracht hatte. Ein Gestöber aus Neugier und Fragen war die Folge, gefolgt von einem Wirbelwind aus Einladungen zu so zurückhaltenden Anlässen wie Lesungen und Dinnerpartys und zum Tee. Aber Esmée war bei keiner mit dem Herzen dabei.

Ihre Tante spürte diese Melancholie und stellte zunächst eine Menge forschender Fragen. Als das keinen Erfolg zeigte, bestand Lady Tattons Lösung darin – was sonst hätte es sein können –, einkaufen zu gehen. Lydia brachte Sorcha an zwei oder drei Vormittagen in der Woche, aber die Nachmittage waren stets der Oxford Street gewidmet.

Nachdem in der ersten Woche neue Kleider nur vereinzelt ins Haus geliefert worden waren, wurde daraus schon bald eine Flut und ein Meer von Kleidern. Ihre eigene Garderobe, so klagte Lady Tatton, war nach den beiden Jahren im Ausland hoffnungslos altmodisch. Was Esmée betraf, so bekam sie Abendkleider und Reisekleider, Umhänge, Schals und Schuhe zu Dutzenden, alles in dunklen, gedämpften Farben, von denen Lady Tatton versicherte, sie seien passend für eine Familie, die noch trauerte.

Als sie das letzte Kleid auspackten, drückte Esmée Zweifel über einen Mantel in dunklem Saphirblau aus, den die Zofe ihrer Tante soeben auf dem Bett ausgebreitet hatte.

»Dummes Kind!«, sagte Lady Tatton und schüttelte die Falten aus einem auberginefarbenen Abendkleid. »Deine liebe Mamma ist jetzt seit vielen Monaten nicht mehr bei uns. Und Gott sei dank ist der König im Juni gestorben!«

Esmée machte große Augen. »Wie bitte?«

Lady Tatton lächelte. »Die Gesellschaft wird der ruhigen Unterhaltung und der dunklen Farben schnell müde, meine Liebe«, sagte sie leichthin. »Niemand wird mit Steinen auf uns werfen, solange wir alle doch noch voller Kummer über den Verlust unseres geliebten Herrschers sind – auch wenn es keinem von uns tatsächlich so geht.«

»Oh, ich dachte nicht –«

»Und wir können von Glück sagen, liebes Kind, dass gedämpfte Farben dir so gut stehen«, fuhr Lady Tatton fort. »Gott sei Dank bist du nicht blond.« Sie wandte sich mit dem auberginefarbenen Kleid an ihre Zofe. »Pickens! Bügeln Sie dieses als Nächstes, bitte. Miss Hamilton wird es morgen auf Lady Gravenels Dinnerparty tragen. Und für mich bitte das silbergraue Seidenkleid.«

Esmée trat ans Fenster und starrte hinaus auf die grüne Ausdehnung des Grosvenor Square. Sie vermisste Sorcha schrecklich. Manchmal, spät in der Nacht, wenn sie sich unruhig in ihrem Bett hin und her warf, fürchtete sie, einen Fehler gemacht zu haben, indem sie gegangen war. Und dann brachte Lydia Sorcha zu Besuch, und Esmées Blick fiel sofort auf die hässliche Narbe auf der Stirn ihrer Schwester. Nein! Die Wahrheit war, dass sie Sorcha weitaus mehr brauchte, als Sorcha umgekehrt sie brauchte.

Aber was sonst sollte sie mit ihrem Leben anfangen? Die

Monate seit dem Tod ihrer Mutter hatten sie erkennen lassen, dass es Zeit war, sich Gedanken darüber zu machen, wie es mit ihr weitergehen sollte. Denn trotz dieser Bemerkung ihrer Tante Rowena gegenüber wünschte Esmée wirklich nicht, ihr Leben allein in einem Cottage voller Hunde und Katzen zu verbringen. Sie wollte eine Familie. Sie wollte Kinder. Und flüchtig – fast ohne es zu merken – hatte sie angefangen, sich zu wünschen, all das mit Sir Alasdair MacLachlan zu haben.

Der Gedanke war natürlich lächerlich. Hätte sich MacLachlan eine Frau und eine Familie gewünscht, so hätte er Mrs. Crosby heiraten können – und sollen. Genau genommen hätte er das schon vor Wochen tun sollen. Er wollte Esmée nicht. Sie hatte Glück gehabt, dass er Sorcha hatte haben wollen.

Und deshalb musste Esmée sich ein eigenes Leben schaffen und akzeptieren, dass diese Träume nicht Teil davon sein würden. Sie wollte nicht dieselben dummen Fehler begehen, die ihre Mutter gemacht hatte. Aber um weiterzumachen, musste sie hinaus in die Welt gehen. Sie musste Leute kennenlernen. Sie musste genau die Dinge tun, die ihre Tante von ihr wünschte. Und dennoch war sie ganz und gar nicht sicher, dass sie wünschte, an noch einer Dinnerparty teilzunehmen.

Lady Tatton hatte offensichtlich die Kunde verbreitet – auf den Wegen, auf denen ehestiftende Mütter und wohlmeinende Witwen kommunizierten –, dass ihre Nichte auf der Suche nach einem Ehemann war. Und sie musste auch Großvaters Mitgift erwähnt haben. Es gab keine andere Erklärung dafür, warum sich in den letzten paar Tagen so viele ledige Gentlemen um sie zusammengerottet hatten.

Auch wenn Esmée verstand, dass das Herz ihrer Tante deswegen höher schlug, empfand sie selbst wenig Begeisterung angesichts dieser Aufmerksamkeit. Ihre Gedanken, und offensichtlich auch ihr Herz, wanderten unablässig zu … nun, irgendwo dorthin, wo sie nicht sein sollten. Und doch hatte es keine Möglichkeit gegeben, der Duchess of Gravenel abzusagen, die drei Häuser weiter am Grosvenor Square wohnte.

Esmée war der Duchess bereits am Tag ihrer Ankunft begegnet. Sie hatte ausgesehen wie ein kleiner blonder Kobold, der die Vordertreppe heruntergesprungen kam, um Lady Tatton zu umarmen, während sie aus der Kutsche stiegen.

»Oh, Rowena!«, hatte sie gerufen. »Ich dachte, du würdest *nie* zurückkommen! Du warst ja eine Ewigkeit fort!«

Auch Lady Tatton war überrascht gewesen, denn die Duchess hatte jahrelang – wie fest verwurzelt – auf dem Lande gelebt.

»Wie du siehst, haben wir unser Haus wieder geöffnet«, strahlte Lady Gravenel. »Übrigens geben wir in der nächsten Woche eine kleine Dinnerparty. Eine ganz ruhige Angelegenheit. Ihr müsst beide kommen. Ein Nein als Antwort werde ich nicht akzeptieren! Ich werde noch zwei Gentlemen einladen, damit wir bei Tisch eine passende Zahl sein werden.«

»Wir fühlen uns geehrt«, sagte ihre Tante.

»Und am Montag kommt Isabel zum Tee«, sagte die Duchess. »Da musst du auch kommen, Rowena. Es wird wie in alten Zeiten sein! Miss Hamilton, bitte leisten Sie uns doch dabei Gesellschaft.«

Und so hatte es kein Entrinnen gegeben. Tee und Dinner mit einer Duchess! Esmée hätte das alles als ein wenig beängstigend empfunden, wäre nicht die Tatsache gewesen, dass Lady Gravenel sehr nett zu sein schien.

Der Tee stellte sich als gut besuchtes Ereignis und Isabel als die Countess of Kirton heraus, eine pummelige, nette Witwe, die nur fünf Minuten entfernt am Berkeley Square wohnte. Sie musterte Esmée von Kopf bis Fuß, als würde sie ihren Wert abschätzen, und nahm dann auf einem mit Brokat überzogenen

Sofa neben Lady Tatton Platz, wo die beiden eifrig miteinander flüsterten, wenn sie glaubten, niemand würde es bemerken.

Esmée sah, dass Lady Kirton unablässig die Hand ihrer Tante tätschelte und sie von der Seite her mitfühlend ansah. Und natürlich gab es auch den gelegentlichen verstohlenen Blick in Esmées Richtung, ein sicheres Zeichen dafür, dass Ärger im Gange war. Wären die Ladys dreißig Kilo schwerer und ein wenig bunter gekleidet gewesen, hätten sie Mitwirkende in einem Rowlandson-Sketch mit dem Titel *Verderben im Werden* sein können.

Esmée wurde aus ihren Gedanken gerissen, als Pickens aus Lady Tattons Ankleidezimmer zurückkehrte, das auberginefarbene Kleid wie einen Wasserfall aus Seide über dem Arm. Das Kleid war so dunkel, dass es im Kerzenlicht fast schwarz wirken würde, und es hatte weder Volants noch Schleifen, auf die in Anbetracht der Trauer verzichtet worden war, was das Kleid aber noch eleganter machte.

»Oh, Miss«, sagte die Zofe und streckte den Arm aus. »Ist es nicht ganz wundervoll?«

Esmée brachte ein Lächeln zustande. »Ich habe nie ein schöneres Kleid gesehen.« Selbst die schönsten Kleider ihrer Mutter hätten an dessen ruhige, zurückhaltende Eleganz nicht herangereicht.

Pickens hielt es Esmée an und wies auf den Spiegel. Esmée schaute auf und keuchte. Ihre Tante hatte recht gehabt. Die dunkle Farbe passte zu ihrem dunklen Haar und ihrer hellen Haut.

»Oh, Miss!«, sagte Pickens atemlos. »Sie werden morgen Furore machen! Ich hoffe, Sie brechen jemandem das Herz.«

Esmée spürte, dass ein seltsames Gefühl der Befriedigung sie beschlich. Sie *sah* wunderschön aus. Älter, sogar ein wenig größer vielleicht – und fast so schön wie ihre Mutter. Sollte Alasdair MacLachlan doch verdammt sein, wenn er sie nicht wollte.

Jemand anderer würde sie wollen; jemand, der sie nicht ein dummes Ding schelten und ihr Herz mit Füßen treten würde. Und spontan beschloss Esmée, die Jagd zu genießen – oder zumindest eine verdammt gute Vorstellung zu bieten.

Eines Abends, knapp zwei Wochen nach dem Weggang seiner Gouvernante, saß Alasdair mit seinem Bruder und Quin im Hinterzimmer von Crockford's, als Lord Devellyn zu ihnen stieß. Es war spät, schon weit nach Mitternacht. Devellyn wollte seine Frau und sein Bett, und das in dieser Reihenfolge. Aber er war ein Mann mit einer Mission, die keinen Aufschub duldete.

Zudem war er mehr als nur ein bisschen besorgt um Alasdair. Nicht ohne Grund, wie es schien, denn Alasdair und Quin waren betrunken und saßen mit zwei mit allen Wassern gewaschenen Spielern aus Soho zusammen und würfelten.

»Ungewöhnlich, dich hier zu treffen«, sagte Devellyn und setzte sich zu Merrick MacLachlan.

»Ja, ungewöhnlich in der Tat«, erwiderte Merrick. »Ich würde lieber nicht hier sein, aber ich zögere zu gehen. Dies hier ist eine verderbliche Lasterhöhle, wie du weißt.«

»Das weiß ich allerdings«, stimmte Devellyn zu und wies mit dem Kopf zu den Würfelspielern. »Und die beiden wissen das eigentlich auch. Was ist los mit Quin?«

Merrick zuckte die Achseln. »Seine Mutter setzt ihn ziemlich unter Druck. Sie will, dass er sich eine Ehefrau sucht.«

»Ja, der Tod des Vaters kann so etwas auslösen«, sagte der Marquis.

»Und er hat heute Nacht auch den Teufel im Leib.« Merrick wies mit dem Kopf auf seinen Bruder. »Normalerweise ist er nicht so dumm, sich auf ein Glücksspiel einzulassen, wenn er betrunken ist – nicht einmal auf Karten.«

»Ja nun!«, sagte der Marquis. »Du weißt doch, was Granny MacGregor sagt: ›Manches weiß man erst zu schätzen, wenn man es verloren hat.‹«

Merrick verzog süffisant den Mund. »Gibst jetzt auch du schon ihre alten Sprichwörter zum Besten?«, sagte er. »Und du meinst, vermute ich mal, dass seine hübsche Gouvernante die Wurzel seines Problems ist?«

Devellyn zuckte mit den Schultern. »Das vermute ich jedenfalls«, erwiderte er. »Was sagt Quin dazu?«

»Er kriegt das gar nicht mit«, sagte Merrick. »Was die Gouvernante angeht, so habe ich von Anfang an gewusst, dass sie Ärger bedeutet.«

»Tatsächlich?«, fragte Devellyn sanft. »Ich nehme an, der alte Junge ist am Verlieren?«

Merrick zuckte die Schultern. »Vielleicht zweihundert Pfund«, schätzte er. »Selbst sturzbetrunken und wenn er mit Betrügern spielt, ist er nicht schlecht, wenn's drauf ankommt. Letztendlich ist es ein reines Glücksspiel, das mit Können nichts zu tun hat.«

»Richtig, und deshalb ist es Zeit, dem ein Ende zu machen«, sagte der Marquis und ging hinüber an den Tisch. Er legte eine schwere Hand auf Alasdairs Schulter. Alasdair schaute auf, seine Stirn gerunzelt, als könnte er Devellyns Gesicht nicht erkennen. »Ich muss mit euch beiden sprechen«, sagte Devellyn ruhig. »Ein kleiner Notfall.«

Alasdair wandte sich um und schwankte dabei ein wenig unsicher. »Kann das nicht warten, alter Junge? Ich bin gerade dabei, zu gewinnen und diesen beiden Schuften eine anständige Abreibung zu verpassen.«

Devellyn machte ein betrübtes Gesicht. »Alasdair, ich hoffe, dass ein Freund in Nöten wichtiger ist als eine lumpige Summe Geldes.«

Alasdair dachte darüber nach. »Natürlich«, murmelte er

schnell. »Gentlemen«, sagte er und verbeugte sich zu den Soho-Schuften, »ich wünsche Ihnen eine gute Nacht.«

Quin, der neben Alasdair gesessen hatte, folgte sogleich, und die vier machten sich auf die Suche nach einem freien Tisch. Nachdem ihnen eine Flasche Brandy gebracht worden war, lehnte sich Devellyn auf seinem Stuhl zurück, wobei er sein Glas gegen seinen Gehrock gedrückt hielt. »Gentlemen, ich brauche zwei tapfere und standhafte Männer«, erklärte er. »Freiwillige, gewissermaßen, für eine gefährliche Mission. Und ich darf erst nach Hause kommen, wenn ich welche gefunden habe.«

Alasdair stellte sein Glas mit einem lauten Klirren ab. »Bei Gott, ich melde mich freiwillig, Dev!«, sagte er und schwankte ein wenig auf seinem Stuhl. »Will verdammt sein, wenn ich dich je in der Patsche sitzen lasse.«

»Alasdair, auf dich kann ich immer zählen«, sagte der Marquis. »Ist noch einer von euch so mutig?«

Merrick stieß einen skeptischen Ton aus. »Mutig, so ein Quatsch!«

Auch Quin schaute zweifelnd drein. »Um was für eine Art gefährliche Mission geht es denn?«

Devellyn machte ein ernstes Gesicht. »Eine Dinnerparty morgen Abend«, antwortete er. »Bei meiner Mutter, um genau zu sein. Sie hat ihre Gästeliste erweitert, nehme ich an, und nun sind zwei Gentlemen zu wenig.«

»Jetzt warte mal einen Moment, Dev!«, protestierte Alasdair. »Das ist doch nicht gefahr-gefahr-gefährlich!«

»Wenn du das denkst, Alasdair, dann kennst du die Freunde meiner Mutter nicht«, erwiderte der Marquis. Abgesehen davon schuldest du dem alten Mädchen etwas. Du hast ihr Großvaters Münzsammlung praktisch gestohlen. Beim Dinner zu erscheinen ist das Mindeste, was du tun kannst – außerdem hast du dich bereits freiwillig gemeldet.«

Merrick schob sein Glas von sich. »Tut mir leid, Devellyn, aber ich bin morgen Abend mit einigen amerikanischen Bankiers zum Essen verabredet. Das Treffen ist schon vor Monaten festgelegt worden.«

»Hätte ich mir eigentlich denken können«, brummte Devellyn, stellte ebenfalls sein Glas ab und schob es über den Tisch. »Sieht so aus, als würde es dir zufallen, Quin.«

»Na gut, warum nicht!«, sagte Quin gedehnt. »Ich habe eh nichts Besseres vor.«

»Guter Mann!« Devellyn grinste. »Um sechs Uhr am Grosvenor Square. Pünktlich. Und benehmt euch, Jungs. Jedes alte Klatschweib der Stadt wird wahrscheinlich dort sein.«

Am Abend der Dinnerparty der Duchess missfiel Lady Tatton plötzlich das silbergraue Seidenkleid, das sie hatte tragen wollen, und sie versetzte die Dienerschaft damit in minutenlange aufgeregte Geschäftigkeit. Während Pickens das Eisen wärmte, um ein anderes Kleid aufzubügeln, war Esmée damit beauftragt, nach dem dunkelblauen Schal und seinem samtschwarzen Gegenstück zu suchen. Sie fand beides rasch und ging hinunter in den Salon, von dessen Fenstern aus sie beobachten konnte, wie eine elegante Kutsche nach der anderen vor Lady Gravenels Haus vorfuhr, um ihre elegant gekleideten Insassen auszuspucken.

Am Ende verspäteten sie sich um wenige Minuten. Lady Tatton bot Esmée ihren Arm an, und zusammen gingen sie die Straße hinunter. »Nun, heute Abend werden einige in Frage kommende junge Männer anwesen sein«, sagte ihre Tante, die noch immer die Falten ihres Schals ordnete.

»Ach, Tante Rowena!«, sagte Esmée. »Ich bin überhaupt nicht sicher, ob ich irgendein Interesse an diesen in Frage kommenden jungen Männern habe, so vornehm sie auch sein mögen.«

»Ich verstehe, meine Liebe«, sagte ihre Tante und tätschelte ihr leicht die Hand. »Ich verstehe. Aber man muss seine Flügel ausprobieren, nicht wahr? Lächle viel und flirte ein wenig, Esmée! Benutze deine Fächer so, wie ich es dir gezeigt habe. Du musst versuchen, noch ein bisschen Stadtflair zu bekommen, ehe die Saison beginnt.«

»Ah, die jungen Gentlemen sind also zum Üben gedacht, richtig?«, murmelte Esmée, während sie die Stufen hinaufstiegen.

»Genau!«, sagte ihre Tante. »Zum Üben!«

Der Duke und die Duchess erwarteten sie in einem riesigen Salon, der nach französischer Mode ganz in Gold und Elfenbein eingerichtet war, mit eleganten Intarsienmöbeln und vielen Spiegeln in vergoldeten Rahmen. Lord Gravenel, der bei schlechter Gesundheit war, saß in einem Rollstuhl. Beide lächelten herzlich, als Esmée sich ehrfürchtig umschaute. Aber gerade, als Lord Gravenel Lady Tattons Hand an seine Lippen hob, bemerkte Esmée, wie ihre Tante sich plötzlich anspannte. Esmée schaute über die Schulter des Dukes. Die Luft schien aus dem Raum zu weichen. *Oh, das konnte doch nicht sein!*

»Meine liebe Elizabeth!«, murmelte Lady Tatton, während der Duke Esmée begrüßte. »Bitte sag mir, dass das nicht Sir Alasdair MacLachlan ist, dort drüben neben der Etagère?«

Die Duchess lachte. »Ach, Rowena, komm, er wird doch nicht für *hoffnungslos* verdorben gehalten, oder?«, fragte sie in ihrer hellen, klingelnden Stimme. »Ich bekenne mich zu einer gewissen Zuneigung für diesen Schuft.«

Rowena sah nicht überzeugt aus. »Als ich die Stadt verließ, wurde er kaum irgendwo empfangen.«

»Oh, daran hat sich eigentlich nichts geändert«, entgegnete

die Duchess unbekümmert. »Es gibt zumindest immer einen Funken von Klatsch, wenn er erscheint. Aber habe Mitleid, Rowena. Der arme Gentleman ist gezwungenermaßen hier.«

»Gezwungenermaßen?«, fragte Lady Tatton.

»Mein Sohn hat ihn überredet«, erwiderte die Duchess und wandte sich Esmée zu. »Hallo, Miss Hamilton. Wie bezaubernd Sie heute Abend aussehen.«

Aber Lady Tatton war noch immer mit MacLachlan beschäftigt. »Ja, er ist ein Freund von Devellyn, nicht wahr? Das hatte ich vergessen.«

»Bist du denn Sir Alasdair noch nie begegnet?«, fragte die Duchess.

Lady Tatton zögerte. »Einmal, ganz kurz«, sagte sie. »Wir sind, glaube ich, entfernt verwandt. *Sehr* entfernt.« Sie schwieg und lächelte angespannt. »Schotten, du weißt schon! Jeder ist mit jedem verwandt, wenn man nur weit genug in der Vergangenheit zurückgeht.«

»Entfernt verwandt?«, wisperte Esmée, während sie weitergingen. »Wie kannst du das auch nur denken?«

Rowena blieb stehen und machte einen Aufstand darum, ihren Schal erneut zu arrangieren. »Esmée, ich habe unsere Strategie nochmals überdacht«, flüsterte sie. »Was, wenn Sorchas Situation bekannt wird? Du hast gesagt, er hat seinen Dienstboten gesagt, dass Sorcha das Kind einer verstorbenen Cousine sei –«

»Oh, niemand würde diese Geschichte glauben!«, sagte Esmée.

»Nichtsdestotrotz ist es jetzt unsere Geschichte, und wir dürfen nicht davon abweichen«, antwortete sie. »Es ist immer möglich, dass dein Name da hineingezogen wird. Wenigstens ist Sir Alasdair respektabel genug, um *hier* eingeladen zu werden. Und wahrscheinlich *ist* er ein Cousin, wenn wir tief genug graben. Wir werden mit dieser schrecklichen Situation, in die uns deine

Mutter gebracht hat, ganz souverän umgehen. Und jetzt hör auf, ihn anzustarren!«

»Tante Rowena, das tue ich gar nicht!« Und seltsamerweise tat sie es tatsächlich nicht. Nachdem Esmée ihren Schock überwunden hatte, hatte sie ihren Blick abgewandt und sich gezwungen, sich auf die anderen Gentlemen im Salon – die *zum Üben* – zu konzentrieren. Schließlich hatte sie mit Sir Alasdair MacLachlan bereits geübt, so weit sie sich getraut hatte. Allein der Gedanke daran, was sie zusammen getan hatten, rief eine tiefe Röte auf ihren Wangen hervor. Und so kam es, dass Esmée, als ihre Tante sie ein wenig weiter in den Salon mit sich zog und sie zwei gut aussehenden, fast geckenhaft gekleideten jungen Männern vorstellte, ganz reizend aussah.

»Lord Thorpe. Mr. Smathers.« Esmée knickste bei der Vorstellung. »Es ist mir ein Vergnügen.«

Lord Thorpe beugte sich über ihre Hand. »Das ist es in der Tat«, sagte er. »Meine liebe Lady Tatton, London ist so öde um diese Zeit des Jahres. Warum haben Sie diesen Diamanten vor uns versteckt?«

»Ist es Ihr erster Besuch in London, Miss Hamilton?«, mischte sich Mr. Smathers ein. »Wenn ja, dann erlauben Sie mir, Ihnen meine Schwester vorzustellen. Sie ist eine Expertin für all die Sehenswürdigkeiten, die man auf keinen Fall versäumen darf, sich anzusehen.«

Die Lady hinter ihm wandte sich um und lächelte. Lady Tatton schickte Lord Thorpe, zwei Gläser Sherry zu holen. Miss Smathers fing an, überschwänglich vom Britischen Museum zu schwärmen. Esmée legte die Hand auf Mr. Smathers Arm und tat ihr Bestes, dafür zu sorgen, dass Sir Alasdair sah, wie gut sie sich amüsierte. Sie wollte verdammt sein, wenn sie zuließ, dass dieser arrogante Teufel sich einbildete, sie würde seinetwegen in Sack und Asche gehen.

Lord und Lady Devellyn beobachteten das kleine Drama, das sich im Ballraum abspielte, und fragten sich, ob sie Alasdair richtig verstanden hatten.

»Guter Gott!«, sagte Lord Devellyn. »*Das* ist deine Xanthippe?«

»Das ist die Schwester, ja«, stieß Alasdair hervor. »Miss Esmée Hamilton.«

»Verdammt!«, murmelte Devellyn. »Nicht ganz das, was ich mir vorgestellt habe.«

»Nun, sie ist hinreißend!«, stellte seine Frau fest. »Hast du schon jemals eine so makellose Haut und so volles dunkles Haar gesehen? Wie es wohl aussieht, wenn sie es offen trägt?«

Alasdair musste sich das nicht fragen. Er wusste allzu gut, wie es aussah, und es war eine Erinnerung, die seine Handflächen feucht werden ließ und seinen Puls zum Rasen brachte. Er beobachtete Esmée, die sich perfekt gerade hielt, wenn sie den Kopf neigte und lächelte, zuerst in die eine Richtung, dann in die andere, wobei ihr mehr als ein männliches Augenpaar folgte.

Dieser Emporkömmling Smathers hatte schon seine Hand auf ihrem Arm, als hätte er vor, sie in eine ruhige Ecke des Raumes zu einem ungestörten Tête-à-Tête zu führen. Verärgert sah Alasdair, dass Lord Thorpe ihr ein Glas Sherry holte und, mit einem gewinnenden Lächeln auf dem Gesicht, nicht mehr von ihrer Seite wich.

»Sie erinnert mich an eine Skulptur, die ich in Venedig gesehen habe«, murmelte Lady Devellyn. »Eine Madonna aus Marmor. Heiter und schön – aber ein wenig unbiegsam.«

»Eine Spur zu schlicht gekleidet«, bemerkte Devellyn. »Aber elegant. Und sehr beherrscht.«

Sie sah in der Tat beherrscht aus. Die Haltung sehr gerade, das Haar war hochgesteckt, um ihren schlanken Hals zu betonen, und trotz ihrer zierlichen Gestalt bewegte sie sich wie eine Duchess.

Jetzt gesellte sich die wahre Duchess zu Esmée. Mr. Smathers und Lord Thorpe gerieten ins Hintertreffen, und das Lächeln auf ihren Gesichtern verblasste. Devellyns Mutter nahm Esmée am Arm, hakte sich dazu bei Lady Tatton unter, und so gingen sie durch den ganzen Saal. Zu spät erkannte Alasdair, dass sie genau auf ihn zukamen.

»Lady Tatton«, sagte die Duchess heiter. »Du erinnerst dich an meinen Sohn, den Marquis of Devellyn?«

Alasdair stand in betäubtem Schweigen da, während die Honneurs gemacht wurden. Als die Duchess zu ihm kam, wies Lady Tatton mit einem kurzen »Wir kennen uns« auf ihre Bekanntschaft hin.

Er beugte sich tief über ihre Hand, dann über Esmées, wobei er nur wenig mehr sagte als das, was die Höflichkeit unbedingt erforderte. Zuerst dachte er, Esmée würde den Blick nicht heben. Dann, im letzten möglichen Moment, tat sie es doch und sah ihm direkt in die Augen, so, wie sie es in jener Nacht getan hatte, in der sie sich zum ersten Mal begegnet waren. Das Ergebnis war dasselbe. Dieser geisterhafte Schlag, als würde ihm die Luft aus den Lungen gepresst werden. Ihr klarer grüner Blick sah in ihn hinein. Machte seine Verteidigung mit einem frösteln machenden Streich zunichte. Es war, als würde sie seine intimsten Gedanken lesen. Ihn vielleicht besser kennen als er sich selbst.

»Es ist mir ein Vergnügen, Sie wiederzusehen, Sir Alasdair.« Ihr schwacher Akzent zerschmolz über ihm, warm und Erinnerungen hervorrufend. Er hatte diesen Klang vermisst, erkannte er. Verwirrt über diese Empfindungen ließ er ihre Hand fallen und trat abrupt zurück. Sie wandte sich an Quin und bot ihm ein Lächeln an, das freundlich und aufrichtig wirkte. Dann gingen die drei weiter und ließen Alasdair zurück, der ihnen mit den Augen folgte.

Das anschließende Essen war eine der schrecklichsten Angelegenheiten, die Alasdair jemals hatte ertragen müssen. Die ersten drei Gänge verbrachte er damit, Dev böse Blicke zuzuwerfen, weil der ihn hierhergeschleppt hatte. Die Gesellschaft war nach Mayfair-Standard vergleichsweise klein, und die meisten Gäste kannten einander. Um den großen Tisch herum war die Unterhaltung beim Essen fröhlich, und sie wurde hin und wieder von Lachen durchbrochen, welches so ausgelassen klang, dass es bei formelleren Anlässen als unziemlich gegolten hätte. Die Duchess wusste, wie man eine Gesellschaft gab, musste Alasdair zugeben.

Er saß zwischen Sidonie und Lady Isabel Kirton, die seit Mädchentagen eine Freundin der Duchess war. Alasdair mochte die matronenhafte Lady Kirton sehr. Sie war eine Philanthropin, die Freunde aus allen gesellschaftlichen Schichten hatte und die trotz ihres Alters amüsant war und eine gehörige Portion Humor besaß. Erst vor ein paar Monaten hatte sie ihm dabei geholfen, der guten Gesellschaft einen höchst amüsanten Streich zu spielen – einen Streich, der dazu geführt hatte, den berüchtigten Schwarzen Engel für alle Zeiten zu vergessen, und der es Dev und seiner Braut ermöglicht hatte, eine Ehe zu führen, die unbelastet von der Furcht war, Sidonies Vergangenheit könnte zurückkehren und sie heimsuchen.

Doch heute Abend konnte selbst Lady Kirtons amüsante Gesellschaft Alasdairs Interesse nicht wecken. Er antwortete einsilbig auf ihre Fragen, bis sie schließlich ihre Aufmerksamkeit dem Gentleman zu ihrer Linken zuwandte und Alasdair in dem allgemeinen Stimmengewirr der Unterhaltungen sich selbst überließ.

Esmée war, wie Alasdair beobachtet hatte, zwischen Smathers und einen Burschen namens Edgar Nowell gesetzt worden, einen faden, langweiligen Burschen, den man als politischen Protegé des Dukes und dessen größten Kriecher kannte. Esmées Lächeln ließ keine Sekunde nach, während sie sich dem einen oder dem anderen zuwandte. Wer hätte sich träumen lassen, dass ein derart trockener Fisch wie Nowell sich augenscheinlich in einen regelrechten Schöngeist verwandeln konnte?

Esmée lachte über etwas, was Nowell viel zu nah an ihrem Ohr geflüstert hatte. Um nicht zurückzustehen, erregte Smathers ihre Aufmerksamkeit, indem er seine Hand auf ihre legte, welche auf dem Tisch ruhte. Es war eine recht kühne Geste. Esmée wandte sich ihm mit einem Ausdruck aufrichtigen Interesses zu. Alasdair fühlte etwas Seltsames, was sich in seinem Magen verdrehte und anspannte.

»Reizend, nicht wahr?«, murmelte eine Stimme dicht an seinem Ohr.

In die Gegenwart zurückgerufen, wandte sich Alasdair Lady Kirton zu. »Wie bitte?«

Die Augen Ihrer Ladyschaft waren hell und lebhaft. »Miss Hamilton«, erklärte sie. »Ich sehe, dass sie Ihre Aufmerksamkeit erregt hat.«

»Genau genommen wurde meine Aufmerksamkeit von ihrem Kleid erregt«, erwiderte er gleichmütig. »Ich kann die Farbe nicht genau bestimmen. Es ist nicht schwarz, oder?«

»Aubergine, würde ich sagen«, murmelte Lady Kirton. »Das arme Mädchen hat im Frühjahr seine Mutter verloren. Ich bin ihr letzte Woche bei der Duchess beim Tee begegnet und dann wieder bei einem literarischen Salon in der Park Lane. Wir hatten eine lange Unterhaltung, Miss Hamilton und ich.«

»Ich kann mir denken, dass sie sehr charmant ist.«

Lady Kirton nippte vorsichtig an ihrem Weinglas. »Lady Tatton sagte mir, dass ihre Nichte nach dem Dinner nicht tanzen wird. Miss Smathers wird einige ländliche Weisen auf dem Pianoforte spielen, wissen Sie.«

»Das wusste ich nicht«, antwortete er.

Lady Kirton lächelte. »Ich bin sicher, die junge Lady wäre nicht abgeneigt, stattdessen ein wenig herumgeführt zu werden.«

Alasdair sah sie eindringlich an. »Noch einmal, ich fürchte, Sie haben mein Interesse falsch verstanden.«

Lady Kirtons Augen schienen zu funkeln. »Oh! Habe ich das?« Sie klang plötzlich unentschlossen. »Ich hätte wohl doch meine Brille aufsetzen sollen. Aber es besteht kein Zweifel daran, dass dieses Mädchen ein hübsches Ding ist – ihre Mamma war eine berühmte Schönheit in Schottland, wissen Sie – und ihr Großvater hat in seinem Testament neunzigtausend Pfund für Miss Hamilton ausgesetzt, deshalb denke ich, sie wird es im weiteren Leben recht angenehm haben, nicht wahr?«

Alasdair glaubte, sich verhört zu haben. »Entschuldigung, was sagten Sie da gerade?«

Lady Kirton blinzelte eulenhaft. »Ihre Mutter war eine bekannte Schönheit«, wiederholte sie. »Man sagt, der Earl of Strathan und der Duke of Langwell hätten sich duelliert, um zu entscheiden, wer sich bei ihrem Debüt auf ihrer Tanzkarte für den letzten Tanz eintragen durfte –«

Alasdair schüttelte den Kopf. »Nein, das *Testament*. Ich dachte ... nun, ich dachte, ihre Familie wäre ohne Vermögen.«

Wieder das unschuldige Blinzeln. »Nun, absolut nicht!«, widersprach sie. »Oh, es ist wahr, ihr Vater verschleuderte seinen Besitz und starb mittellos. Aber ihr Großvater mütterlicherseits hat in der Schifffahrtsbranche ein Vermögen gemacht. Als er starb, war Rowena bereits mit dem sehr wohlhabenden Lord Tatton verheiratet. Und Rosamund, ihre Schwester, war verheiratet mit – nun, was soll ich sagen? Mit irgendeinem Nichtsnutz.«

Alasdair lächelte leicht. »Das kann eine teure Angewohnheit sein.«

»Genau das hat ihr Vater auch gedacht!«, bemerkte Lady Kirton leise. »Und da er ein guter und stolzer Schotte war, hat er sein Vermögen für Anne und Esmée, seine Enkelinnen, treuhänderisch angelegt, damit das Geld ihnen gehört, wenn sie heiraten oder an ihrem dreißigsten Geburtstag, je nachdem, welches Ereignis zuerst eintritt. Also, was, wetten Sie, kommt zuerst?«

»Was wette ich worauf?« Alasdair war verwirrt.

»Was, wetten Sie, kommt zuerst?«, drängte Ihre Ladyschaft. »Meinen Sie, es gibt auch nur die kleinste Chance, dass ein so hübsches Mädchen bis zu seinem dreißigsten Geburtstag unverheiratet bleiben wird, jetzt, da sie endlich nach London gekommen ist? Ich glaube das ganz sicher nicht.«

»Und ich bin sicher, dass ich das nicht weiß«, antwortete er. Er betete zu Gott, dass sie heiraten würde. Je eher, desto besser.

Lady Kirton berührte ihn leicht am Unterarm und beugte sich näher zu ihm. »Jemand sollte sie wirklich warnen; vor Mr. Smathers, meine ich. Denken Sie nicht auch?«, murmelte sie. »Sie könnte so unerfahren sein, wie sie hübsch ist. Und Lady Tatton weiß vielleicht nicht, dass Smathers seinen Besitz in Shropshire vor Kurzem mit einer Hypothek beleihen musste. Man sagte mir, dass er auf dem amerikanischen Aktienmarkt schreckliche Verluste erlitten hat.«

Endlich dämmerte es Alasdair, was Lady Kirton damit sagen wollte. Smathers war ein Mitgiftjäger. Und Esmée besaß ein Vermögen. Großer Gott! Das Mädchen wäre wie das Lamm für den Schlachter, wenn ihre Tante nicht sehr gut auf sie Acht gab.

»Natürlich ist da auch noch Lord Thorpe«, wisperte Lady Kirton. »Gewiss ein schöner Titel, aber seine Mutter ist ein *solcher* Drachen und hat ihn völlig eingeschüchtert. Da Sie selbst dem Heiratsmarkt wohl nicht zur Verfügung stehen –«

»Grundgütiger Gott, nein!«

»Das dachte ich mir«, bekannte Ihre Ladyschaft. »Deshalb wissen Sie vermutlich auch nicht, dass Thorpe von nicht weniger als *drei* jungen Damen in ebenso vielen Saisons einen Korb bekommen hat – vertrieben, so sagt man, von seiner Mutter, die sie alle zum Weinen gebracht hat. Können Sie sich ein schrecklicheres Leben für eine Ehefrau vorstellen?«

Nein, das konnte er nicht. Es klang grauenvoll.

»Und dann ist da noch Mr. Nowell«, fuhr Lady Kirton fort. »Sehen Sie doch nur, wie eingenommen er von ihr ist! Nowell wird bei der nächsten Wahl für Stippleton aufgestellt werden, und es gilt als sicher, dass er ins Unterhaus einrücken wird. Nun, *er* ist derjenige, den ich für sie auswählen würde.«

Alasdair legte seine Gabel aus der Hand. »Ich kann nicht glauben, dass Sie das ernst meinen!«

Lady Kirton legte ihre Fingerspitzen auf ihre Brust. »Nun, ich könnte es nicht ernster meinen.«

»Aber doch nicht Nowell!«, entgegnete Alasdair. »Guter Gott, Isabel, er ist mit Sicherheit der langweiligste Mensch, dem zu begegnen ich je das Vergnügen hatte. Wer immer ihn heiratet, wird wahrscheinlich über seinem Tee einschlafen und darin ertrinken, noch ehe das Hochzeitsfrühstück beendet ist.«

»Oh, mein Lieber, Sie könnten recht haben«, murmelte sie. »Was ist mit Mr. Davies? Er ist Waliser, soweit ich weiß, aber so unglaublich gut aussehend.«

»Er hat eine Geliebte und drei Kinder in Spitalfields.«

»Ach herrje! Dann vielleicht Mr. Shelby?«

»Hoffnungslos geckenhaft!«

»Richtig, richtig! Sir Henry Bathstone?«

»Er neigt in eine andere Richtung, Isabel. Ich hoffe, Sie verstehen, was ich meine.«

Lady Kirtons Wangen färbten sich rosa. »Du meine Güte! Ich glaube schon. Oh, jetzt hab ich es! Ihr Freund Wynwood!«

»Auf gar keinen Fall«, schnappte Alasdair. »Quin hat der Liebe abgeschworen.«

»Ach Unsinn!« Lady Kirton schlug ihn mit den Fingerspitzen leicht auf den Arm. »Die Liebe spielt dabei keine Rolle. Er *muss* heiraten. Ich spiele jeden Mittwoch mit seiner Mutter Whist.«

»Tatsächlich?«, sagte er steif.

»Ja, tatsächlich«, bestätigte Ihre Ladyschaft mit einer gewissen Schroffheit. »Und verlassen Sie sich darauf, Quin wird heiraten, und das schon sehr bald. Da sein armer Vater vor Kurzem gestorben ist, ist Lady Wynwood ganz außer sich. Sollte Quin ohne einen Erben sterben, fällt alles an irgendeinen weitläufig mit ihnen verwandten Cousin – ein wirklich unangenehmer Mensch namens Enoch Hewitt. Ein schrecklicher Name, nicht wahr? Er klingt, als würde man versuchen, etwas Unangenehmes abzuhusten.«

»Ich glaube nicht, dass es Quin kümmert, wer was erbt, Isabel.«

»Ihn vielleicht nicht, seine Mutter aber schon!«, entgegnete sie. »Und Quin würde sie nie in einer so prekären Situation im Stich lassen. Noch wird er ihr die Enkelkinder verweigern, nach denen sie sich sehnt, jetzt, da sie verwitwet ist. Überdies hat er ihr so gut wie versprochen, dass er in der kommenden Saison heiraten wird, wenn nicht schon eher.«

»Großer Gott! *Quin –?*«

»Quin«, bestätigte Ihre Ladyschaft fest. »Und wenn ich jetzt so darüber nachdenke, dann sind sie perfekt füreinander! Lady Wynwood ist, wie Sie sich erinnern werden, vonseiten ihrer Mutter her schottisch. Sie wird Miss Hamilton anbeten, mitsamt deren kleinen exzentrischen Angewohnheiten. Ich werde sofort mit Rowena sprechen.«

Alasdair fühlte so etwas wie Panik in seinem Magen aufsteigen. »Isabel, nicht«, warf er ein. »Quin ist – nun, eine Art Schuft, wissen Sie. Er wird nicht treu sein.«

Lady Kirton neckte ihn mit den Augen. »Oh, Alasdair!«, wisperte sie. »Es gibt keinen besseren Ehemann als einen Schürzenjäger, der von einer guten Frau bekehrt worden ist. Miss Hamilton wird ihn binnen vierzehn Tagen um ihren kleinen Finger gewickelt haben. Außerdem ist er noch recht jung. Noch nicht einmal dreißig, nicht wahr?«

»Er ist gerade neunundzwanzig geworden«, bestätigte Alasdair.

Lady Kirtons Augen strahlten. »Perfekt! Obwohl sie kaum so aussieht, ist Miss Hamilton zweiundzwanzig. Wirklich, Alasdair! Wir sind ein gutes Team, Sie und ich. Jedes Mal, wenn wir zusammen sind, bringen wir etwas Geniales zustande. Soll ich die vier für die nächste Woche ins Theater einladen? Oh, Rowena wird hochentzückt sein, dass uns das eingefallen ist!«

Alasdair stellte sein Weinglas ab und streifte dabei den Rand seines Tellers. Die Panik hielt seine Kehle umklammert. Großer Gott! *Quin?* Das war das Letzte, was Esmée brauchte.

Mit Quin zu zechen machte teuflischen Spaß, und er war die Art von Bursche, die zu seinen Freunden zu zählen man sich glücklich schätzen konnte – aber kein Mann würde sich wünschen, dass er die eigene Schwester heiratete. Und gewiss wünschte sich niemand, dass er die Frau heiratete, die man selbst … oh, Hölle und Teufel! Quin war ein Schuft und Herzensbrecher und ein wild entschlossener Draufgänger. Er hatte Erfahrungen bei einem der berüchtigsten Zeitvertreibe gesammelt, die Groß-London bieten konnte. Und er hatte eine Schwäche für die berüchtigste Art von Frauen, die man sich vorstellen konnte. Jeder Rockzipfel war ihm recht; je liederlicher, desto besser. Quin kannte kein Maß. Und was die Moral anging, so war er nicht besser als Alasdair.

Gut, Quin war ein wenig jünger – ein gutes Stück jünger, genau genommen. Und sein Titel war sehr alt und sehr beeindruckend – mit anderen Worten, sehr englisch. Aber er war nicht reicher. Er sah nicht besser aus. Andererseits hatte Quin noch nicht diesen harten Zug um die Augen. Sein Blick war noch nicht so verrucht und von Weltüberdrüssigkeit geprägt, dass Mütter ihre Töchter vor ihm in Sicherheit brachten. Nun, nicht immer jedenfalls.

Aber was ging ihn das an? Esmée war nicht sein Problem, zur Hölle mit ihr. Er hatte sie nicht in sein Leben eingeladen – nicht einmal in sein Bett hatte er sie eingeladen, ganz egal, wie oft dieser Gedanke auch angefangen hatte, ihm durch den Kopf zu gehen. Ganz sicher würde sie doch wissen, wie sie Quin aus dem Wege gehen konnte? Und da Lady Tatton *ihn*, Alasdair, so sehr missbilligte, würde Quin ihr kaum besser gefallen. Nun, er wünschte ihnen allen Glück! Was immer zum Teufel auch geschehen würde, es war gewiss nicht sein Problem. Dementsprechend entschlossen griff Alasdair nach seinem Glas und leerte es in einem Zug.

»Alasdair!« Das Flüstern kam von weit her. *»Psst, Alasdair!«*

Er wandte sich um und sah, dass Lady Kirton ihn anstarrte. Sie zeigte diskret auf sein Gedeck. »Alasdair, lieber Junge!«

»Was?«

Lady Kirton lächelte. »Ich fürchte, Sie haben soeben meinen Wein ausgetrunken.«

»Unglaublich!«, sagte Lady Tatton, als sie sich am darauf folgenden Vormittag die Handschuhe anzog. »Was ist aus dieser Gesellschaft geworden, während ich fort war? Sir Alasdair MacLachlan! Auf Elizabeths Dinnerparty! Ich finde das sehr schockierend.«

Esmée schaute von ihrer Morgenzeitung auf. »Ja, es war in der Tat eine Überraschung.«

Lady Tatton betrachtete ihren Hut im Spiegel und rückte ihn ein wenig nach links. »Und dann Isabel, so eine kluge, vernünftige Frau, die sich praktisch während des ganzen Dinners mit ihm unterhalten hat! Und dieser Freund von ihm – Lord Wynwood – auch ihm sagt man nach, dass er ein Wüstling ist! Aber ich mag seine Mutter. Man könnte sich keinen besseren Stammbaum wünschen. Aber was Wynwood selbst angeht –? Nun, ich bin mir gar nicht sicher, ob Elizabeth und Isabel gut daran tun, vorzuschlagen ...«

Esmée richtete den Blick wieder auf ihre Morgenzeitung. »Was vorzuschlagen, Tante Rowena?«

»Oh, nicht so wichtig!« Sie griff nach ihrem Ridikül. »Bist du sicher, Esmée, dass du nicht mitkommen möchtest?«, fragte sie zum dritten Mal. »Es ist nur eine Anprobe, obwohl ich mich frage, *warum* Madame Panaut noch eine weitere wünscht, und das zu so früher Stunde. Aber anschließend könnten wir, nun, wir könnten die Bond Street hinuntergehen und nach diesen Schuhen schauen, die du letzte Woche bewundert hast.«

Esmée legte die Zeitung beiseite und stand auf. »Danke nein«, sagte sie. »Lydia bringt heute Sorcha vorbei.«

»Oh, das hatte ich vergessen«, sagte Ihre Ladyschaft. »Grüß das Kind ganz lieb von mir.«

Esmée küsste ihre Tante auf die Wange und brachte sie zur Tür. Aber Lady Tattons Kutsche war kaum außer Sichtweite, als eine andere, sehr vertraute Kutsche von der Upper Brook Street her auf den Square einbog. Lydia kam früher als gewöhnlich.

Grimond, der Butler, war verschwunden, und Esmée klingelte nicht nach ihm. Stattdessen öffnete sie selbst die Haustür und ging freudig die Stufen hinunter. Aber es war nicht Lydia, die mit Sorcha im Arm aus der Kutsche stieg.

»Guten Morgen«, sagte Alasdair.

»Mae!«, rief Sorcha. »Schau! Schau! Meine Puppe! Eine hübsche Puppe!«

Alasdair lächelte zufrieden und übergab das Kind an Esmée. »Lydia war heute Morgen indisponiert«, sagte er. »Deshalb habe ich beschlossen, Sorcha persönlich zu bringen.«

»Das sehe ich«, antwortete Esmée schwach. »Möchten Sie hereinkommen?«

Mit Sorcha auf dem Arm kehrte sie in das Morgenzimmer zurück, wo sie ihm einen Stuhl anbot. Er setzte sich und betrachtete sie fast argwöhnisch unter schweren, halb geschlossenen Lidern hervor. Esmée setzte sich ebenfalls und nahm Sorcha auf den Schoß, ein wenig beunruhigt darüber, wie sehr sie sich freute, Alasdair zu sehen.

Sorcha jedoch plapperte glücklich über ihre neue Puppe. »Schau, das Kleid, Mae«, sagte Sorcha. »Siehst du das Kleid? Ein blaues Kleid. Sie hat auch Schuhe. Und schönes Haar.«

»Himmel! So viele neue Worte!« Esmée küsste das Kind auf den Scheitel und achtete darauf, die Narbe nicht zu berühren. »Ja, das ist eine feine, hübsche Puppe. Ist sie neu?«

»Neu«, bestätigte Sorcha und zog der Puppe eines der kleinen Satinschühchen aus. »Siehst du die Strümpfe?«

Alasdair räusperte sich. »Ich dachte, es sei an der Zeit, dass sie eine andere bekommt«, erklärte er. »Diese hat eine komplette Garderobe. Sorcha scheint Spaß daran zu haben, ihre Puppen an- und auszuziehen.«

Esmée lächelte. »Ja, sie ist jetzt schon recht geschickt mit ihren Fingern.«

Alasdair warf Esmée einen hintergründigen Blick zu. »Wie

kommt es, dass Kinder so schnell wachsen?«, fragte er. »Gerade diese Woche hat sie angefangen, in ganzen Sätzen zu sprechen.«

Esmée fühlte, wie ihre Brust sich plötzlich zusammenzog. »Ja, das ist beunruhigend, nicht wahr?«, erwiderte sie leise. »Es scheint, dass sie gerade noch ein schwaches Baby war, als unsere Mutter starb. Und wenn man sie jetzt anschaut, sieht man ein kleines Mädchen. Diese Schnelligkeit erschreckt mich.«

Alasdair lächelte. »Ich fange an zu glauben, dass die Sorgen der Fluch aller Eltern sind«, entgegnete er. »Aber wir müssen daran denken, dass Sorcha kein Püppchen ist, Esmée. Sie ist robust und widerstandsfähig. Sie haben das selbst einmal so gesagt.«

Sorcha hatte der Puppe inzwischen das Kleid ausgezogen. »Hemd, Mae«, sagte sie, während sie das Kleid auf den Boden fallen ließ. »Siehst du das Hemd? Ausziehen. Und die Hose. Die Hose auch ausziehen.«

Esmée lächelte ihn verhalten an. »Ihr Wortschatz wächst auch rasch«, bemerkte sie. »Sie scheint alle Wörter für die Unterkleidung von Damen gelernt zu haben.«

Er zog eine Augenbraue hoch und ließ sein unwiderstehliches Lächeln aufblitzen. »Nun, waren nicht Sie es, die gesagt hat, man solle Neues immer von einem Meister lernen?«

Esmée sah ihn tadelnd an. »Bitte berichten Sie mir von Lydia. Ich hoffe, sie hat nicht auch die Mandelentzündung, die in Mayfair gerade umgeht.«

»Schlimmer, fürchte ich.« Alasdair zuckte zusammen. »Ein böse verstauchtes Handgelenk.«

»Oh! Was ist geschehen?«

»Der Racker ist ihr gestern ausgerissen und zur Treppe gelaufen. Es gab eine Balgerei, und Lydia hatte dabei das Nachsehen.«

Esmée verspürte einen Moment der Panik. *Zur Treppe gelaufen?* Oh, Sorcha war entschieden zu eigenwillig! Sie hätte sich dabei auch verletzen können. Und die arme Lydia! Vielleicht war sie letztlich doch nicht geeignet, auf ein Kind aufzupassen? Esmée wusste nicht, ob sie beruhigt oder beunruhigt sein sollte.

Alasdair las ihre Gedanken. »Sorcha ist nun einmal schwierig, Esmée«, sagte er ruhig. »Für Sie oder für Lydia. Genau genommen würde selbst ein Bataillon von Kindermädchen sie als Herausforderung empfinden. Aber wir dürfen sie nicht in Watte packen.«

»Ja, Sie haben recht.« Sanft berührte sie die Narbe des Kindes. »Ich war erleichtert, als die Fäden endlich gezogen worden sind.«

»Dr. Reid sagt, dass die Narbe nicht zu sehen sein wird, wenn ihr Haar wieder dichter ist«, sagte er, als läse er ihre Gedanken. »Machen Sie sich darüber keine Sorgen.«

Sorcha hatte sich von Esmées Schoß heruntergeschoben. Ein wenig schwankend ging sie zu ihrem Vater, ihre Puppe in einer Hand, deren Hemd in der anderen. Nur Zentimeter vor ihm jedoch stolperten ihre kleinen Beine, und sie fiel zu Boden.

Binnen eines Augenblicks hatte Alasdair sie aufgehoben. »Vorsicht, kleine Maus!«

Er setzte sie auf sein Knie, machte ein ernstes Gesicht und erklärte ihr sanft, wie wichtig es sei, im Salon nicht zu rennen. Sorcha schien zuzuhören. Ihre eisblauen Augen waren auf das Gesicht ihres Vaters gerichtet, ihre kleine Hand hielt noch immer die halb nackte Puppe umklammert. Esmée erkannte, dass Alasdairs Reaktion – ganz zu schweigen von seiner Reaktionszeit – ganz instinktiv gewesen war. Die eines Vaters. Er hatte gelernt, Vater zu sein, es war eine Wahrheit, die sich nach und nach auf kleine, feine Arten zeigte.

Nein, sie musste sich nicht so viele Sorgen um Sorcha machen. Aber sie musste sich sehr viele um sich selbst machen, und um ihr Herz.

Nachdem er seine Ermahnungen beendet hatte, strich Alasdair Sorcha das feine Haar aus der Stirn. Sie wandte sich zu ihm und gab ihm die Puppe. »Ausziehn«, befahl sie. »Die Schuhe ausziehn.«

»Dieser hier ist ein kleiner Dickkopf«, stimmte er zu und zog den zierlichen Schuh vorsichtig vom Puppenfuß herunter.

Sorcha gab einen glücklichen Laut von sich und rutschte von seinem Knie herunter. Sie sammelte ihre Puppe und deren Kleider zusammen und lief zu den Fenstern, bei denen Lady Tatton ihr einen Spielplatz bestimmt hatte. Das Kind schob den Deckel von einem großen Weidenkorb und begann, das Spielzeug herauszuholen und es auf den Boden zu werfen.

»Sie scheint sich hier sehr heimisch zu fühlen«, bemerkte er.

»Ja, das tut sie«, bestätigte Esmée.

Einen Moment lang beobachteten sie Sorcha schweigend. Der Korb war jetzt leer, und Sorcha ließ sich auf den Boden plumpsen und begann zu spielen.

Esmées Blick blieb auf Sorcha gerichtet, doch als sie sprach, galten ihre Worte ihm. »Alasdair«, sagte sie leise. »Warum sind Sie hergekommen?«

Einen Moment lang dachte sie, er würde nicht antworten. Doch als sie ihn ansah, lag eine Spur von Herausforderung in seinen Augen. »Zweifellos wird Ihre Tante es missbilligen«, sagte er schließlich. »Aber sie ist mein Kind, Esmée. Ich habe ein Recht, bei ihr zu sein, wohin auch immer sie geht.«

»Meine Tante ist nicht zu Hause«, antwortete sie. »Und das ist nicht das, wonach ich gefragt habe.«

Sein Blick wurde ein wenig zögerlich. »Ich wollte Ihnen etwas geben«, sagte er, fasste in seine Tasche und zog eine schmale

Schachtel aus grünem Samt hervor, die er ihr reichte. Sie kam ihr schwach bekannt vor. Unsicher nahm Esmée sie entgegen.

»Öffnen Sie sie«, sagte er. »Bitte.«

Neugierig tat Esmée, worum er gebeten hatte. Eine Kette aus schimmernden Perlen lag darin. Sie nahm sie in die Hand und bewunderte atemlos den kunstvoll gearbeiteten Verschluss aus Gold, der mit sechs Brillanten besetzt war. Die Perlen waren alle ganz ebenmäßig angeordnet und wesentlich größer als die, die sie verloren hatte. »Oh, wie wunderschön!«, flüsterte sie. »Aber ich kann kein Geschenk von Ihnen annehmen.«

»Es ist kein Geschenk«, erwiderte er. »Es ist eine Entschädigung. Ich weiß, es ist nicht dasselbe, als würden Sie die Perlen Ihrer Mutter zurückzubekommen, aber es war das Beste, was ich in der Kürze der Zeit tun konnte.«

»Die Perlen sind herrlich.«

Alasdair lächelte ein wenig bedauernd. »Ich wollte, dass Sie sie gleich an jenem Morgen danach bekommen sollten, Esmée. Doch als ich vom Juwelier zurückkam, war Lady Tatton da, und alles schien im Nu zum Teufel zu gehen. Ich habe nicht mehr an die Kette gedacht, bis … bis ich Sie gestern Abend gesehen habe. Ihr Hals war nackt, und ich dachte, dass Sie vielleicht … nun, auf jeden Fall gehört sie jetzt Ihnen.«

Esmée fühlte, wie ihre Wangen sich röteten. »Oh, ich kann nicht!«, beharrte sie, schloss die Schachtel und hielt sie ihm hin. »Ich danke Ihnen. Aber ich bin sicher, dass Tante Rowena sagen würde, dass das ungebührlich ist.«

Seine Augen blitzten wütend auf. »Und ich bin ganz sicher, dass mich das verdammt noch mal nicht interessiert«, antwortete er. »Nehmen Sie die Kette, Esmée. Bitte. Ich will, dass Sie sie haben. Außerdem, wer wird wissen, dass es nicht die ist, die Ihre Mutter ihnen gab? Eine Kette sieht der anderen sehr ähnlich.«

Sie sah ihn mit großen Augen an, dann schüttelte sie den Kopf. »*Ich* würde es wissen«, erwiderte sie. »Und ich weiß auch, dass Sie sie teuer bezahlt haben. Die Perlen sind außergewöhnlich schön und perfekt geformt.«

»Und sie gehören Ihnen«, sagte er fest.

Esmée schaute auf die Schachtel auf ihrem Schoß. »Gut, dann«, willigte sie ein. »Ich werde sie für Sorcha aufbewahren.«

»Wie Sie wollen«, schnappte er.

»Alasdair, bitte«, antwortete sie. »Lassen Sie uns nicht streiten.«

Er nickte knapp und ließ den Blick zurück zu Sorcha gleiten, die um die nackte Puppe herum einen Kreis aus Holzklötzen baute.

Esmée öffnete die Schachtel wieder und starrte auf die Perlen, wobei sie die Tränen zurückdrängte, die ihr heiß in die Augen steigen wollten. Warum fühlte sie sich wegen seines Geschenkes so jämmerlich? Da war solch ein Schmerz in ihrem Herzen, sogar jetzt, als das Geschenk schwer in ihrer Hand lag. War das alles, was sie jemals teilen würden? Diese Augenblicke angespannten Zusammenseins? Diese vorsichtigen, wohlgesetzten Worte? Die gemeinsame Sorge für das Kind, das sie beide liebten? Es schien nicht genug zu sein. Nein, nicht annähernd genug.

Sie schloss die Schatulle und gewann irgendwie ihre Fassung zurück. »Ich hoffe, Wellings und den anderen Dienstboten geht es gut?«

»Ja, danke.«

»Und Mrs. Crosby?«, brachte sie heraus, wobei ihre Stimme überraschend fest klang. »Ich hoffe, sie hat sich vollständig erholt?«

Er wandte kein Auge von Sorcha. »Ich habe sie ein, zwei Tage nicht gesehen«, erwiderte er. »Aber sie scheint wieder wohlauf zu sein. Sie hat wieder eine gesunde Farbe. Und sie legt an Gewicht zu.«

»Ich bin froh, das zu hören«, sagte sie und meinte es auch so. »Ich war überrascht, Sie gestern Abend bei Lady Gravenel zu treffen. Haben Sie sich gut amüsiert?«

»Nicht besonders«, erwiderte er. »Und Sie?«

»Ich denke, sie ist sehr gastfreundlich«, erwiderte Esmée. »Und es war nett, dass sie mich eingeladen hat.«

Endlich kehrte sein Blick zu ihrem zurück, seine Augen blickten kühl und unergründlich. »Sie scheinen überall eingeladen zu werden«, bemerkte er. »Ich nehme an, Lady Tatton treibt ein wenig Raubbau mit Ihren Kräften.«

»Meine Tante wünscht, dass ich mich oft in der Gesellschaft sehen lasse«, gab sie zu. »Sie wünscht, dass ich ›alles mitnehmen‹ soll, was immer das heißt.«

Wieder das seltsame, leichte Lächeln. »Ich denke, Sie wissen, was das heißt«, sagte Alasdair. »Es heißt, dass sie wirklich entschlossen ist, Sie zu verheiraten.«

»Gewiss, das ist es doch, was in London getan wird, nicht wahr?«, fragte Esmée kühl. »Die Familie führt einen vor wie ein Pferd bei Tattersalls und arrangiert dann eine Ehe mit einem passenden Gentleman?«

Seine Augen waren verhangen, sein Mund verzog sich zu einem ironischen Lächeln. »So sagte man es mir«, antwortete er. »Aber solche wertvollen Burschen verkehren nur selten in meinen Kreisen. Zumindest beleben Sie beide das, was in Mayfair zu dieser Zeit des Jahres ansonsten eine sehr langweilige Zeit wäre.«

Esmées Augen wurden schmal. »Unsinn, Alasdair!«, fuhr sie auf. »Und was geht es Sie überhaupt an, was wir tun? Sie leugnen jeden Respekt vor der Gesellschaft. Genau genommen wohnen Sie ja nicht einmal hier! Und ja, Tante Rowena wünscht, mich glücklich zu sehen, und für sie bedeutet das, verheiratet zu sein.«

Er beobachtete sie einen Moment lang aufmerksam. »Aber was bedeutet es für Sie, Esmée?«, fragte er und senkte seine Stimme ein wenig. »Ich bin nur neugierig, verstehen Sie? Und es *geht* mich etwas an, denn wen auch immer Sie heiraten werden, er wird im weiteren Sinne auch ein Teil von Sorchas Leben sein.«

Esmée wünschte, seine Logik zu zerpflücken – und wünschte, dieses ironische Lächeln von seinen Lippen zu schlagen –, aber für beides fand sie nicht die geeigneten Worte. Also sprang sie von ihrem Stuhl auf und begann, im Zimmer hin und her zu gehen. »Sie wissen, dass ich niemals einen Mann heiraten würde, der keine Sympathie für Sorcha empfindet«, beharrte sie mit vor Zorn kühler Stimme. »Nicht nach all dem, was ich durchgestanden habe, also wagen Sie es nicht, etwas anderes anzudeuten.«

Alasdair war aufgestanden, als sie sich erhoben hatte. Er stand jetzt, groß und unerschütterlich, neben seinem Stuhl und beobachtete, wie Esmée auf ihn zukam. In diesem Augenblick war er nicht mehr der gut aussehende, charmante *bon vivant*. Seine Augen blickten hart und entschlossen. Seine Lippen waren fest zusammengepresst, und sein Kinn war so angespannt, dass dessen Muskeln leicht zuckten. Schließlich nickte er knapp. »Ich bitte um Entschuldigung.«

Zu wütend, um ihn anzusehen, wandte sie sich ab und ging wieder durch das Zimmer. »Und ja, ich denke, ich sollte heiraten«, sprach sie weiter. »Sie selbst haben mir dazu geraten, falls Sie sich erinnern.«

»Sollte?«, echote Alasdair und ignorierte ihre Bemerkung. »Das klingt trostlos.«

Sie verschränkte die Arme vor der Brust und starrte blicklos durch das Fenster auf den schmiedeeisernen Zaun, der den Vorgarten umgab. »Ich meine damit nur, dass ich wünsche, ein Heim zu haben«, erwiderte sie und zwang sich, ihre Stimme ruhig klingen zu lassen. »Ich will nicht so sein wie meine Mutter. Ich wünsche weder Aufregung noch Dramen. Ich will einfach nur ein eigenes Leben und eine eigene Familie, Alasdair. Ich möchte *irgendwohin gehören*, denn das habe ich niemals wirklich gekannt. Können Sie das nicht verstehen?«

Endlich schien er sie zu hören, über den eigenen Horizont und seine missmutige Verdrossenheit hinauszusehen. »Ich würde es gern verstehen«, sagte er ruhig.

Ohne sich vom Fenster abzuwenden, hob Esmée die Hände. »Immer habe ich im Haus von jemand anderem gelebt«, flüsterte sie. »Im *Leben* von jemand anderem. Ich habe immer unter dem Schutz eines Stiefvaters gelebt, in Situationen, in denen meine Anwesenheit toleriert wurde – manchmal sogar willkommen geheißen wurde –, aber das ist nicht dasselbe, wie wirklich irgendwohin zu *gehören*. Du kannst nicht wissen, wie das ist, Alasdair. Es fühlt sich an, als sei man ein Rad zu viel an einer Kutsche. Ein unbeachteter Winkel in einem nicht benutzten Zimmer. Nutzlos. Und ich bin das gründlich leid.«

»Es tut mir leid«, sagte er, so nahe, dass sie zusammenzuckte.

Esmée legte die Fingerspitzen auf ihre Lippen, um sich davon abzuhalten, etwas zu sagen, was vielleicht noch pathetischer und dümmer wäre. Sie konnte die Wärme spüren, die von seinem Körper ausstrahlte, so dicht stand er hinter ihr. Sie holte tief Luft, als er die Hand auf ihre Schulter legte. Seine Berührung war schwer, warm und unendlich tröstend, obwohl sie wusste, dass sie keinen Trost von ihm annehmen sollte.

»Es tut mir leid«, sagte er wieder. »Aber vielleicht, Esmée, verstehe ich mehr, als du denkst.«

Sie stieß ein hartes, bitteres Lachen aus. »Oh, das bezweifle ich.«

Eine ganze Weile lang schwieg er. »Esmée, man kann sich nutzlos fühlen, auch wenn man sein eigenes Leben lebt, das habe ich gelernt«, sagte er schließlich. »Und an einem Ort lebt, an den man scheinbar gehört.«

Sie hob den Kopf und schaute auf sein undeutliches Spiegelbild in der Fensterscheibe. »Was soll das heißen?«

Er hob eine Schulter und senkte den Blick. »Ich weiß es nicht«, sagte er. »Ich erinnere mich gelegentlich an meine Kindheit in Schottland. Manchmal denke ich, dass ich niemals dorthin gehört habe.«

»Aber du hattest ein Zuhause und eine Familie.«

»Oh, das gewiss«, räumte er ein. »Aber es zu fühlen, dass man dazugehört, ist nicht so einfach, Esmée. Es ist ... es ist so viel mehr. Und verdammt schwer zu erklären.«

»Ich würde es gern verstehen«, drängte sie und wiederholte damit seine Worte.

Alasdair sah aus, als wünschte er, er hätte nichts gesagt. »Es ist einfach so, dass ich nicht so war wie alle anderen in meiner Familie«, sagte er ruhig. »Schotten sind ein nüchtern denkender, ernster Menschenschlag, wie du selbst gut weißt, und in meiner Familie war man noch pragmatischer und ernster als in den meisten anderen. Aber ich ... nun, ich war keines von beiden. Ich war ich selbst – voller Unsinn und Abenteuerdrang. Vom Teufel besessen, wie Granny MacGregor immer sagte. Ich konnte keine zwei Minuten lang ernst sein. Ich habe mich durch meine Schulzeit getrunken und gespielt und habe es danach noch schlimmer getrieben. Mein Vater war von mir zutiefst enttäuscht, deshalb kam ich hierher nach London und blieb ihm aus den Augen. So schien es allen Beteiligten zu passen.«

»Möglich, aber warum?«, fragte sie. »Junge Männer müssen

sich die Hörner abstoßen und ein paar verrückte Dinge tun, und du warst intelligent genug, würde ich meinen.«

»Ich hatte einen Kopf für Zahlen«, gab er zu. »Ein Talent, das zu kultivieren ich mich weigerte, vom Spieltisch einmal abgesehen. Aber über das hinaus hatte ich keine besonderen Talente, es sei denn, man zählt Charme und gutes Aussehen dazu. Mein Vater hat das sicherlich nicht getan. Er hat jeden wachen Moment damit verbracht, sich laut darüber zu beklagen, dass ich nicht mehr wie mein Bruder Merrick war.«

»Er wollte, dass du mehr wie *Merrick* bist?« Esmée war überrascht.

»Mein Vater hielt Merrick für perfekt«, sagte er ruhig. »Er war all das, was ich nicht war. Er war nicht einfach nur intelligent, er war brillant. Arbeitete nicht nur hart, sondern war ehrgeizig. Er war der Tüchtige. Ich war der Charmante. In eine Familie perfekter Erfolgsmenschen passte ich entschieden nicht hinein.«

Wieder dachte Esmée an die geheimnisvollen Bücher, angefüllt mit komplexen Berechnungen, die sie in seinem alten Rauchsalon gefunden hatte. Sie waren zerlesen gewesen und voller Eselsohren. Sie waren nicht in Englisch geschrieben gewesen, sondern in Französisch, und vielleicht sogar Holländisch oder Deutsch. Doch jemand hatte sie gelesen, hatte sie fast besessen studiert, und sie war sich ziemlich sicher, dass es nicht Merrick MacLachlan gewesen war.

»Manchmal, Alasdair, glaube ich, dass du dich bemühst, um jeden Preis charmant und oberflächlich zu erscheinen«, sagte sie. »Manchmal denke ich, du strengst dich an, dich *nicht* anzustrengen.«

Er sah sie kläglich an. »Ich habe nur etwas erklärt«, sagte er. »Ich habe die ersten fünfzehn Jahre meines Lebens in der Überzeugung verbracht, dass mich Zigeuner vor der Tür meiner

Eltern ausgesetzt haben müssten oder irgendsolchen Unsinn. Bis Granny MacGregor mir gesagt hat, dass sie mich eigenhändig auf die Welt geholt hat, was meine hübsche kleine Fantasie direkt zum Teufel gehen ließ.«

Esmées Schultern sackten herunter. »Ach, das klingt traurig!«, sagte sie. »Traurig für dich und für deinen Bruder.«

»In der Tat, für beide von uns«, bestätigte Alasdair. »Merrick war niemals Kind, während ich kaum etwas anderes war. Ich würde nicht mit ihm tauschen wollen. Nein, nicht einmal heutzutage.«

»Du fährst niemals heim nach Schottland, nicht wahr?«, vermutete sie. »Irgendjemand – Wellings, glaube ich – sagte das einmal zu mir.«

Er ließ die Hand von ihrer Schulter gleiten. »Nein, fast nie«, räumte er ein. »Ich habe es nie vermisst. Nicht, bis ... nun, bis vor Kurzem. Und jetzt frage ich mich, ob dieses pflichtbewusste, arbeitsame Leben nicht doch einige Aspekte an sich hat, die ich ein wenig vermissen könnte, wenn ich es nur zulassen würde. Offen gestanden, kommt es mir nicht mehr so düster vor, wie ich es einst gesehen habe.«

In seiner Stimme schwang ein rauer Ton mit, den Esmée bei ihm noch nie zuvor gehört hatte. Sie wandte sich zu ihm um und lehnte sich gegen die Vorhänge, weil sie erwartete, dass er zurücktreten würde. Aber das tat er nicht. Stattdessen hielt er ihren Blick mit seinen goldenen Augen fest; Augen, die nie ernster geschaut hatten. Oder verletzter. Er berührte sie nicht, obwohl die seltsame Hitze zwischen ihnen in Esmée die Frage aufkommen ließ, ob er es tun würde. Sie hielt den Atem an und wartete.

Er berührte sie nicht. Stattdessen stützte er die Hand gegen die Wand hinter ihr und beugte sich zu ihr. »Verrate mir eines«, sagte er schließlich, und seine Stimme klang seltsam belegt.

»Bist du hier glücklich? Bist du mit deiner Wahl zufrieden, Esmée?«

Ihre Hand krallte sich in den Vorhang hinter ihr. »Mit *meiner* Wahl–?« Irgendwie keuchte sie die Worte heraus. »Aber ich hatte keine Wahl, Alasdair. Erinnerst du dich nicht? Niemand hat mich gefragt, was ich wollte. Das tut nie jemand. Und ich bin es leid, dass immer andere entscheiden, was das Beste für mich ist. Ich denke, du weißt, was ich meine.«

Alasdair öffnete den Mund, dann schloss er ihn wieder. Er hielt ihren Blick argwöhnisch einen langen Moment fest, seine Hand noch immer neben ihrer Schulter aufgestützt. Esmée wollte, dass er etwas sagte – dann wollte sie selbst das Schweigen unterbrechen – aber es kamen keine Worte.

Ihre Wahl? Was für ein Witz das war! *Er* war ihre Wahl, obwohl diese Erkenntnis ihr keine Freude machte. Sie brannte darauf, ihn zu küssen oder ihn zu schlagen oder ihm einfach zu sagen, dass er zur Hölle fahren sollte. Aber sie tat nichts von all dem. Denn Sorcha rettete sie, indem sie vor Freude schrie, als sie einen Turm aus Bauklötzen umstieß, der polternd zu Boden fiel.

Es war, als würde ein Zauber gebrochen. Alasdair senkte den Blick und richtete sich auf. »Es tut mir leid, Esmée«, sagte er wieder. Aber dieses Mal wusste sie kaum, wofür er sich entschuldigte. Dafür, dass er sie wollte? Oder dafür, dass er sie *nicht* wollte? Oder für etwas ganz anderes? Trotz ihrer großen Worte, ein eigenes Leben führen zu wollen, fühlte sich Esmée plötzlich sehr jung und sehr unerfahren.

Alasdair ging durch den Salon, um den Schaden in Augenschein zu nehmen. »Gut gemacht, kleiner Wildfang!«, sagte er mit ruhiger Stimme. »Wie viele hattest du? Soll ich sie zählen?«

»Zählen.« Sorcha war einverstanden und zeigte herrisch auf die Unordnung.

Er zählte laut, und Sorcha sprach ihm die Zahlen nach. »Elf!«, sagte er, nachdem er alle wieder aufeinandergetürmt hatte. »So viele Bauklötze! Und was für ein kluges Mädchen du bist.«

»Klug!«, sagte Sorcha und warf den Turm erneut um.

Alasdair hob ihr Kinn mit einem Finger und küsste sie rasch auf den Scheitel. Dann stand er auf und hielt Esmées Blick fest, seine Miene war jetzt undurchdringlich. »Ich muss gehen«, murmelte er. »Eigentlich hatte ich gar nicht vor zu bleiben. Kann ich Sorcha in zwei Stunden abholen?«

Esmée richtete den Blick auf einen Punkt irgendwo hinter seiner Schulter. »Ja, natürlich«, stimmte sie zu. »Wie immer es dir passt.«

Er nahm seinen Hut und seinen Stock, welche er auf einem Stuhl abgelegt hatte. »Dann also in zwei Stunden«, verabschiedete er sich mit einer knappen Verbeugung. »Danke. Ich finde selbst hinaus.«

Und ehe sie noch etwas Stolzes und Verabschiedendes sagen konnte, war er fort.

Kapitel 8

In dem Sir Alasdair einer unglücklich Verliebten einen Rat gibt

Sir Alasdair MacLachlan stürmte aus Lady Tattons Haus und die Straße hinunter, ohne seinem Kutscher eine Anweisung zu geben, welcher bei den Pferden stand und dem Rücken seines Herrn hinterherstarrte, als dieser in Richtung Piccadilly verschwand.

Auf den Straßen hatten die Händler ihre Geschäfte für den Tag eingestellt und waren dabei, mit ihren Karren und Wagen davonzufahren und den nachfolgenden Kutschen Platz zu machen, welche die Aristokratie zu ihren vormittäglichen Besuchen beförderten. Zeitungsjungen riefen Neuigkeiten aus, während sie ihre reißerischen Geschichten verkauften. Eine Messerstecherei in Southwark. Gerüchte über Wellingtons Rücktritt. Ein weiterer Aufstand an irgendeinem verdammten Ort. Alasdair ignorierte das alles.

Verdammt, wie konnte sie es wagen! Wie konnte dieses Küken von einem Mädchen es wagen, sein Urteil in Frage zu stellen! Wic konnte sie es wagen, ihn fürchten zu lassen, er hätte eine dumme, unwiderrufliche Entscheidung getroffen! Und wie konnte sie es wagen, so verdammt schön auszusehen, und so verdammt wütend, und das alles zur selben Zeit?

Zu seiner Linken die Gasse hinunter schüttete jemand einen Eimer Wasser aus einem Mansardenfenster. Irgendwo läuteten Kirchenglocken. Ein derangiert aussehender junger Bursche in einer halb zugeknöpften Weste lüftete seinen Zylinderhut und grüßte Alasdair mit Namen, als sie aneinander vorbeigingen. Alasdair eilte weiter, blind für die Plackerei des täglichen Lebens um sich herum, durch die er sich seinen Weg bahnte.

Ja, verdammt und noch mal verdammt sollte sie sein! Esmée Hamilton war zum Fluch seines Lebens geworden; eines Lebens, das er einmal für bequem und unkompliziert gehalten hatte. Nun, das war es weiß Gott jetzt nicht mehr. Vielleicht war es das ja auch nie gewesen. Und jetzt, da ihm die Schuppen von den Augen genommen worden waren, jetzt, da er die pure Trivialität des Lebens zu begreifen begann, das er geführt hatte, musste er etwas tun – wenn nicht für sich, so doch um Sorchas willen. Er musste über die Zukunft nachdenken und aufhören, des Lebens Nichtigkeit mit billigem Vergnügen und kostspieligem Leichtsinn zu kaschieren. Das würde eine gehörige Portion an Mühe kosten, etwas, was Alasdair normalerweise nicht aufbot.

An der Ecke Mount Street wandte er sich aus einem Impuls heraus in Richtung Hyde Park, wobei er die Schultern schützend gegen den scharfen Herbstwind hochzog. Er hatte nicht daran gedacht, seinen Wintermantel mitzunehmen. Genau genommen hatte er *überhaupt* nicht gedacht. Hätte er für einen Moment die Torheit seines Besuches am Grosvenor Square bedacht, hätte er jemand anderen geschickt. Wellings. Hawes. Jeder hätte Sorcha in der Kutsche dorthin begleiten können.

Es war ein kurzer Weg durch einen heftigen Wind, doch Alasdair ignorierte die Böen, die unter den Kragen seines leichten Mantels fuhren. Genau genommen fühlte es sich fast belebend an, zu frieren. Er fühlte sich, als wäre er jetzt seit Wochen in einem heißen, emotionalen Rausch gefangen. Seit Esmée Hamilton, zur Hölle mit ihr, sich ihren Weg in sein Haus und in sein Herz gebahnt hatte. Ein offener Zweispänner kam die Park Lane herunter, das Pferdegeschirr klirrte. Alasdair trat rasch auf den Fußweg zurück und sah ihn vorbeifahren, seine Räder ließen Brocken von Matsch und Schlamm aufspritzen. Der Zweispänner fuhr nicht besonders dicht an ihm vorbei, doch es erinnerte ihn wieder an die Gefahren, die ihn umgaben.

Im Park ging er direkt zu der Bank nahe des Sees; zu der Bank, auf der er und Esmée an dem schrecklichen Tag von Sorchas Unfall gesessen hatten. Jener Tag hatte alles verändert. Und auch wieder nicht. Nachdenklich stieß Alasdair mit dem Schuh in den Rasen, und zu seiner Verblüffung sah er plötzlich eine Perle zwischen den Halmen schimmern. Sie war schmutzig. Er hob sie auf, rollte sie zwischen den Fingern und steckte sie dann in seine Tasche. Ein Andenken. Vielleicht eine Mahnung daran, dass er seine fünf Sinne beisammen halten sollte.

Nein, er hatte kein Recht gehabt, zu Lady Tattons Haus zu gehen. Aber verdammt, er hatte diese Perlenkette an Esmées Hals sehen wollen. Er wollte, dass sie sie trug, jeden Abend, wenn sie trank und speiste bei den Angesehensten der *haut monde*. Er hatte ein heimliches Vergnügen daran haben wollen, zu wissen, dass es sein Geschenk war, das um ihren Hals lag, wenn andere Männer sich an ihrer stillen Schönheit weideten. Es wäre eine kleine, armselige Genugtuung gewesen, sicherlich. Aber er hatte es sich dennoch gewünscht.

Nun, das war nicht mehr wichtig. Sie würde die Kette nicht tragen. Aus welchem Grund auch immer. Emotionslos beobachtete er eine Möwe, die über den See flog und deren einsamer Schrei die Luft durchstach. Der Vogel war vermutlich vom Sturm der letzten Nacht hierhergetrieben worden und fühlte sich jetzt ein wenig verloren. Alasdair kannte dieses Gefühl. Er schob die Hand in die Tasche und tastete nach dem Trost seiner kleinen Perle.

Esmée war betrübt, als Alasdairs Kutscher zwei Stunden später läutete, um Sorcha abzuholen. Er trug das Kind zur wartenden Kutsche und reichte sie durch das offene Fenster hinein. Aus der dämmrigen Tiefe streckte Alasdair die Arme vor, um sie zu nehmen; der vertraute Siegelring an seiner linken Hand fing dabei das mittägliche Sonnenlicht ein.

Alasdair nahm Esmées Anwesenheit in keiner Weise zur Kenntnis. Genau genommen beugte er sich nicht einmal weit genug vor, um sein Gesicht zu enthüllen. Sie spürte das warme Gewicht von Tränen hinter ihren Augen, wandte sich abrupt ab und schloss heftig die Tür. Die Situation fühlte sich für sie plötzlich so hässlich an, als wären sie und Alasdair ein unglücklich verheiratetes Paar, das ein geliebtes Kind hin und her fuhr, weil es zu sehr verfeindet war, um unter demselben Dach zu wohnen.

Nachdem sie eine Weile darüber nachgedacht hatte, wurde sie glücklicherweise von einem Nachmittag voller Überraschungen abgelenkt, von denen eine angenehmer als die andere war. Die erste war ein Strauß gelber Rosen von Mr. Nowell, zusammen mit einem Brief, in welchem er sie bat, am morgigen Nachmittag mit ihm eine Ausfahrt durch den Park zu unternehmen. Die zweite war die Einladung von Miss Smathers, sie und ihren Bruder in die Royal Academy zu einer Ausstellung neuer Landschaftsbilder zu begleiten.

Esmée war damit beschäftigt, die Zusagen zu schreiben, als ihre Tante von Madame Panaut zurückkehrte und eine Putzschachtel mitbrachte, in der ein wunderschönes Kleid aus dunklem bronzefarbenem Satin lag.

»Es passt perfekt zu deinem Haar!«, erklärte ihre Tante. »Oh, ich wusste es! Ich hatte *Madame* gebeten, es als Überraschung für dich anzufertigen.«

Esmée strich mit der Hand über den kostbaren Stoff. »Tante, du bist zu großzügig.«

Aber Lady Tatton tat diesen Dank mit einer Geste ab. »Jetzt müssen wir es nur noch anpassen, und dann kannst du es am nächsten Mittwoch im Theater tragen.«

»Im Theater?«

Lady Tatton lächelte vielsagend. »Wir sind in Lady Kirtons Loge eingeladen«, sagte sie. »Und ich bin ganz begeistert über diese Einladung. Sie hat auch Lady Wynwood und deren Sohn eingeladen. Ich möchte gern sehen, wie dieser junge Mann so ist.«

»Aber ins Theater?«, sagte Esmée wieder.

»Nun, es ist nicht so, als würden wir uns eine Posse ansehen«, erklärte ihre Tante. »Wir werden *The Wicket Gate* sehen, eine Bearbeitung von John Bunyans Werk *Die Pilgerreise*. Es ist ein äußerst ehrenhaftes und lehrreiches Stück.«

Esmée fand, dass es sich nach tödlicher Langeweile anhörte. Außerdem widerstrebte es ihr, einen Abend mit Wynwood und dessen Mutter zu verbringen. Selbst die zehn Minuten, die sie nach dem Dinner bei Lady Gravenel an seinem Arm durch deren Salon geschlendert war, hatte ihre Fähigkeit zur Konversation ernsthaft strapaziert. Es war ihr nicht gelungen, sich nicht auszumalen, was Alasdair seinem Freund Wynwood über sie erzählt haben mochte. Und dann war da auch noch die peinliche Erinnerung an ihren Ausbruch im Esszimmer vor gar nicht allzu vielen Wochen.

Lieber Himmel! Sie hatte Mr. MacLachlan als hohlköpfigen Schwätzer bezeichnet und Lord Wynwood gesagt, dass er die Manieren eines Schweins hätte. Das Letztere entsprach nicht der Wahrheit. Er war der einzige der drei Gentlemen gewesen, der sich *nicht* so benommen hatte, als wären sie und Sorcha irgendwelche Möbelstücke, über die man sprach und sich sogar stritt, als hätten sie keine Gefühle. Und selbst danach war er immer freundlich zu ihr gewesen. Warum also plagte sie das jetzt?

Auf Lady Gravenels Dinnerparty hatte Wynwood versucht, sie zu unterhalten. Er hatte sich nach Sorcha erkundigt und ihr eine lustige Geschichte aus seiner Kindheit in Buckinghamshire erzählt, dazu einige seiner weniger skandalösen Abenteuer mit dem erschöpft aussehenden Lord Devellyn und den Brüdern MacLachlan. Doch gerade als Esmée geglaubt hatte, sie könnte sich in seiner Gesellschaft entspannen, hatte sie gesehen, auf welche Art Lady Wynwoods Blick ihnen beständig durch den Salon gefolgt war.

»Nun, Esmée!« Lady Tattons Stimme riss sie zurück in die Gegenwart. »Was hast du da?«

Sie wandte sich um und sah ihre Tante am Schreibtisch stehen. »Oh, das sind Einladungen«, antwortete sie. »Ich dachte, ich sollte beide annehmen.«

Lady Tatton wedelte Miss Smathers Karte hin und her. »Nun, warum frage ich mich nur, ob diese Einladung vielleicht auf jemand anderes Geheiß hin geschickt wurde?«, neckte sie. »Vielleicht das von *Mr.* Smathers?«

Esmée lächelte. »Ich würde sagen, du hast recht«, gab sie zu. »Zumindest hatte der arme Mr. Nowell den Mut, in seinem eigenen Namen eine Einladung zu schicken.«

Lady Tatton nahm das Schreiben. »Spazierenfahren im Park mit Nowell!«, zwitscherte sie. »Ich denke, du solltest annehmen, meine Liebe. Zum Heiraten ist er zu langweilig, aber die Bekanntschaft kann nicht schaden.«

In diesem Moment trat der Butler ein und brachte auf einem kleinen Silbertablett zwei Visitenkarten. »Eine Lady und ein Gentleman wünschen Ihnen einen Besuch zu machen, Ma'am.«

Lady Tatton warf Mr. Nowells Einladung zurück auf den Sekretär und griff nach den Visitenkarten. »O Gott, es ist Wynwood! Und seine Mutter!« Ihr Kopf fuhr hoch. »Schnell! Wir müssen sie im Salon empfangen!«

Als Esmée verwirrt zögerte, nahm Lady Tatton sie am Ellbogen und zog sie zur Tür. »In zwei Minuten, Grimond! Ach du meine Güte, Esmée! Ist das ein Fleck auf deinem Kleid? Hier, nimm mein Taschentuch. Entferne ihn. Schnell! Schnell! Und jetzt steh ganz gerade, wenn ich bitten darf. Größe steht dir.«

Esmée folgte ihr in den Salon und hielt sich sehr gerade. »Aber warum sind sie *jetzt* hier, wenn wir doch am Mittwoch zusammen ins Theater gehen?«

Sie musste sich das nicht lange fragen. Lady Wynwood, eine große, schlanke Frau eilte in einem Rascheln von Seide in den Salon und küsste Lady Tatton auf beide Wangen. Lord Wynwood verbeugte sich vor Esmée, ein kleines Lächeln auf dem Gesicht.

»Oh, Rowena!«, sagte Lady Wynwood und presste die Hand auf ihre Brust. »Etwas ganz Schreckliches ist geschehen! Meine Köchin ist an dieser Mandelentzündung erkrankt, die zurzeit grassiert!«

»Oh! Oh, meine Liebe, wie schrecklich für Sie!« Lady Tatton nahm Lady Wynwoods Hand und tätschelte sie.

»Ach, das Schlimmste wissen Sie ja noch gar nicht!«, jammerte sie. »Ich habe für Montag zu einer Dinnerparty eingeladen! Oh, werden Sie mir die Anleitung für diesen heißen Umschlag geben, von dem Sie gestern gesprochen haben?«

»Für den Halswickel aus gekochten Zwiebeln? Aber natürlich.« Lady Tatton ging zu einem kleinen Schreibtisch in der Ecke des Salons, und Lady Wynwood folgte ihr. »Nun, er muss sehr heiß sein«, sagte Erstere und zog einige Bogen Papier hervor. »Heiß genug, um das Gift herauszuziehen! Aber nicht so heiß, dass er Verbrennungen hervorruft.«

Esmée lächelte Lord Wynwood an und wies auf die Stühle, die vor dem Kamin standen. »Wollen Sie sich nicht setzen, Mylord, während diese schreckliche Tragödie abgewendet wird?«

Wynwoods blaue Augen blitzten vor Belustigung. »Miss Hamilton, ich mag Ihre Art von Humor«, sagte er. »Ich denke, das war das Erste, was mir an Ihnen aufgefallen ist.«

Esmée warf ihm einen skeptischen Blick zu. »Wie absolut erstaunlich«, bemerkte sie. »Ich hätte gedacht, es wäre meine Art, theatralische Ausbrüche vor Menschen zu haben, die ich kaum kenne.«

Er warf den Kopf in den Nacken und lachte wieder. Die beiden Ladys am Schreibtisch wandten sich um und schauten zu ihnen herüber. »Ich denke, das bestätigt nur meinen ersten Eindruck, Miss Hamilton«, antwortete er. »Ihr Sinn für Humor ist absolut unbezähmbar, selbst wenn Sie zornig sind.«

»Oh, an jenem Tag war ich sehr zornig«, gestand sie.

»Das entspricht gewiss nicht Ihrem Naturell, davon bin ich überzeugt«, fuhr er fort. »Ich denke, Sie sind im Innersten wahrscheinlich eine sehr freundliche Person. Gott weiß, dass Merrick einen Heiligen zur Weißglut bringen könnte, und Alasdair ist fast ebenso schlimm.«

»Ich versuche mir eine positive Sicht auf die Dinge zu bewahren, Lord Wynwood«, sagte sie. »Obwohl das in letzter Zeit sehr schwer gewesen ist.«

Sein Gesicht wurde ernst. »Sie vermissen Ihre Schwester, nicht wahr?«, fragte er. »Ich kann das verstehen. Sie ist solch ein kleiner Engel.«

»Genau genommen ist sie ein ausgemachter Teufelsbraten.« Esmée lächelte angespannt. »Aber ich vermisse sie trotzdem. Sehr. Bis jetzt war ich nie von ihr getrennt. Es ist schwerer, als ich erwartet hatte.«

»Ah, mein Mitgefühl, Miss Hamilton«, sagte Wynwood. »Ihre missliche Lage ist eine schwierige. Vielleicht kann ich helfen, Ihre Gedanken für einen Abend von Ihrem Kummer abzulenken. Wie ich hörte, hat Lady Kirton Sie und Ihre Tante eingeladen, mit uns am Mittwoch ins Theater zu gehen. Darf ich hoffen, dass Sie sich uns anschließen werden?«

»Ja, ich glaube, wir beabsichtigen das«, erwiderte sie. »Allerdings muss ich meine Unkenntnis in Bezug auf das Stück gestehen.«

Wynwood lächelte trocken. »*The Wicket Gate?*«, fragte er. »Ich glaube, es ist geschrieben worden, um unsere Moral zu heben. Ich hoffe nur, dass meine unter diesem Druck nicht zusammenbricht.«

In diesem Moment schloss Lady Tatton die Schublade des Schreibtisches und begann, den Bogen Papier zu falten. Lord Wynwood erhob sich. »Ich muss gehen«, sagte er. »Mama hat einen ihrer nervösen Tage, und ich habe ihr deshalb für den Nachmittag meine Begleitung angeboten.«

»Wie nett von Ihnen«, sagte Esmée.

Wieder ließ er sein weiches Lächeln aufblitzen. »Manchmal muss ein Mann zu seiner Verantwortung stehen«, sagte er. »Ob er es möchte oder nicht.«

Nur kurze Augenblicke später hatten sich Lord und Lady Wynwood verabschiedet und versprochen, sie am Mittwoch wiederzusehen. »Da hast du's!«, sagte Lady Tatton, als Grimond die Tür zum Salon zuzog. »Ich denke, das lief sehr gut.«

»Du denkst, dass was sehr gut lief?«

Lady Tatton lächelte vielsagend. »Oh, du hast doch wohl nicht einen Augenblick lang diesen Unsinn über die Halswickel geglaubt, oder?«

Esmée blinzelte. »Hätte ich das nicht glauben sollen?«

Ihre Tante tätschelte ihr sanft den Arm. »Ich wette zehn zu eins, dass die Köchin nur einen Schnupfen hat«, sagte sie. »Ist dir nicht aufgefallen, wie genau Lady Wynwood deine Erscheinung gemustert hat? Meine Vorhangstoffe und meine Einrichtung? Selbst den Schnitt von Grimonds Weste? Als Nächstes hätte sie an meinem Silber gerieben, um zu sehen, ob es echt ist. Nein, sie wollte uns unvorbereitet antreffen. Lady Wynwood beginnt mit der Musterung.«

Esmée war verblüfft. »Mit der *Musterung?*«

»Oh, natürlich«, sagte Lady Tatton. »Sie wünscht sich davon zu überzeugen, dass du – genauer gesagt, *wir* für ihren Sohn gut genug sind.«

Esmée war zumindest gut genug, um am darauf folgenden Nachmittag mit Mr. Nowell eine Spazierfahrt zu unternehmen, der sie damit schockierte, dass er in einer flotten zweirädrigen, von zwei Pferden gezogenen Kutsche vorfuhr. Vielleicht hatte sie den angehenden Politiker falsch eingeschätzt? Sie hatte ihn anfangs für ernst und stinklangweilig gehalten.

Bei näherer Bekanntschaft erkannte sie dann unglücklicherweise, dass seine Ernsthaftigkeit zudem noch von seiner Wichtigtuerei übertrumpft wurde. Auf dem Weg zum Park ließ er sich lang und breit über Wellingtons Verzögerungstaktik bezüglich der Parlamentsreform aus. Als sie die Rotten Row entlangfuhren, wandte sich das Gespräch dessen verabscheuungswürdiger Unterstützung der Katholiken zu. Allem Anschein nach stand dem Land das Ende der englischen Zivilisation bevor, so wie sie sie kannten, und das war allein die Schuld des Premierministers.

Esmée, die mehr als nur eine kleine Sympathie für die Katholiken hegte, verzichtete darauf, Mr. Nowells politische Ansicht über Englands Behandlung von dessen nördlicherem Nachbarn zu erfragen. Ihre Meinungen zu diesem Thema würden höchstwahrscheinlich auseinandergehen, und Mr. Nowell, hatte sie beschlossen, war diese Diskussion nicht wert. Aber nachdem sie den Park seiner Länge nach durchfahren hatten, überraschte er sie damit, dass er die politischen Themen gänzlich fallen ließ und sie fragte, ob sie sich sein neues Haus ansehen wolle.

»Nicht, dass es jetzt schon ganz mein ist«, gestand er fast schüchtern. »Genau genommen ist es noch nicht einmal fertig.«

Esmée war fasziniert. »Wie weit ist es?«

»Nicht sehr weit«, sagte er. »In der Nähe von Chelsea.«

Esmée stimmte mit Eifer zu, obwohl sie sich nicht ganz sicher war, wo Chelsea lag. Nach knapp zwei Monaten in London war sie es müde geworden, immer durch dieselben bekannten Straßen und Parks zu gehen und denselben dummen Leuten zuzuwinken.

Die Straßen, die vom Hyde Park fortführten, waren nicht sehr bevölkert, und Nowell ließ seine Pferde in einem recht flotten Tempo laufen. Esmée hielt mit einer Hand ihren Hut fest und lehnte sich zurück, um die Fahrt zu genießen. Nachdem sie Belgravia hinter sich gelassen hatten, kamen sie an wunderschönen neuen Häusern in den verschiedenen Stadien des Entstehens vorbei. »Mein Haus liegt noch ein Stück weiter«, sagte Nowell, während die herrlichen weißen Gebäude vorbeihuschten.

Die weißen Häuser hörten auf. Mr. Nowell bog einige Male ab, und sie fuhren jetzt an Feldern vorbei, die sich mit kleinen Kirchen, malerischen Herrenhäusern und manchmal sogar einer Reihe von Läden abwechselten; kleine Dörfer, die dazu bestimmt waren, so vermutete Esmée, vom sich immer weiter ausbreitenden London geschluckt zu werden. Schließlich kamen mehrere Häuser in Sicht. Sie ähnelten denen, die man in Mayfair antraf, waren aber moderner und imposanter. Nachdem sie an einigen bereits fertigen Gebäuden vorbeigefahren waren, bog Mr. Nowell in einen Weg ein, der, soweit Esmée es vermuten konnte, einmal eine elegante Zufahrt sein würde.

Der gepflasterte, staubige Platz summte vor Betriebsamkeit. Überall waren Männer, die Schaufeln, Hämmer und Maurerkellen schwangen. Zwei Landvermesser richteten Stative auf. Ein Stück weiter die Zufahrt hinauf waren Karren abgestellt, die mit Ziegelsteinen beladen waren. Daneben stand ein schimmernder Einspänner mit einem Pferdeknecht, der darauf aufpasste. Nowell zeigte über den Platz auf eines der Häuser und dessen herrliche Fassade aus Stein und Marmor. Das Haus schien von außen fast fertig zu sein, war aber auf der einen Seite noch von Stein- und Schmutzhaufen umgeben, während auf der anderen das noch unvollständige Fundament des Nachbarhauses zu sehen war.

»Ballachulish Close Nummer vier«, sagte der junge Mann stolz.

Esmée war beeindruckt. Mr. Nowell befand sich, so schien es, nicht in finanzieller Verlegenheit – abgesehen davon, dass er seine Hypothek würde abbezahlen müssen. Sie verdrängte diesen Anflug von Zynismus und lächelte. »Ballachulish Close«, wiederholte sie. »Das ist schottisch.«

Nowell nickte. »Der Architekt, der sich das alles hier ausgedacht und es gebaut hat, ist Schotte«, sagte er. »Ein äußerst mürrischer Bursche, aber ein Genie. Ohne seine Zustimmung wird hier kein Stein bewegt, und darüber hinaus kümmert er sich um den Entwurf, die Finanzierung und überhaupt um jedes noch so kleine Detail persönlich. Er ist schlimmer als der verrückte Cubitt oben in Belgravia, würde ich meinen. Am ersten Dezember gehört das Haus mir, falls der arme Teufel sich davon wird trennen können.«

»Wie wundervoll alles ist«, sagte Esmée. »Ich habe noch nie so viele Arbeiter zur selben Zeit am selben Ort gesehen.«

Nowells Miene drückte plötzlich Zweifel aus. »Vielleicht ist dies doch nicht der passende Ort für den Besuch einer Lady?«

»Unsinn«, erwiderte sie. »Trotzdem würde ich sagen, wir sollten jetzt zurückfahren. Meine Tante wird sich wundern, wo ich bleibe.«

Nowell ergriff die Zügel und versuchte, seinen Zweispänner zwischen den Wagen und Karren zu wenden. Dabei geriet er gefährlich nah an den schwarzen Einspänner. Der Pferdeknecht zuckte zusammen und beobachtete Nowell abschätzend, als würde er ihm tatsächlich zutrauen, das schöne Fahrzeug seines Herrn zu beschädigen.

Esmée holte scharf Luft, als Nowell das Wendemanöver mit kaum fünf Zentimetern Abstand zwischen den Wagen schaffte. »Sie müssen sich nicht beunruhigen«, sagte er leise. »Die Kutsche gehört Mr. MacLachlan, und glauben Sie mir, er kann sich leicht ein ganzes Dutzend davon leisten.«

Esmées Griff um die Seite des Einspänners festigte sich. »Ich ... wie bitte?«, brachte sie schließlich zustande. »Sie gehört wem?«

Nowell war noch damit beschäftigt, die Kutsche aus der Zufahrt zu lenken. »Merrick MacLachlan, dem berühmten Architekten«, sagte er abwesend. »Er und sein Bruder sind die Investoren des Projektes. Aber Moment – Sie sind entfernt mit den beiden verwandt, nicht wahr? Lady Gravenel hat etwas in dieser Richtung erwähnt.«

»Ja, sehr entfernt. Vermutlich. Ich bin nicht einmal sicher.«

Esmée schaute zum Haus zurück und fast so, als hätte sie es herbeigezwungen, kam Merrick MacLachlan um die Ecke von Nummer vier und ging vorsichtig über die Planken, die vor dem Haus verlegt waren. Sein dunkler Gehrock und die Weste waren wie immer makellos, doch seine Hosen waren bis zu den Knöcheln mit Schmutz bedeckt. Er machte wie üblich ein finsteres Gesicht, die hässliche Narbe auf seiner Wange hob sich scharf und deutlich ab. Aber noch schlimmer war, dass er nicht allein war.

»Guten Tag, Gentlemen«, sagte Nowell, als die Männer auf die Kutsche zukamen. »Miss Hamilton und ich haben gerade das Haus bewundert.«

Die Brüder MacLachlan wechselten einen Blick und begrüßten sie dann mit kühler Höflichkeit. »Nun, Sie können hier herausfahren und sich den lieben langen Tag umschauen, Nowell«, fügte Merrick hinzu, »aber das Haus wird nicht vor dem 1. Dezember fertig, und es sich zu wünschen, wird daran nichts ändern.«

Nowell sah Esmée ein wenig verlegen an. »Ich habe mich wohl als Plagegeist erwiesen«, gestand er. »Sagen Sie, Sir Alasdair, hat Ihr Bruder Ihre Hilfe bei seinen architektonischen Bemühungen eingeworben?«

Alasdair gab ein hartes Lachen von sich. »Um Ihret- und um seinetwillen sollten Sie das besser nicht hoffen.«

Merrick MacLachlan ließ seinen Blick von Alasdair zu Esmée gleiten. »Aber ich denke, es ist ganz gut, dass Sie jetzt hier sind«, sagte er zu Nowell. »Penworth ist im Haus, und er ist zwischen den beiden Kaminaufsätzen, die ich entworfen habe, hin- und hergerissen. Ich bevorzuge den einen, er den anderen. Wünschen Sie selbst die Wahl zu treffen? Wahrscheinlich werden Sie sich aber Ihre Schuhe ruinieren.«

Nowell schaute fast begehrlich auf das Haus, zögerte aber. Ob wegen der Unschicklichkeit, Esmée allein zu lassen, oder wegen des Wohlergehens seiner Schuhe vermochte sie nicht zu beurteilen.

»Alasdair wird sich um Ihre Pferde kümmern«, sagte Merrick.

Die Begehrlichkeit gewann. Nowell sprang von der Kutsche. »Ich werde im Nu wieder zurück sein, Miss Hamilton!«

Alasdair beobachtete seinen Abgang kritisch und lächelte säuerlich. »Ich glaube nicht, dass deine Tante Mr. Nowells Benehmen jetzt akzeptieren würde, meinst du nicht auch?«

»Als ich wegfuhr, war sie nicht allzusehr von ihm überzeugt«, gestand Esmée leichthin. »Ich glaube, ich soll nur meine weiblichen Tricks an ihm ausprobieren, bis etwas Besseres des Weges kommt.«

Alasdair warf ihr einen weiteren dunklen Blick zu, aber irgendwo auf dem Weg zu ihr wandelte der sich in ein helles Lachen. »Oh, hat sie das gesagt?«, fragte er. »Guter Gott, ich habe dich den Krallen eines weiblichen Machiavelli überlassen.«

Esmée schaute herausfordernd auf ihn herunter. »Ja, das hast du«, erwiderte sie scharf. »Und ich bin froh zu hören, dass du zugibst, dass dies dein eigenes Werk war.«

Seine Augen verengten sich, und sein perfekt geschnittenes Kinn zuckte. »Kritisiere mich nicht, Esmée«, warnte er. »Niemand hat dir einen Dolch an die Kehle gesetzt – weder damit du gehst, noch damit du mit diesen Idioten so hemmungslos flirtest.«

Esmée zog die Augenbrauen hoch. »Hemmungslos flirte?«, echote sie. »Also wirklich, Alasdair, ich denke, du schreibst meinen weiblichen Verführungskünsten mehr Wirkung zu, als angemessen ist. Und was diesen Dolch angeht, so könnte ich schwören, dass ich gefühlt habe, wie er mich verletzt hat.«

Er wandte den Kopf ab, und die Knöchel, die das Zaumzeug der Pferde hielten, wurden weiß. »Ich verstehe«, stieß er hervor. »Und wer wird die nächste Fliege im Spinnennetz sein?«

»Dein Freund Wynwood, nehme ich an«, erwiderte sie leichthin. »Er begleitet mich Mittwochabend ins Theater.«

Sie hörte ihn leise fluchen. »Quin?«, fragte er ungläubig, und sein Kopf fuhr wieder herum. »Ins – ins Theater?«

»Ja, aber es wird schwer für mich sein, mit dem armen Kerl hemmungslos zu flirten«, sprach sie weiter. »Es ist ein sehr moralisierendes Stück, deshalb würde ich meinen, ich werde verpflichtet sein, meinen Fächer zu Hause zu lassen, einen sittsamen Ausschnitt zu tragen und mich auf sanfte Koketterie zu beschränken. Um des Anstands willen, du verstehst.«

»Guter Gott«, erwiderte er. »Du bist – du wirst dir *The Wicket Gate* ansehen?«

»Ja, das werde ich, na und?«, entgegnete sie und senkte ihre Stimme zu einem ernsteren Ton. »Wirklich, Alasdair, ich weiß einfach nicht, was es ist, das du wünschst, dass ich es tue. Ich dachte, ich sollte dir aus dem Weg gehen und mir einen Ehemann suchen, und doch scheint dir nichts von dem zu gefallen, was ich in dieser Hinsicht unternehme.«

»Aber *The Wicket Gate*«, sagte er wieder. »Das ist – ist – ach, vergiss es!«

»Du hast meine Frage nicht beantwortet«, beharrte sie.

Er warf ihr einen weiteren seiner dunklen Blicke zu. »Was ich wünsche, dass du tust, Esmée, ist, sofort nach Hause zu fahren, wenn dieser langweilige Nowell wieder herauskommt«, sagte er. »Und sag deiner Tante nicht, dass du hier draußen gewesen bist. Eine Baustelle ist kein Ort für eine Lady.«

Esmée warf einen unruhigen Blick auf das Haus. »Ich fange an, mir das auch zu sagen«, gab sie zu. »Ich scheine nie zu wissen, was von mir erwartet wird. In Schottland war ich daran gewöhnt, alles so zu tun, wie es mir gefiel.«

»Hier ist nicht Schottland.«

»Das habe ich schon gemerkt«, gab sie zurück. »Außerdem scheinst du hier ebenso fehl am Platze zu sein wie ich.«

Er schaute sie nicht länger an, sondern ließ den Blick stattdessen über die Haufen von Schutt und Mauersteinen gleiten. »Ich bin tatsächlich fehl am Platze«, stimmte Alasdair zu. »Aber Merrick hat die Idee, eine dieser modernen Monstrositäten für unsere Großmutter zu bauen. Sie hält natürlich nichts davon. Deshalb ist mir die Aufgabe zugefallen zu vermitteln und Merrick klarzumachen, dass eine seiner Ideen einmal für nicht ganz so brillant gehalten wird.«

»Oh, ich bin sicher, das wird für ihn schwer zu begreifen sein.« Esmée schaute auf und blinzelte in die Sonne. »Deine Großmutter lebt in Schottland, nicht wahr? Warum sollte sie wünschen, von dort fortzugehen?«

Alasdair zuckte die Schultern. »Das Leben dort ist kälter und rauer, oder nicht?«, erwiderte er. »Aber sie verwaltet mehr oder weniger meinen Besitz für mich. Sie führt den Befehl über eine zugige alte Burg und eine ganze Armee von Dienstboten. Nein, ich denke nicht, dass sie aus freien Stücken solche Unabhängigkeit aufgeben würde – für ein wenig Wärme und ein paar moderne Annehmlichkeiten.«

»Schön für sie!«, sagte Esmée.

Er schaute abschätzend zu ihr hoch. »Du würdest dasselbe tun, nicht wahr?«, murmelte er. »Du würdest auf der Stelle nach Hause fahren, wenn du könntest.«

Sie schwieg einen Moment. »Ich habe kein Heim mehr, in das ich zurückkehren kann«, sagte sie einfach. »Und ich könnte es nicht ertragen, so weit weg von Sorcha zu sein.«

Eines der Pferde bewegte sich nervös, und um es zu beruhigen, begann Alasdair, es mit langsamen, fast hypnotisierenden Bewegungen vom Nacken zu den Nüstern zu streicheln. »Wenn du versuchst, mir Schuldgefühle einzureden, Esmée, wirst du keinen Erfolg damit haben«, sagte er schließlich. »Ich bin ihr Vater, und jede Art Vater ist besser als gar keiner.«

Esmée versteifte sich. »Habe ich etwas anderes gesagt?«, fragte sie. »Ich habe meinen Vater nicht gekannt, und ich würde Sorcha nicht das Gleiche wünschen. Ich habe niemals auch nur im Mindesten vorgeschlagen, du solltest sie aufgeben.«

»Nein, aber deine Tante hat das getan.« Alasdair streichelte noch immer das Pferd, als ob er nicht wünschte, Esmée anzusehen. »Esmée, warum hast du mir nicht gesagt, dass du eine Erbin bist?«

Sie blinzelte leicht überrascht. »Eine Erbin?«, wiederholte sie. »Das bin ich nicht. Oder bin ich das doch? Nun, vermutlich werde ich meinem Ehemann einigen Wohlstand bringen, wenn ich heirate. Aber im Moment nützt mir das Geld gar nichts, nicht wahr?«

»Aber dennoch bist du eine Erbin.«

Plötzlich schien der Teufel Esmée zu reiten. »Bedauerst du etwa deine Eile, Alasdair?«

Als er den Kopf hob, blickten seine Augen sie hart an. »Diese Bemerkung passt nicht zu dir, Esmée«, sagte er schroff. »Ich versuche zu tun, was das Beste für dich und Sorcha ist.«

»Da ist sie schon wieder!«, rief Esmée. »Diese anmaßende Bevormundung! Arme kleine Esmée! So jung! So naiv! Wir müssen tun, was *das Beste* für sie ist!«

Alasdair explodierte plötzlich. »Gottverdammt, was willst du eigentlich von mir?« Er hob seinen Arm so heftig, dass die Pferde zurückwichen. »Sag es mir, um Himmels willen! Und sei vorsichtig mit dem, was du dir wünschst!«

Esmée hielt sich noch immer an der Seitenwand von Nowells Kutsche fest und starrte in Alasdairs Gesicht, das vor Zorn angespannt war. »Nichts«, flüsterte sie schließlich. »Ich will nichts.«

»Gut, wenn du klug bist!«, stimmte er zu. »Dich auf dein Aussehen zu verlassen, um einen Ehemann zu finden, ist das eine, Esmée. Aber wenn Geld ins Spiel kommt – du musst sehr vorsichtig sein. Das ist alles, was ich dir zu sagen versuche. Mitgiftjäger sind schlau. Also sei auf der Hut!«

Genau in diesem Augenblick kam Merrick aus dem Haus. Nowell folgte ihm, wobei er linkisch die Stufen hinunterstelzte und dann über die Planken balancierte, die als Steg durch den Matsch führten. Esmée beobachtete ihn leidenschaftslos. »Was meinst du, Alasdair?«, murmelte sie. »Ist mein gut aussehender junger Verehrer ein Mitgiftjäger?«

Sein Gesicht war jetzt kreideweiß. »Nowell? Soweit ich weiß, nicht.«

Esmée wandte sich auf dem Sitz herum und sah ihm direkt in die Augen. »Und was ist mit Mr. Smathers?«, fragte sie und zwang Alasdair, ihrem Blick standzuhalten. »Oder Lord Thorpe? Oder deinem Freund Wynwood? Sag es mir, Alasdair, was würdest du mir raten? Du scheinst so gut darüber Bescheid zu wissen, was das Beste für mich ist.«

Seine Augen blitzten wieder. »Na gut«, sagte er. »Wenn du mich schon fragst: Smathers ist ein Mitgiftjäger, Thorpe ist ein Mamasöhnchen, und Nowell hat ungefähr so viel Temperament wie ein Rollmops. Ich bin, ehrlich gesagt, schockiert, dass deine Tante keinen besseren Fisch an Land ziehen kann.«

»Du hast nichts zu Lord Wynwood gesagt«, sagte sie ruhig.

Er wandte den Blick ab. »Das kann ich nicht«, erwiderte er ruhig. »Er ist ein Freund. Aber wenn er heiratet, Esmée, dann wird es aus Pflichtgefühl geschehen.«

»Und nicht aus Liebe?«, fragte sie. »Ist es das, worauf du mich hinweisen wolltest? Nun, wenn das der Fall ist, dann bist du eingeladen, auf unserer Hochzeit zu tanzen. Ich bin nicht auf der Suche nach Liebe. Nicht mehr.«

Alasdair wandte sich wortlos ab. Merrick und Nowell hatten ihr Gespräch beendet und kamen jetzt auf sie zu. Nach einem kurzen Dank an Alasdair stieg Nowell in seine Kutsche, schnalzte seinen Pferden und fuhr los. Im letzten möglichen Moment wandte Esmée sich auf dem schmalen Sitz um und schaute zurück. Merrick MacLachlan war verschwunden. Aber Alasdair stand noch immer in der Zufahrt und sah ihnen nach, wie sie davonfuhren.

Am Mittwochabend waren die Straßen, die zum Theater führten, auf einer Viertelmeile im Umkreis mit Kutschen verstopft. Esmée versuchte, aus dem Fenster zu schauen, ohne dabei alles anzustarren wie das Mädchen vom Lande, das sie insgeheim war. Ganz London, hatte Tante Rowena behauptet, würde versuchen, bei der Premiere von *The Wicket Gate* dabei zu sein, damit niemand Gefahr lief, als weniger gottesfürchtig zu gelten als seine Nachbarn. Und einige Besucher erwarteten sogar, unterhalten zu werden.

Für Esmée war allein schon der Besuch des Theaters Abendunterhaltung genug. Abgesehen von einer Posse, die eines Sommers auf einem Dorffest von einer Schauspielertruppe aufgeführt worden war, hatte sie noch nie ein Stück auf der Bühne gesehen. Sobald sie im Theater waren, wurden sie zu ihrer Loge geleitet, die aufwendig mit weinrotem Samt ausgestattet war. Esmée und Lord Wynwood saßen vorne in der Loge, während die drei Damen die hinteren Plätze einnahmen. Sie fingen sofort an, flüsternd über jeden und alles um sie herum Klatsch auszutauschen.

Wynwood war überaus höflich. Er bot an, Erfrischungen zu holen, sorgte dafür, dass Esmée die bestmögliche Sicht hatte, und betrieb unbeschwerte Konversation, während sie darauf warteten, dass die Lichter ausgingen. Und dennoch fühlte Esmée, dass er ein gewisses Unbehagen empfand. Sein Blick glitt unstet durch das Theater, und seine Unterhaltung wirkte bisweilen gezwungen.

Doch sie musste nicht lange darüber nachdenken, denn hinter ihr nahm das Flüstern an Lebhaftigkeit und Intensität zu. Esmée strengte sich an, die Worte zu verstehen.

»Welch eine Dreistigkeit!«, murmelte ihre Tante. »Immer ganz der eitle Pfau, so ist er, nicht wahr? Und *sie* hat vermutlich vor, heute Nacht mehr als nur ihre Rolle auf der Bühne zu spielen.«

Lady Kirtons Stimme war leise, aber gelassen. »Genau genommen glaube ich, das da an seinem Arm ist die Schwester«, erwiderte sie. »Und die Karlssons sind wirklich ganz gute Schauspielerinnen. Ich bin ihnen einmal begegnet.«

»Oh, wie schrecklich!«, sagte Esmées Tante. »Du meinst diesen furchtbaren Zwischenfall in der Drury Lane, nicht wahr? Als diese Frau ermordet wurde, die man Black Angel nannte?«

»Sie hat sich selbst erschossen, Rowena«, korrigierte Lady Kirton. »Es war ein Unfall.«

»Wie auch immer, Isabel, du musst zugeben, dass du zur falschen Zeit am falschen Ort warst«, sagte Lady Wynwood. »Und dann auch noch von der Polizei festgehalten zu werden – zusammen mit diesen ehrlosen Karlsson-Schwestern! –, wirklich, meine Liebe, ich wäre in Ohnmacht gefallen, da bin ich mir sicher!«

»Ich falle beim Anblick von Blut nicht in Ohnmacht, Gwendolyn«, entgegnete Lady Kirton ruhig. »Und auch nicht wegen des Besuchs einer Polizeistation zusammen mit zwei Schauspielerinnen. Wir alle drei waren Zeugen des Unfalls, und wir alle drei haben unsere Bürgerpflicht getan. Ich fand die beiden sehr nett.«

Lady Wynwood ignorierte den taktvollen Hinweis. »Nichtsdestotrotz hoffe und bete ich, dass Wynwood niemals ein solches Spektakel um sich selbst machen wird, wie *er* es tut! Ich hoffe, dass Wynwood sie überhaupt nicht zur Kenntnis nehmen wird!«

Neben Esmée schien Lord Wynwood tiefer in seinen Sessel zu rutschen. Esmée wollte sich umschauen und sehen, wer eine so heftige Missbilligung bei den Damen hervorrief, doch nun gingen die Lichter aus.

Wegen der Länge des Stückes gab es kein Vorspiel, und Esmée richtete sich aufmerksam auf. Lord Wynwood beugte sich zu ihr und flüsterte ihr ins Ohr: »Haben Sie Mr. Bunyans berühmte Allegorie gelesen, Miss Hamilton?«

Im Dämmerlicht lächelte sie ihn selbstironisch an. »Ich habe es versucht«, bekannte sie. »Ich glaube, ich bin bis zum Tal des Schattens des Todes gekommen und habe dann beschlossen, dass der arme Christian seinen Weg bis zur himmlischen Belohnung ohne mich fortsetzen muss. Haben Sie sie zu Ende gelesen?«

Er lachte leise. »Es mag Sie überraschen zu erfahren, dass ich jedes Wort der ›Pilgerreise‹ zweimal gelesen habe«, sagte er. »Beide Male mit vorgehaltenem Messer – einem Federmesser, um genau zu sein –, weil mein Lehrer ein notorisch kompromissloser Bursche war. Wenn Sie also Fragen haben, zögern Sie nicht, mir diese zu stellen.«

Aus der Richtung des Theatergrabens erhob sich eine Musik von fast himmlischem Klang, die zu einem Crescendo anschwoll, während der Vorhang sich langsam und quietschend hob, um die Bühne zu enthüllen.

»Guter Gott«, wisperte Wynwood, der zusammengezuckt war. »Sie sollten diese Seilrollen wirklich ölen.«

Auf der Bühne standen drei weißgekleidete, wunderschöne Engel, die brennende Fackeln trugen. Der Engel in der Mitte, eine hochgewachsene, atemberaubende Schönheit, der das weißblonde Haar bis zur Taille reichte, hob seine Fackel und trat vor. Im Chor begannen die drei zu sprechen, kündigten in ernstem, theatralischem Ton die Beschwernisse und Versuchungen an, die da kommen würden. Dann betrat der Schauspieler die Bühne, welcher die Rolle des Pilgers Christian verkörperte, und der erste Akt begann.

Das Stück war genial konzipiert. Nur die wesentlichen Elemente der Romanhandlung waren beibehalten worden. Die drei wunderschönen Engel blieben während der ganzen Zeit auf der Bühne und schlugen meisterhaft die Brücken zwischen den Szenen, während sie ihre brennenden Fackeln hochhielten, bis Esmée davon überzeugt war, dass den Darstellerinnen die Arme lahm geworden sein mussten.

Esmée schaute zunächst gebannt zu, wie der kühne Held der Hinterlist Mr. Wordly-Wisemans trotzte und auf seiner Reise so schreckliche Gefahren wie den Pfuhl der Verzweiflung und die Burg der Ungläubigkeit überstand, um die Himmlische Stadt zu erreichen. Aber irgendwann erlahmte ihr Interesse an dem Gleichnis, und sie begann, sich im Theater nach einer Ablenkung umzusehen.

Sie musste nicht sehr lange herumschauen. Denn fast genau in dem Augenblick trat Christian von der Bühne ab, und der Chor der Engel trat zurück, während sich der Vorhang zu senken begann. Die Seile in den Rollen quietschten noch schriller als zuvor beim Hochziehen.

Esmée entspannte sich. Die Pause begann. Die Damen hinter ihr hatten wieder angefangen, aufgeregt miteinander zu tuscheln. Wynwood stand auf und verneigte sich. »Ich bitte um Entschuldigung, Miss Hamilton«, sagte er ruhig. »Ich sehe jemanden, den ich begrüßen muss.«

Nachdem ihm von seiner Mutter auferlegt worden war, bei seiner Rückkehr Erfrischungen mitzubringen, schob Wynwood die schweren Vorhänge zur Seite und verließ die Loge. Die drei Damen fuhren fort zu flüstern. Jetzt vorne in der Loge allein gelassen, vertrieb sich Esmée die Zeit damit, die elegant gekleideten Menschen zu betrachten, die in den Logen gegenüber saßen. Plötzlich hörte sie hinter sich ein scharfes Keuchen. Als wäre ihr Blick von diesem Geräusch gelenkt worden, schaute Esmée nach rechts und spürte, wie ihr Herz einen Sprung machte.

Alasdair! Alasdair, zu dem sich Lord Wynwood gesellt hatte.

Und Alasdair war nicht allein. Jemand – ein sehr schöner Jemand – saß neben ihm. Sie war ganz in Rot gekleidet, auch die Feder an ihrem Hut war rot. Es war, erkannte Esmée, der strahlende blonde Engel von der Bühne. Die Frau lächelte zu Wynwood auf, ein frohlockender Ausdruck lag auf ihrem Gesicht.

Wynwood ging an Alasdair vorbei und küsste ihre Hand, die sie ihm lässig reichte. Die Schauspielerin ließ die Hand sinken und wandte ihren Blick wieder Alasdair zu, wobei sie verführerisch die Wimpern niederschlug, als sie ihn ansah. Esmée fühlte einen schmerzhaften Stich von Neid. Die Frau war sehr schön, und Esmée versuchte gerade zu verstehen, wie die Frau so schnell hatte zurückkommen können, noch dazu in ganz anderer Kleidung, als sie wieder Lady Wynwood hörte.

»Was denkt er, was er da tut?«, zischte sie aufgebracht. »Ich schwöre, ich werde – ich werde –«

»Du wirst was, Gwendolyn?«, unterbrach Lady Kirton sie sanft. »Ihm den Hintern versohlen? Ihn ausschimpfen? Er ist ein erwachsener Mann, meine Liebe. Und sie wird eines Tages eine sehr berühmte Schauspielerin sein. Außerdem ist sie Sir Alasdairs Gast, nicht Wynwoods.«

»Sie ist seine *Geliebte*«, korrigierte Lady Wynwood. »Oder eine davon, und jeder weiß das.«

»Nein, ich denke das nicht«, sagte Lady Kirton. Aber selbst sie schien jetzt verwirrt. »Ich glaube, der Engel von der Bühne ist seine Geliebte – oder vielleicht *war* sie es auch. Dort in der Loge sitzt ihre Schwester.«

Schwestern, dachte Esmée. Es gab zwei? Das brachte ihr keinen Trost.

»Oh, meine Liebe«, sagte Lady Tatton, »das ist alles sehr unangenehm.«

»Ja, besonders da Sir Alasdair Ihr Cousin ist«, bemerkte Lady Wynwood, als versuchte sie, die Schuld zu verteilen.

»Nun, ich bin mir gar nicht sicher, ob –« Lady Tatton suchte nach Worten. »Nun, er ist auf keinen Fall ein naher Verwandter. Höchstens ein sehr entfernt verwandter Cousin.«

Inzwischen war Lord Wynwood aus Sir Alasdairs Loge verschwunden. Alasdair und die blonde Schauspielerin – die Schwester des Engels – flüsterten angeregt miteinander. Esmée saß ruhig, ihre Hände sittsam gefaltet im Schoß. Aber unter ihren damenhaften Handschuhen waren ihre Knöchel weiß vor Zorn. Seine Geliebte, war diese Frau das? Oder die Schwester seiner Geliebten? In der Tat würde sie es Alasdair zutrauen, von beiden gekostet zu haben!

Sie verbrachte die folgenden zehn Minuten damit, darüber nachzudenken, bis Wynwood zurückkam und die versprochenen Erfrischungen mitbrachte. Er reichte die Gläser an die Damen weiter und schaute mit einem Ausdruck leichter Verlegenheit auf Esmée herunter. Sie zwang sich zu lächeln und dankte ihm. Die Lichter begannen wieder zu erlöschen. Wynwood nahm seinen Platz ein, während mit quietschenden Seilwinden der Vorhang wieder hochgezogen wurde.

Der arme Christian stand in der Mitte der Bühne, gebeugt unter seiner schweren Last, und sah schrecklich deprimiert aus. Die Engel standen dieses Mal auf der rechten Seite und traten vor, kaum dass der Vorhang sie enthüllte. In den Händen hielten sie ihre brennenden Fackeln, die weißen Gewänder schwebten ätherisch um ihre Füße.

Doch dieses Mal ging etwas schief. Die rechte Seite des Vorhangs hob sich langsamer und nicht in der richtigen Abstimmung mit den Bewegungen der Engel. Die Darstellerin des mittleren Engels, die größte von allen, zögerte, als der Vorhang ihre Stirn berührte. Davon verwirrt machte die zweite einen Schritt zurück, wobei deren Fuß sich im Saum ihres Gewandes verfing. Die dritte Schauspielerin trat entschlossen vor, hob, wie ihre Rolle es vorsah, die Fackel – und steckte dabei den Vorhang in Brand.

Einen Moment lang waren alle wie erstarrt. Dann schaute der erste Engel nach oben und schrie. Der Vorhang stand in hellen Flammen, die sich ihren Weg in alle Richtungen suchten, um sich griffen und knisternd den Stoff verschlangen. Ein Höllentanz brach los. »Feuer! Feuer!«, schrie jemand.

Christian warf seinen schweren Sack ab und sprang in den Graben. Die Engel folgten, weiße Röcke bauschten sich, als sie von der Bühne sprangen. Im Zuschauerraum rannten Männer und Frauen schreiend zu den Ausgängen. Wynwood packte Esmées Arm. »Ich verstehe, dass Mr. Bunyan uns vor der Tücke des Höllenfeuers warnen möchte«, sagte er. »Aber das scheint doch ein wenig übertrieben.«

»Oh! Oh Lieber!«, rief seine Mutter. »Oh, Quinten, wir werden sterben!«

Lady Kirton hatte den Vorhang der Loge beiseitegezogen und schob Lady Tatton hinaus.

»Esmée! Wo ist Esmée?«, schrie Lady Tatton. »Ich werde nicht ohne sie gehen!«

»Sie ist bei mir, Ma'am«, rief Wynwood. Er hatte jetzt auch seine Mutter am Arm gepackt. Rauch begann, die Luft zu trüben. »Schnell, Ladys, bitte. Schnell.«

»O Quinten!«, jammerte seine Mutter. »Du hast keinen Erben! Oh, oh! Ich habe dir gesagt, dass du heiraten sollst! Und jetzt dies! Wir werden sterben!«

»Mamma, um Gottes willen, geh weiter!«, drängte er und schob sie vor sich her, während er Esmée hinter sich herzog. »Folge Lady Tatton. Geh! Geh!«

Sie bahnten sich ihren Weg zur oberen Galerie, die Menschen drängten sich immer enger. Rufe und Schreie waren überall. Lady Tatton schaute sich von Zeit zu Zeit um, das Gesicht weiß vor Panik, um sich zu vergewissern, dass Esmée ihr folgte. Lady Wynwoods Schreie übertönten die aller anderen schreienden Frauen.

»Oh, alles wird jetzt Cousin Enoch gehören!«, schrie sie. »Abscheulicher, widerlicher Mensch! Oh, wir werden sterben!«

Auf dem oberen Gang ballte sich die Menschenmenge fast undurchdringlich dicht. Die Damen schoben und drängten, um zu den Treppen zu gelangen, während die Gentlemen – jedenfalls die wahren – wartend an der Seite standen. Wynwood drängte die Frauen verzweifelt weiter. Der Geruch von verbranntem Stoff füllte Esmées Nase. Helle Panik wollte sie packen, doch sie kämpfte sie nieder.

Als sie die Treppe erreichten, trat Wynwood zur Seite. »Schieben Sie die Damen weiter, ich flehe Sie an«, sagte er zu Esmée. »Lassen Sie Lady Kirton weiter vorangehen – sie wird einen kühlen Kopf bewahren – und halten Sie die anderen zwischen sich!«

Esmée nickte und begann, die Treppe hinunterzugehen. Der Rauch ließ sie keuchen. Sie konnte einen leichten Luftzug im Treppenhaus spüren und betete, dass das ein gutes Zeichen war. Entschlossen drängte sie die Ladys weiter die Treppe hinunter. Doch auf halber Höhe wurde der Rauch fast undurchdringlich. Plötzlich, als sie sich schon dem Fuß der Treppe näherten, blieb Lady Wynwood wie erstarrt stehen. »Quinten?«, schrie sie. »Oh! Wo ist er? Ich werde ohne ihn nicht weitergehen!«

»Bitte, Ma'am«, sagte Esmée fest. »Gehen Sie weiter, dann können die Gentlemen folgen.«

Lady Wynwoods Gesicht war starr vor Angst. »Nein! Nein! Ich kann ihn nicht zurücklassen!«

»Geh weiter, du verdammte Kuh!«, schrie eine wütende Stimme. Im dichter werdenden Rauch fuhr ein Arm über

Esmées Schulter hinweg und versetzte Lady Wynwood einen heftigen Stoß.

Lady Wynwood, die vielleicht vier Stufen hoch stand, kippte nach vorn in den Rauch und riss die anderen mit sich. Esmée versuchte, sie festzuhalten, doch der Mann drängte auch Esmée zur Seite und versetzte ihr dabei einen harten Schlag zwischen die Schulterblätter. Sie taumelte, fiel, und ein fürchterlicher Schmerz schoss durch ihr linkes Bein. Alles schrie in Panik.

Esmée rollte sich am Fuß der Treppe zur Seite, ihre Röcke schnürten sich um ihre Knie. Die Menge trampelte vorbei. Es herrschte Chaos. Noch mehr Männer kamen jetzt die Stufen heruntergedrängt. Befehle und Anweisungen durchschnitten die raucherfüllte Luft.

»Die Tür! Die Tür!«, schrie jemand. »Hier entlang!«

Esmée stützte sich auf die Arme und rief laut. Niemand hörte. Sie versuchte aufzustehen, aber ein stechender Schmerz durchfuhr ihr Knie. Die donnernden Schritte liefen weiter. Irgendwo in der Ferne zersplitterte Glas. Im Dunst gelang es ihr, sich an irgendetwas festzuhalten – es war das Treppengeländer – und verzweifelt überlegte sie, ob sie sich selbst hochziehen oder versuchen sollte, unter dem Rauch wegzukriechen. Plötzlich bewegte sich ein geisterhafter Schatten von der gegenüberliegenden Treppe auf sie zu.

»Esmée?« Sie hätte diese Stimme überall erkannt. »Esmée! Guter Gott! Bist du in Ordnung?«

Feste, starke Arme legten sich um sie, hoben sie fast mühelos vom Boden hoch. »Oh Alasdair«, sagte sie. »Was bin ich froh, dich zu sehen!«

»Und ich dich«, sagte er und schaute über die Schulter. »Ilsa, ich habe sie«, rief er. »Lauf weiter, lauf raus! Such Inga!«

Die Frau in Rot tauchte aus dem Rauch auf, hustete. »Wir

treffen uns draußen«, stieß sie hervor. »Deine Freundin, geht es ihr gut?«

»Ja, lauf!« Er bahnte sich seinen Weg durch die jetzt lichter gewordene Menge. Die Frau in Rot schob sich an ihnen vorbei, verschwand im Rauch. »Drück dein Gesicht in meinen Rock, Esmée«, befahl er. »Atme nicht den Rauch ein. Was ist passiert?«

»Ich habe mir das Knie verdreht und bin die letzten Stufen hinuntergefallen«, sagte sie, ihre Worte gedämpft durch seine breite Schulter. »Ein Mann hat uns zur Seite gedrängt.«

»Bastard«, knurrte er. »Wo zur Hölle ist Quin? Wo sind die Ladys?«

»Ich weiß es nicht«, antwortete sie keuchend. »Vielleicht ist er im Rauch an mir vorbeigegangen? Ich denke, die anderen sind hinausgekommen.«

Plötzlich traf sie eine Flut frischer Luft. Die Tür! Nur noch wenige lange Schritte und Alasdair stürzte hindurch, ihre Röcke wirbelten um eine der Säulen, die die Fassade des Theaters bildeten. Die Menge hatte sich auf den Straßen verteilt. Rauch quoll aus den Türen und Fenstern des Theaters. Esmée hob den Kopf aus Alasdairs Rock und sah überall Gruppen von hustenden und mit Rußflecken übersäten Menschen stehen. Aus den Kaffeehäusern und Wirtshäusern in der Nähe waren die Gäste herbeigelaufen, um Hilfe anzubieten oder einfach, um zu gaffen. Aber niemand verweilte lange. Das Feuer konnte sich zu rasch ausbreiten.

Esmée schaute sich vergeblich nach ihrer Tante um. Ein Karren, vollbesetzt mit Männern, kam die Straße heraufgerumpelt. »Platz da!«, riefen sie. »Platz da für die Feuerwehr! Platz da, sofort!«

Die Menge auf der Straße teilte sich wie das Rote Meer. Alasdair erreichte eine Flucht von Steinstufen, die zu einem Gebäude hinaufführten, und trug Esmée so mühelos nach oben, als würde sie überhaupt nichts wiegen. »Fürs Erste sollten wir hier sicher sein«, sagte er und setzte sie auf die oberste Stufe. »Esmée, hör mir zu. Welchen Weg ist deine Tante gegangen?«

»Ich denke, den durch dieselbe Tür wie wir«, brachte sie zwischen zwei Hustenanfällen heraus.

Ein seltsam aussehendes Gefährt, einer Dampfmaschine auf Rädern ähnlich, gezogen von vier kräftigen Brauereipferden, rumpelte vorbei. Männer sprangen vom Wagen und begannen, hin und her zu eilen, Befehle zu rufen und dem Mann, der das Gefährt lenkte, Handzeichen zu geben.

Alasdair wandte seine Aufmerksamkeit wieder Esmée zu. Sein Gesicht war starr vor Sorge und gefleckt von Ruß. Vor dem Hintergrund aus Rauch und Feuer kam ihr wieder das Bild vom gefallenen Engel in den Sinn. Ihr Engel – wenigstens für heute Nacht. »Ich bin nicht sicher, wie lange wir hier bleiben können«, sagte er. »Du kannst nicht gehen. Ich habe Angst, dich allein zu lassen, sonst würde ich nach den anderen suchen.«

Esmée dachte darüber nach. »Ich denke, sie *müssen* durch jene Tür gegangen sein«, sagte sie. »Es gab keine andere Möglichkeit, als in diese Richtung zu gehen.«

Er kniete sich hin und starrte auf ihr Knie. »Wie schlimm bist du verletzt?«

»Es ist nur eine Verstauchung«, sagte sie. »Und du?«

Er lächelte schief. »Kaum, für einen Mann, der um sein Leben gerannt ist«, sagte er. »Ich bete zu Gott, dass alle lebend dieser Hölle entronnen sind.«

Wie um seine Worte zu betonen, zerbarst plötzlich eines der oberen Fenster des Theaters, und Glasscherben regneten auf die Straße. Ein Feuerball brüllte hinter ihnen auf und zerfiel in kleinere Flammennester, die begannen, sich ihren Weg an dem hinaufzufressen, was von dem hölzernen Rahmen übrig geblieben war. Esmée starrte hinauf und fühlte einen Schauder der Angst ihren Rücken hinunterlaufen. Sie war glücklich entkommen. Was, wenn Alasdair nicht gekommen wäre? Hätte irgendjemand ihre Schreie gehört? Wäre sie fähig gewesen, ins Freie zu humpeln? Oder zu kriechen? Es war zu schrecklich, darüber nachzudenken.

»Alasdair«, sagte sie leise. »Hast du da drinnen nach mir gesucht?«

»Ja.«

»Warum?«

»Warum?« Er starrte sie ein wenig seltsam an. »Weil ... weil ich dachte ... ich weiß es nicht. Ich habe Quin gesehen, wie er dich aus der Loge gezogen hat, und ich dachte einfach ... dass irgendetwas nicht in Ordnung ist. Ich fühlte mich unbehaglich. Das ist alles.«

»Unbehaglich«, wiederholte Esmée.

Sie hatte eine Begegnung mit dem fast sicheren Tod gehabt, und alles, was sie gerettet hatte, war, vielleicht, das Unbehagen eines Mannes, der sich so sehr gesorgt hatte, dass er nach ihr gesucht hatte. Eine Vorahnung, sozusagen, bei jemandem, der behauptete, im Hier und Jetzt zu leben, und der darauf beharrte, keine Spur von Romantik in sich zu haben.

Nun gut. Esmée war nicht sicher, ob sie das noch länger glaubte. Aber was konnte sie schon tun? Er war davon überzeugt, deshalb zählte die Meinung eines anderen nicht. Die Sinnlosigkeit all dessen schien sich in ihr zu einem harten, schmerzhaften Knoten zusammenzuschnüren. Sie schaute wieder auf und stieß einen scharfen Schrei aus. »O Alasdair, dein Haar –!«, begann sie. »Oh, es ist ... es ist ...«

»Was ist damit?« Linkisch wie ein Schuljunge strich er mit der Hand hindurch – besser gesagt, durch das, was noch davon übrig war – und erblasste.

Sie schloss die Augen und nickte. »Ja, es ist schlimm verbrannt«, wisperte sie. »Ich fürchte, da ist nichts mehr übrig für die Damen, um mit den Händen hindurchzustreichen. Für mindestens zwei Wochen.« Ihr war nicht bewusst, dass sie weinte, bis er sich neben sie auf die Stufe setzte.

»Esmée, Esmée«, tröstete er sie und legte einen starken, festen Arm um sie. »Ach Esmée, mach dir keine Gedanken um mein Haar. Es ist mir verdammt egal. Jetzt weine nicht, Liebes. Alles ist gut. Wir sind in Sicherheit. Auch deine Tante wird wohlauf sein. Vertrau mir! Ich werde sie finden, das schwöre ich dir.«

»Ich weiß.« Sie schluchzte. »Das tue ich. Dir vertrauen, meine ich.«

Er zog sie fest an sich und strich mit einem schmutzigen Knöchel über ihre Wange, was sie nur noch heftiger weinen ließ. »Du hattest schreckliche Angst, das ist alles.«

Esmée schüttelte den Kopf, ihre zerzausten Locken drückten sich an seine Brust. Es war nicht nur die Angst oder das Feuer; nicht einmal die Tatsache, dass sie nicht wusste, wo ihre Tante war. *Er* war es. *Sie beide.* Sie öffnete den Mund, um es ihm zu sagen, als ein Rufen von der Straße zu ihnen heraufdrang.

»Miss Hamilton, Gott sei Dank!« Lord Wynwood kam die Stufen zu ihnen hochgelaufen und schwankte dann. »Miss Hamilton, sind Sie wohlauf? Alasdair, was ist passiert?«

Alasdair ließ sie los und stand auf. »Miss Hamilton hat ein verstauchtes Knie«, sagte er. »Sie wird einen Arzt brauchen.«

»Oh, Lord Wynwood!«, unterbrach Esmée ihn. »Gott sei Dank! Haben Sie die anderen gefunden? Haben Sie meine Tante gesehen?«

»Sie sind wohlauf und warten unten beim Lyzeum auf uns, in meiner Kutsche«, antwortete er. »Sie waren sehr tapfer, Miss Hamilton, sie weiterzudrängen. Alasdair, wo ist Miss Karlsson? Wolltest du sie nicht suchen?«

Alasdair schien zu erstarren. »Ilsa geht es gut«, erklärte er steif. »Aber Miss Hamilton kann nicht laufen. Sie kann unter solch gefährlichen Umständen wohl kaum allein gelassen werden, Quin.«

Wynwood kniete sich hin, um Esmée anzusehen, die noch immer auf den Stufen saß. »Mein liebes Mädchen«, sagte er. »Haben Sie Schmerzen?«

»Nur ein wenig, nicht sehr«, antwortete sie.

Wynwood sah sie mitfühlend an. »Das muss die schlimmste Verabredung zu einem Theaterbesuch gewesen sein, die Sie jemals erdulden mussten.«

»Nun, bis jetzt war es die einzige«, bekannte Esmée. »Zumindest wird sie in Erinnerung bleiben, nicht wahr? Und ich denke, ich kann laufen, wenn ich mich auf jemanden stützen kann.«

»Unsinn«, sagte Alasdair. »Ich werde Sie zum Lyzeum hinuntertragen.«

Aber Lord Wynwood hatte Esmée schon hochgehoben, genauso mühelos wie zuvor Alasdair. Für einen Moment sahen sich die Gentlemen fast feindselig an. Dann nickte Wynwood knapp.

»Ich gehe dann, alter Knabe«, sagte er gelassen. »Ich muss die Damen sicher nach Hause bringen. Sehe ich dich später auf einen Brandy bei White's?«

Alasdair schüttelte den Kopf. »Nein«, sagte er. »Nein, heute Abend wohl eher nicht, Quin.«

Dann ging Alasdair rasch die Treppe hinunter und verschwand in dem Chaos auf den Straßen.

Trotz seiner Stimmung – einer jämmerlichen Mischung aus Verzweiflung, Eifersucht und Zorn – zwang Alasdair sich, nach Ilsa zu suchen. Ungeachtet dessen, was immer auch Quin gemeint hatte, vorschlagen zu müssen, empfand Alasdair es als seine Pflicht, dafür zu sorgen, dass die Schwestern sicher nach Hause kamen. Glücklicherweise hatte Ilsa ihre Schwester und die anderen beiden Engel in Broad Court gefunden. Noch immer trugen sie ihre weißen Gewänder und die Heiligenscheine, als sie sich gegen das Erkerfenster eines Wirtshauses lehnten. Was, um das Mindeste zu sagen, ein interessantes Bild abgab.

Sie hatten wenig auszustehen, denn der Besitzer und die meisten der anderen Wirte waren auf die Straße geeilt, um ihnen Apfelmost und Wein in die Hand zu drücken. In ihrem rußbefleckten weißen Gewand sah Inga so wunderschön aus wie immer. Es tat ihm fast leid, dass er sie in Wirklichkeit nicht aushielt in jener kleinen Wohnung in Long Acre. Er hätte sich eigentlich wünschen müssen, in dieser schrecklichen Nacht nicht allein zu sein.

Aber Inga würde ein wenig mehr als eine tröstende Schulter erwarten, und er hatte nicht mehr als das zu geben. Deshalb küsste Alasdair sie auf die Wange, schickte die vier in seiner Kutsche davon und machte sich zu Fuß auf den Weg nach Hause.

Er kam wieder am Theater vorbei und sah, dass die Dampfmaschine angefeuert worden war und jetzt mehr schwarzen Qualm ausstieß als das Theater selbst. Kein Wasser sprühte heraus, und die Flamme sah aus, als wollte sie in sich zusammenfallen. Alasdair blieb stehen, um von einem korpulenten Constabler Auskunft zu bekommen, der ein wachsames Auge auf das Geschehen hatte.

»Nun, Sir, es ist alles glimpflich abgelaufen«, erklärte dieser und tippte grüßend an seinen hohen Hut. »Es ist nahezu ein Wunder. Nur die Bühne und die halbe Treppe sind verbrannt, es sei denn, das Feuer bricht wieder aus.«

Alasdair dankte ihm, dann zögerte er. Der Mann kam ihm

verflucht bekannt vor. »Mein Name ist Simpkins, Sir«, sagte der jetzt, ohne aufgefordert zu sein. »Aus dem Hyde Park.«

Simpkins. Ah ja! Der Tag, an dem Sorcha verletzt worden war. »Ich erinnere mich«, sagte Alasdair. »Und ich bin nachlässig, mich nicht für Ihre Hilfe bedankt zu haben.«

»Ein Dank ist nicht notwendig, Sir«, sagte der Constable. »War ja nicht so, dass ich viel getan hätte. Ich hoffe doch, dem Kind geht es gut?«

»Noch ein Wunder«, erwiderte Alasdair. »Sie erinnert sich an nichts und hat nur eine Narbe zurückbehalten.«

Der Constable lächelte und legte seine großen Hände über seinen Bauch. »Und Ihre reizende Frau?«, fragte er. »Mein Herz tat mir für sie weh, ganz ehrlich. Solch eine hübsche, freundliche Person, und sie hat es fürchterlich schwer genommen. Eine Schottin aus dem Hochland, richtig, Sir? Ich habe den hübschen Akzent bemerkt.«

»Eine Hochländerin, ja«, murmelte Alasdair. Wieder ertappte er sich dabei, eine kalte, erdrückende Enttäuschung niederkämpfen zu müssen – dasselbe Gefühl, das er heute Abend empfunden hatte, als Quin die Stufen zu Esmée hochgelaufen gekommen war. »Aber sie ist die Gouvernante des Kindes. Nicht meine Frau.«

Der Constable sah verwirrt aus. »Nun, ich bitte um Entschuldigung, Sir«, sagte er und kratzte sich den Kopf. »Ich dacht nur – oder irgendwie war der Gedanke in meinem Kopf – nun, auf jeden Fall bin ich froh, dass alles in Ordnung ist.«

Alasdair dankte ihm noch einmal und ging mit weit ausholenden Schritten nach Hause. Alle hatten das Feuer überlebt, dem Himmel sei Dank, aber andererseits hätte dieser Abend kaum schlimmer sein können. *Seine Frau*. Was für eine Schlussfolgerung! Er war zu alt, um Esmées Ehemann zu sein. Oder etwa nicht?

Oh ja, er kannte einige der geilen alten Hunde, die sich einen Sport daraus machten, Frauen zu heiraten, die jung genug waren, ihre Töchter zu sein – oftmals waren sie sogar jünger als ihre eigenen Kinder. Solche Männer suchten sich die Mädchen aus, die kaum eine Wahl hatten. Die naiven jungen Fräuleins, die frisch vom Lande kamen, deren Väter den Familienbesitz verspielt oder deren Mitgift beim Kartenspiel verloren hatten. Allein der Gedanke an das, was sie erdulden mussten, machte ihn krank. Nein, Frauen gingen nicht freiwillig diese Art von Ehe ein.

Aber hier lag der Fall auch anders, nicht wahr? Esmée war vierzehn Jahre jünger als er. Sie war nicht ohne Mitgift. Sie war nicht jung genug, um seine Tochter sein zu können. Nun, nicht ganz. Und Esmée schien völlig damit einverstanden zu sein, von Quin den Hof gemacht zu bekommen. Quin war noch keine dreißig. Dreißig schien vernünftig. *Sechs*unddreißig nicht. Warum eigentlich? Es waren doch nur sechs oder sieben Jahre. Das war gar nichts. Warum beschäftigte ihn das so sehr?

Wegen Sorcha. Wegen der Art, wie sie gezeugt worden war – oder mit *wem*, war vielleicht die bessere Art, es zu betrachten. Es schien falsch, sich zu wünschen, mit Lady Achanalts Tochter ins Bett zu gehen, in Anbetracht dessen, was zwischen ihm und dieser Frau gewesen war, selbst wenn er sich nicht wirklich daran erinnern konnte. Guter Gott, hätte er die arme Frau nicht nur geschwängert, sondern sie dann auch geheiratet, wie jeder anständige Mann es getan haben würde, so wäre dies das Ende dieser Geschichte gewesen! Die Kirche hätte ihm Esmée auf ewig verboten. Sie hätte als seine Tochter gegolten, genau wie Sorcha.

Doch er hatte die Weigerung der Kirche nicht gebraucht. Er hatte Esmée ganz ohne jegliche Hilfe zurückgewiesen. Er hatte sich geweigert, mit ihr über ihre Zukunft zu sprechen. Sie hatte ihn um Rat gebeten, und er hatte ihr praktisch ins Gesicht gelacht. Er hatte es für das Beste für sie gehalten, dass sie jeglichen Kontakt abbrachen, und eine scharfe Klinge schnitt immer am saubersten. Deshalb hatte er ihre Beziehung auseinandergeschnitten. Das war seine Wahl gewesen, erinnerte er sich, während er durch die weite Dunkelheit des St. James's Parks eilte.

Und jetzt war Quin ins Spiel gekommen. Und falls Esmée es mit Quin wirklich ernst meinte, dann würde Alasdair das Vergnügen haben, den Rest seines Lebens damit zu verbringen, sich vorzustellen, was Esmée im Bett seines besten Freundes tat. Im Bett ihres *Ehemannes*. Jedes verdammte Mal, wenn er sie zusammen sehen würde.

Er hatte gewollt, dass sie heiratete. Je eher, desto besser, hatte er sich gesagt. Er war so weit gegangen, sie vor Mitgiftjägern wie Smathers und Langweilern wie Nowell zu warnen – auch wenn sie ihm das nicht gedankt hatte.

Guter Gott, er wollte, dass dieser Abend zu Ende ging. Er lief die Cockpit Stairs hinauf und ging auf die Great Queen Street zu. Er fühlte das fast verzweifelte Verlangen nach der Einsamkeit seines Hauses; nach einigen Momenten des Friedens und der Stille, in denen er einen Whisky oder zwei oder auch sechs trinken konnte. Aber es sollte nicht sein. Er hörte Sorchas Schreien, noch bevor sich die Tür geöffnet hatte.

Wellings ließ ihn ein. »Ein Albtraum, Sir«, erklärte er. »Die junge Miss ist seit ungefähr zehn Minuten nicht zu beruhigen.«

Er ging hinauf und traf auf Lydia, die, noch mit ihrer Nachthaube bekleidet, mit Sorcha auf dem Arm hin und her ging. Sorcha wand sich in den Armen des Kindermädchens und schrie, bis sie kaum noch Luft bekam. Lydia – mit ihrem verletzten Handgelenk – würde das wahrscheinlich nicht mehr lange aushalten.

»Ein Albtraum, Sir«, rief Lydia über das Geschrei hinweg.

»Oder vielleicht auch so eine Art Kolik? Sie ist in diesem Zustand aufgewacht, und ich kann mir nicht erklären, was es sonst sein könnte.«

Alasdair streckte die Hände aus, gerade als Lydia sich umdrehte. »Sorcha, mein Liebes«, sagte er, als die Augen des Kindes seinen Blick auffingen. »Was ist denn los, hmmm? Komm her zu mir, kleine Dame.«

Das Kind streckte fordernd die Arme aus. »Mae!«, schrie sie, ihr Gesicht war rot und verquollen, ihre Nase tropfte wie ein Zapfhahn. Sie drängte in seine Arme und drehte Lydia absichtlich den Rücken zu. »Mae!«, schrie sie wieder. »Ich will zu Mae! Sofort!«

Er sah Lydia an.

»Sie will zu Miss Hamilton, nehme ich an«, sagte sie fast entschuldigend. »Sie schreit nach ihr, seit sie aufgewacht ist.«

Alasdair begann, im Kinderzimmer auf und ab zu gehen, wobei er Sorcha unablässig über den Rücken strich. »Warum gehen Sie nicht nach unten, Lydia, und machen etwas Milch warm?«, sagte er leise. »Und sagen Sie jemand anderem Bescheid, dass er sie hochbringen soll, damit Sie Ihr Handgelenk schonen. Ich mache das hier inzwischen.« In der Tat war Sorcha bereits dabei, sich zu beruhigen.

Lydia knickste. »Ja, Sir, wie Sie wünschen«, sagte sie. »Aber … aber sie hat eine Ferkelei angerichtet, Sir, auf Ihrem feinen Rock.«

Alasdair schaute herunter und sah, dass sein Rockaufschlag von Tränen nass und mit etwas beschmutzt war, was beträchtlich schlimmer war. »Ah, nun, dieser Rock gehörte nie zu meinen Lieblingsröcken«, antwortete er seufzend. »Machen Sie doch gleich genug Milch für drei warm, Lydia. Es scheint eine schrecklich lange Nacht zu werden.«

Lydia knickste wieder und verließ still das Zimmer.

Und das war das Ende seines Whiskys. Stattdessen würde es warme Milch im Kinderzimmer geben. Und das Komische daran war, dass es Alasdair nichts ausmachte. Er machte sich mehr Sorgen um Sorcha, die noch immer gegen seinen Rockaufschlag schniefte. Das Kind fühlte sich verschwitzt und fiebrig an, aber wohl eher von seiner Angst und seinem Wutanfall, dachte er, als von einer Krankheit. Aber ganz sicher war er sich nicht. Er ging zum Fenster, zog die Vorhänge auf und stieß die Fensterflügel auf. Kalte Nachtluft strömte herein, und die Brise war so stark, dass sie an dem zerrte, was von seinem Haar übrig geblieben war.

Sorcha schien irgendwie besänftigt. Sie legte ihre fleckige, geschwollene Wange gegen seinen Rock, und ihre Schluchzer wurden zu Hicksern, die sie schüttelten. Eine ganze Zeit lang stand er einfach da, schaute hinunter auf die dunklen Straßen von Westminster, atmete die frische Luft ein und fragte sich, ob er sein Kind nicht einer Gefahr aussetzte. Sie könnte eine Lungenentzündung bekommen. Vielleicht *hatte* sie bereits eine. Guter Gott, wo war Esmée, wenn man sie brauchte?

Fort, das war sie. Fortgeschickt von ihm, Gott helfe ihnen. Und als er dort stand und sein Kind beben und sein Herz brechen spürte, erkannte Alasdair, plötzlich und erschreckend, dass es der größte Fehler seines Lebens gewesen sein könnte.

»Mae«, jammerte Sorcha und bohrte ihre kleine Faust in seinen Rockaufschlag. »Ich will Mae.«

Alasdair beugte den Kopf und küsste sie auf die Stirn. »Das weiß ich, Liebling«, wisperte er. »Das weiß ich doch. Und ich fürchte, mein kleines Mädchen, dass ich das auch will.«

Kapitel 9

In dem Miss Hamilton ein Antrag gemacht wird

Am nächsten Tag, als Esmée im Morgenzimmer saß, das Bein auf eine kleine Fußbank gestützt, kam ihre Tante hereingeeilt, um ihr zu sagen, dass Lord und Lady Wynwood zu einem Besuch gekommen seien. »Grimond führt sie gleich hinauf«, sagte sie und schaute sich dabei kritisch im Zimmer um. »Ich denke nicht, dass du in den Salon gehen solltest. Wird dieses Zimmer für den Besuch genügen, was meinst du?«

Esmée lächelte und legte ihre Stickarbeit zur Seite. »Es ist ein sehr hübsches, gemütliches Zimmer, Tante Rowena«, sagte sie. »Du machst dir zu viele Gedanken.«

Die Besucher wurden hereingeführt, und sofort eilte Lady Wynwood durch das Zimmer, beugte sich zu Esmée herunter und küsste sie auf die Wange. »Oh, mein armes, armes Kind!«, rief sie. »Ich hoffe doch sehr, dass die Schmerzen erträglich sind.«

Esmée machte große Augen, »Nun, von Schmerzen kann nicht die Rede sein, Ma'am«, entgegnete sie. »Ich humpele zwar ein wenig, aber am Wochenende werde ich wieder in der Lage sein, den Jig zu tanzen.«

Lady Wynwood richtete sich auf, ihre Hand ruhte aber noch auf Esmées Arm. »Was für ein liebes, tapferes Mädchen!«, verkündete sie und legte die andere Hand auf ihr Herz. »Wynwood, ist sie nicht bewundernswert? Und sieht dabei so heiter und reizend aus, nach allem, was wir gestern Abend erlitten haben!«

Lord Wynwood versuchte, seine Mutter zu einem Stuhl zu führen. »Alles, was ich erlitten habe, Ma'am, ist der Ruin meiner

Abendschuhe auf der Suche nach Ihnen«, sagte er. »Und wenn wir uns jetzt endlich setzen, kann Lady Tatton vielleicht dazu überredet werden, uns eine Tasse Kaffee anzubieten.«

Lady Tatton konnte leicht überredet werden, und der Kaffee wurde binnen kurzer Zeit serviert. Anfangs drehte sich das Gespräch um das Feuer im Theater: wer dort gewesen war, wer was für ein Kleid getragen hatte, wer was gesagt oder getan hatte. Aber schon bald ließ Lady Wynwood dieses Thema fallen und sah Lady Tatton mit gespielter Unschuldsmiene an. »Nun, das ist jetzt Geschichte, nicht wahr?«, sagte sie. »Rowena, ich frage mich, ob ich Sie darum bitten darf, mir Ihren Garten zu zeigen.«

»Meinen Garten?«, fragte Lady Tatton. »Aber Gwendolyn, wir haben November.«

»Ihre Frühlingszwiebeln«, sagte Lady Wynwood rasch. »Ich würde gern sehen, wie Ihr Gärtner sie über den Winter abgedeckt hat. Alle sagen, dass Sie die schönsten Narzissen der Stadt haben. Meine wollen nie so recht gedeihen! Ich bin überzeugt, es hat etwas mit dem Überwintern zu tun.«

»Nun ...« Lady Tatton erhob sich langsam. »Ich werde gehen und meine Schuhe wechseln.«

»Ein hervorragender Gedanke!« Lady Wynwood sprang auf und hielt dabei ihr Ridikül umklammert. »Ich werde Sie begleiten.«

Esmée, die dieses Gespräch in stummer Verwunderung verfolgt hatte, wandte sich an Lord Wynwood, sobald die Tür sich hinter den Damen geschlossen hatte. Er saß in lässiger Haltung in seinem Sessel und zog in dem heldenhaften Versuch, nicht zu lachen, die Nase kraus.

»Miss Hamilton«, sagte er schließlich, nachdem er seine Fassung zurückerlangt hatte, »ich nehme an, Sie verstehen, warum wir hier allein zurückgelassen worden sind.«

Sie lächelte ihn verwirrt an. »Ich bin nicht sicher, ob ich überhaupt noch irgendetwas verstehe, Lord Wynwood.«

»Ich glaube, von mir wird jetzt erwartet, um die Erlaubnis zu bitten, Ihnen den Hof machen zu dürfen«, sagte er. »Meine Mutter wünscht, dass ich heirate, und ich glaube, ihre Wahl ist auf Sie gefallen …«

Unbewusst ahmte Esmée Lady Wynwoods theatralische Geste des Hand-aufs-Herz-Drückens nach. »Du meine Güte«, brachte sie schließlich heraus. »Das scheint … sehr plötzlich.«

»Sie haben nicht gewusst, dass man von mir erwartet, bald zu heiraten?«

Esmée lächelte ein wenig angespannt. »Oh, ich werde Ihre Intelligenz nicht beleidigen, indem ich *das* behaupte«, erwiderte sie. »Tante Rowena kennt jeden heiratsfähigen Junggesellen von Penzance bis Newcastle. Aber warum ich?«

Er spreizte die Hände. »Warum *nicht* Sie?«

Esmée spürte Hitze in ihr Gesicht steigen. »Nun, ich bin neu in London«, sagte sie langsam. »Und Schottin. Dann ist da die unglückliche Situation mit Sorcha. Ich mache mir nichts vor, Mylord. Ich weiß, dass Gerede über die Umstände der Geburt meiner Schwester unvermeidlich ist. Ich nehme nicht an, dass es Ihrer Mutter gänzlich gleichgültig ist, was das angeht.«

Wynwood lächelte ein wenig schief. »Meine Mutter hat heute Nacht eine schreckliche Angst ausgestanden, Miss Hamilton«, erwiderte er. »Ihr Leben ist vor ihrem geistigen Auge abgelaufen, und am Ende dieser unheilvollen Vision war ihr sehr bewusst, dass es keine Enkelkinder gibt. Meine Heirat ist plötzlich zu ihrer drängendsten Priorität geworden. Und ihre Wahl ist auf Sie gefallen, zum Teufel mit den Konsequenzen.«

»Warum?«, fragte Esmée ruhig. »Weil ich gerade zur Verfügung stehe?«

»Nein, weil ich Sie mag«, erwiderte er, und seine Miene war

ehrlich. »Und sie weiß, dass Sie keine dumme, alberne Gans sind wie die meisten der Mädchen, die in der nächsten Saison auf dem Heiratsmarkt sein werden. Diese wären leichter von mir zurückzuweisen. Und vor allem anderen sind Sie eine Frau, kein kleines Mädchen.«

Esmées Blick fiel auf ihre Hände, die verschränkt auf ihrem Schoß lagen. »Ich fühle mich manchmal sehr wie ein kleines Mädchen«, bekannte sie. »Ich wünschte, ich hätte mehr Möglichkeiten gehabt, mich in der Gesellschaft zu bewegen. Ich wünschte, ich würde verstehen, wie die Welt funktioniert.«

Wynwood beugte sich aufmerksam zu ihr vor. »Ihre Tante und meine Mutter glauben, wir würden ein gutes Paar abgeben, Miss Hamilton«, sagte er ruhig. »Was denken Sie?«

»Ich kann nicht denken«, erwiderte sie. »Das alles geht so schnell. Und Sie kennen mich gar nicht, Mylord. Wir haben kaum ein Dutzend Worte miteinander gewechselt.«

Er lächelte sie wieder verhalten an. »In den Wochen, seit wir miteinander bekannt gemacht wurden, Miss Hamilton, bin ich dazu gekommen, Sie sehr zu schätzen«, antwortete er. »Sie haben ein großes Herz, und Sie lieben Ihre Schwester. Sie sind anmutig, gut erzogen und verständnisvoll. Das sind Eigenschaften, die ich bei einer Ehefrau suche.«

»Wünschen Sie sich überhaupt eine Ehefrau, Mylord?«, fragte sie sanft herausfordernd.

Er zuckte mit den Schultern und wandte den Blick ab. »Ich bin ein praktisch denkender Mann, Miss Hamilton. Mein Vater starb vor einigen Monaten, und es ist meine Pflicht, so bald wie möglich einen Erben zu zeugen. In der Tat ist die Zukunft meiner Mutter in gewisser Weise ungewiss, bis ich das getan habe. Und trotz all meiner schlimmen Eigenschaften, Miss Hamilton, liebe ich meine Mutter. Und ich werde meine Pflicht tun.«

Esmée lachte unsicher. »Tante Rowena erinnert mich ständig

daran, dass ein Mann, der seine Mutter gut behandelt, auch seine Ehefrau gut behandeln wird.«

Sein Lächeln vertiefte sich. »Was ist mit Ihnen, Miss Hamilton? Wünschen Sie sich keine Familie?«

»Sorcha und Tante Rowena sind meine Familie«, antwortete sie einfach. »Sollte ich sonst niemanden haben, wird meine Liebe zu ihnen mir Kraft geben.«

»Das ist zum Teil das, was mich zu meinem Antrag bewogen hat«, sagte er. Dann senkte er abrupt den Kopf. »Ich bitte um Entschuldigung. Ich habe meinen Antrag noch gar nicht gemacht, nicht wahr? Miss Hamilton, wollen Sie mir die Ehre erweisen, meine Frau zu werden? Und bitte bedenken Sie sorgfältig, was das Beste für Ihre Schwester ist, bevor Sie antworten.«

»Was meinen Sie damit?«

»Ich bin bereits darüber informiert, wer Sorchas Vater ist«, erwiderte er. »Sie müssen mir keine unangenehmen Erklärungen geben. Ich verstehe das Delikate Ihrer Situation und respektiere Sie dafür umso mehr.«

»Ich danke Ihnen«, sagte sie ruhig.

»Sollte Alasdair jemals zustimmen, Ihre Schwester aufzugeben, wäre mir nichts lieber als das«, sprach Wynwood weiter. »Aber das wird er nicht tun, und ich würde ihn nie darum bitten. Doch wenn Sorcha viel Zeit in unserem Haus verbringen wird oder wie eine geliebte Nichte oder ein geliebtes Patenkind behandelt wird, wer würde das in Frage stellen? Alasdair und ich sind seit vielen Jahren enge Freunde.«

Esmée staunte über die Schlagkraft seines Arguments. Wäre sie Lady Wynwood, könnte Sorcha ohne Probleme so oft kommen und gehen, wie sie und Esmée es wollten, und niemand würde Fragen stellen. Das wäre das Wunderbarste überhaupt, das man sich vorstellen konnte! Aber wäre sie mit Wynwood verheiratet, würde sie auch Alasdair sehr viel öfter sehen. Plötzlich fühlte sie den Drang heißer Tränen hinter ihren Lidern. Sie legte den Handrücken an ihre Lippen und versuchte, sie zurückzudrängen.

Lord Wynwood stand aus seinem Sessel auf. »Ich bitte um Entschuldigung«, sagte er wieder. »Ich benehme mich, als wäre bereits alles geklärt. Doch weder ist schon etwas festgelegt, noch muss es das jemals sein. Die Wünsche Ihrer Tante oder meiner Mutter sind zweitrangig. Ich würde mich einfach glücklich schätzen, Ihr Freund zu sein.«

Seine Freundlichkeit machte es noch schlimmer. »Das Problem ist, Lord Wynwood, dass ich Sie nicht liebe!«, sagte sie. »Und dass ich das nicht kann. Ich bin mir dessen sehr sicher. Mehr kann ich nicht sagen, außer zu erklären, dass – nun, dass ich wahrscheinlich weitaus weniger unschuldig bin, als ein Gentleman es sich von seiner Braut wünschen würde.«

Für einen flüchtigen Moment verging sein heiteres Lächeln. »Ah, ich vermute, es hat vor mir jemanden gegeben«, stellte er ruhig fest. »Ich verstehe das besser, als Sie denken mögen. Und leider, Miss Hamilton, liebe ich Sie auch nicht. Ich mag Ihre ehrliche und direkte Sprache. Und ich verlange gewiss keine Jungfrau in meinem Ehebett.«

Esmée erblasste. »Oh, das ist es nicht –«

»Bitte, sagen Sie nicht mehr«, unterbrach er sie und hob die Hand. »Ich sollte das nicht wissen. Lassen Sie uns übereinkommen, die Vergangenheit Vergangenheit sein zu lassen. Angesichts meines Rufes werden sich ohnehin viele über meine Dreistigkeit wundern, Ihnen einen Antrag zu machen.«

Esmée biss sich auf die Lippen. »Viele Männer scheinen das zu erwägen«, erwiderte sie. »Aber ich möchte behaupten, dass es dieses kleine Wort *Erbin* ist, was deren Aufmerksamkeit erregt.«

Er lächelte trocken. »Ich brauche das Geld Ihres Großvaters

nicht, Miss Hamilton«, sagte er. »Wenn Sie meinen Antrag annehmen, werden wir eine Vereinbarung treffen, dass dieses Erbe Sorcha oder einem unserer Kinder zufallen soll.«

Einem unserer Kinder.

Oh, Esmée wollte Kinder! Wollte sie so sehr, auch wenn sie nicht gut darin war, sie aufzuziehen. Aber sie war gar nicht sicher, ob sie Lord Wynwood überhaupt begehren konnte, ganz egal, wie attraktiv er war. Lange Augenblicke vergingen, unterstrichen vom Ticken der Uhr auf dem Kaminsims.

»Sie sind unschlüssig«, sagte er schließlich und beendete das Schweigen. »Wünschen Sie mich nicht zu heiraten?«

»Oh doch«, gestand sie. »Das tue ich.«

Er lächelte. »Nun, ein Verlöbnis kann von der Braut auch wieder gelöst werden«, erinnerte er sie. »Ich kann Mamma bis zum Ende der Saison hinhalten, und für Sie ist es völlig plausibel, das Trauerjahr nach dem Tod Ihrer Mutter abzuwarten. Wenn Sie sich zum Ende dieser Zeit noch immer unschlüssig sind, lösen Sie es auf.«

»Auflösen?«, unterbrach sie ihn. »Das könnte ich nicht!«

»Oh, ich werde Ihnen eine gute Entschuldigung liefern«, versicherte Lord Wynwood ihr. »Ich werde etwas tun, das schlimm genug ist, dafür zu sorgen, dass niemand Sie eine Frau nennt, die einem Mann den Laufpass gegeben hat. Ich könnte das, ohne mich sehr dafür anstrengen zu müssen. Manchmal tue ich Dinge, die durchaus dazu angetan sind, mir mein Leben zu verkorksen.«

»Nun«, sagte Esmée und holte tief und schwer Luft. »Dann würde ich sagen ... ich würde sagen, dass meine Antwort ein *Ja* ist.«

Wynwood lächelte, und sein Lächeln sah überraschend aufrichtig aus. »Miss Hamilton«, sagte er, »Sie haben mich gerade zum glücklichsten Mann der Welt gemacht.«

Sie sah ihn eindringlich an. »Bitte«, sagte sie, »lassen Sie uns es so beginnen, wie wir es auch fortführen wollen. Lassen Sie uns immer ehrlich zueinander sein.«

Sein Lächeln verblasste ein wenig. »Nun, dann eben zum glücklichsten Mann von Mayfair«, korrigierte er sich. »Und jetzt möchte ich Sie um einen Gefallen bitten, wenn ich darf?«

»Aber natürlich«, sagte Esmée. »Sie müssen es nur sagen.«

»Mutter wünscht, sich bis zum Frühjahr auf meinen Besitz in Buckinghamshire zurückzuziehen. Es liegt nur ein paar Fahrstunden von London entfernt. Sobald sie sich dort eingerichtet hat, wünscht sie uns zu Ehren eine Dinnerparty zu geben. Eine ruhige Angelegenheit und nur für unsere engsten Freunde und die Familie. Sie wünscht, dass alle Sie kennenlernen, besonders ihr Bruder, Lord Chesley, dem der angrenzende Besitz gehört. Sie werden ihn sehr mögen – jeder mag ihn. Wären Sie bereit zu kommen?«

Esmée öffnete den Mund und schloss ihn wieder, ohne zu antworten. Es schien alles zu bald. Sie war nicht bereit. Aber sie *hatte* eingewilligt. »Ja, natürlich«, sagte sie schließlich. »Ich werde mich geehrt fühlen.«

»Ausgezeichnet!«, sagte Wynwood und erhob sich rasch. »Ich werde gehen und Mutter die gute Neuigkeit überbringen. Sie wird darüber sehr erfreut sein. Und sie wird Ihnen eine gute Schwiegermutter sein, Miss Hamilton, das verspreche ich. Sie wird wissen, wo ihr Platz ist. Und sollte sie es einmal vergessen, können Sie sich auf mich verlassen, dass ich sie daran erinnern werde.«

»Danke, Lord Wynwood«, brachte Esmée heraus. »Sie sind überaus freundlich.«

Rasch ergriff er ihre Hand und küsste sie glühend. »Sie müssen mich jetzt Quin nennen«, sagte er. »Oder Quinten, wenn Sie das vorziehen.«

»Dann also Quin«, sagte sie. »Und ich heiße Esmée.«

»Esmée. Das ist reizend.«

Und damit, so schien es, war die Tat vollbracht. Lord Wynwood – *Quin* – küsste noch einmal ihre Hand, quasi als Zugabe, dann verließ er sie so dasitzend, wie sie bei seiner Ankunft dagesessen hatte: das Bein auf die Fußbank gestützt und ihre Gedanken in geheimem Aufruhr.

»Zeitungen! Zeitungen! Hier zu kaufen!« Die Stimme des Zeitungsjungen drang klar durch die frische Herbstluft. »Premierminister zurückgetreten! Lesen Sie alles darüber!«

Alasdair hatte gerade um die Ecke von St. James's biegen wollen und zögerte einen Moment, dann nutzte er eine Lücke im Strom der Pferde und Kutschen, um sich stattdessen eine Zeitung zu kaufen. In letzter Zeit interessierten ihn die aktuellen Ereignisse nur am Rande, doch die plötzliche Erschütterung in der Regierung hätte die Neugier eines Toten wecken können.

»Zeitungen! Zeitungen! Hier zu kaufen!«, schrie der Junge und nahm Alasdairs Münzen, ohne sein Rufen zu unterbrechen. »Der König nimmt das Rücktrittsgesuch des Premierministers an! Lesen Sie! Hier alle Einzelheiten!«

Alasdair fing sein frisch gedrucktes Exemplar auf und setzte seinen Weg zu White's fort.

»Was denken Sie, MacLachlan?«, fragte eine Stimme hinter ihm. »Ist Wellington jetzt endgültig erledigt?«

Alasdair wandte sich um und erkannte einen der jungen Burschen aus seinem Club, der sich ihm an die Fersen geheftet hatte. »So scheint es«, antwortete er, während der junge Mann zu ihm aufholte und dann neben ihm herging. »Sind Sie auf dem Weg zu White's?«

Der junge Gentleman nickte heftig. »Ich will die Aufregung

nicht verpassen«, sagte er. »Es ist ein Tag der Neuigkeiten, nicht wahr? Erst Wynwood und jetzt noch das.«

Alasdair blieb abrupt stehen. Er hatte Quin seit dem Feuer vor drei Tagen nicht mehr gesehen. »Erst Wynwood *was?*«, fragte er und sah den jungen Mann durchdringend an.

Der errötete leicht. »Nun, ich weiß es nicht genau«, antwortete er. »Aber ich hörte, dass er heiraten wird. Tenby sagte, es hätte heute Morgen in der *Times* gestanden.« Er machte eine Pause und deutete auf die Zeitung. »Ich würde meinen, es steht auch da drinnen – wenn es denn stimmt. Wollen wir nachsehen?«

Der Boden wankte unter Alasdairs Füßen. »Später«, brachte er fertig zu sagen und ging mit steifen Schritten weiter in Richtung seines Clubs. Er konnte sich nicht dazu zwingen, noch etwas zu dem jungen Mann zu sagen, der sich bemühte, mit ihm Schritt zu halten. *Heiraten*. Guter Gott, Quin würde heiraten? Alasdair fühlte sich plötzlich krank. Seine Hand, welche die Zeitung umklammert hielt, war kalt und blutleer. In seinen Ohren dröhnte ein Rauschen, als müsse er ohnmächtig werden, auch wenn das nicht geschehen würde. Der Verkehrslärm schwand aus seiner Wahrnehmung.

Quin wird heiraten. Oh, er hatte gewusst, dass es unausweichlich war. Aber sicherlich hatte *sie* nicht ...? Nein, nicht so bald. Nicht so schnell. Nicht, bevor er die Zeit gehabt hatte, darüber nachzudenken ...

Aber Quin, schien es, hatte sich nicht mit Denken aufgehalten. Er hatte gehandelt. Alasdair stieg die kurze Treppe hinauf und wurde vom Portier begrüßt, der ihm die Tür aufhielt und seinen Hut entgegennahm. »Guten Morgen, Sir. Ein ereignisreicher Tag, nicht wahr?«

»Ja, das hörte ich«, sagte Alasdair und ging in Richtung Salon. Gesegneterweise war dieser leer. Er nahm an einem der Tische Platz und winkte den Diener fort, der zu ihm kam. Der Bursche von der Straße – Frampton oder Hampton oder wie auch immer, verdammt – war glücklicherweise ebenfalls verschwunden. Alasdair schlug die Zeitung auf, nicht länger interessiert an Wellingtons Schicksal, sondern an etwas ganz anderem. Er blätterte sie rasch durch bis zu der Seite, auf der solche Akte der Narretei im Allgemeinen angezeigt wurden. Und da stand es. Schwarz auf weiß, Wort für Wort.

Er blinzelte und versuchte, seinen Blick zu fokussieren. Aber die Buchstaben tanzten vor seinen Augen. *Die Ehre bekanntzugeben ... Hochzeit im Frühling ... Tochter der vor Kurzem verstorbenen Countess of Achanalt ...*

Er versuchte, es zu begreifen, aber es war, als befände er sich in einem Albtraum, als wäre er in dem Niemandsland zwischen Schlafen und Wachen gefangen; eine Welt, aus der man zu entkommen versuchte, weil nichts einen Sinn ergab. Genau in diesem Moment räusperte sich jemand vernehmlich. Alasdair schaute auf und sah Quin in der Tür stehen, das Kinn gesenkt, sein Blick leicht reumütig.

»Frampton meinte, dass er dir bis hierher gefolgt sei«, sagte er zur Begrüßung. »Willst du mir nicht gratulieren, alter Junge?«

Zwei Herzschläge lang fand Alasdair keine Worte. »Ich bin mir nicht ganz sicher, Quin«, erwiderte er steif. »Warum zum Teufel erfahre ich davon aus der Zeitung? Verdiene ich nicht die Höflichkeit eines privaten Wortes?«

»Mutter konnte ihr Temperament nicht zügeln«, erwiderte Quin und lehnte sich mit einer Schulter lässig gegen den Türrahmen. »Wie es scheint, hat der Brand sie zu Tode erschreckt, und sie hat beschlossen, dass sie viel lieber eine lebendige Countess-Witwe ist als eine tote und dass Cousin Enoch nicht alles erben soll. Sie hat Gefallen an Miss Hamilton gefunden und sich in den Gedanken verrannt. Und, ich muss es gestehen, er missfällt mir nicht.«

»Nun, dann ist ja alles prima!«, sagte Alasdair beißend. »Ich bin froh, dass deine Mutter glücklich mit ihrer Wahl ist. Aber ist es dir je in den Sinn gekommen, Quin, zuerst mit mir darüber zu reden?«

»Warum sollte ich das?«, fragte dieser unumwunden. »Esmée bedeutet dir nichts. *Oder?* Ich meine, ich dachte du willst sie loswerden.«

»Grundgütiger Gott, sie ist Sorchas Schwester!«, rief Alasdair halblaut. »Und sie ist meine ... sie ist jemand, für den ich mich zumindest teilweise verantwortlich fühle. Ja, natürlich bedeutet sie mir etwas.«

Quin näherte sich dem Tisch. »Sie kann verdammt froh sein, dass ihr Ruf durch dich nicht ruiniert worden ist«, sagte er ruhig, aber unmissverständlich vorwurfsvoll. »Ehrlich, Alasdair, was zum Teufel geht es dich an? Du wolltest, dass sie heiratet und nichts mehr mit dir zu schaffen hat. Bald wird beides der Fall sein.«

Alasdair war aufgestanden und hatte angefangen, ruhelos hin und her zu gehen. »Warum, Quin?«, fragte er rau. »Von allen heiratsfähigen Frauen Londons ausgerechnet Esmée – warum? Kannst du mir das sagen? Kannst du das?«

Quin wirkte verblüfft. »Nun, ich – ich mag sie, Alasdair«, erwiderte er. »Sie ist vernünftig.«

»Vernünftig?«, wiederholte Alasdair ungläubig. »Wenn du damit meinst, dass sie beide Augen zudrücken wird, wenn es um deine Herumhurerei geht, Quin, wirst du vielleicht ein böses Erwachen erleben. Schotten sind nicht dafür bekannt, leicht zu vergeben und zu vergessen.«

Quin legte schwer eine Hand auf Alasdairs Schulter. »Vorsicht, alter Knabe«, knurrte er. »Die Beschaffenheit meiner Ehe und was darin zählt oder nicht zählt, geht dich nichts an. Ich werde ihr Kinder machen, ihr schöne Häuser schenken und einen Titel geben. Glaub mir, sie wird keinen Grund zur Klage haben.«

Alasdair schwieg einen Moment. »Und was ist mit Liebe, Quin?«

»Ja, was ist damit?«, spottete Quin. »Ich habe doch eben gesagt, dass ich dem Mädchen Kinder machen werde, um Himmels willen. Das wird genügen. Nein, ich liebe sie nicht, und sie liebt mich nicht. Und keiner der Umstände ist geeignet, dass sich daran etwas ändern wird.«

»Hat sie dir das gesagt?«

Quin errötete leicht. »Das geht dich zwar verdammt noch mal nichts an, aber ja. Das hat sie.«

Alasdair schluckte hart. Versuchte nachzudenken. Er fühlte sich, als würde er ertrinken. »Bist du sicher, Quin?«, würgte er. »Bist du sicher, dass es das ist, was sie will? Dass ihre ... ihre Tante sie nicht zu diesem Schritt zwingt?«

»Ihre Tante wusste nichts davon, bis die Sache geregelt war«, erwiderte sein Freund. »Lady Tatton war natürlich entzückt. Nein, Esmée wurde nicht gezwungen. Mein Gott, Alasdair! Was ist dein Problem? Spielst du hier den Neidhammel? Wenn du sie gewollt hast, hattest du doch, verdammt noch mal, jede Gelegenheit dazu.«

»Ich bin der Vater ihrer Schwester, Quin«, sagte er zwischen zusammengebissenen Zähnen. »Ganz zu schweigen davon, dass ich fast anderthalb Jahrzehnte älter als sie bin. Was ich wollte oder nicht wollte ist irrelevant.«

»Ja, damit hast du verdammt recht«, stimmte Quin zu. »Weil sie *mich* als Ehemann akzeptiert hat.« Er ließ sich auf den Stuhl fallen, auf dem Alasdair gesessen hatte und beobachtete einen Moment lang, wie sein Freund nervös auf und ab ging. »Verdammt, ich dachte, du würdest dich freuen. Ich dachte, es wäre gut für Sorcha. Für uns alle, genau genommen.«

Alasdair durchschritt den Raum, ging zwischen den Fenstern hin und her, aber Quin sagte nichts mehr. »Du verdienst sie nicht, Quin«, sagte Alasdair schließlich. »Und du weißt das. Du kannst sie nicht heiraten, ohne sie von ganzem Herzen zu lieben, so, wie sie geliebt werden sollte.«

»Wegen Viviana, meinst du?« Der Spott war zurück, zehnfach jetzt.

»Wegen ihr und wegen all der anderen Frauen nach ihr«, sagte Alasdair. »Großer Gott, du könntest eine Straße zur Hölle mit den Frauen pflastern, die deine Geliebten waren, und mit den Huren, die du gehabt hast. Esmée ist die reine Unschuld! Um Himmels willen! Bedenke doch, was du da tust!«

Aber Quin sah ihn jetzt argwöhnisch von der Seite an. »Sie sagt, sie sei gar nicht so unschuldig«, erwiderte er mit bemerkenswert ruhiger Stimme. »Gibt es da irgendetwas, was *du* mir sagen solltest, Alasdair?«

Alasdair hielt seinem Blick eine Ewigkeit lang stand. »Sei gut zu ihr«, sagte er schließlich grimmig. »Das ist es, was ich dir sagen will. Sei gut zu ihr, Quin, oder ich schwöre bei Gott, dass ich mir nicht die Mühe machen werde, dich zum Duell zu fordern. Ich werde dir stattdessen ein Messer zwischen deine gottverdammten Rippen jagen.«

Quin umklammerte die Lehnen seines Stuhles, als müsste er sich zwingen, nicht gewalttätig zu werden. Alasdair wünschte, er würde sich nicht beherrschen. Er wünschte, Quin würde mit den Fäusten auf ihn losgehen, weil er dann so etwas wie eine Entschuldigung dafür haben würde, ihn zu verprügeln.

Aber das Glück sollte er nicht haben. Denn Quin stand auf und verneigte sich. »Mutter gibt demnächst auf Arlington ein Dinner«, sagte er mit beherrschter Zurückhaltung. »Es ist nur für enge Freunde und die Familie, um die Verlobung zu feiern. Ich möchte, dass ihr, du und Merrick, teilnehmt.«

»Ich sollte das besser nicht tun«, erwiderte Alasdair. »Für meinen Bruder kann ich allerdings nichts sprechen.«

»Ich werde Merrick einladen«, sagte Quin ruhig. »Aber es würde sehr seltsam aussehen, würdest du nicht anwesend sein. Du bist einer meiner engsten Freunde, Alasdair. Außerdem ist Mutter zu Ohren gekommen, dass ihr, du und Esmée, entfernt verwandt seid.«

»Sehr zu Lady Tattons Missfallen, nehme ich an«, sagte Alasdair angespannt.

»Möglich«, sagte Quin. »Und jetzt, Alasdair, um unserer langen Freundschaft willen – wirst du kommen?«

Alasdair zuckte mit den Schultern. »Ich werde darüber nachdenken.«

Esmée – ihr Bein war noch immer ein wenig beeinträchtigt – verbrachte die Tage, die folgten, an Lord Wynwoods Arm. Sie fuhren in den Park, dinierten mit Freunden, besuchten den Zoo und eine neue Ausstellung im Britischen Museum. Trotz der Traurigkeit, die Esmées Stimmung dämpfte, fand sie es leicht, in seiner Gesellschaft zufrieden zu sein.

Wynwood war nett und freundlich, und er schien nicht viel von ihr zu fordern. In der Tat mochte sie ihn sogar so gern, dass sie ein ganz leichtes Schuldgefühl empfand. Sicherlich gab es doch irgendwo die perfekte Frau für Wynwood? Jemanden, der ihm die Liebe und Zuneigung geben konnte, die er verdiente?

Ihre Verlobung hatte die Gesellschaft überrascht. Wie Esmée im Nachhinein hörte, waren bei White's Wetten abgeschlossen worden, ob Quin überhaupt jemals heiraten würde. Ihre Tante hatte sich, wie es schien, hinsichtlich seines Rufes als reueloser Frauenheld nicht geirrt. Aber als Esmée ihn damit neckte, kräuselten sich Lord Wynwoods Augenfältchen fröhlich, und er lachte nur.

Die meisten Vormittage Esmées waren Sorcha gewidmet, doch Alasdair sah sie nie. Sie fragte sich, was er über die Verlobung dachte. Ein kindischer kleiner Teil von ihr hoffte, dass es ihn zumindest ein wenig störte. Aber vielleicht wusste er gar nichts von der Ankündigung? Höchstwahrscheinlich waren seine Gedanken einfach woanders – bei Mrs. Crosby vielleicht, wo sie sicherlich auch sein sollten. Und dann waren da ja auch noch seine beiden blonden Schauspielerinnen.

Im kalten Licht des Tages versuchte sie, leidenschaftslos an all das zu denken. Sie versuchte, die Erinnerung an ihre ersten bittersüßen Wochen in London zu verdrängen, in denen gleichzeitig ihr Zorn aufgeflammt war und ihr Herz zu flattern begonnen hatte, allein schon dann, wenn sie Alasdair auf der Treppe begegnet war.

Jetzt jedoch erzog sie sich dazu, mit höflicher Gleichgültigkeit zu reagieren, wenn Alasdairs Name in ihrer Gegenwart erwähnt wurde. Es gelang ihr recht überzeugend. Aber des Nachts versagte ihre Strategie. Des Nachts dachte sie an seine verbotenen Küsse und leidenschaftlichen Umarmungen. Sie dachte an die Art, wie seine Hände gezittert hatten, als er sie zum ersten Mal berührt hatte. Es war die Berührung eines erfahrenen Verführers gewesen, ja. Aber es hatten auch Respekt und Entzücken darin gelegen.

Von Anfang an hatte ihr weiblicher Instinkt ihr gesagt, dass sie Alasdair nicht gleichgültig war. Sie fragte sich, was das bedeutete und warum er nicht mit ihr darüber sprach. Mit ihren zweiundzwanzig Jahren fühlte sie sich fast so grün hinter den Ohren, wie Alasdair sie beschuldigt hatte, es zu sein. Aber was sollte es im Grunde auch nützen, darüber zu reden? Er war »kein Mann zum Heiraten«. Und sie – nun, sie war nur ein Einfaltspinsel. Sie war so dumm, so unglaublich dumm gewesen, sich in ihn zu verlieben.

Die zweite Woche nach ihrer Verlobung verlief ein wenig anders als die erste. Sie sah Lord Wynwood weniger oft, und wenn sie sich trafen, schien er seltsam distanziert. Die Veränderung war so deutlich, dass Esmée sich fragte, ob er vielleicht ihre Gefühle für Alasdair erahnte. Aber wenn sie ihre Sorge ausdrückte, dass sie vielleicht zu schnell vorgegangen waren, lachte Lord Wynwood nur und gab ihr einen freundschaftlichen, flüchtigen Kuss auf die Wange.

Es passte so ganz und gar nicht zu dem Unbehagen, welches sie in seinen Augen sah. Und es war eine schreckliche Enttäuschung nach Alasdairs leidenschaftlichen Umarmungen. Allmählich begann es ihr zu dämmern, dass dies der Mann war, mit dem sie bald das Bett teilen würde. Sie war sich absolut nicht sicher, ob sie das könnte.

Einmal setzte Esmée zu dem Versuch an, darüber mit Tante Rowena zu reden, doch die Worte wollten einfach nicht heraus. Sie dachte auch daran, Mrs. Crosby zu besuchen, aber das zu tun, kam ihr doch recht verzweifelt und kindisch vor. Was könnte sie von der armen Frau erfahren? Die Wahrheit? Das könnte noch schlimmer sein als die Ungewissheit. Und Mrs. Crosby hatte ihre eigenen Probleme, soweit Esmée das beurteilen konnte.

Vielleicht auf eine Wende hoffend, begann Esmée, Alasdair Briefe zu schreiben und ihn über ihre Verlobung zu informieren. Der erste klang steif und formell, der zweite fast kameradschaftlich und der dritte fiebernd und flehend. Sie schämte sich für jeden und zerriss sie sofort wieder. Es gab nichts daran zu rütteln. Er wollte sie nicht, und sie hatte nichts mit ihm zu tun. Und so tat Esmée nichts, außer mit der Hand auf Lord Wynwoods Arm durch London zu spazieren, während ihr verstauchtes Knie heilte und das Dinner in Buckinghamshire mit jedem Tag näherrückte.

»Oh, ich sage es ja!«, rief Lady Tatton, den Kopf halb aus dem Kutschenfenster gestreckt. »Arlington Park ist ein herrlicher Besitz!«

Auf ihrer Seite der Kutsche konnte Esmée nichts als Morgen um Morgen gut gepflegter Parklandschaft sehen, die von Herden von Damwild gesprenkelt wurde und in der kleine Seen blinkten und gelegentlich ein malerischer Pavillon lockte. Vor gut einer Viertelmeile hatten sie, nachdem sie das kleine Dorf Arlington Green hinter sich gelassen hatten, das Torhaus passiert. Esmées Tante jedoch hatte offensichtlich eine ganz hervorragende Sicht, als sie sich dem Herrenhaus näherten, denn sie beschrieb es jetzt bis ins Detail.

»Oh, es ist im palladianistischen Stil gebaut, Esmée«, verkündete sie. »Drei – nein, vier Etagen hoch, wenn man die Mansardenfenster mitzählt! Himmel, sie müssen an die zwanzig Schlafzimmer haben. Und das Mauerwerk! Oh, dieser exquisite warme Rotton. Es gibt eine Flügeltreppe. Und einen riesigen Brunnen in der Mitte der Auffahrt. Oh, meine Liebe, sieh doch nur!«

Esmée hätte sich umgesehen, hätte der Federhut ihrer Tante ihr nicht die Sicht versperrt. Abgesehen davon konnte sie nur wenig Enthusiasmus für die Großartigkeit von Arlington Park aufbringen. Wenn sie ehrlich war, dann kam ihr das alles irgendwie irreal vor. Als würde sie das Leben einer anderen Frau führen – elegante Kleider tragen und sich mit deren vornehmen Freunden treffen, während sie innerlich immer noch Esmée war, das Mädchen, das vor fast einer Ewigkeit wütend und ängstlich vor Sir Alasdair MacLachlans Tür gestanden hatte.

Binnen weniger Minuten jedoch kehrte ihr neues Leben in

den Vordergrund zurück, und die Pracht von Arlington erhob sich vor ihr. Lady Wynwood kam die breite, geschwungene Treppe heruntergelaufen, die Arme weit ausgebreitet. In aufgeregter Lebhaftigkeit wurden Wangen geküsst und Koffer abgeschnallt. Überall waren Diener in Livree.

Drinnen war es noch schlimmer. Einige von Wynwoods Verwandten waren vor ihnen eingetroffen und schon voller Ungeduld, die Verlobte kennenzulernen, von der sie nie gedacht hätten, sie jemals begrüßen zu können. Deshalb wurde Esmée bald von Wynwood herumgeführt, und, wie es schien, einer Armee von Tanten und Cousins vorgestellt.

»Sie müssen müde von der Reise sein, meine Liebe«, sagte Wynwood und wehrte eine besonders aufdringliche Tante ab, die Esmée die Gärten zu zeigen wünschte. »Vergeben Sie mir meinen Enthusiasmus. Mutter schaut mich schon ganz finster an. Ohne Zweifel wünscht sie Ihnen und Lady Tatton jetzt Ihre Zimmer zu zeigen.«

Esmées »Zimmer« bestand aus einem Schlaf- und einem Ankleidezimmer sowie einem kleinen Salon. Ihre Tante bezog die angrenzende Suite. In der Mitte des Schlafzimmers stand ein elegantes Bett mit Baldachin und Vorhängen aus gold- und elfenbeinfarbener Seide. Gegenüber befand sich ein gewaltiger Marmorkamin, in dem schon ein Feuer brannte, welches die kalte Landluft vertrieb. Das Abendessen würde um sechs Uhr serviert werden.

Nur einige Mitglieder der engeren Familie waren schon heute eingetroffen, wurde sie informiert. Wynwoods Onkel sei seit einigen Tagen wieder in England und ruhe sich in seinem ganz in der Nähe liegenden Haus aus. Die übrigen Gäste würden erst morgen, zum offiziellen Dinner, erwartet.

Wenn die Menschenmenge im Salon aus »einigen engen« Familienmitgliedern bestand, wie, so fragte Esmée sich, würde dann erst ein volles Haus aussehen. Lord Wynwood war eines von zwei Kindern, und Esmée hatte daraus irgendwie geschlossen, dass seine Familie eher klein sei. Doch sie war es nicht.

Ganz im Gegenteil, erklärte Lady Wynwood stolz, dass sie noch sechs Schwestern, zwei Tanten und einen Onkel hatte, die wiederum alle eigene Familien hatten. Wynwoods Großtante, Lady Charlotte Hewitt, bewohnte das Torhaus. Und Wynwoods Schwester, Lady Alice, hatte drei eigene Kinder. Darüber hinaus hatte Lady Wynwoods unverheirateter Bruder, Lord Chesley, dessen Besitz gleich nebenan lag, ebenfalls das Haus voller Gäste. Es waren mehr Menschen – sehr viel mehr –, als Esmée erwartet hatte, aber sie schwor sich, es durchzustehen.

Nachdem sie sich vom Staub des Tages gereinigt und ihr Haar gebürstet hatte, trat sie ans Fenster. Eine Weile stand sie einfach nur da, schaute über den geometrisch angelegten Garten und wünschte, sie wäre in Schottland und bei ihrer Mutter. Vor einer Ewigkeit hatte Esmée sich danach gesehnt, nach London zu kommen, um Leute zu treffen und, eventuell, einen Ehemann zu finden. Aber jetzt, da sie beides bewerkstelligt hatte, brachte es ihr nicht die erhoffte Zufriedenheit. Sie hatte nicht damit gerechnet, sich in einen Mann wie Alasdair zu verlieben – einen Mann, der, so schien es, ihre Liebe nicht erwiderte.

Es war kalt am Fenster, und Esmée trug nur ihr Hemd. Geistesabwesend griff sie nach dem Schal, den sie auf der Fahrt getragen hatte und warf ihn sich um die Schultern. Sie hörte ein Geräusch hinter sich und schaute zurück. Ihre Tante hatte das Zimmer durch die Verbindungstür zwischen den beiden Suiten betreten.

»Ich habe Pickens gebeten, dein dunkelblaues Kleid aufzubügeln«, begann sie. »Bist du mit dieser Wahl einverstanden?«

Esmée wandte sich vom Fenster ab. »Ja, sehr schön. Danke, Tante Rowena.«

Ihre Tante sah sie an – sah sie wirklich an. Sofort veränderte sich ihre Miene. »Oh, mein liebes Kind!«, sagte sie und eilte auf Esmée zu. »Wo sind deine Strümpfe? In diesem Hemd, mit dem Schal und mit offenen Haaren kommst du mir wie eine Waise vor.«

Esmée brachte ein schwaches Lächeln zustande. »Ich *bin* eine Waise, Tante.«

Lady Tatton schob sie schon vom Fenster weg. »Nicht diese Art von Waise«, erklärte sie. »Jetzt zieh deinen Morgenrock über und setz dich hier an den Frisiertisch, meine Liebe. Ich werde dir das Haar auskämmen, während Pickens das Kleid aufbügelt.«

Gehorsam setzte Esmée sich. Lady Tatton nahm die Haarbürste und machte sich an die Arbeit. »Jetzt musst du mir sagen, Esmée, woran du gerade denkst«, begann sie. »Du sieht niedergeschlagen aus. Sind dir Bedenken gekommen? Das ist ganz normal.«

»Es sind eigentlich keine Bedenken«, erklärte Esmée. »Es ist nur, weil hier so viele Menschen sind und solch ein Aufhebens um diese Verlobung gemacht wird. Und dieses Haus. Es ist so groß.«

»Aber das Haus deines Stiefvaters war auch sehr weitläufig.« Ihre Tante zog die Bürste stetig durch Esmées langes Haar. »Die meisten schottischen Landsitze sind doch durchaus vergleichbar, nicht wahr? Zum Beispiel Castle Kerr. Soweit ich weiß, ist es eines der schönsten Anwesen nördlich von York.«

»Castle Kerr?«, fragte Esmée. »Ich habe noch nie davon gehört.«

Im Spiegel sah sie, dass ihre Tante sie aufmerksam betrachtete. »Es ist der Sitz der MacLachlans of Argyllshire«, erklärte sie. »Es ist Sir Alasdairs Haus. Wusstest du das nicht?«

Esmée sah eine leichte Röte in ihre Wangen kriechen. »Er

hat nie davon gesprochen«, entgegnete sie. »Aber schottische Landsitze sind nicht so formell, nicht wahr? Mir kommen sie jedenfalls nicht so vor. Doch dieses Haus hier erzeugt das Gefühl von Förmlichkeit. Ich fühle … ich fühle keine *Wärme* darin.«

Ihre Tante zog die Bürste in langen, glatten Bewegungen durch Esmées Haar. »Esmée«, sagte sie schließlich, und ihre Stimme klang sehr ruhig, »warum hast du Lord Wynwoods Antrag angenommen?«

Esmée hob abrupt den Kopf und begegnete im Spiegel dem Blick ihrer Tante. »Ich – ich hielt es für das Beste«, sagte sie. »Ich mag ihn, und wir passen recht gut zusammen. Das hast du selbst gesagt. Und für Sorcha wird alles sehr viel leichter sein.«

»Für Sorcha?« Lady Tattons Stimme klang hoch. »Was um alles in der Welt hat Sorcha damit zu tun?«

Esmée legte ihr Wynwoods Argument dar. »Du musst zugeben, Tante Rowena, dass sich jemand bemüßigt fühlen könnte zu fragen, wer sie ist, wenn wir so weitermachen wie bisher«, schlussfolgerte Esmée. »Noch besucht sie uns eher selten, und die meisten Häuser am Grosvenor Square sind zurzeit geschlossen. Aber in ein paar Monaten wird die Stadt nur so summen, nicht wahr?«

»Ja«, gab Lady Tatton zögernd zu. »Ich fürchte, ich kann an Wynwoods Überlegung nichts aussetzen.«

Im Spiegel hielt Esmée den Blick ihrer Tante fest. »Aber …?«, fragte sie weiter.

Lady Tatton legte die Bürste mit einem vernehmlichen Klappern aus der Hand. »Mein liebes Kind«, begann sie, »du kannst nicht dein Leben für Sorcha leben. Du hast schon zu viel von dir selbst den Wünschen und Launen anderer untergeordnet. Rosamund hat dich zu lange in den Highlands behalten, hat dich mit ihrer Hysterie und ihren Torheiten gefangen gehalten.«

»Aber Mamma hat mich geliebt«, sagte Esmée und blinzelte die Tränen zurück, die plötzlich in ihr aufsteigen wollten. »Ich weiß das. Ich glaube, sie hatte nur Angst davor, allein zu sein.«

Die Augen ihrer Tante verdunkelten sich. »Rosamund hat ihr Leben damit vertan, nach Strohhalmen zu greifen«, entgegnete sie. »Sie hat immer nach jemandem gesucht, an den sie sich klammern konnte; immer in der Gewissheit, dass an der nächsten Ecke die Gefahr lauerte, wieder allein zu sein. Manchmal denke ich, sie hat die Witwenschaft selbst über sich gebracht. Und die Ironie dabei ist, hätte sie einfach den ersten Mann geheiratet, in den sie sich verliebt hatte, dann wäre nichts von all dem geschehen, und du wärest nicht in dieser schrecklichen Lage.«

Esmée unterließ es, darauf hinzuweisen, dass, hätte ihre Mutter jemand anderen als ihren Vater geheiratet, sie gar nicht auf der Welt wäre. »Welchen ersten Mann?«, fragte sie stattdessen. »Wer war er?«

Aber Lady Tatton biss sich jetzt auf die Lippen und sah aus, als wünschte sie, nichts gesagt zu haben. »Ich glaube nicht, dass Rosamund das je gesagt hat«, erwiderte sie. »Genau genommen hat sie nur ein oder zweimal erwähnt, dass es da jemanden gab. Aber die Situation hat sie belastet, denke ich.«

Esmée war überrascht. »Dieser Mann, hat er sie nicht geliebt? Wollte er sie nicht heiraten?«

»Nun, ich nehme an, dass er es wollte«, antwortete ihre Tante. »Aber er war eher ein Abenteurer – ein Seemann oder ein Naturforscher oder so etwas –, und er wollte das nicht aufgeben. Rosamund konnte so nicht leben. Sie brauchte Sicherheit. Sie brauchte jemanden, der ständig um sie herum sein konnte. Wohl aus diesem Grund hat sie entschieden, dass ihr Abenteurer ein schlechter Handel wäre, weil er vermutlich durch ein tropisches Fieber oder in einem Taifun oder sonst wie ums Leben kommen würde. Und das war das Ende der Geschichte.«

Esmée ließ die Ironie dessen auf sich einwirken. »Tante Rowena«, sagte sie schließlich, »warum erzählst du mir das?«

»Oh, Kind, ich habe keine Ahnung!« Rowena griff über Esmées Schulter und schob ihr eine verirrte Locke hinter das Ohr. »Nun, ich denke, ich versuche zu sagen, dass das Herz uns nicht immer in die falsche Richtung lenkt.«

Esmées Augen weiteten sich. »Tut es nicht?«, fragte sie scharf. »Ich dachte immer, es war gerade Mammas Herz, das sie in Schwierigkeiten gebracht hat.«

»Oh nein! Das war ihr Kopf!«, erklärte Lady Tatton. »Rosamund hat zu viel *nachgedacht*.«

»Hat sie das?« Esmée dachte darüber nach. »Nun, ich frage mich, ob du nicht recht haben könntest.«

Lady Tatton zögerte einen Moment. »O Gott, ich hoffe sehr, ich bedaure dies nicht«, sagte sie leise, fast zu sich selbst. »Ich bete darum, dass ich dich nicht in die falsche Richtung geführt habe. Aber die Wahrheit ist, Esmée, dass wir uns manchmal vom Verstand – oder schlimmer noch, von unseren Ängsten – leiten lassen und zu weit vom rechten Kurs abkommen. Manchmal weiß das Herz es besser. Du scheinst in diesen letzten beiden Wochen nicht ganz du selbst gewesen zu sein. Wynwood ist ein guter Fang, aber es ist durchaus möglich, dass er nicht der Richtige ist.«

Esmée zuckte mit den Schultern. »Die meisten Frauen würden mich für verrückt halten, ihn nicht zu wollen.«

Lady Tatton lächelte nachsichtig. »Nun, gib dem Ganzen etwas Zeit, meine Liebe«, riet sie. »Und versprich mir, dass du nichts ... nun, *Unüberlegtes* tun wirst.«

Esmée fühlte, wie sich das schreckliche Gewicht von Schuld auf ihren Schultern niederließ. Ihre Tante hatte so hart gearbeitet und sich so großzügig gezeigt, um für Esmée eine gute Zukunft zu sichern. »Ich verspreche es«, sagte sie. »Ich werde dich nicht in Verlegenheit bringen, Tante, indem ich etwas Impulsives tue.«

»Nein, dazu bist du zu vernünftig«, sagte ihre Tante. »Ich hätte es nicht erwähnen sollen. Und mit der Zeit wirst du von der Richtigkeit dieser Verbindung überzeugt sein, hoffe ich.«

Esmée war für einen Moment sehr still. »Das hoffe ich auch«, erwiderte sie. »Aber ... aber was, wenn ich es nicht sein werde?«

Lady Tatton tätschelte ihre Schulter. »Nun, wenn du der Sache wirklich Zeit gegeben hast, Liebes, er am Ende aber doch nicht der Richtige ist, dann werden wir den Fisch zurück ins Meer werfen«, erklärte sie. »Natürlich wird es Gerede geben, aber offen gesagt, ist sein Ruf nicht der beste. Ich denke, wir werden den Sturm überstehen.«

»Ich kann mir nicht vorstellen, Wynwood so etwas anzutun.«

Lady Tatton lächelte ein wenig angespannt. »Es wäre nicht ideal«, stimmte sie zu. »Aber besser das als eine Ehe, die dich unglücklich macht. Gwendolyn allerdings – nun, das steht auf einem ganz anderen Blatt. Ich würde für ein oder zwei Monate auf ihrer schwarzen Liste stehen. Vielleicht würde ich sogar ein wenig bei ihr katzbuckeln müssen.«

»Oh, Tante, ich würde es hassen, dich in Verlegenheit zu bringen!«

»Ich auch«, sagte Lady Tatton rasch. »Aber ich werde es überleben, und das wirst du auch. *Wenn* es dazu kommt, was es hoffentlich nicht wird. Und jetzt, Kind, wo sind die Perlen, die deine Mutter dir gegeben hat? Ich schwöre, ich habe sie seit einer Ewigkeit nicht mehr gesehen.«

»Meine Perlen?« Esmées Blick fiel auf den Handkoffer neben dem Frisiertisch. Sie grübelte noch über das nach, was ihre Tante über den Verstand und das Herz gesagt hatte. »Meine

Perlen sind in der grünen Samtschachtel«, antwortete sie schließlich. »Dort, im Seitenfach des Handkoffers.«

»Ausgezeichnet!«, sagte ihre Tante und griff danach. »Heute Abend werde ich Pickens bitten, dein Haar sehr hoch zu frisieren, in einem Stil, der einer jungen Frau angemessen ist, die heiraten wird. Und dazu wirst du sicherlich die Perlen tragen wollen.«

Esmée lächelte. »Danke, Tante Rowena. Vielleicht wird mich das älter und größer aussehen lassen?«

»Oh, aber ganz gewiss!« Lady Tatton öffnete die grüne Samtschachtel und atmete hörbar ein. »Grundgütiger Himmel, Kind! Warum hast du sie nicht schon längst einmal getragen?«

Esmée dachte an die erste Liebe ihrer Mutter und an vertane Chancen. »Ich weiß nicht, warum ich sie nicht getragen habe«, erwiderte sie. »Vielleicht war es dumm von mir. Vielleicht sollte ich sie jeden Tag tragen.«

»Das würde ich auch sagen!«, meinte ihre Tante, »Oh, sie sind absolut atemberaubend. Ich hatte ganz vergessen, wie wunderschön Rosamunds alte Perlen aussehen.«

Die Fahrt war für keinen der beiden MacLachlan-Brüder eine Freude, denn keiner von beiden wünschte, in die Wildnis Buckinghamshires zu reisen, wenn auch aus ganz verschiedenen Gründen. Genau genommen hatten sie bis zum letztmöglichen Moment damit gewartet, London zu verlassen, fast als hätten sie darauf gehofft, die göttliche Vorsehung würde eingreifen. Sie tat es nicht. Schlimmer noch, der Novembertag war kalt und wolkenverhangen, und als sie die Grenze erreichten, war die Wintersonne völlig verschwunden, und ein Frösteln hatte sich über die Kutsche gelegt – ein Frösteln, das zu Alasdairs Stimmung passte.

»Du machst diese elende Reise auch nicht gerade angenehmer«, sagte sein Bruder, der Alasdair gegenüber, halb verborgen im Schatten, saß. »Erinnere dich doch bitte daran, dass ich der Launische und Mürrische bin. Du bist der Strahlende, Charmante.«

Alasdair starrte düster in den Schatten, der das Gesicht seines Bruders verhüllte. »Halt den Mund, Merrick«, knurrte er. »Was soll das jetzt? Charmant! Verdammt!«

Merrick lachte nur.

»Außerdem verabscheust du diese Eigenschaften.« Alasdair betrachtete ihn misstrauisch. »Warum fährst du überhaupt mit?«

Merrick zog eine Schulter hoch. »Es ist fast so, wie einen aufwieglerischen Mob zu beobachten oder eine Hinrichtung«, bemerkte er. »Das Entsetzliche daran ist auf perverse Weise unwiderstehlich.« Dann wechselte er geschickt das Thema. »Wie spät ist es überhaupt?« Er zog seine Taschenuhr hervor, ließ den Deckel aufschnappen und hielt sie in das noch verbliebene Tageslicht.

»Viertel nach drei«, brummte Alasdair. »Hab ich recht?«

»Auf die Minute.«

»Kein Wunder, ich zähle jede verfluchte davon«, beklagte er sich.

»Alasdair«, sagte sein Bruder ungeduldig. »Warum gehst *du* zu diesem Dinner?«

Alasdair konnte seinem Blick nicht standhalten. »Ich will verdammt sein, wenn ich das wüsste.«

Die Kutsche fuhr um eine Kurve, die Hecken hörten auf und erlaubten es dem schwachen Tageslicht, sich einen Weg durch das Fenster zu bahnen. Alasdair spielte mit dem Gedanken, eine der Kutschenlaternen anzuzünden, doch er fand die Dunkelheit seltsam tröstlich.

Merrick hatte geistesabwesend begonnen, die Uhr mit seinem Taschentuch zu polieren. »Lord Devellyn hat mich neulich an etwas erinnert«, bemerkte er. »Es war eines von Granny MacGregors klugen Sprichwörtern. *Manches weiß man erst zu schätzen, wenn man es verloren hat.*«

»Völliger Quatsch«, sagte Alasdair. »Zumindest in diesem Fall. Und ich weiß, worauf du anspielst, Merrick. Devellyn gibt sich nicht gerade Mühe, seine Meinung für sich zu behalten.«

Merrick zog eine seiner strengen schwarzen Augenbrauen hoch. »Tut er das nicht?«

Alasdair starrte seinen Bruder einen Moment lang an. »Es brauchte es nicht erst, von Esmée verlassen zu werden, Merrick, um ihren Wert zu erkennen. Sie könnte einen Mann sehr glücklich machen. Aber ich kann darauf verzichten, dass du mich über Anstand oder Zurückhaltung belehrst, was du ja wohl im Sinn hast.«

»Ich und dich belehren?« Merrick lachte wieder. »In diesem Fall würde ich eher meinen, dass du vielleicht ein wenig zu viel Zurückhaltung gezeigt hast. Ich gestehe, dass ich die Verlockung nicht nachvollziehen kann, aber wenn du das Mädchen wolltest, warum hast du ihm nicht einfach nachgestellt?«

Alasdair erwog, es abzustreiten, dass er daran gedacht hatte. Aber was brachte das? Für Merrick war er immer wie ein offenes Buch gewesen. »Ich bin zu alt und zu übersättigt«, bemerkte er. »Und sie hat viel zu wenig von der Welt gesehen.«

»Ach komm!«, sagte sein Bruder. »Du bist noch keine vierzig. Und Miss Hamilton ist nicht gerade ein naives kleines Fräulein.«

»Merrick, ich hatte eine *Affäre* mit der Mutter des Mädchens!« Alasdair fühlte seine Stimmung weiter sinken. »Eine *Affäre*, an die ich mich nicht einmal erinnere, und ich habe ihr ein Kind gemacht. Ein Kind, das ich jetzt aufziehe. Esmées Schwester, um Gottes willen.«

»Hat das Miss Hamilton gestört?«, drängte Merrick.

»Guter Gott, Merrick«, antwortete er. »Sie ist zweiundzwanzig. Was weiß sie schon?«

»Oh, eine Menge, soweit ich das mitbekommen habe.« Endlich schien Merrick mit dem Glanz seiner Uhr zufrieden zu sein. »Außerdem zeugen Männer des Öfteren außereheliche Kinder«, fuhr er fort und steckte die Uhr weg. »Ich könnte dir ein halbes Dutzend gut situierter Männer aus meinem Bekanntenkreis aufzählen, die – wenn du diesen Ausdruck entschuldigst – Bastarde sind. Und doch haben alle im Leben etwas erreicht. Sie haben eine Position und Geld. Und sie haben gut geheiratet.«

»Männer, ganz recht«, gab Alasdair widerstrebend zu.

»Auch Frauen«, beharrte sein Bruder. »Erkenne das Kind an, Alasdair. Verwöhne es. Glaube mir, die Welt wird die Kleine so behandeln, wie du sie behandelst.«

»Noch ist Sorcha zu jung, um es zu verstehen«, sagte Alasdair. »Aber wenn die Zeit kommt, werde ich sie sicherlich anerkennen. Und wie mit ihr umgegangen wird – wenn die Welt sie so behandelte, wie sie in meinem Haus behandelt wird, dann wäre das Kind die Königin von England.«

Die Kutsche wurde langsamer und fuhr eine Biegung, was Merrick dazu zwang, sich an der Wand abzustützen. Als er wieder sprach, klang seine Stimme ein wenig gelangweilt. »Ich finde, Miss Hamiltons Verlobung kam recht plötzlich«, bemerkte er. »Wurde sie dazu gedrängt, was meinst du?«

Alasdair ballte eine Faust und wünschte, in etwas hineinschlagen zu können. »Quin schwört, dass es nicht so ist«, antwortete er. »Ich nehme an, das stimmt. Sie beugt sich Druck nicht besonders gut.«

»Dann wundert es mich, dass es so schnell ging«, erwiderte

Merrick. »Es scheint uncharakteristisch, und Quin hat nicht gerade einen beispielhaften Ruf.«

»Nein, verdammt, den hat er nicht«, knurrte Alasdair. »Ich kann mir nicht vorstellen, was in ihrem Kopf vorgeht. Ich hätte fast Lust, sie das zu fragen. Ich *wollte*, dass sie jemanden findet, aber einen, der ihrer würdig ist. Jemanden, der solide und verlässlich ist.«

»Ah, ich verstehe«, sagte Merrick. »Du hattest also einen Plan. Hast du Miss Hamilton in diesen Plan eingeweiht?«

»Ich habe ihr geraten, das schon«, entgegnete Alasdair. »Was sonst hätte ich tun können?«

»Was sonst, in der Tat?«, sagte Merrick beißend. »Ich hoffe, lieber Bruder, dass du nicht vorhast, heute Abend einen Skandal vom Zaune zu brechen. Du und Quin, ihr seid alte Freunde.«

»Auch daran musst du mich nicht erinnern«, gab Alasdair barsch zurück. »Es wird keinen Skandal geben.«

Merrick schwieg eine Weile, aber nicht sehr lange. »Sag mir, Alasdair, hat Miss Hamilton deine – nun, wie wollen wir es nennen? Hat sie deine Wertschätzung erwidert?«

Alasdair zuckte matt mit den Schultern. »Eine Zeit lang glaubte ich, sie würde so eine Art sentimentaler Zuneigung für mich hegen«, gab er zu. »Aber wie ich schon sagte – sie ist jung. Und jetzt hat sie ihre Tante, an die sie sich wenden kann.«

»Alasdair, sie ist nicht jung«, entgegnete Merrick. »Die meisten Frauen in ihrem Alter sind verheiratet, und viele haben Kinder. Quin hält sie für klug und vernünftig. Hat er etwa einer ganz *anderen* Miss Hamilton den Hof gemacht?«

Alasdair sah ihn nur finster an.

»Alasdair, wenn du das Mädchen haben wolltest, warum …?«

»Merrick, halt um Gottes willen endlich deinen Mund!«, fiel Alasdair ihm ins Wort. »Was immer ich hätte tun *sollen*, jetzt ist es zu spät.«

Merrick schüttelte langsam den Kopf. »Alasdair, ich denke, dass noch nichts entschieden ist«, sagte er wieder. »Nicht, bis das Ehegelübde gesprochen ist. Sei bitte vorsichtig. Ich weiß, welches Temperament unter deiner glatten Oberfläche schlummert.«

Plötzlich rumpelte die Kutsche über etwas, was sich wie eine Brücke anhörte. Alasdair schaute hinaus und sah das hübsche Dorf Arlington Green vorbeiziehen, dann wurde die Kutsche langsamer und bog in die Zufahrt durch ein vertraut aussehendes Torhaus ein.

»Wir sind fast da«, sagte er ruhig. »Wir sollten uns bemühen, daran zu denken, dass es ein freudiger Anlass für Quin sein soll.«

Sein Bruder antwortete nicht.

Zehn Minuten später klappten ihre Diener die Trittstufen der Kutsche herunter und luden das Gepäck ab. Alasdair schaute auf und sah Quin die geschwungene Treppe hinuntereilen, seine Miene war so dunkel wie der dämmrige Himmel. Offensichtlich hatte der freudige Anlass bereits eine Art Rückschlag erlitten. Gegen seinen Willen keimte in Alasdair Hoffnung auf. Ob Esmée vielleicht doch wieder zu Verstand gekommen war?

Als er aus der Kutsche stieg, erhaschte Alasdair Quins Blick, der hart und kalt war. Er schien unfähig, etwas zu sagen.

»Quin?«, sagte Alasdair und legte dem Freund die Hand auf die Schulter. »Quin, alter Junge, was ist denn los?«

»Nichts«, schnappte der. »Zumindest – nun, ich hoffe, dass nichts ist.«

»Du siehst aus, als hättest du einen Geist gesehen«, sagte Merrick.

»Keinen Geist«, murmelte Quin. »Noch nicht, jedenfalls.« Aber Quin hatte einen dunklen, argwöhnischen Blick in Richtung des Waldes geworfen; auf den Wald, der seinen Besitz von dem seines Onkels Lord Chesley trennte.

»Dein Onkel ist wieder im Lande?«, fragte Alasdair leichthin.

»Ja, der verlorene Sohn ist zurückgekehrt.« Dann, als wollte er eine bessere Stimmung erzwingen, schlug Quin Alasdair aufmunternd zwischen die Schulterblätter. »Komm, alter Knabe, achte nicht auf meine Halluzinationen. Ich bilde mir wohl Dinge ein – die angespannten Nerven eines Bräutigams und dieser ganze Blödsinn, was? Komm rein und hilf mir, das alles mit einem Glas guten Brandys hinunterzuspülen.«

Kapitel 10

In dem Sir Alasdair beweist, dass nichts über ein gutes Buch geht

Bist du bereit, meine Liebe?«

Esmée warf noch einen kurzen Blick in den Spiegel. Lady Tatton stand hinter ihr in der Verbindungstür und war in ihrem dunkelgrünen Seidenkleid und dem dazu passenden Federschmuck im Haar prächtig anzusehen.

Pickens legte die übrig gebliebenen Haarnadeln beiseite, und Esmée stand auf. »Wie findest du es?«, fragte sie und strich mit den Händen glättend über den Schoß ihres Abendkleides.

Lady Tatton eilte zu ihr. »Oh, wie wunderschön!«, rief sie und machte Esmée ein Zeichen, sich zu drehen. »Meine liebe Pickens! Sie haben sich selbst übertroffen!«

In der Tat hatte sich Esmée kaum in der jungen Frau wiedererkannt, die ihr aus dem Spiegel entgegenblickte. Diese Frau sah aus wie – nun, wie eine Frau. Groß und irgendwie mondän. Das dunkelgraue Seidenkleid, das sie trug, war schlicht, aber an den Schultern tief ausgeschnitten, mit kaum einer Andeutung von Ärmeln. Um den Hals trug sie wieder Alasdairs Perlen und im Haar eine zweite Perlenschnur, ausgeliehen von ihrer Tante, die Pickens geschickt in Esmées hochfrisierte Haare eingearbeitet hatte.

»Ich habe ein Geschenk für dich«, sagte Lady Tatton und streckte ihr die Hand hin.

Esmée schaute auf den kleinen Samtbeutel. »Tante, das sollst du nicht.«

»Es ist ein besonderer Anlass«, beharrte ihre Tante. »Willst du ihn nicht öffnen?«

Esmée band ihn auf und schüttete den Inhalt in ihre Hand. Ein Paar Ohrringe fiel heraus, Perlen, die je von einem großen weißen Brillanten herunterhingen. »Oh!«, sagte sie atemlos. »Oh, wie elegant sie aussehen!«

»Sie gehören jetzt dir«, sagte Lady Tatton und nahm einen der Ohrringe von Esmées Handfläche. »Ich habe sie getragen, als ich Tatton geheiratet habe, und sie bedeuten mir sehr viel. Komm, lass sie mich dir anlegen. Wynwood wird wünschen, dass seine zukünftige Braut elegant und mondän aussieht.«

Esmée fühlte Tränen in sich aufsteigen. Sie wünschte, der Anlass würde sich für sie so besonders anfühlen, wie es offensichtlich bei ihrer Tante der Fall war. »Tante Rowena, ich sollte nicht noch mehr von dir annehmen«, sagte sie, als auch der zweite Ohrring angebracht war. »Du bist so unbeschreiblich großzügig.«

»Ich werde mich bemühen, das immer zu sein«, sagte Lady Tatton und trat einen Schritt zurück, um ihr Werk zu betrachten. »Und jetzt, meine Liebe, lass uns nach unten gehen und der Zukunft mutig entgegentreten.«

Vom Korridor her konnte Esmée den leisen Klang von Geigen hören, der aus dem Salon heraufdrang. Lady Wynwood hatte auf einem Streichquartett bestanden. »Für die Atmosphäre!«, hatte sie gesagt. »Und der liebe Charles liebt Musik doch so sehr.«

»Ich habe gesehen, dass Lord Chesleys Landauer vor ein paar Minuten vorgefahren ist«, flüsterte Lady Tatton, während sie die breite, geschwungene Treppe hinuntergingen. »Denk daran, er ist Gwendolyns jüngerer Bruder, und sie ist vernarrt in ihn.«

Esmée hatte Wynwood oft von seinem Onkel sprechen hören. »Sicherlich ist er nicht mehr ganz jung?«

»O Himmel, nein!«, sagte Lady Tatton. »Er ist jetzt wohl um

die fünfzig? Er ist ein Weltenbummler und ein großer Förderer der Kunst, sowohl hier als auch auf dem Kontinent.«

»Ach, ich werde einem solchen Mann gar nichts zu sagen haben!«

»Unsinn!«, sagte ihre Tante. »Du wirst ihn bezaubern.«

Zur Feier der Verlobung hatte Lady Wynwood den großen Salon und die beiden angrenzenden Räume öffnen lassen. Schwarzgekleidete Diener schienen überall zu sein, glitten in der Menge umher mit Tabletts voll Champagner, der im Schein von wohl tausend Kerzen golden funkelte. Silber war poliert worden, bis es funkelte, und die schönen Orientteppiche waren sicherlich halb zu Tode geschlagen worden, dessen war Esmée sicher. Der Reichtum und die Pracht der Hewitt-Familie wurden heute Abend unbestreitbar zur Schau gestellt.

Der Salon war bereits voller Menschen, von denen Esmée die meisten bereits kennengelernt hatte. Es gab jedoch einige Nachbarn, die sie noch nicht kannte. Sie wurde von Wynwood herumgeführt, um die Honneurs zu machen, als sie spürte, wie er sich plötzlich anspannte.

Esmées Blick folgte seinem in die Richtung des Streichquartetts. Ein prächtig gekleideter Gentleman mittleren Alters stand in dessen Nähe, begleitet von drei oder vier Gästen, von denen keiner aussah, als wäre er einer der Nachbarn oder ein Verwandter.

»Ist das Ihr Onkel Lord Chesley?«, fragte Esmée. »Ich freue mich schon sehr, ihn kennenzulernen.«

»Ich werde ihn gerade jetzt nicht unterbrechen«, sagte Wynwood abweisend. »Ich werde Sie zu Ihrer Tante zurückbringen, meine Liebe. Mutter erdolcht mich ohnehin schon mit ihren Blicken. Ich muss wohl vergessen haben, einen ihrer Aufträge auszuführen.«

Esmée konnte Lady Wynwood nirgendwo im Salon sehen,

doch sie gesellte sich wieder zu ihrer Tante, die auf der Salonseite gegenüber den Fenstern Hof hielt. Esmée saß ruhig an der Seite ihrer Tante, während eine Gruppe gartenbegeisterter Damen die Erfolge verschiedener Düngerarten diskutierte. Schafe schienen dabei den ersten Platz einzunehmen.

Gelangweilt ließ Esmée den Blick durch den Raum schweifen. Lord Chesley hatte sich vorgebeugt, um mit dem Cellisten zu reden. Lady Wynwood war in den Salon zurückgekehrt und unterhielt sich mit Chesleys Freunden. Ihr Sohn war nirgendwo zu sehen.

Genau in diesem Moment spürte Esmée, dass jemand sie ansah. Mit brennendem Blick. Sie wandte sich um und schaute über die rechte Schulter – und ihr schien das Herz stehen zu bleiben. Sir Alasdair MacLachlan stand in dem breiten Türdurchgang. Groß und schlank hob sich seine Gestalt vor dem Türrahmen ab. Er war in Schwarz gekleidet und hielt lässig ein Glas Sherry in der Hand. Fast spöttisch hob er es jetzt und neigte es in ihre Richtung, dann leerte er es in einem Zug.

Einen Moment lang konnte Esmée nicht atmen. Bis zu diesem Augenblick hatte sie nicht wirklich geglaubt, dass er nach Arlington Park kommen würde. Aber nicht nur er war gekommen, auch sein Bruder war da, stand hinter ihm im Schatten. Warum hatte er das getan? Wollte er sie über alles erträgliche Maß hinaus quälen? Sie wünschte, sie würde seine Perlen nicht tragen. Sie schienen auf ihrer nackten Haut zu brennen, so, wie seine Augen es getan hatten.

Esmée wandte sich wieder dem Gespräch der Damen zu, ihre Wangen waren leicht gerötet. Guter Gott, sie benahm sich einfach lächerlich! Die drei Männer waren enge Freunde. Warum sollte Alasdair *nicht* hier sein? Es war Zeit, dass sie sich an die Tatsache gewöhnte, dass er ein Teil ihres Lebens werden würde, falls – nein, *wenn* – sie Lord Wynwood heiratete. Ungeduldig schüttelte Esmée ihre Zweifel ab und sah sich im Salon nach etwas um, was sie ablenken konnte.

Chesleys drei Hausgäste waren interessant. Esmée zwang sich, sich auf sie zu konzentrieren. Die Gruppe bestand aus einem gebrechlich wirkenden älteren Gentleman, dessen schwarzer Abendanzug zu groß für seinen schmächtigen Körper zu sein schien. Er hatte eine schnabelähnliche Nase, deren Größe ihn leicht nach vorn bis zu seinen Schultern zu ziehen schien. Neben ihm stand ein unauffälliger Gentleman von vielleicht dreißig Jahren, der sich dem Älteren gegenüber sehr ehrerbietig benahm.

Der dritte Gast war der interessanteste. Sie war eine Schönheit – und sicherlich keine Engländerin. Sie war groß; größer als die beiden Männer. Ihr tiefschwarzes Haar war streng aus dem Gesicht frisiert, das feingeschnitten und strahlend war. Ihre Augen schienen sogar noch dunkler als ihr Haar.

Sie stand neben dem älteren Mann, hielt ein Stielglas, vermutlich mit Champagner, in der Hand und schaute sich in dem Salon um. Sie trug ein Kleid aus dunkelroter Seide, das tief ausgeschnitten ihre schmalen Schultern betonte, und ein Paar Rubinohrringe von der Größe von Esmées Daumennägeln schmückte ihre Ohren. Ein schwarzer Kaschmirschal lag um ihre Ellbogen, als wäre er dort von einem Künstler platziert worden. Das Einzige, was an der Frau nicht absolut perfekt war, war ihre Nase, die eine kleine Verdickung ungefähr in der Mitte des Rückens hatte.

Lady Charlotte beugte sich zu Esmée. »Haben Sie die Contessa Bergonzi schon kennengelernt, Miss Hamilton?«

Esmée wandte sich zu Wynwoods Großtante um. »Contessa Bergonzi?«

»Eine Opernsängerin«, sagte die alte Lady ein wenig abwertend. »Aber sie hat gut geheiratet. Sie ist erst vergangene Woche aus Venedig gekommen, mit ihrem Vater, Umberto Alessandri.«

»Umberto Alessandri?« Sogar Esmée hatte von dem berühmten italienischen Komponisten gehört. »Was um alles in der Welt tun sie hier?«

Die Augen der alten Lady funkelten. »Chesleys Geld verschwenden«, antwortete sie. »Er will eine Oper in Auftrag geben.«

»*Eine Oper?*«, echote Esmée.

Die alte Lady schnaubte geringschätzig. »Chesley ist ein Dilettant«, erwiderte sie. »Versucht sich hierin und darin und wirft diesen launischen Künstlern das Geld hinterher. Künstler vom *Kontinent*. Ich nehme an, Sie wissen, welche Sorte ich meine.«

»Ich – ja, vermutlich«, murmelte Esmée.

Die alte Dame stand auf und sah dabei sehr gebrechlich aus. »Kommen Sie, Mädchen«, befahl sie in einem Ton, der entschieden *nicht* gebrechlich war. »Ich werde Sie vorstellen.«

Esmée blieb keine andere Wahl.

»Chesley!«, sagte die alte Lady, als sie das Orchester fast erreicht hatten. »Chesley, lass diese dumme Musik und komm sofort hierher.«

Er verabschiedete sich von den Musikern und kam mit einem nachsichtigen Lächeln zu ihnen. »Tante Charlotte!«, sagte er, als er ihre Hände nacheinander an seine Lippen hob. »Meine Liebe, du siehst keinen Tag älter als siebzig aus! Und wer ist diese junge Schönheit? Bitte sag mir nicht, dass sie die Zukünftige meines Neffen ist.«

»Natürlich ist sie das, du Dummkopf«, sagte seine Tante. »Machen Sie Ihren Knicks, Mädchen, und begrüßen Sie den einfältigsten Ihrer zukünftigen Verwandten.«

Esmée tat es. »Guten Abend, Mylord.«

»Oh, grausame, grausame Welt!«, klagte Chesley. »Die Schönen sind immer schon vergeben.«

Tante Charlotte kicherte, und ihre gekrümmten Schultern bebten vor Heiterkeit. »Du hast den Frauen doch nie in deinem Leben auf dem Heiratsmarkt zur Verfügung gestanden, Chesley«, erwiderte sie. »Und jetzt stell das Mädchen deinen Musiker-Freunden vor.«

Lord Chesley legte eine Hand unter Esmées Ellbogen und führte sie zu der faszinierenden, dunkelhaarigen Frau. »Meine Liebe, darf ich dir Miss Hamilton vorstellen, die zukünftige Frau meines Neffen?«, sagte er. »Miss Hamilton, die Contessa Viviana Bergonzi di Vicenza.«

Esmée machte einen raschen Knicks. »Es ist mir eine Ehre, Ma'am.«

Die Contessa betrachtete sie mit kühnen dunklen Augen. »Meine Glückwünsche zu Ihrer Verlobung, Miss Hamilton«, sagte sie in sorgsamem, aber perfektem Englisch. »Ich wünsche Ihnen viele glückliche Jahre in Ihrer Ehe.«

Esmée fühlte sich von der Frau eingeschüchtert. »Vielen Dank, Mylady.«

Der dunkle Blick der Contessa glitt wieder an ihr herunter. »Sie müssen uns vergeben, dass wir hier eingedrungen sind, obwohl es offensichtlich als Familienfeier gedacht war«, murmelte sie. »Chesley hatte uns den Anlass nicht exakt genannt.«

»Oh, nun weise mich nicht zurecht, Vivie«, sagte der Earl. »Das ertrage ich nicht. Und außerdem – welchen Unterschied macht das schon?«

Die Contessa richtete ihren durchdringenden Blick auf Lord Chesley. »Nun, vermutlich keinen großen«, sagte sie kühl. »Miss Hamilton ist sehr freundlich.«

Genau in diesem Moment wurde zum Essen gebeten.

»Gott sei Dank!«, rief Tante Charlotte. »Ich bin am Verhungern. Kommen Sie, Kind. Sie können sich nach dem Essen mit den anderen bekannt machen. Oh, ich hoffe, Mrs. Prater hat heute Abend ihr berühmtes Krebscurry gemacht.«

Aber Esmée musste nicht bis nach dem Dinner warten. Denn wie sich zeigte, saß sie neben dem blassen jungen Mann, der mit Lord Chesley gekommen war. Die Contessa hatte ein Stück weit entfernt Platz genommen. Lord Wynwood saß zu Esmées Linken, am Kopf der Tafel, aber er schien während des ganzen Essens an höflicher Unterhaltung nicht interessiert zu sein. Contessa Bergonzi gegenüber saß Esmées Tante, die Sir Alasdair MacLachlan als Tischnachbarn hatte und darüber nicht allzu erfreut wirkte.

Der junge Mann neben Esmée stellte sich als Lord Digleby Beresford vor, jüngerer Sohn des Marquis von und zu Sowieso. Esmée begann, die Übersicht darüber zu verlieren, wer wer war, und ihr Verstand hatte begonnen, die Namen derjenigen zu verdrängen, mit denen sie gerade nicht sprach. Lord Digleby, dem Himmel sei Dank, verlangte nicht viel von ihr. Er schien damit zufrieden zu sein, über sich und über seine Arbeit mit dem großen Signor Alessandri drauflosplappern zu können.

»Sie sind also ein Komponist?«, fragte Esmée überrascht.

Der junge Mann errötete – zum wohl dritten Mal, seit die Suppe serviert worden war. »Das bin ich in der Tat, Miss Hamilton«, erwiderte er mit einer Geste des Bekennens. »Nun, in erster Linie Librettist. *Nel Pomeriggio* wird meine erste Oper sein, und Chesley war geneigt und entschlossen, dass ich Hilfe bei der Partitur haben sollte.«

»Chesley war entschlossen?«

Wieder das Erröten. »Er ist mein Gönner, Miss Hamilton«, sagte Lord Digleby. »Alle bekannten Komponisten haben einen, müssen Sie wissen.«

Esmée dachte, dass Gönner eher etwas für hungernde Künstler wären. Wenn Lord Digleby der Sohn eines Marquis war, schien es unwahrscheinlich, dass er in diese Kategorie fiel. »Nun, ich hoffe, Sie finden in Buckinghamshire Inspiration für Ihre Arbeit«, murmelte sie. »Es ist hier sehr schön.«

Lord Digleby, so schien es, war in der Tat inspiriert. Er hatte sich, wie er erklärte, für die Dauer seiner kreativen Bemühungen glücklich in Chesleys Landhaus niedergelassen, und Signor Alessandri war von Venedig hierhergekommen, um ihn zu beraten, basierend auf Chesleys freundlicher Versicherung, dass Digleby ein seltenes Talent war.

Insgeheim fragte sich Esmée, ob Signor Alessandri und seine schöne Tochter nicht geneigt waren, das ländliche England zu verlassen und mit dem ersten Schiff zurück nach Venedig zu reisen, jetzt, da sie den jungen Mann kennengelernt hatten. Aber vielleicht war Digleby wirklich ganz gut? Während sie noch darüber nachdachte, fühlte Esmée wieder das Brennen eines Blickes, der auf ihr ruhte. Sie warf einen raschen Blick die Tafel hinunter und sah, dass Alasdair kühn – und deutlich – in ihre Richtung starrte. Rasch wandte sie den Blick ab und fühlte, wie ihre Wangen sich röteten.

Was für ein schrecklicher Wirrwarr! Der arrogante Teufel, den sie gleichzeitig verfluchte und begehrte, wollte seine Augen nicht von ihr nehmen, während der Mann, den sie heiraten würde, ihre Existenz gar nicht zu bemerken schien.

Dann kam der schlimmste Teil von allen. Lord Wynwood bat die Gäste, auf das glückliche Paar zu trinken. Esmée saß still dabei, als alle an der Tafel Sitzenden ihre Gläser erhoben und riefen: »Auf Esmée und Quin!« Diesem glücklichen Moment folgte eine Runde gutmütiger Späße vonseiten der Gentlemen und eine Reihe warmer Wünsche von den Damen. Esmée saß dabei, fühlte sich wie der Welt größte Heuchlerin und beobachtete Wynwood, der mechanisch den Gästen an der Tafel zulächelte.

Aber das Dinner dauerte nicht ewig, ebenso wenig wie der Kaffee und der spontane Tanz, welche folgten. Dieses Mal jedoch blieb Wynwood an ihrer Seite, bis die Gäste begannen, sich aus dem Salon zurückzuziehen, angeführt von Großtante Charlotte. Wynwood überraschte Esmée, indem er ihre Hand nahm und sie aus dem Salon in eine ruhige Nische nahe der Bibliothek führte.

»Sie müssen müde sein, meine Liebe«, sagte er, während er ihre Hand in seiner hielt. »Sie sehen aus, als würden Sie sich danach sehnen, hinauf und ins Bett zu gehen.«

»Ja, das würde ich sehr gern«, gab sie zu. »Aber ich werde noch eine Weile bleiben. Ich möchte nicht, dass Ihre Mutter mich für undankbar hält.«

Wynwood schwieg einen Moment. »Esmée, ich –« Er verstummte abrupt und schüttelte den Kopf. »Ich war nicht sehr aufmerksam heute Abend. Das ist unverzeihlich. Dennoch bitte ich Sie um Vergebung. Ich werde versuchen, ein besserer Ehemann als Verlobter zu sein.«

Esmée erwiderte seinen Blick und bedachte ihre Worte sorgfältig. »Mylord, seien Sie nach wie vor versichert, dass Sie, sollten Ihnen Bedenken gekommen sein –«

Er fiel ihr heftig ins Wort. »Absolut nicht«, sagte er und versuchte ein Lächeln, bei dem seine Augen jedoch glanzlos blieben.

»Sie sehen auch müde aus, Mylord«, sagte sie. »Haben Sie letzte Nacht nicht gut geschlafen?«

Trotz seines Lächelns wirkte seine Miene plötzlich bitter. »Nicht besonders gut, nein«, sagte er. »Schauen Sie, dort sind Mutter und Lady Tatton an der Treppe. Alle scheinen nach oben zu gehen, wie es scheint. Sie sollten auch gehen. Schlafen Sie gut, meine Liebe.«

Mechanisch wandte Esmée ihm die Wange für seinen Kuss

zu, dann trat sie auf den Korridor und schloss sich den übrigen Gästen an. Dabei fragte sie sich, ob Lord Wynwood insgeheim froh war, sie für den Abend los zu sein.

Oben auf dem Treppenabsatz wünschte sie ihrer Tante eine gute Nacht.

»Soll ich Pickens zu dir schicken, meine Liebe?«, fragte Lady Tatton. »Du siehst erschöpft aus.«

Esmée schüttelte den Kopf. »Ich komme allein zurecht«, sagte sie. »Gute Nacht, Ma'am. Und vielen Dank.«

Sie zog sich in ihre Zimmer zurück und begann, sich zu entkleiden. Es war kein angenehmer Abend gewesen. Sie öffnete den Verschluss der Kette und ließ Alasdairs Perlen in ihre Hand gleiten. Sie sammelten sich darin, warm wie die Tränen, die sie seinetwegen vergossen hatte. Und so schwer wie das Herz in ihrer Brust.

Aber ihr Herz war sicher verborgen, und ihre Tränen hatte sie immer nur im Geheimen geweint. Sie ließ die Perlen durch ihre Finger auf den Frisiertisch gleiten. Sie konnte es nicht ertragen, die grüne Samtschachtel anzusehen. Pickens konnte sie morgen wegräumen.

Langsam, methodisch, legte sie die restliche Kleidung ab und warf sie auf den Diwan. Sie konnte das Gefühl nicht loswerden, dass der heutige Abend auch für Wynwood ein Desaster gewesen war. Sie hatte einen Fehler gemacht, fürchtete sie, als sie seinen Antrag angenommen hatte. Was er gesagt hatte, war durch und durch wahr. Er war *nicht* aufmerksam gewesen – und das Schlimmste dabei war, dass es ihr nichts ausgemacht hatte. Es hatte keinen Unterschied gemacht. Sie hätte nicht spontan sagen können, ob er im Salon war oder nicht – wohingegen sie zu jeder Minute und auf den Zentimeter genau hätte sagen können, wo Sir Alasdair MacLachlan sich aufgehalten hatte.

Nein, sie sehnte sich nicht nach Wynwoods Gesellschaft. Ihr

Magen schlug keine Purzelbäume, wenn sie ihn sah. Und er würde das auch nie tun. Nun gut! Sie hatte eine Vernunftehe gewollt, keine Liebesheirat. Vielleicht waren Sehnsucht und Purzelbäume zu viel verlangt, um darauf zu hoffen.

Esmée löste ihr Haar und ging dann mit einem Roman zu Bett, den sie aus London mitgebracht hatte. Doch irgendwie kam ihr dessen Handlung heute Abend banal vor. Sie las das dritte Kapitel zum zweiten Mal und gestand sich schließlich ein, dass es nicht ihr Interesse weckte. Ihre Gedanken kehrten zu Alasdair zurück. Zu dem spöttischen Ausdruck auf seinem Gesicht. Die Art, wie er sein Glas gehoben hatte, als wünschte er ihr Glück, selbst wenn seine Augen sie verspotteten.

Sie schlug das Buch mit einem vernehmlichen Knall zu. Sie war ihm nicht gleichgültig. Sie spürte – nein, sie *wusste,* dass sie das nicht war. Aber er war »kein Mann zum Heiraten«. Er hatte das als Entschuldigung benutzt, als er sie weggeschickt hatte – und sie glaubte ihm. Er war sechsunddreißig, und wenn man den Gerüchten glauben konnte, hatte er niemals an Heirat auch nur gedacht. Also was wollte er? Himmel, was wollte *sie?* Die nächste Mrs. Crosby sein?

Esmée schleuderte das Buch mit ungehemmter Kraft durch das Zimmer. Es öffnete sich, prallte gegen die gegenüberliegende Wand und fiel zu Boden. Mit einem Zusammenzucken erkannte sie, dass es sich *gut* angefühlt hatte, etwas Aggressives zu tun. Vielleicht war es an der Zeit, dass sie begann, öfter ihren Impulsen nachzugeben. Sie wünschte, sie könnte Alasdair auch so leicht aus dem Kopf bekommen.

Sie schaute wieder auf die Uhr neben dem Bett. Sie wusste, dass sie in ihrem derzeitigen aufgeregten Zustand kein Auge würde zumachen können. Leise glitt sie aus dem Bett und zog ihren Morgenrock über. Sicherlich gab es in der großen Bibliothek der Wynwoods etwas Lesenswertes? Vorzugsweise einen dieser dicken Schinken über die Amazonen, die zaudernde Männer in Fässer mit kochendem Öl tauchten. Oder verwechselte sie da etwas in der Mythologie mit ihrer Geschichte? Egal. Ihr gefiel der Gedanke an das kochende Öl.

Esmée nahm eine Kerze mit, als sie sich auf den Weg die breite Treppe hinunter machte, die nur gelegentlich vom Schein eines Wandleuchters erhellt wurde. Sie wandte sich zum Korridor, der sie am Salon und am Morgenzimmer vorbeiführte bis zur Bibliothek, wobei sie sorgsam die Türen abzählte. Ja, hier musste es sein.

Sie stieß die Tür auf, die sich geräuschlos öffnete, und stellte überrascht fest, dass im Kamin noch das Feuer brannte. Weil sie ihre Kerze daran entzünden wollte, ging sie darauf zu. Zu spät bemerkte sie, dass sie nicht allein in der Bibliothek war.

»Bist du auf der Suche nach Wynwood, meine Liebe?«, fragte eine trockene, lakonische Stimme vom Kamin her.

Alasdair saß in einem der großen Sessel mit hoher Rückenlehne, die Füße auf den Tisch gelegt und ein Glas mit einer golden funkelnden Flüssigkeit darin in der Hand. Esmée schaute auf ihn herunter. »Nein, so erstaunlich das auch sein mag. Ich bin auf der Suche nach einem Buch.«

Alasdair richtete sich auf und erhob sich aus dem Sessel. »Dann bedien dich«, sagte er und machte eine weit ausholende Geste. »Ich glaube, hier stehen ungefähr achttausend davon.«

Esmée spähte in die Schatten. »Bist du allein?«

Alasdair kam mit einem bitteren Lächeln auf sie zu. »Merrick und Quin fanden mich unausstehlich und haben auf meine Gesellschaft verzichtet«, sagte er. »Sie wünschten mich zum Teufel und sind schlafen gegangen.«

Esmée weigerte sich, sich vom Fleck zu rühren. »Nun, du warst in der Tat unausstehlich«, sagte sie. »Den ganzen Abend über hast du jeden mit Blicken förmlich durchbohrt. Ich weiß nicht, warum du gekommen bist, wenn du doch nur Streit im Sinn hast.«

Alasdair wippte auf seinen Fersen und betrachtete sie. »Wollen wir streiten, Esmée?«

Sie warf ihm von der Seite einen raschen Blick zu. »Worüber hätten wir denn zu streiten?«

»Ah, was ist das für eine Frage?«, sagte er und stellte sein Glas ab. »Über Sorcha? Das Wetter? Die Wahl deines Ehemannes?«

Esmée hielt seinem Blick stand. »Hast du ein Problem mit meiner Wahl?«

Für einen Augenblick änderte sich sein Gesichtsausdruck. Da war etwas ... etwas Unbekanntes in seinen Augen heute Nacht. Kummer? Bedauern? Er ist nicht betrunken, dachte sie. Genau genommen hatte sie sogar den seltsamen Eindruck, dass er sich seit dem Dinner an ein und demselben Glas Brandy festgehalten hatte.

Sie machte ein freundlicheres Gesicht, ging langsam zu ihm und legte die Hand auf seinen Arm. »Alasdair, vielleicht habe ich einen Fehler gemacht«, sagte sie ruhig. »Ich weiß es nicht. Ich weiß nur, dass es etwas ist, was Quin und ich allein klären müssen. Aber ich werde ihm nicht wehtun, Alasdair. Und ich werde auch meine Tante nicht enttäuschen.«

»Du hast also vor, mit dieser Dummheit weiterzumachen?«

Sie zuckte mit den Schultern. »Vielleicht ist das Ganze schon zu weit vorangeschritten, um aufgehalten werden zu können«, antwortete sie. »Und ehrlich gesagt hat mir niemand einen Grund gegeben, es aufzuhalten.«

Der Ausdruck in seinen Augen verdunkelte sich. »Sag mir eines, Esmée«, sagte er rau. »Weiß Quin über uns Bescheid?«

»Uns?« Ihre Stimme klang hoch. »Es gibt kein *uns*, Alasdair. Das hättest du nicht deutlicher machen können.«

»Verdammt, du weißt, was ich meinte!«, sagte er. »Weiß er, dass wir uns geliebt haben?«

Esmée fühlte, wie ihr das Blut aus dem Gesicht wich. »Du – du hast gesagt, zwischen uns war nichts!«, keuchte sie. »Du hast mir gesagt, ich sei noch Jungfrau und frei zu heiraten, wenn es mir gefällt.«

Sein Kinn spannte sich an. »Aber nicht jemanden wie Quin!«, erwiderte er und packte sie an den Schultern. »Esmée, er ist doch kaum besser als ich! Außerdem liebst du ihn nicht.«

»Liebe!«, sagte sie verächtlich und riss ihren Blick von seinem los. »Ich fange an zu glauben, dass du gar nicht weißt, was dieses Wort bedeutet, Alasdair.«

Seine Hand, kalt wie Eis, legte sich um ihr Kinn, zwang sie, ihn anzusehen. »Sieh mir in die Augen, Esmée«, knurrte er. »Sieh mir in die Augen und sag mir, dass du ihn liebst, und ich schwöre, ich werde dich nie wieder anfassen.«

»Ich will ihn doch gar nicht lieben!«, schrie sie. »Oh, Alasdair, verstehst du denn nicht? Alles, worauf ich jetzt hoffen kann, ist, aus Vernunftgründen zu heiraten, nicht aus Liebe! Ich will nicht so eine Närrin wie meine Mutter sein, die sich unüberlegt verliebt und einen gut aussehenden Schuft nach dem anderen heiratet.«

Seine Augen suchten ihr Gesicht. »Aber, Esmée, das ist doch genau das, was du tust«, flüsterte er. »Das ist doch genau das, was Quin ist.«

Sie sah ihn mutig an, ihre Worte klangen zornig und heftig. »Begehrst du mich, Alasdair?«, fragte sie herausfordernd. »Geht es darum? Und wenn es so ist, warum nimmst du mich dann nicht einfach? Was würde es schon ausmachen? Lord Wynwood hat deutlich gemacht, dass er keine Jungfrau in seinem Bett verlangt.«

Seine Finger glitten um ihre Wange, dann in ihr Haar. »Ich

sollte es tun, bei Gott«, knurrte er. »Ich sollte dich jetzt gleich hier zu Boden werfen, Esmée, und mich mit dir amüsieren. Wenn du vorhast, dich an einen wertlosen Schuft wegzuwerfen, dann kann genauso gut ich derjenige sein.«

Wenn das als Drohung gemeint war, so funktionierte es nicht. Stattdessen schickten seine Worte einen Schauder reiner Lust ihren Rücken herunter. Und wie eine Närrin konnte sie ihr Temperament und ihre Enttäuschung nicht davon abhalten, aufzuflammen. »Los, tu es«, forderte sie ihn heraus. »Tu es. Du traust dich ja doch nicht!«

Seine Hand in ihrem Haar ballte sich zur Faust. »Du dummes kleines Mädchen«, keuchte er. »Und du bist eine noch zehnmal größere Närrin, hier allein mit mir zu bleiben.«

Sie fühlte, wie ihr ganzer Körper zu zittern begann, vor Zorn und vereiteltem Verlangen. »Hör auf, so zu tun, als wüsste ich nicht, was ich will«, fauchte sie. »Und hör auf, so zu tun, als würde ich dich nicht kennen. Ich kenne den Geruch der Lust auf deiner Haut. Die Hitze in deinen Augen. Ich weiß, dass du mich willst. Und Gott weiß, dass ich dich will, Närrin, die ich bin.«

Alasdair hörte die Leidenschaft und den Zorn in ihren Worten, und er wusste, dass er gehen sollte. Dies war gefährliches Terrain. Esmée gehörte einem anderen. Einem Freund. Doch schließlich siegte das Verlangen über die Ehre. Er legte die Hände um ihr vollkommenes Gesicht, presste seinen Mund auf ihren und küsste sie hungrig. Esmée trieb ihn an, erwiderte den Kuss mit gleicher Leidenschaft, nicht länger seine kleine Unschuld.

Sie erlaubte ihm jede Freiheit, öffnete den Mund seiner drängenden Zunge und kostete ihn in tiefer Erwiderung. Flüchtig versuchte er, zu denken. Versuchte aufzuhören. Aber Esmée hatte sich an ihn gedrängt, reizte und quälte ihn mit ihrem geschmeidigen, weichen Körper. Als er zögerte, schmeichelte sie ihm, ließ ihre Zunge herausfordernd an seiner entlangstreichen. Als er versuchte, sich zurückzuziehen, ließ sie die Hände um seine Taille gleiten und seinen Rücken hinaufwandern, und ihre Berührung fühlte sich unter seiner Jacke warm und gut an.

»Alasdair.« Mit Lippen wie nach Honig schmeckendem Satin reizte sie ihn, schmiegte sie ihren Körper an seinen, band sie aneinander, Herz an Herz. Dann löste sie ihren Mund von seinem. »Oh, Alasdair, mach, dass ich dich vergesse«, bat sie. »Nimm mich. Nimm mir diese schreckliche Sehnsucht und sättige sie. Ich will nicht länger so empfinden.«

»Esmée, Liebes«, flüsterte er in ihr Haar, »so wird es nicht funktionieren. Es wird nur noch schlimmer werden.«

»Versuch es.« Ihre Lippen glitten leicht über seinen Hals. »Oh, versuch es doch! Nur einmal.«

Sein Mund suchte ihren, und sie küsste ihn wieder, jubelnd und offen. Alle Hemmnisse verschwanden. Seine guten Vorsätze brachen weg. Er beugte sie nach hinten, erinnerte sich daran, wie zierlich sie war. Er fühlte sich groß und ein wenig ungeschickt, wieder wie ein Junge. Aber er war kein Junge mehr. Er hatte mit mehr Frauen geschlafen, als er zählen konnte. Doch heute Nacht würde er mit Esmée schlafen – und sie würde die Letzte sein. Ganz egal, was geschehen würde.

»Nichts ist sicher«, hallte ihm die Stimme seines Bruders durch den Kopf. *»Nicht, bis das Ehegelübde abgelegt ist.«*

Sie stöhnte leise vor Lust und ließ einen Finger unter den Träger seiner Hosen gleiten. Nur ein neckender, quälender Finger. Sie wollte ihn. Und er, er hatte sie immer gewollt. Sie hatten diesen Moment, wenn auch sonst nichts.

»Herrgott, Esmée!« Es war ein Wispern. Ein Flehen. Er brauchte sie, und er war es so müde, dagegen anzukämpfen. Er ließ seine Lippen an ihrem Hals heruntergleiten, atmete den

Duft von Heidekraut ein, als könnte es sein letzter Atemzug sein. Sie roch nach Wärme. Nach Trost und Freude. Nach zu Hause.

»Alasdair«, flehte sie. »Bitte.«

Irgendwie fand er einen Funken von Selbstbeherrschung und hob den Kopf, ohne sie direkt anzusehen. »Esmée, bist du sicher«, flüsterte er. »Ich würde lieber sterben, als dir wehzutun.«

»Was mir wehtut, ist, dich nicht zu haben, Alasdair«, erwiderte sie und ließ ihre Hände noch höher gleiten. »Ich habe versucht, dich nicht zu begehren, aber der Schmerz verlässt mich nie. Ich denke, er würde es, wenn … wenn du nur …«

»O Gott!« Er schloss die Augen und legte die Stirn auf ihre Schulter. »Ich werde dafür in der Hölle schmoren.«

Sie wandte den Kopf und strich mit den Lippen über sein Ohrläppchen. »Dann werde ich dafür sorgen, dass sich der Weg dorthin lohnt.«

Er hob den Kopf und sah sie an. Das warme Funkeln in ihren Augen war keine Reflexion des Feuerscheins. Es war das Wissen einer Frau. Der Macht einer Frau. Es war real, und es war gefährlich, und es war für ihn. Sie war kein Mädchen; er wunderte sich, dass er das je hatte denken können. Er strich mit dem Daumen über ihre Wange, aber dies war nicht genug. Sie drehte ihr Gesicht in seine Hand, den Mund noch geöffnet und suchend. Leicht berührte sie seine Handfläche mit ihrer Zunge und murmelte etwas Bittendes, Flehendes.

Er zog sie rau an sich, presste sie auf eine Weise an sich, die seine Absichten deutlich machte. Seine Finger glitten durch ihr Haar, umfassten ihr Gesicht, und noch immer küsste er sie, ertrank er in ihr. Er spürte ihre warme Haut. Ihr schlagendes Herz. Schneller und schneller.

Sie tauchte tief in seinen Mund mit ihrer köstlichen Zunge,

und er begann, in ihren Armen zu zittern. Verzweifelt glitten seine Hände zum Gürtel ihres Morgenrocks, öffneten ihn mit bebenden Fingern. Ihre Hände zitterten nicht. Kühn glitten sie seine Brust hinauf und über seine Schultern, stießen seinen Rock zu Boden.

Seine Weste folgte. Seine Krawatte ergab sich ihren kleinen, geschickten Händen, eine Naht riss, als sie sie von seinem Kragen zerrte. Hinter ihnen knisterte das Feuer, explodierte zu Hunderten winziger Funken. Alasdair fühlte sich lebendig. Beschwingt. Wie ein Mann, dem das Leben eine zweite Chance schenkte. Da war ein Pochen, ein geheimnisvoller, treibender Rhythmus, der in seinem Blut und in seinem Bewusstsein rauschte. Er streifte ihren Morgenrock ab, gleich darauf ihr Nachthemd.

O süßer Himmel! Sie war darunter so nackt, wie Gott sie geschaffen hatte. Seine Hände streichelten sie, glitten an ihr herunter, folgten jeder Vertiefung und Kurve, verehrten die Schönheit, die sie war. Aber Esmée war ungeduldig, als fürchtete sie, die Vernunft könnte sie einholen. Mit drängenden Bewegungen zog sie am Saum seines Hemdes, noch immer küsste sie ihn, heiß und mit offenem Mund.

Er lockerte den Bund seiner Hosen und stieß alles von sich – Unterhosen, Schuhe, alles –, bis er nur noch sein Hemd trug.

Sie kehrte mit ihrem Mund sofort zu seinem zurück. Als er zögerte, stieß sie einen Laut der Verzweiflung aus. »Nicht aufhören, Alasdair«, bettelte sie. »Denk nicht mehr. Lass mich nicht mehr denken.«

Er war so schnell überzeugt. Er drückte das Gewicht seiner Erregung gegen sie, er ließ seine Hände um ihren Po gleiten und hob sie hoch. Sie zog an ihm, drängte ihn auf den Boden. Er legte sie auf den Perserteppich, ihren Rücken der Wärme des Feuers zugewandt. Esmée war nur noch Weichheit und Schönheit. Süße und Glut. Ihre nackte Haut schimmerte im Feuerschein. Sein Puls pochte in seinem Kopf und hämmerte in seinen Lenden. Sie drehte sich auf den Rücken und schob ihm das Hemd über den Kopf.

Ungeschickt half er ihr, es abzustreifen. Sie ließ eine Hand auf seinen Po gleiten und zog ihn an ihren Körper. Er folgte jetzt bereitwillig, hielt sie mit seinem Gewicht auf dem Teppich gefangen, als er mit dem Knie ihre Beine auseinanderdrängte. Alasdair zwang sich, langsam vorzugehen und ließ eine Hand über ihren Bauch gleiten, berührte mit einem Finger ihre weibliche Hitze.

In dem Moment, als Alasdair sie berührte, glaubte Esmée zu explodieren. Sie lag unter ihm, ihr Körper begehrte und pochte. Sein Mund fand ihre Brust, saugte heiß daran. Ungezähmtes Verlangen drängte durch sie wie nichts, was sie jemals zuvor gekannt hatte. Wieder und wieder zog er ihre Brustwarze zwischen die süße Hitze seiner Lippen, leckte und schmeckte, während sein Finger das Zentrum ihres Verlangens streichelte. Esmée wand sich, keuchte. Und dann, so unglaublich sanft, biss er sie, zwang er sie, einen Schrei purer Lust auszustoßen.

Vielleicht war sie die Schamlose. Vielleicht war sie schlimmer als ihre Mutter. Es zählte jetzt nicht. Nichts zählte außer dieser schrecklichen Sehnsucht zwischen ihren Beinen. »Oh jetzt!«, keuchte sie und warf den Kopf zurück. »Lass mich – mich geben – o Gott!«

Mit seinem Finger berührte Alasdair den harten Kern ihres Verlangens, machte, dass ihre Hüften zuckten. Sie öffnete die Beine weiter, flehte ihn an. »Langsam, Liebes«, flüsterte er, während seine Lippen an ihrem Ohrläppchen saugten. »Lass mich dich berühren. Fühle es. Hier – ja? Hmmm.«

Esmée spannte sich gegen seine Hand, unfähig, ihren Körper still zu halten. Ihr Kopf schwamm von seinem Duft. Seife und

Schweiß. Moschus und sinnliche Wärme. Sie wollte darin ertrinken.

»Oh, so wunderschön«, wisperte er. »Lass es mich vollkommen machen für dich, Esmée, Geliebte.«

»Es – es – es ist vollkommen, jetzt«, keuchte sie. »Ich bin – ich kann nicht – *bitte*.«

Er stützte sich auf einen Ellbogen, sah in ihr Gesicht, während er sie berührte. Seine Augen hielten ihre, hart und dunkel im Schein des ersterbenden Feuers. Die langen schlanken Flächen seines Körpers waren umrissen von Schatten. Dann beugte er den Kopf herunter und küsste sie wieder, stieß seine Zunge tief in ihren Mund, kostete sie tief. Er stieß einen Ton aus, ein Stöhnen, und an ihren Schenkeln spürte sie den brennenden Druck seiner Erektion. Der Gedanke daran machte ihr Angst. Entzückte sie.

Er streichelte sie noch immer, aber es war nicht genug. Wahnsinn! Oh, solch ein Wahnsinn! Esmée drängte ihre Zunge an seine, bog sich ihm entgegen. Ein weiterer Finger drang ein, spreizte sie weit. Sein Daumen tastete höher, liebkoste die Spitze ihres Verlangens, quälend und fordernder jetzt.

»Willst du mich in dir spüren, Liebste?«, stieß er hervor. »Verlangt es dich nach mir?«

»Ja«, wisperte sie und rieb sich gierig an seiner Hand. »*Ja.*«

Er beugte den Kopf zu ihr herunter, und seine Zunge zog eine flammende Spur ihre Kehle hinauf. Er leckte an ihrem Ohrläppchen, zog es träge zwischen seine Zähne, passte den Rhythmus seines Mundes der Berührung seines Daumens an. Esmée bäumte sich auf.

Alasdair erhob sich auf die Knie. Seine Erektion erhob sich zwischen ihnen, ein Schaft warmer, seidiger Härte. Zaghaft schloss Esmée ihre Hand darum, bewunderte die Größe und die Kraft. Alasdair erbebte und ließ den Kopf in den Nacken sinken. Fasziniert schob sie die Hand herunter, dann wieder hinauf. Er stieß ein Stöhnen aus, tief aus seiner Brust, und eine winzige Perle aus Feuchtigkeit erschien auf der Spitze. Esmée berührte sie mit dem Daumen, umkreiste sanft wieder und wieder den satinweichen Kopf seiner Erektion.

Ihre Berührung schien Alasdairs Erregung zu steigern. Seine Augen waren jetzt geschlossen, seine Nasenlöcher weit geöffnet. Plötzlich hob er den Kopf, das Haar fiel ihm in die Stirn und beschattete seine Augen, die sie jetzt heiß und intensiv ansahen. Sie konnte die Tiefe seines Verlangens darin sehen.

»Komm in mich, Alasdair!«, wisperte sie. »Tu es – *bitte*.«

Sie konnte kaum noch atmen. Sie fürchtete, Alasdair würde aufhören. Jetzt weiterzumachen war Wahnsinn. Ein Wahnsinn, nach dem sie sich sehnte, welche Zerstörung auch immer er bringen mochte. Sie konnte an nichts denken außer an ihn; an seine Berührung, seinen Mund, sein Wesen.

Wortlos legte er seinen muskulösen Arm um ihre Schulter, presste mit der anderen Hand seine männliche Härte langsam, aber beharrlich in sie hinein. Esmée schloss die Augen und zwang ihre Beine, sich weit zu öffnen. Der Druck war erschreckend, aber sie dachte nicht daran, aufzuhören. Richtig oder falsch, dies war unausweichlich. Es sollte sein. Langsam, oh, so langsam, drang er ein, bewegte sich vor und zurück, jeder Stoß tiefer als der vorige.

Ein scharfer, plötzlicher Schmerz ließ sie aufschreien. Seine Augen öffneten sich, drängend und fragend. Esmée ließ die Hände um seine Hüften gleiten, krallte die Hände in die harten, gemeißelten Muskeln seines Pos und zog ihn tiefer in sich hinein. Der Schmerz zählte nicht. Alasdair zog sich zurück und drang noch einmal in sie ein, stieß dabei einen unterdrückten Schrei aus. Einen Schrei des Triumphes. Sie bewegte die Hüften. Er füllte sie aus. Besaß sie – wenigstens in diesem einen

Moment. Er bestimmte den Rhythmus, einen Rhythmus purer Lust. Esmée begegnete ihm Stoß für Stoß, von weiblichem Instinkt geleitet.

Der Schmerz war vergessen. Instinktiv schlang Esmée ein Bein um ihn und zog sich hart an ihn. Das Gefühl, das sich in ihr aufbaute, war unkontrollierbar. Sie drängte ihn tiefer. Schneller. Da gab es etwas – oh, etwas Wundervolles jenseits ihrer Reichweite. Esmée schloss die Augen und flehte ihn darum an, mit Worten, die hungrig und zusammenhanglos waren.

Alasdair gehorchte ihr, trieb sich selbst unermüdlich vor und zurück. Schweiß perlte auf seinen Augenbrauen. Ein Tropfen fiel zwischen ihre Brüste, warm und berauschend. Etwas in ihr brach und floss zu ihm – mein Herz, dachte sie.

»Sieh mich an, Esmée«, befahl er. »Sieh mich an. Komm zu mir, Geliebte.«

Seine dunklen, glühenden Augen hielten sie gefangen. Und dann drang er wieder in sie ein, und Esmées Welt explodierte. Ihr ganzes Sein bebte und schrie. Licht umfloss sie, zerschmolz über ihnen, warm und rein. Sie fühlte seinen Samen heiß in sich pumpen, hörte seinen lauten Schrei der Lust. Und sie fiel zurück auf den Teppich, erschöpft und erlöst.

Alasdair fiel über sie, das Gewicht seines Körpers presste sie nieder. »Oh, Esmée!«, sagte er und rang nach Atem. »Geliebte Esmée.«

Esmée hatte eine Weile geschlummert, herrlich gesättigt und nahezu zufrieden. Schließlich stand Alasdair auf, um die Tür abzuschließen. Wie unvorsichtig waren sie gewesen! Aber besser spät als nie. Er ging zurück zu Esmée und streifte ihr das Nachthemd über, ehe er sich selbst ankleidete.

Sie wusste, dass sie nicht hierbleiben sollten, vor dem ersterbenden Feuer ausgestreckt wie träge Katzen. Sie wartete darauf, dass Alasdair ihr das sagte, aber er tat es nicht. Stattdessen rollte er sich auf die Seite und zog sie an sich, umschloss ihre Taille mit seinem Arm. Sie sprachen nicht – vielleicht weil sie beide zu viel Angst davor hatten.

Das Feuer war jetzt ganz erloschen. Ein Gefühl von nahem Frieden legte sich über Esmée, als sie auf Alasdairs leisen, gleichmäßigen Atem lauschte. Der Arm, der sie an ihn drückte, schien so natürlich an ihren Körper zu passen. Sie konnte Lord Wynwood nicht einmal küssen, ohne ihm automatisch die Wange hinzudrehen. Und doch konnte sie sich mit einer Bedingungslosigkeit an diesen Mann binden, die sie hätte erschrecken müssen.

Sie war nicht erschrocken. Stattdessen war da ein Gefühl der Unvermeidbarkeit über das, was sie getan hatten. Sie hatte ihn von Anfang an für einen Schuft gehalten, und sie hatte sich darin nicht gänzlich geirrt. Aber er war so viel mehr. Der unbekümmerte Charme und die körperliche Schönheit waren das eine, aber unter dieser Oberfläche gab es eine steinharte Basis aus Ehrgefühl. Vielleicht hatte sie die Unbesonnenheit ihrer Mutter geerbt. Vielleicht ließ sie ihr Herz über ihren Kopf bestimmen. Es kümmerte sie einfach nicht mehr.

Ruhig drehte sie sich in seinem Arm zu ihm herum und sah ihn an. Im Dämmerlicht konnte sie nur erkennen, dass seine Augen offen und weich vor Schläfrigkeit waren. Impulsiv streckte Esmée die Hand aus und zeichnete die Form seines sinnlich schönen Mundes mit ihrer Fingerspitze nach.

Sie hatte etwas so Unumkehrbares getan, einige würden sogar sagen, etwas so Schamloses, dass es ihr unbegreiflich vorkam. Und doch bereute sie es nicht. Gott allein wusste, was sie Lord Wynwood sagen würde.

»Er wird mich wahrscheinlich fordern, sobald alles gesagt

und getan ist«, sagte Alasdair, als könnte er ihre Gedanken lesen. »Ich an seiner Stelle würde das tun.«

Esmée schüttelte den Kopf. »Er liebt mich nicht genug, um sich selbst in Schwierigkeiten zu bringen.«

»Dann ist er ein verdammter Idiot«, sagte Alasdair, rollte sich auf den Rücken und starrte an die Decke. »Ein größerer Idiot, als ich es gewesen bin.«

Esmée zog sich zurück, um sein Gesicht zu betrachten, aber er sagte nichts mehr. O Gott, wie sehr sie wünschte, er würde einfach sagen, was sein Herz bewegte, was immer es war. Aber dass sie mit seinem besten Freund verlobt war, stand zwischen ihnen, eine schreckliche, unausgesprochene Sache, und es lag bei ihr, die Konsequenzen daraus zu ziehen. Sie wusste, wie der nächste Schritt aussehen musste, und ihn zu tun war ihre Pflicht, nicht seine.

Für einen langen Moment hielten seine Augen die ihren fast flehend fest. Aber was wollte er? Worum bat er? Er wandte den Blick ab, als ob das, was immer er gesehen haben mochte, ihn schmerzte. Er nahm ihre Hand und verschränkte seine Finger mit ihren. Er drückte die Lippen auf ihre Knöchel und weigerte sich, sie anzusehen.

»Ein Teil von dir muss mich hassen, Esmée«, sagte er, »dafür, was ich Sorcha angetan habe. Deiner Mutter. Dir. Mein ganzes Leben bestand aus hochmütiger Rücksichtslosigkeit, ich habe niemals über den Schaden nachgedacht, den meine Sorglosigkeit bei anderen angerichtet haben könnte. Einige würden sagen, ein weiteres Beispiel dafür ist die Tatsache, dass ich heute Nacht mit dir geschlafen habe.«

»Oh Alasdair! Sprich nicht davon. Nicht von Mamma, nicht von Quin. Nicht einmal von Sorcha. Lass uns einen Augenblick lang so tun, als gäbe es diese Komplikationen nicht. Als gäbe es nur uns beide, hier, so wie jetzt.«

»Aber es gibt sie.« Im Dämmerlicht glitten seine Augen über ihr Gesicht. »Wird es dir jemals gelingen, mich zusammen mit Sorcha zu sehen und dabei nicht einen Moment lang Bitterkeit zu verspüren? Du hast gesagt, es gibt ›*kein uns*‹, Esmée. Du hast recht, das gibt es nicht – oder es sollte keines geben –, weil ich so sehr versucht habe, alles richtig zu machen – für euch beide. Ich habe versucht, dir das Leben zu geben, das du haben solltest, und Sorcha den Vater zu geben, den jedes Kind verdient. Aber es ist so verdammt schwer. Hätte ich jemanden wie dich zehn Jahre früher getroffen, vielleicht hätte ich dann nicht so viel von meinem Leben vergeudet.«

»Vielleicht solltest du aufhören, es jetzt zu vergeuden«, schlug sie vor. »Aber das, würde ich meinen, ist eine Diskussion für eine andere Zeit und einen anderen Ort.«

Es gab auch noch so viele andere Fragen, die sie ihm gern gestellt hätte. Aber diese Fragen konnten warten. Diese Nacht war dazu da, die Augenblicke auszukosten, die sie zusammen hatten. Morgen würde sie die Dinge mit Wynwood klären und um seine Vergebung bitten. Und danach … nun, das Leben war unberechenbar.

Alasdair zog sie wieder fest in seinen Arm und drückte seine Lippen auf ihre Stirn. Esmée schwor sich, nicht an die Zukunft zu denken oder an die schmerzliche Aufgabe, die vor ihr lag. Stattdessen schmiegte sie den Kopf an seine Schulter und vergaß, zurück in ihr Zimmer zu gehen, wie sie es hätte tun sollen.

Ein Geräusch vor der Tür ließ sie aufschrecken. Alasdair drückte seine Lippen an ihr Ohr. »Schhht«, wisperte er. »Ein Diener.«

Esmée klopfte das Herz bis zum Hals. »Du lieber Himmel! Um diese Zeit?« Sie hörte es jetzt, einen Lärm, der wie das Kratzen einer Schaufel in einem Kamin klang. Das Klirren eines Eimers, der weitergeschoben wurde.

»Verdammt, sie werden als Nächstes hierherkommen«, sagte Alasdair. »Und sich fragen, warum abgeschlossen ist. Quins Diener müssen an Schlaflosigkeit leiden.« Schweigend und geschmeidig wie eine Katze erhob er sich und ordnete rasch seine Kleidung.

Esmée fühlte einen Moment der Panik. »Wie kommen wir hier raus?«

Alasdair reichte ihr die Hand. »Hier entlang«, wisperte er und zog sie hoch. »Es gibt eine alte Pantry, die in den Salon führt. Lass die Diener sich den Kopf darüber zerbrechen, wer die Tür von innen verriegelt hat.«

Esmée raffte während des Gehens ihren Morgenrock um sich. Die Tür zur Kammer öffnete sich leise, der Raum dahinter war stockfinster. Sie schlüpften hinein, und Alasdair legte einen Arm um ihre Taille. »Bleib dicht bei mir«, raunte er an ihrem Ohr.

Mit großer Vorsicht führte er sie um die Möbel herum. Hinter ihnen in der Bibliothek konnte Esmée die Diener reden hören – es waren zwei, die sich über die verschlossene Tür wunderten. In der Nähe erklang Rufen. Auf der gegenüberliegenden Seite des Zimmers öffnete Alasdair die Tür, die auf den Hauptkorridor führte und spähte hinaus.

»Alles in Ordnung«, wisperte er und zog ihr den Morgenrock enger zu. »Geh jetzt, Liebes. Man muss dich nicht mit mir zusammen sehen.«

Esmée war nicht bereit, ihn zu verlassen, und er spürte es. Rasch küsste er sie, heiß und mit offenem Mund. »Oh, Esmée, Esmée!«, flüsterte er, seine Lippen pressten sich leidenschaftlich auf ihre Kehle. »Was soll aus uns werden?«

Ein Gefühl der Dringlichkeit trieb sie. »Ich bereue es nicht«, wisperte sie eilig. »Bitte, Alasdair, sag mir, dass du dasselbe empfindest.«

Sie fühlte die Hitze seines Blickes auf sich, sogar im Dunkeln. »Ich bereue es, Esmée«, antwortete er. »Aber ich würde es immer wieder tun, Gott helfe mir.«

»So wie ich«, sagte sie einfach. »Oh, in was für eine Situation haben wir uns nur gebracht!«

Seine Hände um ihre Taille fassten fester zu. »Esmée – ich – o Gott, ich habe kein Recht, dich um irgendetwas zu bitten, gerade jetzt«, sagte er rau. »Und ich werde das auch nicht. Tu, was das Beste für dich ist, mein Mädchen. Pass auf dich auf. Pass auf dein Herz auf.«

Esmée erwog, ihm zu sagen, dass es viel zu spät dazu war, auf ihr Herz aufzupassen. Es gehörte schon lange ihm. Aber die schreckliche Aufgabe, die vor ihr lag, belastete sie jetzt schwer. »Wir werden uns morgen sehen – oder eigentlich ja schon heute –, nicht wahr?«, sagte sie hastig.

Er schüttelte den Kopf und zog rau den Atem ein. »Merrick bricht im Morgengrauen nach London auf«, antwortete er. »Ich muss mit ihm fahren.«

»Musst du das?«

Er strich sich mit einer Hand durch das zerzauste Haar. »Ich halte es für das einzig Ehrenhafte, was ich unter diesen Umständen tun kann«, sagte er hohl. »Ich kann es nicht ertragen, hierzubleiben und Quins Gastfreundschaft in Anspruch zu nehmen – und seine Verlobte.«

Esmée schüttelte den Kopf. »Alasdair, so ist es nicht.«

Das Klirren und Kratzen in der Bibliothek hatte jetzt begonnen. Irgendwie hatte man die Bibliothek aufgeschlossen und würde bald vielleicht hierherkommen. Alasdair öffnete wieder die Tür und schob Esmée sanft hinaus. Sie zögerte einen Moment lang, dann dachte sie an das Risiko, das sie einging. Mit einem letzten Blick zurück zu Alasdair entfernte sich Esmée.

Sie ging leise den Korridor entlang und die Treppe hinauf. Sie wusste, dass sie in dieser Nacht nicht mehr schlafen würde. Nachdem sie in ihr Zimmer zurückgeschlüpft war, zündete sie die Lampe an und rollte sich auf dem Bett zusammen, mit ebenjenem langweiligen Roman, der sie zuvor auf den Gedanken gebracht hatte, in die Bibliothek zu gehen.

Alasdair würde sie um nichts bitten, hatte er gesagt. Sie sollte tun, was das Beste für sie war. Aber die Entscheidung war schon vor einer Ewigkeit gefallen, schien es, und um was es ihr am meisten ging, war Alasdair. Das hatte sich nie wirklich geändert, und es würde sich nie ändern. Was bedeutete, dass alles andere – Wynwood, Mrs. Crosby, Tante Rowena, Sorcha und all dies – sich irgendwie finden würde. Das musste es. Das musste es einfach.

Kapitel 11

In dem Contessa Bergonzi mit der Peitsche zuschlägt

Als sich das erste Morgenlicht am Horizont zeigte, stand Esmée auf und ging ans Fenster, um Alasdairs Kutsche abfahren zu sehen. Sie musste nicht lange warten. Die Fingerspitzen leicht gegen die Scheibe gepresst sah Esmée zu, wie sein Gepäck aufgeladen wurde. Dann kamen Alasdair und sein Bruder aus dem Haus, begleitet von Lord Wynwood. Man reichte sich die Hände zum Abschied.

Im letzten Moment zögerte Alasdair, dann ergriff er noch einmal Wynwoods rechte Hand, legte ihm die linke auf die Schulter, als wollte er ihn einer Sache versichern. Sie wechselten rasch ein paar Worte, dann stiegen die MacLachlans ein. Der Kutscher ließ die Pferde antraben, und die Kutsche fuhr davon.

Das also war es gewesen. Alasdair war fort. Esmée wandte sich vom Fenster ab und begann, ihre Kleider herauszulegen. Mit ein wenig Glück lagen die anderen Gäste noch in ihren Betten, und es gab kein Aufschieben dessen, was sie an diesem Tag zu tun hatte. Weil sie keinen Diener herbeiklingeln wollte, wusch sie sich mit dem kalten Wasser des Vorabends. Ihr Schoß, stellte sie fest, war wund, doch es gab nur eine kleine Blutspur, als sie sich wusch. Alasdair war sanft gewesen. Aber ganz unabhängig davon hatte sich ihr Körper für immer verändert. Würde er für immer ihm gehören.

Sie würde ganz sicher niemals Lord Wynwood gehören können, dachte sie, während sie sich ankleidete und ihr Haar aufsteckte. Je eher sie ihm das sagte, umso besser. Und doch, er war außerordentlich freundlich zu ihr gewesen. Sie wünschte sehr, dass sie ihn lieben könnte, dass sie ihn nicht demütigen müsste. Der Gedanke ließ ihr die Tränen in die Augen steigen. Sie kramte in ihrem Koffer, zog ein Taschentuch heraus und ging hinaus auf den Korridor. Dort zögerte sie. Vielleicht würde sie Wynwood im Frühstückszimmer antreffen?

Im Frühstückszimmer war tatsächlich jemand, aber es war nicht Lord Wynwood. »Guten Morgen, Lady Charlotte«, grüßte sie.

»Ah, guten Morgen, Miss Hamilton«, sagte die ältere Frau. »Aber was soll dieser ›Lady‹-Unsinn? Sie müssen mich jetzt Ihre Großtante nennen.«

Esmée lächelte leicht. »Danke«, sagte sie. »Sie sind sehr freundlich.«

Lady Charlotte lachte. »Ich sehe, dass Sie wie ich eine Frühaufsteherin sind. Die anderen werden noch eine Stunde in ihren Betten liegen. Darf ich Ihnen einen Kaffee anbieten?«

Esmée zögerte auf der Türschwelle. »Eigentlich suche ich Lord Wynwood. Haben Sie ihn gesehen?«

Die Augen der alten Dame funkelten schelmisch. »Oh, er hat sich einen Kaffee geholt und sich dann in sein Arbeitszimmer begeben«, sagte sie. »Vermutlich ist er noch immer dort. Wissen Sie, wie Sie dorthin kommen?«

Esmée zerrte ein wenig nervös an ihrem Taschentuch. »Nein, leider nicht«, gestand sie. »Könnten Sie mir den Weg beschreiben, Ma'am?«

Lady Charlotte stellte Untertasse und Tasse ab. »Es ist einfacher, Sie dorthin zu bringen«, erklärte sie. »Dieses Haus ist eine unentschuldbare Monstrosität. Ich muss das wissen, schließlich bin ich hier aufgewachsen.«

Sie ging den Korridor in einem Tempo hinunter, welches zu schnell für eine Frau ihres vorangeschrittenen Alters schien.

»Das Arbeitszimmer liegt auf der Rückseite des Hauses«, sagte sie über die Schulter. »Im ältesten Teil, mit Blick über die hinteren Gärten. Quin versteckt sich dort, wenn er Gwendolyns Gejammere entkommen will.«

Esmées Unbehagen verstärkte sich, während Wynwoods Großtante erst nach links abbog, dann nach rechts, danach eine kleine Treppe hinaufstieg, durch einen Flur ging und dann wieder über eine kurze Treppenflucht. Sie kamen an zwei Hausmädchen vorbei, die damit beschäftigt waren, die Teppiche zu reinigen, und dann, unvermittelt, tauchte eine riesige Fläche aus massiver Eiche vor ihnen auf, nachdem sie um eine Ecke gegangen waren.

»Hier ist es!«, flüsterte Lady Charlotte und stieß vergnügt die Tür auf. Ein Schwall kalter Luft kam ihnen entgegen. »Heutzutage vergesse ich zwar hin und wieder meinen Namen, aber ich habe nie vergessen, wie –«

Die alte Dame erstarrte auf der Türschwelle.

Eine Frau lag auf dem Rücken ausgestreckt auf dem Schreibtisch, der in der Mitte des Zimmers stand, niedergezwungen von einem Mann, der sie leidenschaftlich küsste. Die Frau trat um sich wie eine Tigerin, aber der Mann – großer Gott, es war Lord Wynwood – hielt sie an ihren Handgelenken fest.

Irgendwie schaffte es die Frau, ihr Gesicht wegzudrehen. *»Fa schifo«,* spuckte sie und zog ein Knie an, als wollte sie ihn ernsthaft verletzen. *»Sporco!* Runter von mir, du verdammtes englisches Schwein!«

Mit einem unterdrückten Fluch hob Wynwood halb seinen Körper von ihr. Erst jetzt sah Esmée die Reitpeitsche, welche die Frau in der Hand hielt. Sie schlug damit hart in Wynwoods Gesicht, hellrotes Blut spritzte auf sein Hemd. Keiner von beiden schien die beiden Damen an der Tür zu bemerken. Zumindest so lange nicht, bis Wynwoods Großtante in Ohnmacht fiel.

Stumm wie ein Stein brach die alte Dame zusammen und fiel mit bemerkenswerter Anmut zu Boden. Esmée musste geschrien haben. Die Hausmädchen tauchten von irgendwoher auf. Die Frau – Contessa Bergonzi – schob Wynwood von sich herunter und lief zu Charlotte, wobei sie über den Saum ihres Reitkostüms stolperte.

Die Contessa fiel hart auf die Knie, beachtete es aber nicht. »Quin, du Idiot!«, schrie sie, während sie versuchte, Charlotte das Haar aus dem Gesicht zu streichen. »*Basta! Basta!* Jetzt hast du deine Tante umgebracht!«

Esmée legte die Fingerspitzen an die Kehle der alten Frau. »Ihr Puls ist schwach«, sagte Esmée. »Aber sie ist nicht tot.«

Wynwood stand noch immer wie versteinert da. Hinter ihm stand eine Terrassentür weit offen, die kalte Luft strömte vom Garten ins Zimmer. »Schließen Sie die Tür«, wies Esmée eines der Hausmädchen an. »Wynwood, schicken Sie jemanden los, einen Arzt holen. Um Gottes willen, beeilen Sie sich!«

Wynwood erwachte aus seiner Erstarrung. Charlotte stieß einen mitleiderregenden Ton aus. »Kein … kein Arzt«, brachte sie heraus.

»Oh, *poveretta!*«, murmelte die Contessa, die noch immer das Gesicht der alten Frau streichelte. »Oh, *non ci credo!*«

Als Esmée das nächste Mal aufschaute, war Wynwood fort. Die beiden Hausmädchen starrten ihm nach, mit großen Augen und offenem Mund. Du lieber Gott! Sie mussten alles gesehen haben.

Der Arzt war nicht lange bei Lady Charlotte. »Es ist nichts gebrochen«, verkündete er den Angehörigen, die in Lady Wynwoods Salon warteten. »Ihr Puls ist noch sehr unregelmäßig, aber das ist er ja schon seit ungefähr zehn Jahren. Ich wünsche, dass sie einen Tag lang das Bett hütet und ihr gewohntes Herztonikum nimmt. Morgen wird sie wieder ganz die Alte sein und kann nach Haus zurückkehren, hoffe ich.«

»Oh, Gott sei Dank!« Lady Wynwood presste ein zerdrücktes Taschentuch an ihre Brust. »Oh, ich habe schon das Schlimmste befürchtet.«

»Wie ich dir schon sagte, Gwendolyn, es war das Blut!«, behauptete der ältere Gentleman neben ihr. »Charlotte hat den Anblick von Blut noch nie vertragen!«

»Nein, ich denke, es war ihr schwaches Herz«, sagte Lady Wynwood. »Sie hat sich vielleicht überanstrengt.«

Instinktiv strich Lord Wynwood mit einem Finger über die Wunde auf seiner Wange. Er war im Zimmer hin und her gegangen, seit seine Tante von den Dienern hinaufgetragen worden war. Seine Schwester, Lady Alice, sah ihn finster von der Seite an und verdrehte ebenfalls ihr Taschentuch zu Knoten.

»Helen, erinnerst du dich noch daran, wie Charlotte ohnmächtig wurde und aus der Kutsche gefallen ist, nachdem wir ein Eichhörnchen überfahren hatten?«, fragte der Gentleman die Frau an seiner Seite.

»Oh, Himmel, ja!«, sagte die rundliche, silberhaarige Lady – eine weitere Großtante, wie Esmée vermutete. »Charlotte musste mit sechs Stichen genäht werden!«

Esmée räusperte sich. »Auch das heute war ein schrecklicher Unfall«, bemerkte sie mit klarer, tragender Stimme. »Wirklich, Wynwood, Sie sollten sich nicht auf diese Weise an jemanden heranschleichen. Die Contessa hat instinktiv reagiert, so wie jeder andere es auch getan hätte.«

Im Salon herrschte einen Moment lang Schweigen. Über ihr Taschentuch hinweg sah Lady Wynwood Esmée seltsam an. »Ja, ein schrecklicher Unfall«, echote sie schließlich. »Wir können von Glück sagen, dass Großtante Charlotte sich nicht die

Hüfte gebrochen hat, Quin. Pass das nächste Mal besser auf!«

»Es tut mir leid«, sagte er zum wohl zehnten Mal. »Es tut mir so verdammt leid.«

Der Arzt sah ein wenig verlegen aus. »Nun, ich gehe dann wohl wieder«, sagte er. »Ich werde morgen wieder nach Lady Charlotte sehen, für alle Fälle. Sie wird nicht jünger, nicht wahr?«

Nachdem die Aufregung sich gelegt hatte, begannen die Frühaufsteher den Salon zu verlassen und hinunter zum Frühstück zu gehen. Lady Alice zog ihre Mutter mit sich und murmelte etwas über ihre Kinder. Die Contessa hatte sich bereits entschuldigt und Wynwoods Arbeitszimmer auf die Weise verlassen, auf die sie es vermutlich auch betreten hatte – durch die Terrassentür, die zu den Gärten führte. Alle anderen waren noch auf ihren Zimmern. Nichtsdestotrotz würde der Klatsch vermutlich bis Mittag zügellos die Runde gemacht haben, trotz Esmées Bemühungen um Verschleierung des wahren Ablaufs.

Bald waren Esmée und Lord Wynwood allein im Salon. Es war Zeit, das zu tun, weswegen sie heruntergegangen war. Sie wandte sich um und sah, dass er noch immer wie blind aus dem Fenster starrte, als wäre er sich ihrer Gegenwart gar nicht bewusst.

Sie ging zu ihm und legte die Hand auf seine Schulter. »Ich fürchte, es wird Klatsch geben, Mylord«, sagte sie ruhig. »Aber vielleicht können wir dem entgegenwirken. Wir müssen weiterhin diese Geschichte aufrechterhalten – dass es ein dummer Unfall war.«

Lord Wynwood weigerte sich, sie anzusehen. »Esmée, ich kann es erklären.«

»Nein, tun Sie das nicht«, sagte sie. »Ich würde lieber nicht darüber sprechen.«

»Ich kann es Ihnen nicht verdenken«, flüsterte er. »Ich bin ein solcher Narr – und schlimmer noch, ich habe Sie gedemütigt. Können Sie mir je vergeben?«

»Es ist keine Frage meiner Vergebung«, erwiderte sie leise.

»Wenn Sie das denken, meine Liebe, dann sind auch Sie eine Närrin.«

Esmée holte tief Luft. »Ich sollte erklären, Wynwood, dass ich Sie heute Morgen gesucht habe, um Ihnen zu sagen ... um Ihnen zu sagen, dass ich Sie nicht heiraten kann«, sprach sie weiter. »Ich habe einen schlimmen Fehler gemacht, als ich Ihren Antrag angenommen habe. Ich entschuldige mich dafür.«

Er warf den Kopf in den Nacken und lachte bitter. »Ich bin nicht überrascht, dass Sie die Verlobung jetzt auflösen«, antwortete er. »Was für eine Demütigung wird das sein! Und ich glaube, ich bin derjenige, der um Verzeihung bitten muss.«

»Sie hören nicht zu, Mylord«, sagte sie fest. »Ich war gekommen, Ihnen zu sagen, dass ich die Verlobung aufzulösen wünsche. Es tut mir leid, dass ich Sie unterbrochen habe, als Sie ... nun, was immer es war, was sie gerade taten –«

»Mein Leben ruiniert«, warf er ein. »Das war es, was ich getan habe.«

Esmée zuckte mit den Schultern. »Auf jeden Fall hatte es nichts mit meiner Entscheidung zu tun. Ich werde Ihrer Mutter das Gleiche sagen. Ich möchte nicht, dass sie denkt, Sie wären verantwortlich für meinen Entschluss.«

Wynwoods Schultern sackten. »Ich werde heute Nachmittag eine Mitteilung an die *Times* schicken«, sagte er und strich sich mit einer Hand durch das wirre Haar. »Niemand wird überrascht sein. Meine Liebe, es tut mir leid, dass es so schlimm endet.«

»Es soll Ihnen nicht leid tun«, wisperte sie. »Glauben Sie mir, ich hätte niemals Ja sagen dürfen. Heute Nacht ist etwas ... etwas geschehen, was mich davon überzeugt hat.«

Wynwood riss sich vom Fenster los und begann, im Salon hin und her zu gehen. »Ich habe es für eine gute Verbindung gehalten, Esmée«, sagte er, und seine Stimme klang resigniert. »Ich habe mir eingeredet, wir könnten etwas Gutes daraus machen, Sie und ich. Ich war ein Narr, mir einzubilden, ich könnte – oder würde – jemals – oh, verdammt, warum habe ich nicht einfach auf Alasdair gehört?«

»Auf Alasdair?«

»Er hat mir von Anfang an gesagt, dass ich nicht gut genug für Sie sei«, gestand Wynwood. »Und ich wusste, dass er recht hatte. Ich dachte, vielleicht könnten Sie einen besseren Menschen aus mir machen. Aber das funktioniert nicht, nicht wahr? Sogar Alasdair kann das sehen. Gestern Abend hat er mir erst die Leviten gelesen, und dann hat er versucht, mich zu Brei zu schlagen.«

»Alasdair? Aber – aber warum?«

»Er sagte, ich würde Ihnen nicht genügend Aufmerksamkeit schenken«, antwortete Wynwood. »Er sagte, sie sähen unglücklich aus. Er wollte, dass ich unsere Hochzeit absage, aber ich habe das natürlich abgelehnt. Wie hätte ich das tun können? Ein Gentleman darf so etwas nicht tun.« Er warf ihr ein schiefes, bittersüßes Lächeln zu. »Aber jetzt haben Sie das für mich getan.«

Esmée schaute zu Boden. »Ja, und ich denke, so ist es am besten«, sagte sie. »Wir passen wohl doch nicht so gut zusammen.«

Eine Weile betrachtete er sie schweigend. »Sind Sie im Herzen eine geheime Romantikerin, Esmée?«, fragte er schließlich, und seine Stimme klang nachdenklich. »Glauben Sie, dass es für jeden von uns den perfekten Partner gibt?«

»Ich – ja, ich fange an zu glauben, dass es so sein könnte«, gab Esmée zu.

Er wandte sich wieder zum Fenster und stützte sich mit den

Händen gegen den Rahmen. Er starrte so lange in die Ferne, dass Esmée sich fragte, ob sie nicht einfach hinausgehen sollte. »Esmée, ich weiß nicht, was zwischen Ihnen und Alasdair ist«, sagte er ruhig. »Und ganz gewiss geht es mich jetzt auch nichts mehr an.«

Sie wollte ihn unterbrechen, doch er wandte sich um und hob abwehrend die Hand. »Bitte, lassen Sie mich aussprechen.«

Esmée schuldete ihm zumindest das. »Ja. Natürlich.«

Er sah sie fast flehend an. »Ich möchte Ihnen nur eines sagen: Wenn es zwischen Ihnen beiden auch nur einen Funken aufrichtigen Gefühls gibt, bitte ich Sie inständig, das nicht loszulassen. Nicht, ehe Sie sicher sind, dass aus diesem Funken nicht mehr werden kann. Denn hat man diese winzige Chance einmal vertan – ungewollt oder beabsichtigt –, ist der Funke manchmal für immer fort.«

Esmée konnte ihn nicht ansehen. »Das ist sicher ein guter Rat«, antwortete sie. »Wenn Sie mich jetzt entschuldigen, ich muss gehen und meiner Tante sagen, was wir entschieden haben.«

»Ich will nicht hoffen, dass sie zornig auf Sie wird«, sagte Wynwood. »Sagen Sie ihr auf jeden Fall die Wahrheit.«

»Die Wahrheit ist, dass wir nicht zusammenpassen«, sagte sie wieder. »Das haben wir nie. Wir sind für andere Dinge bestimmt, Sie und ich. Wir waren dumm, dass wir etwas anderes geglaubt haben.«

Er lächelte sie fast wehmütig an. »Kleine Esmée«, murmelte er. »Immer so klug und so vernünftig. Was ist es, dass wir uns nicht lieben können? Es würde das Leben so viel einfacher machen, nicht wahr?«

Sie erwiderte das Lächeln kläglich. »Ja, aber ich fange an zu glauben, dass wir uns nicht aussuchen können, wen wir lieben«, erwiderte sie. »Und dass das Leben nicht dazu da ist, einfach zu sein.« Dann stellte sie sich auf die Zehenspitzen und küsste ihn leicht auf die Wange.

Esmée war zumute, als würde sie gleich zu weinen beginnen, und so wandte sie sich rasch ab und verließ den Salon. Tante Rowena würde sicherlich schon wach sein. Eigentlich hatte sie geglaubt, dass ihre Tante diese Entscheidung unterstützen würde, doch jetzt waren Esmées Nerven so angespannt, dass sie sich verzweifelt wünschte, sie hätte diesen nächsten Schritt bereits hinter sich. Bedauerlicherweise war sie nicht schnell genug.

Esmée betrat das Schlafzimmer ihrer Tante, sobald ihr Klopfen beantwortet wurde. Das Gesicht eine Maske der Empörung, saß Lady Tatton aufrecht in ihrem Bett, das Frühstückstablett vor sich. Es sah aus, als ob Pickens die Geschichte von Lord Wynwoods Indiskretion ihrer Herrin zusammen mit der Morgenschokolade serviert hatte.

»Sag nichts!«, befahl Lady Tatton und hob eine zierliche Hand. Die Spitzen, die von ihrem Handgelenk rieselten, zitterten vor Entrüstung. »Das ist ein Skandal. Eine Beleidigung. *Denk* nicht einmal daran, ihn zu verteidigen! Ich habe immer gesagt, dass Wynwood ein Schuft und ein Weiberheld ist, oder etwa nicht?«

»Doch, das hast du, Tante«, erwiderte Esmée in gespielter Fügsamkeit. »Ich kann nicht sagen, ich wäre nicht gewarnt gewesen. Ich habe die Verlobung gelöst, und ich bin sicher, das ist gut so.«

»Gutes Mädchen!«, lobte ihre Tante. »Oh, welchen Klatsch werden wir ertragen müssen! O Gott, ich fühle eine meiner Kopfschmerzattacken kommen. Pickens, mein Riechfläschchen! Und wir fahren noch heute Nachmittag zurück nach London. Lass alles packen. Ich werde mit Gwendolyn sprechen, sobald ich mich gefasst habe.«

Esmée trat zu ihrer Tante ans Bett und setzte sich auf die Kante. »Bitte überwerfe dich wegen dieser Sache nicht mit Lady Wynwood«, bat sie. »Sie kann das Benehmen ihres Sohnes ebenso wenig kontrollieren wie ... du das meiner Mutter.«

Lady Tatton schniefte, doch langsam verblasste ihre Empörung. »Richtig, sehr richtig!«, stimmte sie zu. »Dennoch ist es eine schreckliche Kränkung, die er dir zugefügt hat. Und noch dazu mit einer Opernsängerin! Einer Ausländerin! Die Gerüchteküche kocht bereits.«

Esmée ergriff die Hand ihrer Tante, die auf der Tagesdecke ruhte, und drückte sie sanft. »Ich hätte die Verlobung ohnehin gelöst«, beharrte sie. »Wirklich. Ich hatte schon vorher entschieden, dass ich die Verbindung nicht aufrechterhalten könnte, und hatte bereits meinen ganzen Mut zusammengenommen, um es dir zu sagen.«

»Mut?«, wiederholte Lady Tatton ungläubig. »Oh, mein liebes Kind! Ich hätte dich nie zu einer Ehe mit einem solchen Schuft gedrängt.«

Esmée brachte ein schwaches Lächeln zustande. »Das weiß ich«, antwortete sie. »Wenn du mich jetzt bitte entschuldigst, ich muss auch packen. Und ich muss sagen, Tante Rowena, dass ich wirklich sehr glücklich darüber bin, London wiederzusehen.«

»Hmmm«, sagte ihre Tante mit einem argwöhnischen Seitenblick. »Mir war nicht bewusst, dass du eine solche Vorliebe für das Stadtleben entwickelt hast, meine Liebe.«

Kapitel 12

In dem Captain MacGregor alles erklärt

Am folgenden Morgen erwachte Esmée in einer seltsamen Stimmung aus Furcht und Erwartung. Etwas würde geschehen. Sie konnte es in ihren schottischen Knochen fühlen. Unfähig, ihre Nerven zu beruhigen, kleidete sie sich an und ging nach unten in den Salon, bis Grimond mit einem großen Silbertablett kam.

»Hätten Sie gern etwas Kaffee und die Morgenzeitung, Miss?«, fragte er höflich. »Ihre Ladyschaft ist noch indisponiert wegen ihrer Kopfschmerzen und beabsichtigt, eine Weile das Bett zu hüten.«

»Das wäre schön«, erwiderte Esmée. Zumindest würde das sie ablenken.

Sie setzte sich auf das Sofa, schlug die Zeitung auf und begann zu lesen, was heute an Spekulationen über Wellingtons Gründe für dessen Rücktritt kursierte. Dann fiel ihr mit einem leichten Unbehagen ein, dass die Kunde über ihre zerbrochene Verlobung möglicherweise schon heute in den Zeitungen stehen könnte. Lord Wynwood hatte sehr darauf beharrt, die entsprechende Mitteilung sofort auf den Weg zu bringen. Es war Esmée so vorgekommen, als wünschte er ebenso sehr wie sie, dass diese schreckliche Episode vergangen und vorbei sein würde.

Der Geruch frischer Druckerschwärze stieg ihr in die Nase, als sie suchend die Seiten durchblätterte. Es dauerte nicht lang, bis sie die Anzeige fand. Wynwood musste einen sehr schnellen Boten nach London geschickt haben. Die Erklärung war knapp und fast ganz oben auf der Seite abgedruckt. Und das, so schlussfolgerte Esmée, war das Ende des vermutlich kürzesten Verlöbnisses in der Geschichte der *guten Gesellschaft* Londons.

Gott, was würde der Klatsch ins Kraut schießen! Kein Wunder, dass ihre Tante Kopfschmerzen hatte. Das, zumindest das, tat ihr leid. Esmée griff nach ihrer Tasse, die Augen noch auf die Zeitung gerichtet, und nippte zaghaft an dem heißen Kaffee. Trotzdem verschluckte sie sich daran.

Mit einem lauten Klirren stellte sie die Tasse ab, schob sie zur Seite und breitete die Zeitung auf dem Tisch aus. Was zum Teufel war das, was da gleich unter Wynwoods Erklärung gedruckt worden war? Ein vertrauter Name. *Edward Wheeler*. Aber was in dem Artikel stand, konnte nicht stimmen. Es ergab keinen Sinn. Sie las ihn noch einmal, jedes Wort. Dieses Mal dämmerte ihr plötzlich die Erkenntnis. Alasdairs Warnung an jenem schrecklichen Tag, an dem sie sich gestritten hatten, spukte ihr durch Kopf.

»Julia Crosbys Kind geht Sie nichts an – und mich auch nicht, um das klarzustellen.«

O Gott! Wie dumm sie gewesen war!

Rasch faltete sie die Zeitung zusammen und verließ das Zimmer. Der Butler arrangierte im Flur Blumen in einer Vase. »Grimond, ich mache einen langen Spaziergang«, sagte sie und eilte die Treppe hinunter.

Esmée brauchte nur einen Moment, um ihren Mantel und ihr Ridikül zu greifen, doch sie war schon weit von Mayfair entfernt, ehe ihre linke Hand aufhörte zu zittern. In der rechten Faust hielt sie noch immer die Zeitung. Mr. Wheeler war ein erfolgreicher Bühnenautor; das hatte sie gewusst. Jetzt hatte sich auch das Übrige zusammengefügt.

Henrietta war Wheelers Schwester. Nicht seine Frau. *Mrs.*

Wheeler war Miss Wheeler. Wie hatte sie etwas anderes annehmen können? Oh, sie war eine solche Närrin gewesen, und zwar auf mehr als nur eine Weise.

Es war an der Zeit, dass sie und Alasdair sich ausführlich unterhielten. Sie hatte vor, ihm in dieser Sache keine Wahl zu lassen. Sie würde seine Tür belagern, wenn es sein musste. Und am Ende würde sie sich durchsetzen oder am Ball bleiben, um es weiter zu versuchen. Es war *ihr* Leben. Es war an der Zeit, es in die Hände zu nehmen. Genau wie ihre Tante gesagt hatte, konnte sie es nicht zum Wohle der anderen leben.

Es war ein wenig beängstigend, so zu denken, aber selbst wenn Julia Crosbys Kind von Alasdair gewesen wäre, hätte Esmée sich entschieden, dass in der Liebe und im Krieg alles erlaubt war. Doch selbst dieses Hindernis gab es nicht mehr. Sie war froh. Sie war erleichtert. Nein, sie war *begeistert*. Sir Alasdair MacLachlan mochte ein Schuft, ein Tunichtgut und ein charmanter Frauenheld sein, aber bei Gott, er war *ihr* Schuft – und sie beabsichtigte, ihn zu bekommen.

Der Wind schlug ihr ins Gesicht und zerrte an ihrem Mantel, als sie die Abkürzung durch den Park nahm, der fast menschenleer war. Auch die Straßen waren ruhig. In der Great Queen Street rührte sich nichts, abgesehen von den herumwirbelnden toten Blättern und einem kleinen, stämmigen Mann, der am Ende der Straße einer eleganten Reisekutsche entstieg. Esmée ignorierte ihn, eilte Alasdairs Treppe hinauf und betätigte entschlossen den Türklopfer.

Wellings riss die Tür auf, und auf seinem Gesicht breitete sich ein Lächeln aus. »Oh, guten Morgen, Miss Hamilton. Sie sind gekommen, um die junge Miss zu besuchen?« Seine Miene veränderte sich leicht. »Hätten Sie nicht nach Lydia schicken lassen sollen?«

»Ja, aber ich will nicht Lydia oder Sorcha.« Esmée legte

bereits ihren Mantel ab. »Ich will zu Sir Alasdair. Wecken Sie ihn sofort auf, Wellings. Und sagen Sie ihm, dass ich nicht gehen werde, bis er herunterkommt und mit mir redet.«

Wellings zögerte. »Ich fürchte, er ist nicht da, Miss«, erwiderte er. »Sir Alasdair ist vor knapp zehn Minuten mit seiner Kutsche davongefahren.«

Esmée schwang ihre Zeitung, aber gerade in dem Moment ertönte noch ein Klopfen an der Tür. Wellings runzelte die Stirn. »Entschuldigen Sie mich bitte, Miss.«

Er öffnete die Tür, vor der jetzt der stämmige Gentleman stand, der ein Stück die Straße hinunter aus seiner Kutsche gestiegen war. Der Fremde hielt seinen Hut – einen Zweispitz – in den Händen, und seine tonnenförmige Brust füllte die Tür.

»Ich bitte um Entschuldigung«, sagte er in einem breiten schottischen Akzent. »Ist das hier das MacLachlan-Domizil? Ich scheine um ein *hoose* oder zwei vom Kurs abgekommen zu sein.«

»Ein *hoose?*«, fragte Wellings.

»Ein *Haus*«, wisperte Esmée.

»Ah!« Wellings warf einen raschen Blick auf die Erscheinung des Besuchers. »Ich fürchte, Sir Alasdair ist ausgegangen.«

Der Mann legte seinen Hut ab und begann, seinen weiten Wintermantel aufzuknöpfen. »Ach, das ist schade!«, sagte er, dann wandte er sich um und rief durch die offene Haustür nach draußen. »Bringen Sie meine Reisetruhe und meinen Handkoffer herein, Winters«, befahl er einem seiner Diener. »Scheint, dass wir den Burschen gefunden haben.«

Wellings sah indigniert aus. »Erwartet Sir Alasdair Sie, Sir?«

»Oh, das bezweifle ich!«, erwiderte der und legte den Mantel ab, unter dem er eine schnittige blaue Marineuniform trug. »Aber er wird mich trotzdem empfangen, weil ihm gar nichts anderes übrig bleiben wird, denn ich bin sein Blutsverwandter.

Captain Angus MacGregor, zu Diensten. Und jetzt: Wo liegt von hier aus gesehen die Admiralität?«

Wellings zeigte in die allgemeine Richtung von Whitehall. »Dort entlang, Sir«, sagte er. »Fast um die Ecke, sozusagen.«

»Ausgezeichnet! Ausgezeichnet!«, sagte MacGregor. »Ich werde morgen dort vorbeischauen.«

Die Diener des Captains trugen jetzt sein Gepäck ins Haus, und Wellings – nachdem er das Zauberwort *Blutsverwandter* gehört hatte – gab Anweisungen, wohin es gebracht werden sollte. Esmée schaute dem allem mit großen Augen zu.

Bedauerlicherweise war Alasdairs Onkel einer der unattraktivsten Männer, die sie jemals gesehen hatte. Der Captain war nicht so klein, wie er auf den ersten Blick gewirkt hatte, aber er war gebaut wie ein Stier. Sein Haar war ein wirres Durcheinander aus Hellrot und Grau. Es stand ihm in allen Richtungen vom Kopf ab, während seine Haut dunkel und tief gefurcht wie Schuhleder war, das zu lange nass geworden war.

Ihm fehlten ein paar Vorderzähne, und seine Nase war offensichtlich gebrochen gewesen – zwei Mal, wenn Esmée schätzen sollte. Sie war darüber hinaus fleckig, und die Haut schälte sich, als hätte er vor Kurzem einen Sonnenbrand erlitten. Eines seiner Augen hatte einen schrecklichen Silberblick, was bei Esmée den Gedanken an einen Piraten ohne seine Augenklappe wachrief. Plötzlich richtete Captain MacGregor beide Augen auf Esmée.

»Und wer sind Sie, Miss?«, fragte er und kniff das Auge mit dem Silberblick zusammen. »Und gehen Sie oder sind Sie gerade eben gekommen?«

»Gekommen«, sagte sie ein wenig laut. »Ich warte auf Sir Alasdair.«

Der Captain musterte sie von Kopf bis Fuß. »Nun, tun wir das nicht alle?«, sagte er mit seinem tiefen, rollenden Schnarren.

»Sie kommen mir irgendwie bekannt vor, Mädchen. Wie war doch gleich Ihr Name?«

»Hamilton«, sagte sie und machte einen steifen Knicks. »Miss Esmée Hamilton.«

»Ach ja! Das Hamilton-Mädchen!«, sagte er und rieb sich mit einer Hand das stoppelige Kinn. »Der Junge hat mir berichtet, dass Sie hier sind.«

»Ich bin *nicht* hier«, sagte Esmée gereizt. »Ich meine – ich bin schon hier. Aber nur, um einen Besuch zu machen.«

»Tatsächlich?«, sagte der Captain. Er wandte sich an Wellings, der die anderen Dienstboten weggeschickt hatte. »Bringen Sie uns eine Kanne starken Kaffee und einen kleinen Schluck Whisky, wenn's recht ist? Miss Hamilton und ich werden uns die Zeit miteinander vertreiben, bis mein Neffe es für angebracht hält, wieder nach Hause zu kommen.«

»Aber es ist erst halb zehn, Sir.«

»Na und?« Der Captain sah ihn aus zusammengekniffenen Augen an. »Was ist das Problem?«

Wellings erbleichte und sah Esmée an. Sie zuckte mit den Schultern. Sie war sich nicht sicher über die Pläne, die Alasdairs Onkel hegte, aber Whisky oder nicht, sie würde Alasdairs Haus nicht verlassen, bevor sie mit ihm gesprochen hatte. »Wir gehen in den Salon, Wellings«, sagte sie. »Ein Kaffee wäre schön.«

Die schweren Schritte des Captains folgten ihr in den Salon. Sie war überrascht gewesen zu hören, dass Alasdair ihren Namen seinem Onkel gegenüber erwähnt hatte. Warum um alles in der Welt hatte er das getan? Ein wenig verzweifelt durchsuchte sie ihre Erinnerung nach irgendeinem Hinweis auf Angus MacGregor, aber ihr fiel keiner ein.

Sie legte die Zeitung aus der Hand, bedeutete ihm, Platz zu nehmen und setzte sich auf den Stuhl ihm gegenüber. Der Captain setzte sich und schlug sich herzhaft auf die Knie. »Sie sind also Rosamunds Älteste, he?«, begann er. »Sie sehen ihr auch ähnlich, ohne Frage.«

Verwirrt blinzelte Esmée. »Sie kannten meine Mutter?«

»Oh ja!«, sagte er. »Schottland ist ein Dorf, gesellschaftlich gesehen. Und sie war eine auffallende Schönheit. Hab nie eine Frau getroffen, die ihr das Wasser hätte reichen können – obwohl ich es weiß Gott hart genug versucht habe!« Der Captain lachte und schüttelte den Kopf, wie gefangen in einer Erinnerung.

Esmée zog eine Augenbraue hoch. »Wie haben Sie sie kennengelernt?«

»Nun, ich traf Rosamund bei ihrem Gesellschaftsdebüt«, sagte er. »Hat sie mich denn nie erwähnt?«

Esmée schüttelte den Kopf. Das Gesicht des Captains fiel ein wenig in sich zusammen. »Oh, ich war vernarrt in sie!«, fuhr er fort. »Wie jeder heißblütige Mann, der sie gesehen hat. Ich war damals Lieutenant und dabei so arrogant und selbstsicher, wie nur ein junger Offizier es sein kann.«

Die Bemerkung ließ Esmée lächeln. »Ja, ich kann es mir vorstellen.«

Der Blick des Captains wandte sich in die Vergangenheit. »Als ich dort eintraf, war Rosamunds Tanzkarte natürlich schon voll. Das hat mir den Wind aus den Segeln genommen. Später fingen ein paar betrunkene kleine Lords an, darüber zu streiten, wem der nächste Tanz gehörte, und da sah ich dann meine Chance.« Er schaute Esmée an und zwinkerte mit seinem gesunden Auge. »Rose ging mit mir hinaus in den Garten und ließ die kleinen Lords sich weiter streiten.«

Esmées Lächeln wirkte zögernd. »Das klingt sehr romantisch«, bemerkte sie. »Danach sind Sie wahrscheinlich davongesegelt und haben sie nie wiedergesehen?«

»O Gott, nein!«, sagte der Captain. »Ich habe ihr ungefähr

einen Monat lang heftig den Hof gemacht. Hab ihr sogar vorgeschlagen zu heiraten, recht unbesonnen, wie es aus heutiger Sicht scheint. Lachen Sie nicht, Miss! Ich habe in meinen jungen Jahren eine gute Figur gemacht. Hatte noch alle meine Zähne und den Kopf voller schöner roter Haare.«

Esmée betrachtete ihn und versuchte, ihn sich als den jungen Mann vorzustellen, der er einmal gewesen war, doch es fiel ihr schwer. »Und was ist dann geschehen?«

»Oh, Rose war zu klug, mich zu nehmen«, antwortete er freimütig. »Sagte, sie würde keinen Seemann heiraten, und ich war zu stur, die Seefahrt aufzugeben. Kann nicht sagen, dass ich es ihr verdenken kann, wenn ich zurückschaue. Viele gute Burschen sind zur See gefahren und nie wieder nach Hause gekommen.«

Plötzlich erinnerte sich Esmée an etwas. *Konnte dies der Mann sein, von dem Tante Rowena gesprochen hatte?* Die erste Liebe ihrer Mutter? Es schien unmöglich. Und doch ... möglich. Trotz seines wenig attraktiven Äußeren war der Captain ein Charmeur. Esmée verschränkte die Hände auf dem Schoß und holte tief Luft. »Wenn es Sie sich besser fühlen lässt, Captain MacGregor, ich denke, dass meine Mutter sich mit großer Zuneigung an Sie erinnert hat.«

Der Captain grinste breit. »Oh ja, das hat sie!«, sagte er mit einem weiteren kecken Blinzeln. »Hat mich immer deswegen aufgezogen und mich für meine Wahl ausgeschimpft. Natürlich habe ich zurückgeschimpft und ihr gesagt, dass die Wahl nur bei ihr gelegen hätte, nicht bei mir. Und so ging es, Mädchen. Aber wir sind Freunde geblieben, einigermaßen.«

»Oh!« Esmée richtete sich ein wenig auf. »Sie – Sie sind also in Verbindung geblieben?«

Der Captain zuckte die Schultern. »Sicher, soweit ein Seemann das kann«, sagte er. »Hin und wieder ein Brief und alle zwei, drei Jahre sind wir uns auch begegnet – Schottland ist ein Dorf, wie ich schon sagte –, aber ich hab sie nie zwischen zwei Ehemännern erwischt. Es ist eine traurige Ironie, habe ich einmal zu ihr gesagt, dass ihr alle ihre feinen, sesshaften Dandys weggestorben sind, während ich gesund und munter geblieben und mit jedem Tag hässlicher geworden bin.«

»Wollten Sie – wollten Sie sie immer noch heiraten?«

Wieder das Schulterzucken – aber dieses Mal war es nur eine Schulter. »Oh ja, in meiner Fantasie«, sagte er. Aber so ist es vermutlich ebenso gut. Rosamund war eine sehr temperamentvolle Frau. Wahrscheinlich hätten wir uns gegenseitig umgebracht, wenn wir jemals eine schickliche Verbindung eingegangen wären anstatt nur gelegentlich … nun, das tut nichts zur Sache.«

Vom Korridor her war ein Geräusch zu hören, und kurz darauf betrat Alasdair den Salon. Er streifte im Gehen die Handschuhe ab, sein Gesicht war ein wenig gerötet vom Wind. »Esmée!«, sagte er und breitete die Arme aus.

Instinktiv sprang Esmée auf und lief in seine Arme.

»Mein liebes Mädchen«, sagte er in ihr Haar. »Sie sagten mir, du wärest zu einem Spaziergang aufgebrochen. Du hättest nicht herkommen sollen, weißt du. Warum hast du nicht auf mich gewartet?«

Esmée schob ihn ein wenig von sich weg. »Ich bin es leid, auf dich zu warten, Alasdair«, sagte sie. »Du bist sehr langsam.«

Plötzlich räusperte sich der Captain. »Was muss ein rüstiger alter Seebär tun, um in diesem Haus einen Kaffee zu bekommen, Jungchen?«

Alasdair fuhr herum, seine Miene drückte Ungläubigkeit aus. »Angus!«, rief er und durchmaß den Salon mit zwei großen Schritten. »Was um alles in der Welt –?«

Sein Onkel stand auf, und sie reichten sich herzlich die Hände. »Ich habe mich sofort auf den Weg gemacht, nachdem ich deinen Brief bekommen hatte, Junge«, sagte er, und sein

Gesicht wirkte plötzlich betrübt. »Wegen des Kindes, meine ich. Tut mir leid, dass es so lange gedauert hat.«

Alasdair legte seinem Onkel die Hand auf die Schulter. »Ach, mach dir deswegen keine Gedanken«, sagte er. »Wir haben alles geregelt.«

Angus warf einen raschen Blick auf Esmée. »Ja, das sehe ich«, bemerkte er.

Alasdair wurde tatsächlich rot. »Außerdem, Angus, hättest du nicht den weiten Weg nach London machen müssen«, fügte er hinzu. »Ein Brief hätte doch gereicht.«

Angus sah zwischen Esmée und Alasdair hin und her. »Nun, da bin ich mir nicht so sicher«, sagte er. »Ein bisschen mehr dürfte da wohl schon noch zu klären sein.«

Plötzlich erfüllte Esmée das Gefühl einer schrecklichen Vorahnung. Sie schmiegte sich enger an Alasdair, der seinen Onkel ein wenig seltsam anstarrte. In diesem Augenblick brachte Hawes den Kaffee und den Whisky, aber niemand schenkte dem Beachtung.

»Nun, ich höre, Angus«, sagte Alasdair, als der Diener den Salon wieder verlassen hatte.

Angus zeigte auf Esmée. »Ja, und sie auch«, sagte er. »Aber das ist nichts für die Ohren einer Lady.«

»Nun rede schon, Onkel«, befahl Alasdair. »Wenn es wichtig genug ist, dich den weiten Weg hierher zu bringen, dann soll Esmée es hören.«

Sein Onkel zuckte mit den Schultern und spreizte seine Hände weit. »Nun, die Wahrheit ist –«, begann er, stockte dann und seufzte schwer. »Also die Wahrheit, mein Junge, die Wahrheit über das kleine Kind – nun, sie ist nicht deine Tochter. Ich kann mir gar nicht erklären, wie es zu diesem ganzen Durcheinander gekommen ist, und es tut mir leid, dass du meinetwegen solchen Schrecken ausgestanden hast.«

»Nicht ... nicht *meine* Tochter?«, sagte Alasdair. »Aber sie *ist* meine Tochter. Esmée hat es gesagt. Du irrst dich.«

Angus schüttelte bedächtig den Kopf. »Nein, Jungchen«, sagte er. »Erinnerst du dich nicht? Das Kind ist mein Nachkomme, und ich werde es dir nicht andrehen. Das wäre nicht fair.«

Esmée sah Alasdair an, dessen Gesicht alle Farbe verloren hatte. »Aber – aber das ist ganz unmöglich!«, sagte sie. »Ich *weiß* es. Ich war dabei.«

»Ah, warst du das, Mädchen?«, fragte der Captain lauernd. »Daran kann ich mich gar nicht erinnern.«

Esmée spürte, wie ihr die Röte ins Gesicht stieg. »Sorcha ist Alasdairs Kind«, beharrte sie. »Ich war dabei, als meine Mutter es eingestanden hat.«

»Oh, sie hat es *eingestanden?* Tatsächlich?«, sagte Angus. »Und wie waren die Umstände bei diesem Eingeständnis?«

Esmées Röte verstärkte sich. »Sie hat Achanalt mit einem ... nun ja, sie hat ihn in einer peinlichen Situation mit einem der Küchenmädchen überrascht«, räumte sie ein. »Einem, das besonders hübsch war und zum Flirten neigte – wir mussten immer ein Auge auf sie haben –, und als sie die beiden so gesehen hat, nun, Mamma ist wütend geworden. Sie war außer sich. Wir alle haben den Streit gehört.«

»Und?«, fragte der Captain. »Sie war also in heller Aufregung? Nur weiter.«

Alasdair verschränkte die Arme vor der Brust. »Warum müsst ihr alte Geschichten aufwärmen?«, fragte er fordernd. »Ich habe nicht den Wunsch, sie zu hören. Es ist mir egal, wer sich mit den Küchenmädchen herumgetrieben hat. Und übrigens, Angus, Sorcha ist niemandem *angedreht* worden.«

Aber sein Einwand blieb unbeachtet. Esmée strömten die Worte nur so aus dem Mund, und sie schien nicht in der Lage, sie zu stoppen. »Ich – ich bin in das Zimmer gelaufen«, sagte sie. »Um ihnen zu sagen, dass die Dienstboten alles mitanhören. Das Mädchen war noch immer nackt, nur in seine Bettlaken gewickelt. Ich habe sie hinausgeworfen. Sie haben mich nicht beachtet. Als ich mich umdrehte, sah ich, wie Mamma ihn schlug. Von da an eskalierte das Ganze.«

Alasdair stieß einen abfälligen Ton aus. »Wie zum Teufel konnte es da noch schlimmer werden?«

»Oh, ganz einfach!«, sagte Esmée. »Er hat ihr vorgeworfen, mit einem Bastard schwanger zu sein. Er sagte, er wisse es schon seit Monaten. Und dann hat sie – lieber Gott, sie hat ihm ins Gesicht gespuckt und es zugegeben! Sie sagte, sie wäre froh darüber und hat ihn zum Teufel gewünscht.«

Bei ihren letzten Worten nickte Angus. »Ja, voller Wut und mit dem Wunsch, ihn irgendwie zu verletzen, richtig?«

»Oh ja«, sagte Esmée. »Rasend vor Wut.«

»Ja, das klingt ganz nach Rosamund«, sagte er. »Und ich bin nicht gerade jemand, auf den man eifersüchtig sein muss, nicht wahr?«

Esmée sah ihn fragend an. »Was meinen Sie damit?«

»Nun, sehen Sie mich doch an!«, sagte der Captain und zeigte auf seine Zahnlücke. »Welche Art Eifersucht würde ich wohl auslösen, eh, mit meinem Bauch und meinen Zähnen und meinen zerzausten Haaren?«

Alasdair stieß ein bitteres Lachen aus. »Oh, ich glaube das einfach nicht!«

»Doch, Junge, glaub es nur!«, sagte Angus. »Sie hat Achanalt dabei erwischt, wie er ein dralles Küchenmädchen gevögelt hat, und sie wollte es ihm heimzahlen mit ... ja, womit? Etwa mit *mir?* Einem alten Zausel, der seit fünfundzwanzig Jahren zur See fährt und verloren hat, was an bisschen gutem Aussehen er gehabt hat? Nein, da war es doch viel besser, diesen jungen, gut aussehenden Burschen hier vorzuschieben und Achanalt das ins Gesicht zu sagen. Außerdem war Alasdair schließlich siebenhundert Meilen entfernt. Ich hingegen bin von Zeit zu Zeit nach Hause gekommen, und Rosamund mochte mich. Sie hätte es gehasst, meinen Kopf irgendwo aufgepfählt zu sehen.«

»Aber wie ist das möglich?«, rief Esmée. »Wie in Gottes Namen konnte sie Sorcha so etwas antun?«

Alasdair setzte sich auf das Sofa und ließ den Kopf in die Hände sinken. »Das ist nicht wahr«, sagte er. »Das ist nicht wahr.«

Aber Angus, der begonnen hatte, hin und her zu gehen, ignorierte ihn. »Rose hat nicht an das Kind gedacht, Mädchen«, sagte er. »Sie wollte nur Rache. Und sie hat natürlich nicht gewusst, dass sie sterben würde. Wie wir alle dachte sie, dass sie Zeit hätte, die Dinge zu richten. Das ist jedenfalls meine Vermutung.«

Esmée setzte sich neben Alasdair. »Du lieber Gott!«

»Nein!«, sagte Alasdair heftig. »Ich – ich erinnere mich daran, Angus. Warum sagst du so etwas?«

Angus blieb stehen und schaute auf ihn herunter. »Woran erinnerst du dich, Jungchen?«

Alasdair zuckte mit den Schultern. »Nun, dass ich ziemlich betrunken war«, gestand er. »Und ... und etwas getan habe, von dem ich wusste, dass ich es bedauern würde. Etwas Unanständiges.«

»Richtig, Jungchen, das hättest du fast getan!«, sagte Angus und warf Esmée einen raschen Blick zu.

»Was?«, fragte Alasdair. »*Was?* War es etwas Schlimmes?«

Angus legte den Kopf schief. »Nun, nicht gerade *schlimm*«, sagte er. »Aber bist du dir sicher, dass du willst, dass ich es sage?«

»Oh, warum nicht, zum Teufel?«, sagte Alasdair und hob die Hände.

Angus kicherte. »Du hast versucht, in Lady Morwens Palmentöpfe zu pinkeln.«

Alasdairs Kopf fuhr hoch. »Ich habe *was?*«

»Ach, du warst voll wie eine Haubitze, ja, das warst du«, fuhr Angus fort. »Und musstest ganz dringend Wasser lassen. Du sagtest, du würdest zu dem bewussten Örtchen gehen, aber ich hab gesehen, dass du die falsche Tür genommen hast. Du bist durch irgendwelche Vorhänge hinter dem Podium gestolpert, auf dem die Musiker saßen. Du bist über einen Geigenkasten gestolpert, hast irgendwie deine Hosen runtergelassen und konntest sie nicht wieder hochkriegen.«

Alasdair stieß ein schreckliches Stöhnen aus. »O Gott!«, sagte er. »Die Vorhänge – waren sie aus Samt?«

»Ja, gut möglich.«

Noch ein Stöhnen. »Hat – hat irgendjemand gesehen, dass ich ...?«

Angus schlug ihm fröhlich auf die Schulter. »Nein, aber für die Frauenzimmer wäre es ein ziemlicher Schock gewesen, wären die Vorhänge aufgezogen worden und du hättest mit heruntergelassener Hose dagestanden«, sagte er. »Aber mach dir keine Sorgen. Wir haben alles wieder an seinen Platz gebracht. Das war der Moment, in dem mir klar wurde, dass es Zeit war, uns von Lord und Lady Morwen zu verabschieden, bevor man einen von uns hinauswerfen würde, denn ich befürchtete, dass wir sonst vielleicht doch noch etwas angerichtet hätten.«

Die Komik der Situation ging an Esmée vorbei. Sie war halb in Panik. Captain MacGregor war der Liebhaber ihrer Mutter gewesen? Großer Gott! Es war unfassbar. Ihre Mutter hatte immer gut aussehende, treulose Schurken bevorzugt. Ein kleiner, dicker, zerzauster alter Seekapitän mit einem Gesicht wie eine abgenutzte Satteltasche war einfach unfassbar. Und jetzt, was würde aus Sorcha werden? Wie hatte dies passieren können?

Plötzlich erinnerte sie sich an all die gemeinen Sachen, die sie Alasdair an den Kopf geworfen hatte. »O Gott!« Sie legte die Hände an ihre Wangen. »Was für ein schreckliches Durcheinander habe ich angerichtet!«

»Nein, Mädchen, das hat deine Mutter getan, möge sie in Frieden ruhen!«

Esmée beachtete ihn nicht. »O Alasdair! Ich schulde dir eine ausgiebige Entschuldigung.«

Angus sah sie seltsam an. »Warum?«, fragte er. »Was haben *Sie* denn getan?«

Esmée starrte auf den Teppich. Sie fühlte sich etwas krank. »Ich – ich habe schreckliche Dinge gesagt«, wisperte sie. »Einige Dinge, an die zu denken ich nicht ertragen kann.«

Aber Alasdair schien an ihrer Entschuldigung nicht interessiert zu sein. Er sah seinen Onkel noch immer aufmerksam an. »Angus, bist du sicher?«, fragte er, und seine Stimme klang ein wenig hohl. »Ich habe diese letzten drei Monate damit verbracht, das in den Griff zu bekommen, was ich für die Wahrheit hielt. Dieses Kind bedeutet mir sehr viel.«

»Ja, Jungchen«, sagte er erschöpft. »Ich bin mir sicher.«

Esmée legte die Hand auf Alasdairs Arm. »Sorcha hat diese MacGregor-Augen«, grübelte sie. »Und ich denke, dein Onkel könnte auch recht haben, was Mamma betrifft. Es klingt genau nach der Art von überdrehtem, kurzsichtigem Handeln, wie sie es getan hätte. Und dann ist da noch etwas, was Tante Rowena gesagt hat – oh, aber das ist jetzt egal! Es tut mir so leid, Alasdair, all die hässlichen Dinge, die ich gesagt habe.«

Alasdair wandte sich zu ihr, sah sie an und nahm ihre Hände in seine. »Aber du warst nicht weit von der Wahrheit entfernt, meine Liebe«, sagte er. »Vermutlich muss ich akzeptieren, dass es wahr ist, was mein Onkel sagt. Er hat keinen Grund zu lügen. Aber die schreckliche Wahrheit ist, es hätte ebenso gut ich gewesen sein können. Vielleicht bin ich diesmal aus dem Schneider – jetzt, zum ersten Mal, da ich es lieber nicht sein würde –, aber wie viele andere Male bin ich schuldig gewesen, genau so etwas getan zu haben? Wie oft, Esmée? Ich kann es nicht einmal mehr zählen.«

Angus sah die beiden neugierig an. »Was meinst du damit, Jungchen, dass du es ›lieber *nicht* sein würdest‹?«

Alasdair wandte sich zu seinem Onkel, und sein Kinn zeigte die harte, eigensinnige Linie, die Esmée inzwischen allzu gut kannte. »Angus, ich will keinen Ärger mit dir«, begann er. »Aber die Sache ist die: Ich werde Sorcha nicht aufgeben. Nicht kampflos.«

Angus zog sich erschrocken zurück. »Du wünschst das Kind zu behalten?«, fragte er. »Aber ich dachte, Miss Hamilton zieht es groß.«

Esmée schniefte mitleiderregend. »Nun, das habe ich«, antwortete sie. »Bis meine Tante Rowena ins Spiel kam.«

Angus schmunzelte. »Ach ja, die gute Rowena!«, sagte er. »Ich erinnere mich auch an *sie*.«

»Angus, verdammt, das ist nicht komisch!«

Angus hob beschwichtigend die Hände. »Nun gut, Jungchen! Du weißt, was deine Granny MacGregor immer sagte: Auf die eine oder andere Weise kommen deine Hühner zum Schlafen immer nach Hause. Aber irgendwie ist dieses irrtümlich zu dir zum Schlafen gekommen.«

Alasdairs Stirn legte sich in Falten. »Hat Granny das wirklich gesagt?«

»Oh ja, tausend Mal!«, sagte Angus.

Alasdair ballte die Hände zu Fäusten. »Nun, sie schläft hier, und bei Gott, sie wird hierbleiben«, sagte er. »Ich habe das Kind als meines aufgenommen. Ich bin der einzige Vater, den sie je gekannt hat – Gott weiß, dass Achanalt nie einen Gedanken an sie verschwendet hat – und ich sage dir, dass ich sie nicht hergeben werde.«

Langsam ging Esmée auf, dass Alasdair es absolut ernst meinte. Er wollte wirklich nicht aus dem Schneider sein. Stattdessen war er zornig. Der Muskel an seinem Kinn zuckte jetzt heftig.

Angus setzte sich und kratzte seinen zerzausten Kopf. »Nun, nun, was ist da am besten zu tun?«, murmelte er. »Gott weiß, dass ein Seemann kein Kind aufziehen kann – ich hatte ohnehin nicht diese Absicht. Und ich will natürlich das Beste für das kleine Ding. Aber, Jungchen, die Wahrheit ist –« An dieser Stelle zeigte er wieder auf Esmée. »– dass *sie* mehr Rechte an dem Kind hat als du oder ich, wenn man es genau betrachtet. Und die Frauenzimmer wissen meistens, was das Beste für Kinder ist.«

»*Ich* weiß, was das Beste für Sorcha ist«, fauchte Alasdair, sein Kinn noch immer fest angespannt. »Ich verstehe sie. Esmée und ich werden sie gemeinsam großziehen.«

Angus sah verwirrt aus. »Ich dachte, Esmée lebt bei Rowena.«

»Ja, und das ist das nächste Problem, das ich lösen werde«, sagte Alasdair, fasste in seine Tasche und zog eine kleine Samtschachtel heraus. Sie war grün, genau wie die, in der die Perlenkette gewesen war, nur kleiner. Er legte sie neben die nicht benutzten Kaffeetassen und warf Esmée einen Blick zu, der sie herausforderte, ihm zu widersprechen. »Aber diese Diskussion werden Esmée und ich unter vier Augen führen«, fügte er hinzu.

»Ah!«, sagte Angus, schlug sich auf die Knie und stand wieder auf. »Das ist dann wohl mein Stichwort, mit meinem Whisky nach oben zu gehen.«

Alasdair winkte ihn zur Tür. »Ja, ja«, sagte er. »In Gottes Namen, geh!«

Angus blieb bei Esmée stehen und legte eine knotige Hand auf ihre Schulter. »Machen Sie sich keine Sorgen, Mädchen«, sagte er. »Ich bin ein reicher Mann, und ich werde für das Kind sorgen. Ich brauche ohnehin einen Erben.«

Esmée starrte ihn nur an. »Aber – aber was sollen wir Sorcha erzählen?«

Angus tätschelte onkelhaft ihren Arm. »Nun, wenn sie alt genug sein wird, können Sie ihr sagen, was immer Sie wollen – oder auch gar nichts«, erwiderte er. »Sie kann einfach Lady Sorcha Guthrie sein, Ihre liebe kleine Schwester. Achanalt wird es nicht einfallen, dem zu widersprechen; nicht öffentlich jedenfalls, und sollte er das doch tun, werde ich ihn töten. Oder Sie können ihr sagen, dass sie zwei Eltern hatte, die sich sehr geliebt haben. Die ihr Leben vermasselt haben, aber dennoch das Beste für sie wollten. Oder, wenn Sie es tatsächlich so wollen, nun, dann könnten Sie auch ihren Namen ändern und ihr sagen, dass sie Ihr und Alasdairs Kind ist – was sie ja auf gewisse Weise auch sein wird, nicht wahr?«

Esmée öffnete den Mund, dann schloss sie ihn wieder. »Nun. Zumindest haben wir ... Alternativen.«

Angus schwieg gerade so lange, ihr noch einmal zuzuzwinkern und sich die Whiskyflasche zu nehmen. »Warten Sie den rechten Augenblick ab«, riet er. »Aber wie auch immer es kommen wird, Mädchen, ein Kind braucht Eltern, richtig? Und Elternschaft hat sehr wenig damit zu tun, wer das Kind gezeugt hat, aber sehr viel damit, wer es liebt und wer dafür sorgt.«

Langsam nickte sie. »Das ist sehr wahr.«

Dann ging Angus aus dem Zimmer und schloss die Tür hinter sich.

Alasdair sah ihm fassungslos nach. »Nun«, sagte er und griff nach ihrer Hand, »das war ein höllischer Tag, und der Vormittag ist noch nicht einmal zur Hälfte vorüber. Was denkst du darüber, mein Mädchen?«

»Ich glaube, dass ich in einer Art Schockzustand bin, Alasdair.« Auch Esmée starrte auf die Tür. »Stell dir das vor! Captain MacGregor und *meine Mutter*? Aber es scheint in der Tat so, als wäre er ihre seit Langem verlorene Liebe. Das alles macht einen ganz schwindelig.«

»Ja, nun, mir ist jetzt schon seit Wochen ganz schwindelig«, erwiderte Alasdair. »Aber was hat es mit dieser verlorenen Liebe auf sich?«

Esmée wandte sich auf dem Sofa um und legte ihre Hand an seine Wange. »Oh, nur eine dumme, romantische Geschichte, die Tante Rowena mir erzählt hat«, murmelte sie. »Eine Art abschreckendes Beispiel.«

Alasdair sah sie aufmerksam an. »Ich verstehe«, murmelte er. »Und was war die Moral von der Geschichte?«

Esmée beugte sich näher vor und küsste ihn leicht auf den Mund. »Dass man immer seinem Herzen vertrauen sollte«, sagte sie. »Weil manchmal die erste Liebe, die man findet, die richtige ist, und dass man sie mit aller Kraft festhalten sollte.«

»Aha!«, sagte Alasdair. »Ist das so?«

»Es ist so«, sagte sie fest. »Meine Mutter hat das nicht getan, und dies mag durchaus der Grund dafür gewesen sein, dass sie so unglücklich war. Ich hoffe, es besser zu machen. Ich hoffe, das festzuhalten, was für mich bestimmt ist, und es um keinen Preis mehr loszulassen. Vielleicht wird mein Leben glücklich werden. Vielleicht werde ich nach all dem nicht so enden wie meine Mutter.«

Alasdair strich mit dem Handrücken über ihre Wange. »Mein liebes Mädchen, du bist wie *keine sonst*, die ich je gekannt habe«, flüsterte er. »Du bist Esmée. Und du bist vollkommen.«

Esmée brachte ein schwaches Lächeln zustande. »Nun, du

bist das nicht«, sagte sie. »Du hast hoffnungslos viele Fehler und bist sehr, sehr verrucht. Unglücklicherweise scheine ich diese Mischung unwiderstehlich zu finden.«

Alasdair hielt ihren Blick gefangen. »Oh, Esmée, ich bin ein solcher Dummkopf gewesen«, sagte er. »Und es brauchte nicht Angus' Kommen, um mir das klarzumachen.«

Esmée schenkte ihm ein verhaltenes Lächeln. »Ja, das ist wahr. Du bist ein Dummkopf gewesen.«

Ein neckendes Funkeln blitzte in seinen Augen auf. »Aber vielleicht sollten wir am Anfang anfangen«, sprach er weiter. »Esmée, was tust du hier? Du hättest nicht allein herkommen sollen.«

»Ich glaube, du hast das früher schon gesagt«, bemerkte sie und griff nach der Zeitung.

»Was ist das?«, fragte er. »Die Zeitung von heute? Wie seltsam. Das ist dieselbe, die ich gelesen habe, bevor ich mich blitzartig zum Grosvenor Square aufgemacht habe.«

Sie warf ihm einen scheuen Blick zu. »Dann wirst du bemerkt haben, dass meine Verlobung mit Lord Wynwood aufgelöst ist?«

Sein Ausdruck wurde traurig. »Ich habe es gesehen und bin direkt zum Haus deiner Tante gegangen, nur, um zu erfahren, dass du weggegangen bist«, sagte er. »Ich will nicht so tun, als wäre ich nicht froh, Esmée. Und ich werde die Chance, dich zu gewinnen, kein zweites Mal vorübergehen lassen. Ich würde es hassen, dich mit einem Schuft wie mir zu belasten, aber ich werde es tun, wenn du mich lässt. Ich liebe dich, mein Mädchen, von ganzem Herzen.«

»Und ich liebe dich«, sagte sie und nahm seine Hände. »Genau genommen bin ich mit der festen Absicht hergekommen, mich dir höchst schamlos an den Hals zu werfen. Ich weiß, es ist eine heikle Sache, MacLachlan, sich mit einem Mann wie dir einzulassen, aber es wäre das Beste, wenn du dich einfach mit Würde fügst. Ich habe vor, dich zu bekommen, ganz egal, *was* es kostet.«

Er schenkte ihr sein charmantestes Lächeln. »Oh, es wird nicht viel kosten«, antwortete er. »Besonders, wenn du es schamlos tun willst.« Das Lächeln verschwand plötzlich von seinem Gesicht. »Ich ... ich hoffe nur, dass Quin mich nicht hasst.«

»Oh, ich denke, Quin hat Wichtigeres zu tun«, murmelte sie. »Genau genommen hat er meine Abreise kaum zur Kenntnis genommen.«

»Zum Teufel!«, sagte Alasdair. »Das glaube ich dir nicht.«

Esmée lächelte ihn vielsagend an. »Oh, du wirst es schon glauben«, sagte sie und schlug die Zeitung auf. »Aber das, würde ich meinen, ist eine andere Geschichte für eine andere Zeit. Jetzt zu dieser Zeitung – was wirklich meine Aufmerksamkeit erregt hat, war *das* hier.«

»Soso!«, sagte er und folgte ihrem Finger die Seite hinunter. »Nun, ich will verdammt sein, aber so weit bin ich gar nicht gekommen, weil ich gleich zu dir gelaufen bin. Ich bin froh zu sehen, dass Wheeler bei Julia das Richtige getan hat. Das wird mir eine Verabredung im Morgengrauen ersparen.«

Ungeduldig zeigte Esmée auf die Anzeige. »Alasdair, warum hast du mir nicht gesagt, dass Henrietta Wheeler Mr. Wheelers *Schwester* ist?«

Er sah sie verständnislos an. »Warum hätte ich das tun sollen?«, fragte er. »Ich kenne die Frau kaum. Welchen Unterschied macht das?«

Esmée zuckte mit einer Schulter. »Oh, vergiss es!«, sagte sie. »Also ist Mr. Wheeler der Vater von Mrs. Crosbys Kind?«

»Das sagt Julia jedenfalls«, erwiderte Alasdair. »Was denn, versuchst du etwa immer noch, mir das anzuhängen?«

Esmée schüttelte den Kopf. »Ich denke, ich habe dir nicht geglaubt.«

Alasdair sah sie finster an, doch genauso plötzlich veränderte sich seine Miene wieder. »Nun, die Wahrheit ist … oh, Esmée, die hässliche Wahrheit ist, dass es ebenso gut von mir hätte sein können«, sagte er. »Es macht mich nicht stolz, das zu sagen. Aber es ist nicht von mir, und das habe ich dir gesagt. Jetzt ist Julia Mrs. Edward Wheeler, und ich wünsche den beiden, dass sie sehr glücklich werden.«

Esmée fühlte sich ein wenig verlegen. »Nun, das war klar und deutlich«, sagte sie. »Aber jetzt verrate mir eines, Alasdair – was ist in der Schachtel?«

Alasdair senkte den Blick, und seine dunklen Wimpern warfen Schatten auf seine Wangen. »Etwas, was ich dir schon vor langer Zeit gekauft habe«, sagte er. »Bevor deine Tante kam und mein Leben auf den Kopf gestellt hat.«

»*Bevor* meine Tante gekommen ist?«, wiederholte sie. »Wie interessant! Und ich soll es jetzt bekommen?«

»Nein«, sagte er, nahm die Schachtel und ließ Esmée nur einen flüchtigen Blick auf das werfen, was darinnen war – ein makelloser Ring mit Saphiren und Brillanten, der ihn vermutlich ein Vermögen gekostet hatte.

Ihre Augen wurden groß bei diesem Anblick. »*Nein –?*«

»Nein.« Er ließ die Schachtel zuschnappen. »Zuerst musst du zustimmen, mich zu heiraten und mir zu helfen, Sorcha großzuziehen, genau wie die anderen neun Kinder, die wir haben werden.«

»Muss ich das?«, fragte sie und wollte nach der Schatulle greifen. »Aber warum ausgerechnet neun?«

Alasdair versteckte die Schachtel hinter seinem Rücken. »Um die leeren Stühle im Schulzimmer zu besetzen«, gestand er. »Ein guter Schotte würde sie niemals so ungenutzt herumstehen lassen, nicht wahr?«

Esmée richtete sich auf und runzelte die Stirn. »Das ist genau das, was ich gedacht habe, nachdem du sie gekauft hattest«, sagte sie. »Aber sicherlich hast du ... du hast doch damals noch nicht geplant ...?«

»Oh, ich habe noch nie in meinem Leben etwas geplant!«, erwiderte er. »Aber Granny MacGregor sagte, dass das Unterbewusstsein seltsame Wege geht.«

Esmée griff hinter seinen Rücken und nahm sich den Ring. »Oh, Alasdair, ich heirate dich nicht wegen deines Unterbewusstseins«, sagte sie, abgelenkt, weil sie gerade die Schatulle öffnete. »Und ganz bestimmt nicht wegen der alten Sprichwörter deiner Großmutter. Aber dieser Ring–! Ach, mein Lieber! Das ist natürlich etwas ganz anderes! Dafür würde ich, nun, dafür würde ich vielleicht – aber nur *vielleicht* – sogar deinen Onkel Angus heiraten.«

Mit einem unterdrückten Fluch schob Alasdair sie auf das Sofa und legte sich auf sie. »Oh nein, mein kleines Hochland-Mädchen«, sagte er. »Entweder du nimmst mich oder gar keinen MacLachlan. Ich werde es nicht riskieren, dich noch einmal an einen anderen Mann zu verlieren.«

Esmée schaute unter halb gesenkten Lidern zu ihm hoch. »Wirst du das nicht?«, fragte sie und rieb ihr Bein aufreizend an seinem.

»Nein, nicht in tausend Jahren«, schwor er. »Und auch nicht die nächsten tausend Jahre danach.«

Ein langsames, zufriedenes Lächeln erschien auf Esmées Gesicht. »Dann steh auf und schließ die Tür ab, MacLachlan«, flüsterte sie. »Es sind noch neun leere Stühle übrig – und du hast schon viel zu viel Zeit verschwendet.«